dtv

»Gegen zehn Uhr drängten sich die ersten Gäste zum Eingang eines Hauses am Dorfplatz.« Sieben Tage wird die arabische Hochzeitsfeier dauern. Zeit genug für Lutfi den Syrer, um dem Bruder der Braut seine Lebens- und Liebesgeschichte zu erzählen. Die Geschichte seiner Kindheit und seiner aufregenden Abenteuer – in Damaskus und in Deutschland. Immer wieder hat es ihn mit falschen Papieren nach Frankfurt gezogen, und immer wieder ist er alsbald aufgegriffen und abgeschoben worden. Diesmal jedoch hofft er für länger zurückzukehren ins Land seiner Träume, zu seiner deutschen Freundin Molly und zum Flohmarkt am Main, wo beide Samstag für Samstag das »Paradies auf Erden« finden ...

Rafik Schami, 1946 in Damaskus geboren, lebt seit 1971 in der Bundesrepublik. Studium der Chemie mit Promotionsabschluss. Heute zählt er zu den erfolgreichsten Schriftstellern deutscher Sprache. Sein Werk wurde in 22 Sprachen übersetzt. Lebt in der Pfalz.

Rafik Schami

Die Sehnsucht der Schwalbe

Roman

Deutscher Taschenbuch Verlag

Ungekürzte Ausgabe
August 2002
Deutscher Taschenbuch Verlag GmbH & Co. KG,
München
www.dtv.de
© 2000 Carl Hanser Verlag, München · Wien
Umschlagkonzept: Balk & Brumshagen
Umschlagbild und Vignetten: © Root Leeb
Satz: Satz für Satz. Barbara Reischmann, Leutkirch
Druck und Bindung: Druckerei C. H. Beck, Nördlingen
Gedruckt auf säurefreiem, chlorfrei gebleichtem Papier
Printed in Germany · ISBN 3-423-12991-3

Für Mona und Mousa El-Sohsah,
meine großzügigen Freunde in der Fremde

Wie man in Tunbaki
Langeweile überwindet

Der sommerliche Morgen entfaltete die Geräusche und Gerüche im Dorf Tunbaki. Ein Hahn rief aufgeregt am Straßenrand die Hühner zu sich, er war wohl auf ein paar Körner gestoßen. Als auch ein Rivale die Straße, den Hühnern folgend, überqueren wollte, plusterte sich der Hahn auf, breitete seine Flügel drohend aus und machte nur ein paar Schritte auf den schmächtigen Nebenbuhler zu. Das genügte, um ihn in die Flucht zu schlagen. Vom leichten Sieg beglückt, stolzierte der Hahn am Asphalt der Landstraße entlang, die ins Dorf führt, und krähte.

Über Tunbaki ist die Luft an solchen Tagen vom würzigen Duft der Tabakblätter erfüllt, die überall zum Trocknen hängen. Denn das Siebenhundertseelen-Dorf lebt seit Jahrhunderten vom Tabakanbau.

Doch die Zeiten sind schlechter geworden. Vom Tabak allein kann keiner mehr existieren. Fast jede Familie hat einen Sohn, der am Golf arbeitet und Geld nach Hause schickt. Man merkt das bereits, wenn man nach Tunbaki hineinfährt. Alle Häuser, die von den Emigranten bezahlt werden, sind eine Art Dauerbaustelle: halb fertige Stockwerke, mit Bauholz verschalte Pfeiler, rohe Betondecken.

Manchmal sind es ganze Häuser, denen nur noch Fenster und Türen fehlen. Sie warten auf die nächste Überweisung vom Golf.

Das Dorf Tunbaki ist nicht gerade gesegnet mit schöner Natur. Und die Gerippe dieser halb fertigen Betonbauten machen eher den Eindruck eines Dorfes, das vom Krieg zerstört wurde. Touristen und Urlauber verirren sich selten hierher.

Man fragt sich als Fremder, warum die ersten Siedler überhaupt so dumm waren, sich für diese grüne Einöde zu entscheiden, statt dreißig Kilometer weiter nach Westen zu wandern und sich an der malerischen Küste des Mittelmeers niederzulassen. Doch man tut den Vorfahren unrecht. Kein Einziger von ihnen hatte sich freiwillig für diese langweilige Gegend entschieden. Ein Großgrundbesitzer, der selbst an der Küste residierte, hatte nach einem Kampf mit seinem Rivalen die fruchtbare Gegend erobert und seine Knechte hierher gebracht, damit sie für ihn Tabak anbauten. Als dann das Land Republik wurde und man die Knechtschaft abschaffte, verschwand der Besitzer, doch die Bauern blieben. Sie bauen noch heute Tabak an, der ausschließlich nach Holland exportiert wird, um dort für teures Geld als erstklassiger Pfeifentabak verkauft zu werden.

Gegen zehn Uhr drängten sich die ersten Gäste zum Eingang eines Hauses am Dorfplatz, dessen zweiter Stock immer noch aus nackten Betonpfeilern bestand, aus denen rostige Eisenstäbe ragten.

Um niemand den Auftakt der Hochzeit verpassen zu lassen, hatte man den offiziellen Beginn der Feierlichkeiten, die kirchliche Trauung, auf den Nachmittag festgesetzt. Ein Teil der Verwandtschaft und Freunde lebte nämlich in Damaskus, andere in Aleppo. Zwei Tanten reisten sogar mit ihren Familien aus der libanesischen Hauptstadt Beirut an.

Das Haus Hasbani war eine mächtige Familie, die schon

seit über fünfzig Jahren den Dorfältesten stellte. Dieses Amt, das immer vom Vater auf den Sohn überging, galt im Dorf als höchste Ehre. Der Staat hatte zwar das traditionelle Amt des Dorfältesten abgeschafft und durch das eines verordneten Bürgermeisters ersetzt. Doch außer beim Stempeln von unwichtigen Dokumenten hatte der Vertreter der Regierung im Dorf nichts zu melden. Man nannte ihn den »Stempelmann«, während das Oberhaupt der Familie Hasbani immer noch stolz den Titel »Dorfältester« trug. Er schlichtete nach wie vor Streit oder regelte den Kauf und Verkauf von Grundstücken. Vor allem aber trat er als Richter bei heiklen Auseinandersetzungen auf, aus denen man den Staat heraushalten wollte, etwa bei blutigen Familienfehden, Betrug und Schmuggelgeschäften.

Auch das jetzige Familienoberhaupt, der alte Hasbani, der wie all die anderen Bauern Tabak pflanzte, hielt seine Hand über das Dorf. Sein einziger Sohn Ramsi, dem Tabak allein zu wenig war und der auf die altmodische Ehre, Dorfältester zu werden, keinen Wert legte, war jedoch nach dem Abitur nach Saudi-Arabien ausgewandert und hatte dort durch Glück und Hartnäckigkeit, wie es dieser Familie eigen war, bei einer amerikanischen Ölfirma eine gute Stelle bekommen.

Nun feierte die Familie Hasbani die Hochzeit dieses Sohnes. Die Eltern hatten für ihn Nasibe ausgewählt, die Tochter des Dorfbäckers Salman. Sie war nicht einmal sechzehn Jahre alt. Doch sie galt als tüchtig und schön und deshalb verfolgten sie die Blicke vieler schwärmender junger Männer. Etliche Familienoberhäupter hatten den Bäcker schon aufgesucht in der Hoffnung, Nasibe bald stolz als Schwiegertochter im Dorf vorzuführen.

Salman, der Bäcker, war arm und hatte bisher mit seiner Frau, seinem Sohn Barakat und seiner Tochter Nasibe Tag und Nacht arbeiten müssen, um von der winzigen Bäckerei leben zu können. Die beiden Lebensmittelgeschäfte im

Dorf machten ihm mit billigem Brot aus der nahen Brotfabrik das Leben schwer.

Salman, ein Schlitzohr, hatte in den vielen Bitten um die Hand seiner Tochter eine Chance gewittert, zu etwas Wohlstand zu kommen, und jede Anfrage in Hinblick auf ihren zukünftigen Gewinn für seine Familie geprüft. Kein Wunder, dass er sich schließlich für Ramsi entschieden hatte, der zwar fünfzehn Jahre älter als seine Tochter war, dessen Vater aber als der angesehenste Mann im Dorf galt.

Sicher, die Christen kennen kein Brautgeld, doch was die beiden Familienoberhäupter vereinbart hatten, erfuhr niemand, nicht einmal ihre Ehefrauen. Kurz nachdem der Bäcker die Verlobung seiner Tochter mit dem in der Fremde reich gewordenen Ramsi Hasbani bekannt gegeben und den Hochzeitstag festgelegt hatte, boten beide Lebensmittelgeschäfte kein Brot mehr an. Ja, von diesem Tag an kauften die beiden Händler sogar ihr eigenes Brot beim Bäcker Salman, der seitdem im Dorf wie ein Pfau herumstolzierte.

Seine Tochter Nasibe sollte nie wieder in der Bäckerei arbeiten. Sie sei, hatte der Vater gesagt, die zukünftige Frau eines hohen Angestellten bei den Amerikanern. Nasibe hatte dazu einen Berg schöner Kleider von den reichen zukünftigen Schwiegereltern bekommen und führte nun ein bequemes Leben, das von allen Gleichaltrigen neidisch beäugt wurde.

Ihre Mutter hatte schnell ihre ersten Bedenken verloren und sich mit der Hoffnung angefreundet, eine wohlhabende Tochter würde es niemals zulassen, dass ihre Mutter Hunger litte. Wie gut, dass sie nun zum mächtigen Hasbani zählen würden und keiner ihnen etwas antun könnte. Sie merkte das bereits am veränderten Verhalten der beiden Dorfpolizisten, die früher ihren Mann erpresst und fast täglich mit unnötigen Strafzetteln zur Verzweiflung gebracht hatten. Seit der Verlobung machten die beiden Halunken einen großen Bogen um die Bäckerei, als wäre sie eine Quarantänestation für ansteckende Krankheiten. Ihre Frauen holten die tägliche Brotration mit gesenktem Blick, zahlten brav und meckerten auch dann nicht, wenn Salman ihnen aus Rache schlechte Brote einpackte.

Einzig der Bruder der Braut, Barakat, war gegen die Verbindung von Ramsi und Nasibe. Barakat konnte von klein auf die Familie Hasbani nicht ausstehen und hielt nun seinem Vater vor, er habe die eigene Tochter an die Hasbanis verkauft. Barakat wusste von seiner drei Jahre jüngeren Schwester, dass sie am liebsten den blassen Nachbarssohn Farid mochte. Er war ein Jahr jünger als Nasibe und hatte eine wunderschöne Stimme. Doch seine Eltern waren bettelarm. Barakat mochte den Jungen und merkte, wie er litt, dass Nasibe nun nicht nur einen anderen heiraten, sondern mit ihm auch noch nach Saudi-Arabien auswandern wollte.

Tagelang hatten sie gestritten, aber als die Schwester geweint und ihm vorgeworfen hatte, ihr das Glück nicht zu gönnen, ein bequemes Leben an der Seite eines Mannes zu führen, schwieg Barakat, der ohnehin sehr schüchtern und schweigsam war.

Es sollte ein rauschendes Fest werden. Ein Sänger und drei Köche aus der nahen Stadt Latakia sollten für das Wohlergehen der Gäste sorgen. Der Vater des Bräutigams hatte das überall verkündet und die Leute kamen in Scharen.

Kurz vor elf Uhr fuhr der Bus aus Damaskus unter fürchterlichem Gehupe in Tunbaki ein. Der Fahrer steuerte direkt auf das Haus der Hasbanis zu und hielt unmittelbar vor dem Eingang, als wolle er seinen Fahrgästen, die fast alle zur Hochzeit wollten, jede Mühe abnehmen nach der wilden Fahrt über die Autobahn und danach die halsbrecherischen Serpentinen hinauf bis zum Dorf.

Lutfi stieg wie benommen aus und verfluchte in seinem Herzen den Fahrer, der ihm dreihundert Kilometer lang gezeigt hatte, was man beim Fahren alles falsch machen kann.

Lutfi schaute sich um. Und in diesem Augenblick ging ihm durch den Kopf, dass er mit dem Landleben kein bisschen vertraut war. Er war der geborene Städter. Er drehte sich um und sah Barakat, einen etwa Gleichaltrigen, der gerade dabei war, einen zu großen Tisch durch eine zu kleine Tür ins Haus zu bugsieren. Die Gäste mussten sich gedulden, denn der Bruder der Braut wurde mit dem Tisch nicht fertig.

Lutfi hätte am liebsten geholfen, doch er war bepackt mit einem Koffer und einem Geschenkkarton. Die Gastgeber hatten den Platz vor dem Haus nass gespritzt, um zu verhindern, dass Sand und Staub aufgewirbelt wurden. Lutfi konnte sein Gepäck deshalb nicht abstellen und so wartete auch er geduldig.

Erst die Hilfe zweier herbeieilender Männer machte das Weitergehen möglich. Der Tisch war endlich im Haus und der Eingang für die Gäste frei. Keuchend stand der junge Mann neben der Tür.

»Wo kann ich das Geschenk abgeben? Ich kenne mich hier nicht aus«, sagte Lutfi zu ihm. Barakat musterte den Fremden mit dem Reisekoffer in der einen Hand und dem großen Karton in der andern.

»Oben im ersten Stock, da ist das Brautpaar«, erwiderte er. Eine große Wanduhr schlug elf Mal, als Lutfi die Treppe hinaufging und sich unter die Feiernden mischte.

Als dieselbe Uhr mit rhythmischen metallenen Schlägen Mitternacht ankündigte, verließen Barakat und Lutfi das Haus der Hasbanis und machten sich auf den Weg zum etwas höher gelegenen Viertel, wo das Haus der Bäckerfamilie stand. Lutfi sollte dort während der Tage der Hochzeitsfeier zu Gast sein. In Tunbaki gab es noch kein Hotel, deshalb übernahmen Verwandte und Freunde beider Familien die Gastgeberrolle für alle Auswärtigen.

»Du hast mir heute Nachmittag gesagt, dass du in

Deutschland lebst. Warum bist du weggegangen?«, fragte Barakat, als er neben Lutfi auf dem Schotterweg herlief.

»Das ist eine lange Geschichte«, erwiderte Lutfi. Am liebsten hätte er sofort angefangen zu erzählen, aber er war wie erschlagen nach diesem Tag. Barakat führte ihn in eines der Gästezimmer, die von der Familie der Braut im ersten Stock hergerichtet worden waren. Er selbst bewohnte das Nachbarzimmer. Es war stockdunkel.

»Hier ist eine Taschenlampe, der Strom bricht in der Nacht oft zusammen. Die Toilette ist im Hof, hinten neben der Eingangstür. Du musst die Treppe hinunter und aus dem Haus und dann einfach geradeaus gehen«, sagte Barakat beim Abschied.

»Gute Nacht, weck mich, sobald du aufwachst«, erwiderte Lutfi. Barakat lachte.

»Vorsicht«, sagte er, »sag so etwas nie zu einem Bäcker. Wir müssen zwar jetzt in der Woche des Festes nicht arbeiten, denn mein Vater hat Bäckergesellen aus der Stadt angeheuert, die das Dorf und die Hochzeitsgesellschaft mit Brot versorgen. Aber wenn du zehn Jahre lang Tag für Tag morgens um fünf aufgewacht bist, dann wachst du auch, wenn du frei hast, morgens um fünf auf«, ergänzte Barakat und winkte ab.

»Dann weck mich um fünf, aber mit einem Kaffee«, antwortete Lutfi.

»Warum?«

»Ich bin nicht hergekommen, um zu schlafen.«

»Ja, aber...« Barakat wollte aus Rücksicht auf den Gast seine Neugier bezwingen, doch Lutfi ließ ihm gar keine Chance.

»Kein Aber, weck mich und bring einen starken Mokka mit.«

»Na gut, wenn du willst. Dann bis später«, sagte Barakat und ging in sein Zimmer.

Lutfi schlief sofort ein.

Um Viertel nach fünf – der Morgen dämmerte schüchtern in der Ferne – erwachte er, weil die Tür geöffnet wurde. Barakat brachte ein Tablett mit Kaffeetassen, einer kleinen Schale voller Kekse und zwei Gläsern Wasser.

Die beiden jungen Männer lachten. Lutfi wusch sich schnell das Gesicht und setzte sich dann an dem kleinen Tisch in einen bequemen Sessel. Barakat nahm auf dem Sofa ihm gegenüber Platz.

»Draußen ist es noch zu kalt. Sonst hätten wir auf dem kleinen Balkon sitzen und den Sonnenaufgang genießen können«, sagte Barakat. Er dachte kurz nach. »Hoffentlich hast du dich erholt. Für dich als Städter muss das ja furchtbar sein, das Fest, die endlos langen Lieder dieses singenden Nilpferds und die noch längeren Lobeshymnen auf das Brautpaar. Was hat dich überhaupt hierher verschlagen?«

»Die Hebamme Nadime«, antwortete Lutfi. Da er merkte, dass der Name seinem Gegenüber nichts sagte, fuhr er fort: »Sie ist meine zweite Mutter oder meine beste Freundin und Beschützerin seit meiner Geburt. Sie war es, die mich um diesen Gefallen gebeten hat.

Aber sie war auch schon mal eine bessere Prophetin. Früher, als sie noch viel getrunken hat, konnte sie durch den Zeitschleier sehen und Ereignisse schildern, die noch in der Zukunft lagen. Und oft, sehr oft trat alles genau so ein, wie sie es vorausgesagt hatte. Heute passt sie wegen einer schweren Herzkrankheit mehr auf ihre Gesundheit auf und trinkt kaum noch was, aber deshalb irrt sie sich nun sogar schon in der Prophezeiung über ein Hochzeitsfest.

Ich sollte eigentlich längst in Frankfurt sein, doch ich habe ihr zuliebe den Flug um eine Woche verschoben, damit ich die Hochzeit hier an ihrer Stelle miterlebe. ›Lutfi‹, hat sie gesagt, ›das wird ein rauschendes Fest. Ich kenne meinen Cousin Hasbani. Er ist ein mächtiger und großzügiger Mann. Geh hin und erlebe seine Gastfreundschaft, amüsier dich, bevor du Damaskus endgültig verlässt. Denn

Freude wird dich immer an uns binden. Nimm die Erinnerung an das Fest mit und erzähle den Deutschen, wie wir feiern. Außerdem tust du mir einen großen Gefallen damit. Du schlägst also zwei Fliegen mit einer Klatsche.‹ Doch jetzt fühle ich mich eher wie eine Fliege, die von zwei Klatschen getroffen wurde.«

Barakat lachte.

»Lach ruhig«, setzte Lutfi seine Rede fort, »aber es ist wirklich so. Statt das Leben bei meiner Molly in Frankfurt zu genießen, zähle ich hier in Tunbaki von Anfang an die Stunden. Dabei muss ich dauernd heucheln und den Gastgebern erklären, wie herrlich die Hochzeit sei. Fast jede Stunde kommt einer von der Familie Hasbani und fragt mich, wie ich das Fest finde.«

»Das müssen sie tun«, sagte Barakat und schlürfte laut und genüsslich seinen Kaffee. »Sie tun es nicht nur, um sich durch solche Schmeicheleien streicheln zu lassen, sondern weil die Hasbanis als erfahrene Gastgeber wissen: Wenn die Gäste dreißigmal am Tag papageienhaft wiederholen, wie schön das Fest ist, dann glauben sie nach sieben Tagen tatsächlich, es sei schön gewesen.«

»Ich nicht«, widersprach Lutfi. »Für mich bleibt das Fest auch dann noch fad. Was ist das nur für eine komische Sache! Der Bräutigam verbringt ein halbes Leben zwischen Öltürmen und heißem Sand in der Wüste Saudi-Arabiens und steht seinen Mann. Doch dann auf einmal lässt er sich willenlos wie ein Baby von seinen Eltern verheiraten. Er hat, wie du mir gesagt hast, deine Schwester vorher überhaupt nicht gekannt. Das ist doch verrückt. Und deine Schwester? Hast du die Trauer in ihrem Gesicht gesehen? Ich finde es sehr sympathisch von dir, dass du mir ehrlich gesagt hast: ›Man fühlt förmlich ihre Trauer und möchte am liebsten weinen.‹«

»Aber was hätte ich tun können? Meine Schwester wollte es ja nicht anders und nun spürt sie wahrscheinlich, dass dieser Mann, den alle außer mir lieben und dem sie gestern in der Kirche für alle Zeit das Ja-Wort gegeben hat, ihr Herz doch nicht bewegt. Aber warum bleibst du eigentlich weiter hier? An deiner Stelle hätte ich das Geschenk abgegeben und wäre dann abgehauen.«

»Nein, das kann ich nicht tun. Ich habe Nadime mein Wort gegeben, dass ich sie würdig vertrete. Wenn ich sofort wieder verschwinde, fallen ihre Verwandten wie die Hyänen über sie her. Aber Nadime ist krank und kann Feindseligkeiten nicht mehr vertragen. Ich verdanke ihr viel. Sie hat mich von meiner Geburt an unterstützt, nun darf sie wegen ihrer Krankheit die Anstrengungen der Fahrt und der Feier nicht auf sich nehmen. Weißt du, außerdem hatte ich überlegt: Was soll es immerzu mit der Eile? Ich gehe nach dieser Hochzeit endgültig nach Deutschland und Nadimes Rat, mein Land mit den besten Erinnerungen zu verlassen, hörte sich gar nicht schlecht an. Aber wer rechnet denn mit so einem langweiligen Fest in diesem gottverlassenen Kaff hier! Da ist man ja anschließend wirklich froh, der Heimat zu entkommen.

Hast du gesehen, wie die Gäste essen? Als hätten sie seit einem Jahr nichts mehr zu sich genommen. Mein Tischnachbar hat mich so angewidert, dass ich am Ende aufgestanden bin und mich zum Glück einfach dort hingesetzt habe, wo es noch einen Platz gab – neben dich.

Der widerliche Tischnachbar war einer von diesen Schmarotzern, die alle Hochzeiten bevölkern. Er lacht laut und reißt Witze, das nennt er dann Stimmung machen. Aber eigentlich geht es ihm nur ums Fressen. Die Gastgeber sind wirklich großzügig. Mehr als zehn gebratene Lämmer haben sie zu den Tischen getragen. Und das Essen war von den Köchen herrlich zubereitet und zu wunderschönen Gemälden arrangiert worden. Aber als die Männer das große Blech mit dem gegrillten Lamm an unseren Tisch brachten, griff mein Nachbar mit beiden Händen hinein, drehte und wendete das Fleisch und zog danach mit einem einzigen Ruck die besten Stücke heraus, häufte sie triumphierend auf seinen Teller und überließ Fett, Haut, Knorpel und alles Sehnige den anderen. Seine Hände waren Zangen, Messer und Schaufel zugleich, denn mit einem gekonnten weiteren Griff räumte er anschließend fast alle gebratenen Pinienkerne und Pistazien ab und häufte sie, mit etwas Reis getarnt, auf seinen zweiten Teller.

Dann rief er laut: ›Gott segne den Bräutigam für seine Großzügigkeit!‹, und alle anderen brummten es ihm heuchlerisch nach, obwohl sie dem Gastgeber am liebsten eine Ohrfeige verpasst hätten, dass er den Vielfraß ausgerechnet an ihren Tisch gesetzt hatte.

Und was habe ich an deinem Tisch erlebt? Du hast mit vielen schüchternen Gästen vor fast leeren Tellern, einem Stück Brot, ein paar Löffeln Reis und einer Tasse Jogurt gesessen, während sich zwei Monster, angeblich zur Erheiterung aller, um die Wette in das knusprige Lamm auf eurem Tisch hineinfraßen und dabei so viel sabberten, dass keiner außer ihnen das Fleisch mehr anfassen wollte. Der Ekel der anderen Gäste war natürlich genau das Ziel dieser beiden Festprofis. Gott sei Dank habe ich in dir schnell jemanden gefunden, der bei aller gebotenen Höflichkeit nicht heucheln will.

Nun, ich freue mich sehr, dass du mich aufgenommen hast. Du warst zum Glück schnell, denn deine Eltern waren zu schüchtern und haben wie alle anderen Verwandten dem alten Hasbani freie Hand gelassen bei der Verteilung der Gäste auf die Gastgeber. Um ein Haar wäre ich zur Übernachtung, zusammen mit dem Vielfraß, bei einer Tante des Bräutigams gelandet. Stell dir das vor.«

»Ich habe dich gleich bei deiner Ankunft bemerkt, als ich mit diesem verfluchten Tisch herumhantierte. Du hast so verloren dagestanden. Da dachte ich mir, dass ich eigentlich genauso fremd auf dieser Hochzeit bin wie du«, sagte

Barakat. »Du warst mir von Anfang an sympathisch und seit du mir kurz von Deutschland berichtet hast, will ich nur noch dir nahe sein. Denn nichts kann meine Traurigkeit und Langeweile so gut vertreiben wie eine Abenteuergeschichte.

Gott sei Dank muss man nicht unbedingt Tag und Nacht im Haus der Hasbanis sitzen. An die dreihundert Gäste sind da. Das Gedränge ist so stark, dass es reicht, sich dem Bräutigam und seinen Eltern einmal am Tag zu zeigen. Wir können so lange hier unter uns bleiben, wie wir wollen, und uns amüsieren und dann immer noch zur Hochzeit gehen und uns kurz langweilen. Ich möchte zu gern deine Geschichte hören, weil ich selbst schon immer fortgehen wollte, aber meine Eltern haben mich bis jetzt zum Überleben gebraucht. Ich stehe seit meinem zehnten Lebensjahr in der Bäckerei und war noch nicht einmal in Damaskus. Aber ob du es glaubst oder nicht, jede Nacht träume ich von Australien. Ich lese jeden Papierfetzen, wenn nur Australien draufsteht. Nun sind meine Eltern nicht mehr in Not. Mein Vater denkt sogar an eine Vergrößerung seiner Bäckerei mit Verkaufsstellen in den Nachbardörfern.

Wie ist es dir im Ausland ergangen? Wie kommt man da zurecht?«, fragte Barakat plötzlich leise.

»Mein Leben in Deutschland«, antwortete Lutfi, »ist ein einziges Abenteuer und über vieles davon könnte ich nicht einmal mit meiner Mutter sprechen. Nadime, Molly und Micha, meinem Freund, erzähle ich alles, sonst niemandem. Doch die kluge Hebamme Nadime hatte Recht, als sie mir einmal sagte, man könne wichtige Dinge nur entweder einem absolut zuverlässigen Freund oder einem absolut fremden, aber sympathischen Menschen anvertrauen.

Du bist dieser Fremde, dem ich alles von mir erzählen will.«

Vom Vorteil, dem Rat
einer klugen Frau zu folgen

Ich bin vor ein paar Wochen noch einmal nach Damaskus zurückgekommen, weil ich mich in Ruhe von allen verabschieden wollte, um dann endlich für lange Zeit in Deutschland zu bleiben.

Da die Hebamme wusste, dass ich nie auf legalem Weg einen Pass erhalten würde, hatte sie schon vor Jahren zu mir gesagt: »Hol dir deinen Pass beim Meisterfälscher Ali in Damaskus. Dann kannst du reisen, wie es dir beliebt. Und wenn du mal wieder nach Damaskus zurückkehrst, besorg dir gleich einen neuen bei ihm. Man kann ja nie wissen.« Weil ich das Land mehrmals illegal verlassen habe und leider in Handschellen zurückgekommen bin, war ich den Behörden bekannt. Sie geben mir nie einen Pass. Was blieb mir übrig, als zum Meisterfälscher zu gehen?

Beinahe hätte ich es diesmal vergessen, doch Nadime drängte mich so lange, bis ich zu ihm hinging und mir wieder ein nagelneues Reisedokument ausstellen ließ. Ein Prachtstück.

Drei Tage später wurde der Meister verhaftet. Was für ein Glück, dass ich auf Nadime gehört hatte!

Der Meisterfälscher Ali Scharabi sitzt jetzt wegen einer

dummen Eifersuchtsgeschichte im Gefängnis. Er hat mir früher schon etliche Pässe einschließlich Visum und Aufenthaltserlaubnis für Deutschland gezaubert. Und ich bin bei keiner Einreise am Zoll damit aufgeflogen. Es waren Juwelen aus seinen erfahrenen Händen.

Als die Kriminalpolizei in seiner Wohnung nach Beweismaterial für einen Mord suchte, den er begangen haben sollte, fand sie seine geheime Werkstatt für Pässe. Im Tresor hatte er die Stempel aller Länder der Welt zu einer UNO vereint. Manche Leute sammeln Briefmarken, andere Münzen, Meister Ali sammelte Stempel. Manche darunter sollen größer gewesen sein als die dazugehörigen Länder auf einer Weltkarte.

Man erzählte mir, die Polizisten hätten über seine modernen Geräte gestaunt, die angeblich nicht einmal die Druckerei der Regierung besitzt. Meister Ali übte seine Kunst mit Leidenschaft aus. Er fühlte sich wie ein Schöpfer und er führte sich auch so auf: wie ein Gott, mächtig, tatkräftig und schweigsam. Seine Schöpfungen sprachen für ihn mehr als alle Worte der Erde. Meister Ali ließ aus dem Nichts neue Menschen entstehen. Er schaute den Bittsteller an und sagte: »Du bist Kolumbianer«, und nach ein paar Tagen bekam Kolumbien einen neuen Bürger. Geld interessierte den Meister dabei weniger. Er hatte durch seine Druckerei genug verdient. Er war kinderlos und betrachtete all die Menschen, denen er eine neue Identität verschaffte, als seine Kinder. Immer war er in Sorge, seine Geschöpfe könnten durch eine Unachtsamkeit oder Ungenauigkeit verhaftet werden.

Und so ein Genie geht hin und ohrfeigt einen Nachbarn, der der sehr jungen Frau des alten Meisters schöne Augen oder, wie die Nachbarn tratschten, auch mehr machte. Eine Ohrfeige ergab die andere und sie führten zu Fußtritten. Als die Füße müde wurden, nahmen die Männer Messer. Der Nachbar stach wild auf seinen Rivalen ein. Er streifte aber nur dessen Schulter. Meister Ali jedoch, präzise, wie er war, durchbohrte seinem Nebenbuhler beim ersten und einzigen Stich gleich das Herz.

Eine dumme Geschichte, nicht wahr?

Welch ein Glück, dass ich noch rechtzeitig meinen Pass aus seiner Hand bekommen habe.

Jedes Mal, wenn ich bisher in Deutschland verhaftet und abgeschoben wurde – und das passierte leider viel zu oft –, ging ich anschließend zum Meister. Er kennt mich gut und weil ich ihm immer wieder aus Deutschland Geräte und Chemikalien für seine Werkstatt besorgt habe und ihm meine Leidenschaft gefiel, machte er mir die Pässe zu einem besonderen Preis. Ich musste ihm nur meine Fotos bringen. Nach ein paar Tagen konnte ich den druckfrischen Pass abholen. Danach musste ich nur noch meine neuen Daten so gut auswendig lernen, dass ich sie jederzeit und in jedem Zustand der Müdigkeit, Krankheit oder Trunkenheit fehlerfrei und ohne zu zögern aufsagen konnte. Bis heute war ich schon Sudanese, Nigerianer, Senegalese, Südafrikaner, Ägypter, Brasilianer und sogar US-Amerikaner.

Ich wollte diesmal eigentlich volle zwei Monate in Damaskus bleiben, aber nach vier Wochen spüre ich bereits eine brennende Sehnsucht nach Molly, meiner Freundin in Deutschland. Außerdem muss ich so schnell wie möglich aus Damaskus verschwinden, weil inzwischen die Wunschliste meiner Verwandten, was ich ihnen aus Deutschland schicken soll, immer länger wird. Ich fürchte, wenn ich noch einen weiteren Monat bleibe, muss ich einen ganzen Frachter chartern, um sie alle glücklich zu machen.

Ich lebe nun schon seit drei Jahren in Frankfurt. Illegal, aber ganz vergnügt. Ich wurde zwar immer wieder erwischt und abgeschoben. Aber jedes Mal war ich entschlossen, von neuem dorthin zurückzukehren, wo mein Herz sich am wohlsten fühlt. Und das ist nicht in einem beliebigen Land oder auch nicht irgendeiner Stadt, sondern an einem einzigen Ort auf der Welt: auf dem Flohmarkt in Frankfurt, Babylon, wie ihn meine Freundin Molly nennt.

Sechs, sieben oder zehn Mal wurde ich schon verhaftet und abgeschoben. Ich habe aufgehört nachzuzählen. Aber immer wieder bin ich nach Deutschland zurückgekehrt, denn ich bin eine Schwalbe.

Ein Polizist namens Jens Schlender hatte sich meine Verfolgung zur Lebensaufgabe gemacht und leider war er nicht der Dümmste. Viele Male hat er mich geschnappt und jedes Mal habe ich ihm gesagt: »Hören Sie auf, mich zu jagen. Ich bin eine Schwalbe und komme immer wieder zurück.«

Er lachte nur und fragte: »Wann kommen Sie? Nur, damit ich Ihnen rechtzeitig den roten Teppich ausrollen kann.«

Ich antwortete: »Ich komme wie die Schwalben, wenn es in ihren Herzen Frühling wird.«

Und so komisch es klingt, wir lachten, beim ersten wie beim letzten Mal.

Jens Schlender hat Augen wie ein Adler und eine Nase wie ein Hund. Er ist für mich der einzige Polizist der Welt, dem es gelingt, jede Fälschung zu entdecken. Meister Ali meint, es gäbe Menschen, deren Augen tiefer dringen als Röntgenstrahlen. Der Polizist Jens Schlender ist so einer. Er muss weder einen Polizeicomputer befragen noch auf chemische Analysen warten, um Original und Fälschung voneinander zu unterscheiden.

Er spürte förmlich meine Anwesenheit, und zwar schon wenige Tage nach meiner Landung in Frankfurt. Es war verrückt. Auch ohne mich zu sehen, fühlte er, dass ich wieder da war.

Durch die wiederholten Abschiebungen ist Molly mit der Zeit ängstlich geworden. Deshalb war sie auch dagegen, dass ich dieses letzte Mal freiwillig nach Damaskus flog, nur um mich von meinen Angehörigen zu verabschieden. Ich aber musste es tun. Und ich wusste, es würde mir nichts passieren.

Trotzdem gab es einen Riesenkrach mit Molly und fast wäre ich tatsächlich nicht abgereist. Aber schließlich habe ich sie doch wie so oft damit beruhigt, dass Schwalben ja immer den Weg zurück finden.

In ein paar Tagen fliege ich also wieder nach Frankfurt. Wie immer wartet dann Molly am Flughafen mit einer Rose auf mich. Molly heißt eigentlich Maria, aber alle, die sie lieben, nennen sie Molly. Frauen, die sich prächtiger Gesundheit erfreuen und etwas mehr als nur Haut auf den Knochen haben, bezeichnen die Deutschen als mollig. Wir hier in Arabien würden sagen: »Sie ist gesund.«

Sie selbst nennt mich seit meiner dritten Rückkehr zu ihr nur noch selten bei meinem richtigen Namen Lutfi. Sie liebt das arabische Wort »Snunu«, das auf Deutsch übrigens Schwalbe heißt.

Auch Micha wird sofort kommen, sobald er von meiner Ankunft hört. Er ist mein bester Freund in Frankfurt.

Als du mir in wenigen Worten von deiner Armut erzählt hast, dachte ich, so fremd bist du mir gar nicht. Ich habe mit meinen Geschwistern und meiner Mutter auch immer in Armut gelebt.

In Damaskus leben wir seit einer Ewigkeit in zwei Zimmern eines Hauses mit vierzehn anderen Familien, die genau wie wir jeweils ein oder höchstens zwei Zimmer haben. Die Zimmer bilden ein Quadrat um einen großen Innenhof, der früher mal herrschaftlich war, aber heute ein erschreckendes Zeugnis des Verfalls darstellt. Solche Häuser gibt es zuhauf im Ostteil der Altstadt. Unsere Wohnung ist im ersten Stock. Dort leben meine Mutter und wir, ihre vier Kinder.

Mein Vater ist schon lange tot. Er spielt inzwischen bestimmt im Himmel Geige. Er war Musiker und er ist einen Monat vor meiner Geburt gestorben.

Die Väter meiner Halbgeschwister sind jeweils kurz vor

oder nach der Geburt ihrer Kinder weggelaufen. Deshalb nennt man uns die Kinder der Hure. Ich habe noch nie eine frommere Frau gesehen als meine Mutter. Doch all die Verwandten und Bekannten, die meine Mutter Hure nennen, vergessen ihre Abneigung sofort, wenn sie hören, ich sei mal wieder für kurze Zeit in Damaskus und habe vor, nach Deutschland zurückzukehren. Dann kommen sie in Massen. Hundertzehn Leute waren es diesmal. Die Nachbarn in der Gasse fragten uns, ob jemand gestorben sei oder heiraten wolle. Sie stellten uns all ihre Stühle, Sofas und Hocker, Matratzen und aufklappbaren Bänke zur Verfügung. Wir reihten sämtliche Sitzgelegenheiten im Freien auf und die Nachbarn saßen in ihren leeren Wohnungen an den Fenstern, knackten Kürbiskerne, schlürften Tee und verzichteten für einen Abend aufs Fernsehen, um sich das Schauspiel im Hof nicht entgehen zu lassen.

Da saßen sie nun alle und schmeichelten meiner Mutter, damit ich sie beachtete. Meine Mutter weinte vor Freude, dann fluchte sie leise. Die Verwandten und Bekannten schlürften ihren Tee und gaben bei mir ihre Bestellungen auf. Ich trug alles fein säuberlich in meine Liste ein.

Alle, die bei mir Sachen aus Deutschland bestellen, nennen mich natürlich nicht mehr Sohn der Hure, sondern Lutfi. Ich bin bei allen Verwandten und Nachbarn beliebt wegen meiner zuverlässigen Lieferungen.

Du wirst nicht glauben, was sich die Leute alles aus Deutschland wünschen. Kaugummis und Autos, Kühlschränke und Videokameras, Medikamente, Zaubertabletten gegen das Altwerden und für die Potenz, auch Parfüm habe ich ihnen besorgt und ihnen die Ware immer auf den Piaster genau berechnet. Mein Cousin meinte, ich sei dumm. An meiner Stelle würde er eine Importfirma gründen. Ich will aber keine Firma. Ich erfülle den Leuten ihre Wünsche aus Leidenschaft. Ich liebe es, Menschen Freude zu schenken. Darin bin ich wie Meister Ali. Er schafft mit seinen Pässen neue Menschen und ich schaffe neue Freuden, die ohne mich nie da gewesen wären. Ich weiß genau, wie meine alte Freundin, die Hebamme Nadime, mit ausgebreiteten Armen und Beinen unter dem Deckenventilator liegt, die erfrischende Brise tief einatmet und voller Wonne flüstert: »Gott segne deine Hände und mache dich für deine Feinde unangreifbar, mein Herzzipfel Lutfi.« Und Nadime nennt mich nicht zufällig Herzzipfel, sondern ganz bewusst. Ohne die Medikamente, die ich ihr aus Deutschland schicke, wäre sie nämlich wohl nicht mehr am Leben. Sie hat mir oft gesagt, ich sei der Wächter ihrer angegriffenen Herzkammer.

Aber auch die Freude, die ich den Nachbarn und Verwandten schenke, macht mich stolz. Und ich sage dir, das mit der Freude ist nicht etwa ein frommer Wunsch, sondern hundertprozentig sicher und solide. Denn ich erfülle den Menschen nur, was sie sich sehnsüchtig wünschen. Das habe ich wie so vieles andere von Nadime gelernt.

Sie war es auch, die mich bei der Geburt Lutfi – meine Freundlichkeit – nannte. Ich habe sie angeblich gleich in meinem ersten Augenblick auf Erden angelächelt. Sie sagt, sie habe tausend schwangere Frauen entbunden und alle Neugeborenen hätten bei der Geburt geweint. Nur ich nicht. Ich lachte sie an und schaute neugierig in die Welt.

Meine Mutter meinte, wer bei der Geburt lacht statt wie die andern Kinder zu weinen, wird ein schweres Leben haben. Das ist aber nichts als Aberglaube, denn wenn es so wäre, müsste die Menschheit – außer ein paar wenigen – glücklich sein. Doch das ist sie nicht.

Nicht nur Nadime freut sich über die Sachen aus Deutschland. Auch meine Mutter. Sie hat ihren Kühlschrank aus Deutschland und sagt seitdem nach jedem Schluck kühlen Wassers: »Gott segne dich, Lutfi, und schütze dich vor deinen Neidern und Feinden!«

Wer will bei all dieser Freude noch an Handel denken? Alle bekommen ihre Sachen sogar, ohne Transportkosten bezahlen zu müssen, denn immer wieder helfe ich in Frankfurt irgendwelchen Landsleuten aus Damaskus, wenn sie nach Deutschland kommen, um Autos zu kaufen. Ich unterstütze sie auf ihrem Gang zu Behörden und Ämtern und tue es ohne Lohn, allein mit der Bitte, ein oder zwei Kartons für meine Mutter mitzunehmen. In die Kartons lege ich Zettel mit den Namen der diversen Empfänger. Meine Mutter ruft dann die Leute an und sie kommen zu ihr, um ihre Lieferung abzuholen. Viermal im Jahr bekommt auch Nadime auf diese Weise ihre Päckchen mit deutschen Medikamenten.

Das Beste aber ist immer die Bestellung von meiner Tante Schams, der Schwester meines Vaters. Sie will jedes Jahr zehn oder fünfzehn aufklappbare Weihnachtsbäume aus Kunststoff. Ich weiß nicht, was sie damit macht. »Sie nadeln nicht und sind sehr praktisch«, sagt sie.

Ja, lach nur. Du glaubst nicht, was die Leute alles aus Deutschland haben wollen. Obwohl »Made in Hongkong« draufsteht, für meine Tante ist nur entscheidend, dass der Kitsch in Deutschland gekauft wurde.

Onkel Malik zum Beispiel ist ganz scharf auf alte Goldmünzen. Er hat früher einmal durch einen Zufall eine große Menge Münzen gefunden und im Grunde mein Leben damit verändert, aber davon erzähle ich dir später. Dieser Onkel ist schwer krank und wirklich nur noch ein Haufen asthmatisch pfeifender Knochen. Trotzdem sucht er immer eifriger nach Münzen, findet aber seit drei Jahren keine einzige mehr. Er hat Suchgeräte aus Japan, Korea und Amerika gekauft, doch vergebens. Aber jetzt hat er von einer Wundermaschine aus Deutschland gelesen, die jedes noch so tief vergrabene Metallstück durch Piepsen anzeigt.

Onkel Malik rückte die Zeitungsannonce heraus, die er

wie einen Talisman bei sich trug, und ich schrieb mir Marke, Firma und Adresse auf und werd ihm das Teil besorgen.

Die Nachbarn, die uns zuschauten und dabei ihren Tee tranken, lernten an solch einem Abend nicht nur das kennen, was es alles auf der Welt gibt. Sie erlebten auch zwischendurch hübsche Possen. Eine Frau saß in der dritten Reihe. Ich kannte sie nicht. Sie war etwa dreißig Jahre alt. Als ich sie fragte, was sie sich aus Deutschland wünsche, rief sie: »Lippenstift«, und nannte die Marke. Ihr Mann, der neben ihr saß, sprang auf. »Lippenstift? Lippenstift? Wozu Lippenstift, du unverschämtes Weib, genüge ich dir etwa nicht? Was sind das für Frauen? Meine Mutter hat nie Lippenstift gebraucht und sie hat zehn Kinder zur Welt gebracht«, empörte er sich. Die Leute tobten vor Lachen, aber die Frau reichte mir ungerührt zehn Dollar. »Dann geh zu deiner Mutter«, knurrte sie ihn an und beachtete ihn ansonsten nicht weiter.

Ein anderer Mann ließ jede Bestellung seiner Frau von seinem Vater genehmigen, und wenn der Alte, der die ganze Zeit wie ein Adler in der entferntesten Ecke thronte, mit den Augen seinen Unmut äußerte, wurde die Bestellung zurückgenommen. Die Frau jammerte zwar, doch sie fügte sich.

Aber die Sache mit den Bestellungen hat auch ihre Grenzen. Meinen Cousin Dschamil zum Beispiel, den Sohn von Tante Schams, musste ich leider enttäuschen. Er kam einen Tag früher als die andern, weil er mit seinen Freunden ans Meer fahren wollte, und ich fragte ihn aus reiner Gewohnheit: »Brauchst du was?« Und er antwortete: »Ja, Cousin, Plastikscheiße will ich. Ich wär dir dankbar, wenn du mir für zehn Dollar Plastikscheiße aus Deutschland schicken könntest. Sie muss aber original aus Deutschland sein und nicht ›Made in Hongkong‹ oder ›Made in China‹ sein.«

Ich dachte zuerst, der Schnösel wolle mich auf den Arm nehmen, doch nach und nach begriff ich, dass es ihm ernst damit war. Er streckte mir den Zehndollarschein entgegen. Was er meinte, waren Scherzartikel aus Kunststoff, die Hundekot ähneln.

»Cousin«, wetterte ich, »haben wir nicht genug Scheiße in Arabien, dass ich dir noch welche aus Deutschland mitbringen soll, hm?«

Nein, er war nicht davon abzubringen. Es muss »Made in Germany« darauf stehen, weil es in der Schule, wo sie ihre Scherze treiben, heute zählt, aus welchem Land die Scheiße importiert wurde. Lach nur, lieber Barakat, lach ruhig. Ich habe ihn verflucht und weggejagt.

Mir scheint auch sonst manchmal, dass ich unter Verrückten lebe, allein schon wenn ich an meine Mutter denke, in deren Wohnung die Bilder der heiligen Maria, meines Vaters und des großen Musikers Duke Ellington nebeneinander hängen.

Oder nimm Nadime, die in Argentinien in Saus und Braus lebte und dann wieder nach Damaskus zurückkehrte, um Hebamme zu werden. Eine fast unscheinbare Frau, die dir aber den Tango beibringt, dass dir die Knochen weich werden. Im Vergleich zu Nadime ist meine Mutter ja eine harmlose Nonne, oder kannst du dir vorstellen, dass eine fünfzigjährige Frau im Auftrag eines jungen Mannes Liebesbriefe schreibt, die deftiger in keinem Film vorkommen, und kurz danach fromm und mit gesenktem Kopf ihr »Ave Maria« singt?

Auf der Flucht vor lästigen Verwandten in Tunbaki

»Deine Idee ist genial«, lobte Lutfi seinen neuen Freund Barakat, als der ihm einschenkte. Beide saßen an der Verkaufstheke der geschlossenen Bäckerei. Barakat hatte eine Kerze angezündet und eine große Kanne duftenden schwarzen Tee zubereitet. »Hier in der Bäckerei«, fuhr Lutfi fort, »vermutet uns niemand.« Er lachte zufrieden und feuchtete seine Kehle mit einem kräftigen Schluck aus der Tasse an.

»Heute Morgen habe ich mich fürchterlich über meine Mutter geärgert«, berichtete Barakat. »Sie kann es einfach nicht sehen, dass ich bei meinem Gast sitze und die Zeit genieße. Sie hetzt mich, dieses und jenes zu tun, und jammert, als würde die Hochzeit zusammenbrechen, wenn nicht ich alles erledige. Dabei können das doch die andern genauso. Viele hilfsbereite Menschen stehen herum, alles klappt reibungslos. Aber ich glaube, meine Mutter legt Wert darauf, den Hasbanis vorzuführen, wie gutwillig ich bin. Sie wissen nämlich, dass ich von dieser Ehe nichts halte. Es ärgert mich, denn mir scheint, meine eigene Mutter verrät mich, aber ich will während des Hochzeitsfestes keinen Streit anfangen. Das würde meiner Schwester Unglück bringen, hat mein Vater gesagt. Doch was ist mit meinem Glück? Ich will ja bloß deine Geschichte zu Ende hören. Das zählt bei meiner Familie natürlich nicht.

Hier kannst du jedenfalls ungestört erzählen. Die Stühle sind allerdings leider unbequem. Ich habe wenigstens den Vorteil, dass ich bei einer guten Geschichte die Schmerzen leicht vergessen kann. Ob es dir beim Erzählen auch so geht? Die Bäckergehilfen kommen erst um drei Uhr morgens. Bis dahin haben wir vielleicht beide ein schmerzendes Hinterteil«, fügte Barakat lachend hinzu und rieb sich in freudiger Erwartung auf Lutfis Geschichte die Hände.

Wie ich zu meinen Namen kam

Die Nachbarn haben mich seit jeher nur selten Lutfi genannt. Wenn sie begeistert waren, riefen sie Sebak, Quecksilber. Wenn ich sie aber ärgerte, schrien sie mir, wie ich dir erzählt habe, »Sohn der Hure« nach. Die Bezeichnung Sebak kam daher, dass ich als Kind meinen Gegnern immer entwischte. Niemandem gelang es, mich zu fangen, weder im Spiel noch im Ernst.

Mein Onkel Malik, der Bruder meines Vaters, war der Erste, der mich Sebak genannt hat. Er meinte, weil ich genau wie das flüssige Metall nicht zu greifen sei. Aber er irrte sich. Ich bin leider immer wieder in Deutschland verhaftet worden, weil ich als Illegaler mit meiner dunklen Haut unter den Bleichgesichtern auffiel wie ein Haar im Brotteig. Und weil ich zudem das Pech hatte, den raffiniertesten Polizisten der Welt als Jäger und Gegner zu haben.

Das mit der Bezeichnung »Sohn der Hure« kam anders.

Ich war der Erstgeborene meiner Mutter und die Geburt war schwer und hätte sie fast das Leben gekostet, wäre die erfahrene Nadime nicht bei ihr gewesen. Meine Mutter lag da, in ihrem Kopf war nur Nebel. Denn mein Vater war einen Monat vor meiner Geburt bei einem furchtbaren Unfall gestorben. Ihn allein hat meine Mutter leidenschaftlich geliebt, während sie alle anderen Männer danach nur ertrug, um sich vor dem Hunger zu retten. Sie hat sich schnell verliebt, sobald ein Mann ihr etwas Sicherheit bot, doch noch schneller war sie wieder ernüchtert. Die Männer machten ihr jeder ein Kind und liefen dann davon. Sie vergaßen ihre Schmeicheleien und Schwärmereien und ließen meine Mutter im Stich. Und die Nachbarn nannten sie Hure.

Hast du in unserem Viertel erst mal einen schlechten Ruf, so bleibt er fester als du im Viertel verankert. Auch wenn du verreist bist, bleibt er, auch wenn du stirbst, überdauert er dich. Du liegst unter der Erde und er lebt unsichtbar in deinem Viertel weiter, frühstückt mit den Leuten, geht mit ihnen zur Arbeit und spätnachts mit ihnen zu Bett.

Doch das mit dem Ruf war nur die eine Sache. Hinzu kam damals auch wieder meine dunklere Haut. Nicht nur dass man mir die Farbe übel nahm. Man wollte mich mit Gewalt zum Fremden im eigenen Land machen. Den ersten großen Ärger habe ich in der Schule erlebt. Er hat sich für immer und ewig in mein Gedächtnis eingraviert. Ich war bereits in der fünften Klasse. Ein neuer Lehrer aus dem Norden des Landes mochte mich vom ersten Augenblick an nicht leiden. Er war blauäugig und blond. Und er schaute mich immer etwas erschrocken an. Eine Frage blieb lange Zeit unausgesprochen und doch wollte sie ständig laut werden: die Frage nach meiner Hautfarbe. Und am Ende – das ist immer so – kam sie geballt wie eine Ohrfeige heraus: »Du bist doch kein echter Araber, stimmt's?«, fragte er mich auf dem Schulhof vor allen Schülern.

Ich kochte vor Wut, weil ich dazugehören wollte. Ich schrie ihn an, ich sei ein genauso echter Araber wie er. Meine Haut sei immerhin eindeutig aus Afrika, während er vielleicht nicht einmal wisse, wie viele Völker in seine Haut eingewandert oder an seinen blauen Augen beteiligt gewesen seien. Er ohrfeigte mich. So etwas hast du noch nicht gesehen, wie dieser Mann zitterte. Wer weiß, vielleicht hieß er in seinem Dorf im Norden auch »Sohn der Hure« und sah sich durch meine Antwort daran erinnert.

Nein, was das betrifft, kenne ich keinen Spaß. Ich bin genauso der Sohn meiner Mutter wie der meines Vaters. Keiner stellt es infrage, dass ich von meinem Vater abstamme, aber jeder zweite Idiot erlaubt sich Zweifel an meiner Mutter und fragt mich, ob mein Vater mich mit seiner Putzfrau gezeugt hat. Und als ob es witzig wäre, lachen die Leute darüber. Meine Mutter ist eine freie Bürgerin dieses Landes und sie stammt aus dem Süden. Dort leben seit einer Ewigkeit Schwarze.

Meine Mutter hat mir die Geschichte von den Schwarzen im Süden so oft erzählt, dass sie sich in mein Gehirn eingeritzt hat und nie mehr verschwindet. Nach jeder ihrer enttäuschten Liebesaffären betrank sie sich und setzte sich zu mir, um mir die Geschichte ihrer Herkunft zu erzählen. Manchmal nervte sie mich damit, aber ich liebte sie abgöttisch und hörte immer geduldig zu, damit sie nicht an ihrer Einsamkeit erstickte.

Du musst wissen, so dunkel meine Haut auch ist, im Vergleich zu meiner Mutter bin ich fast ein Albino. Sie ist schwarz und schön wie die Nacht in Arabien, wie der dunkel geröstete arabische Mokka. Ob du es glaubst oder nicht, sie duftet auch wie eine frisch geröstete Kaffeebohne, wenn sie schwitzt. Und sie hat mir erzählt, erst als meinem Vater ihr Geruch in die Nase gestiegen sei, habe er sich unendlich in sie verliebt, denn mein Vater war nun mal süchtig nach Kaffee.

Meine Mutter wurde im Süden Syriens geboren. Doch in ihren Adern fließt das Blut Afrikas. Noch ihr Ururgroßvater lebte, glücklich oder unglücklich, in einem kleinen Dorf an der Küste des heutigen Tansania. Eines Tages wurden die

Bewohner des Dorfes angegriffen, überwältigt, als Sklaven an einen arabischen Händler auf der Insel Sansibar verkauft und von dort nach Oman verschifft. Dieser Händler, ein Schwiegersohn des Sultans von Oman, hatte Tage zuvor eine große Sklavenbestellung aus Syrien erhalten. Einer der reichsten Großgrundbesitzer im Süden, Emir Galeb, brauchte dringend Leute, die seine Ländereien bestellen sollten.

Seine früheren Knechte waren ehemalige Beduinen gewesen, die Dürre und Hunger zu ihm getrieben hatten. Doch Galeb unterschätzte ihren Stolz. Er ließ sie sich schinden für jedes kleinste Stück Brot. Die Beduinen ertrugen alles mit der Geduld ihrer Kamele, bis wieder Fleisch ihre Knochen bedeckte. Dann liefen sie Sturm, zerstörten alles und flohen in die Steppe, die sie barg und ihre Spuren für immer verwischte.

Die Vorfahren meiner Mutter wurden mit dem Schiff nach Aqaba am Roten Meer gebracht und am Hafen stand der älteste Sohn des Emirs Galeb, um dreihundert neue Sklaven auszuwählen. Er prüfte nicht nur Haut, Zähne und Muskeln, sondern achtete auch darauf, dass sich möglichst kein aufmüpfiger Sklave einschmuggelte.

Meine Ururgroßeltern marschierten in einer großen Kolonne von Aqaba zu ihrem Bestimmungsort im Süden Syriens. Ihr Führer, der besagte Sohn des Emirs, war äußerst bemüht um ihr Wohl. Er verbot seinen bewaffneten Wächtern, den Schwarzen etwas anzutun. Das kam von seiner jäh erwachten Liebe zu einer der schönsten Frauen der Welt, einer schwarzen Sklavin, die ihm bereits bei der ersten Begegnung im Hafen den Kopf verdreht hatte. Ihr Blick, ihr Gang machten sein Herz krank vor Sehnsucht. Doch diese Liebe, die ihn später um den Verstand brachte, war nicht die einzige Ursache seiner Milde. Sein Vater, der mächtige Emir Galeb, hatte ihm befohlen: »Ich will keine zerschundenen Leichen sehen, sondern fröhliche, gesunde und arbeitswillige Untertanen empfangen. Du musst mit den Sklaven an den Höfen und Anwesen unserer Feinde und Neider vorbeigehen und euer Anblick soll auf sie und nicht auf uns ein schlechtes Licht werfen.«

Für die Strecke, die gut in drei Tagen Fußmarsch zu bewältigen war, brauchten sie fünf Tage mit lang ausgedehnten Pausen und der Jagd nach Gazellen und Wildschweinen, die in jenem Gebiet damals zahlreich waren. Und der verliebte Sohn ließ die Sklaven, streng bewacht natürlich, auch feiern, trinken und essen. Und tatsächlich erholten sich die Sklaven auf dieser Reise prächtig.

Als sie ankamen, empfing sie Emir Galeb, der eine Schwäche für das Prunkvolle hatte, auf seinem Schimmel. Generationen nach seinem Tod sprachen die Schwarzen noch immer von seiner mit Gold bestickten Uniform, die er in dieser Einöde trug. Er hieß die Sklaven willkommen und sie bekamen ein Gebiet zugewiesen, um ihre Behausungen zu errichten. Am Rande der großen Ländereien gab es einen unwirtlichen Ort um eine Wasserquelle. Sein damaliger Name, Ain Iblis, Teufelsquelle, war darauf zurückzuführen, dass in der Gegend einst ein Vulkan brodelte. Schwarzer Basalt bedeckt dort noch heute große Flächen und wenn man von einer Bergkuppe aus auf die Gegend schaut, wirkt sie wie ein schwarzes Ziegenbockgesicht. Man hielt es damals für das Gesicht des Teufels, aus dessen Mund die Quelle entspringt. Das Wasser floss reichlich, der Boden war sehr fruchtbar und wegen des guten Klimas gedieh alles üppig, vor allem Trauben und Obstbäume. Die Sklaven kultivierten den Boden und bauten ihre Hütten aus Bambus und Lehm, genauso wie in ihrer Heimat in Ostafrika. In der Mitte des Dorfes standen die kleinen Hütten für die Ahnen, in denen Speisen als Opfer dargebracht wurden. Töpfe lagen auf den Dächern der Häuser, Linien aus Asche zogen sich am Eingang entlang. Auf den Feldern ragten Hörner aus dem Boden, alte Kürbisse hingen an den Bäumen. Die

Kinder liefen nackt herum, trugen Ringe um den Hals und am Handgelenk. Ihr Haar wurde geschoren, wie es damals in Afrika üblich war.

Der Emir duldete das Ganze zunächst. Man erklärte ihm, dass der Stamm eher bereit sei, vor Hunger zu sterben, als sich von den Seelen seiner Ahnen zu trennen. Auch ließ sie Emir Galeb ihre Rituale ausüben und ihre Regenmacher und Medizinmänner walteten ihres Amtes so, als wäre das Dorf in Afrika.

Doch befremdend für den Emir und seine Wächter waren die Afrikaner schon, denn auch im ärmsten Dorf Arabiens werden die Toten von den Lebenden getrennt und auf Friedhöfen begraben. Der Stamm meiner Vorfahren kannte diese Trennung nicht. Die Toten wurden hinter dem Haus begraben, in der Regel unter einem Baum und ohne Grabstein.

Auch später, als das Dorf auf Befehl des Emirs zum Islam übergetreten war und einen Friedhof und Begräbnisse nach islamischem Brauch erdulden musste, wurden die Leichen oder wenigstens ein paar Glieder der Toten in der Nacht zurück ins Dorf gebracht und zu den Ahnen hinter das Haus gelegt.

So entstand also ein afrikanisches Dorf mitten im asiatischen Syrien. Es war, als wären die Gefangenschaft, Versklavung und Verschiffung nur ein böser Traum für die Menschen gewesen, an dessen Ende sich das Dorf tausende Kilometer von Afrika entfernt in dieser üppigen syrischen Landschaft wieder fand.

Und es dauerte nicht lange, da träumten die Sklaven erneut in den Hütten und ihr Atem nistete sich in den winzigen Löchern ihrer Behausungen ein. Die ersten Tränen flossen und das Lachen flog durch die Wände ins Freie, später tanzten die Leute so lange, bis Staub und Schweiß sich zu winzigen Mörtelklumpen mischten. Und als dann auch noch die Seufzer der Liebenden in der Nacht manchen Vogel weckten, da waren sie alle mit ihrer Seele angekommen und der Dorfälteste sagte, ihre Gemeinde sei – und das hätten ihm seine Ururahnen in einer nächtlichen Stunde erzählt – nur für eine gewisse Weile auf Reisen, und wenn die richtige Zeit gekommen sei, flöge das Dorf wieder nach Afrika zurück wie eine Schwalbe. Doch sie sollten warten, bis die Ahnen es erlaubten. Bis dahin würden sie im Herzen eines jeden Neugeborenen eine Schwalbe nisten lassen, die ihnen den Weg zum Ort ihrer Sehnsucht weise.

Meine Urahnen lebten in ihrem Dorf isoliert von der ganzen Umgebung. Sie bestellten die Weinberge, die Tabak-, Weizen- und Gemüsefelder, sie hegten die Oliven- und Apfelbäume, Zitronen- und Orangenhaine und vermehrten den Reichtum ihres Herrn an Schafen, edlen arabischen Pferden und Rindern.

Der Emir war begeistert und ließ seine Sklaven ein wenig an seinem Reichtum teilhaben und so erging es ihnen etwas besser als den arabischen Knechten in den umliegenden Ländereien, was zu Neid und Hass führte. Die Araber in der Umgebung waren ihnen feindlicher gesonnen als die Raubtiere Afrikas. Sie überfielen die Schwarzen und raubten sie aus, wo immer sie auf sie stießen. Verlor ein Kind seinen Weg und verirrte sich außerhalb des Dorfes, so kehrte es nie mehr zurück. Im ersten Jahr verschwanden über zwanzig Kinder. Sie waren leichte Beute für Sklavenjäger und wurden an die Reichen der Stadt verkauft. Bald wurde den Schwarzen angst um ihr Leben und dem Emir um seinen teuer bezahlten Sklavenbesitz. Die Dorfbewohner achteten von nun an höllisch darauf, dass sich keines ihrer Kinder zu weit vom Dorf entfernte. Aber erst als zwei Sklavenjäger in der Nähe des Dorfes in einen Hinterhalt der Wächter gerieten und ihnen ihr elendes Leben aus den Knochen geprügelt wurde, hatten die Schwarzen Ruhe.

Nur ein einziger Weißer durfte sich jederzeit im Dorf aufhalten. Das war der älteste Sohn des Emirs. Drei Jahre nach Ankunft der schwarzen Sklaven war er – vermutlich vor Liebeskummer – verrückt geworden. Seither durfte er im Dorf herumstreunen, als wäre er ein Hund oder eine Katze, und die schwarze Schönheit, die ihm Herz und Verstand geraubt hatte, behandelte ihn von da an liebevoll, ja fast zärtlich. Sie war meine Ururgroßmutter.

Meine Urahnen waren damals Anhänger einer Naturreligion. Als die Araber in den Nachbardörfern, die alle Muslime waren, das erfuhren, fingen sie an, gegen die Schwarzen zu hetzen. Sie sagten nicht, dass sie sie um ihren bescheidenen Wohlstand beneideten, sondern sie hassten sie angeblich, weil die Schwarzen Wein tranken und Schweine aßen. Die Weiber, so sagten sie, nähmen sich Männer nach Herzenslust und ihre Kinder liefen ohne jedes Schamgefühl nackt herum.

Das kam dem Emir in der Hauptstadt zu Ohren und er befahl zwei Jahre nach der Ankunft der Schwarzen, sie alle müssten zum Islam übertreten. Deshalb rief das ganze Dorf schließlich im Chor den Satz der Bekehrung aus. Die Männer wurden feierlich beschnitten und die Frauen durften weniger nackte Haut zeigen. Einer der Männer, der das Arabische gut lesen konnte, wurde zum Scheich ernannt und führte die Freitagsgebete in der bescheidenen Moschee, die vom Emir errichtet worden war. Damit verstummten die Feinde des Emirs, doch die Dorfbewohner waren nie besonders religiös. Meine Vorfahren tranken weiter Wein und jagten nach den begehrten Wildschweinen, die in diesem Gebiet ochsengroß wurden, da die Tiere keine natürlichen Feinde hatten und von den Arabern nicht gejagt werden durften. Meine Vorfahren taten es aber nun heimlich, genau wie sie ihrem früheren Glauben noch heimlich weiter anhingen und den Kult ihrer Ahnen pflegten. Aber das habe ich dir ja schon erzählt.

Da lebten sie also nun und arbeiteten. Doch das Dorf wuchs und wuchs nicht, zur Enttäuschung des Großgrundbesitzers. Meine Mutter hat mir erklärt, jede Familie dort habe auch heute nur ein Kind oder höchstens zwei. Damals wurde das nicht einmal besser, als der Herr Belohnungen für jedes Neugeborene aussetzte. Die Leiber der Frauen blieben taub. Nur selten bekommt ein schwarzer Panther Nachwuchs in Gefangenschaft.

Mein Großvater und meine Großmutter waren beide Einzelkinder und meine Mutter selbst hat als Einzige von drei Kindern das erste Jahr überlebt.

Die Zeit verging und als Syrien seine Unabhängigkeit errang, lebte bereits die sechste Generation der Schwarzen hier im Land. Auch ihre Ahnen und Geister fühlten sich langsam wohl in der Fremde, während sich in ihrer Heimat so viel verändert hatte, dass mehrere Angehörige meiner Mutter enttäuscht wieder nach Syrien zurückkehrten, nachdem es ihnen nicht möglich gewesen war, in Tansania Fuß zu fassen.

Die Nachfahren des Emirs Galeb wurden zu führenden Politikern und die Sklaven zu freien, aber mittellosen Bürgern der Republik. Und obwohl sie Arabisch sprachen und Muslime waren, blieben sie ängstlich und verschlossen.

Dann kamen die bitteren Jahre der Dürre. Meine Großeltern mussten meine Mutter als Dienstmädchen nach Damaskus geben. Das war die Rettung nicht nur für das Mädchen, das nun bei einer der reichsten Damaszener Händlerfamilien lebte, sondern auch für meine Großeltern, denn durch den Lohn ihrer Tochter konnten sie sich vor dem Hunger retten. So wurde meine Mutter als Kind zur Ernährerin ihrer Familie.

Und meine Mutter wuchs in Damaskus zu einer wunderschönen jungen Frau heran. Sie wurde von ihrer Herrschaft zwar kalt, aber großzügig behandelt. Später sprach sie manchmal von ihrer Angst, die sie damals vor dem jungen

Hausherrn verspürte. Er hatte ihr immer wieder halb im Spaß, halb im Ernst nachgestellt.

Und kein Mensch glaubte, dass diese junge Hausbedienstete einmal einen Mann kennen lernen würde, der aus einer der besten Familien in Damaskus stammte. Und noch weniger war vorauszusehen, dass sie sich ausgerechnet bei einem Konzert der Jazzlegende Duke Ellington verlieben würden. Aber das ist eine andere Geschichte, die ich dir erst heute Abend erzählen werde.

Schein und Sein in Tunbaki

Die Sonne ging langsam unter, in der Ferne flirrte die Luft in einem letzten Tanz, bevor die Erde sich abkühlte. Auf dem kleinen Balkon saßen Lutfi und Barakat. Sie hatten jetzt das ganze Haus für sich, denn das Fest ging zu dieser Stunde erst richtig los und die Leute strömten nun zu den Hasbanis, nachdem sie sich mit einer ausgiebigen Siesta und anschließender Erfrischung auf eine lange Nacht vorbereitet hatten.

»In der Bäckerei ackern sie heute bis Mitternacht, um den Gästen frische Leckereien zu servieren. Welch ein Aufwand! Aber meinetwegen, ich muss ja nicht arbeiten und hier stört uns heute Nacht niemand. Doch ich schlage vor, dass wir uns später noch einmal leise zu den Feiernden schleichen und so tun, als wären wir schon seit einer Ewigkeit dabei«, schlug Barakat vor.

»Das ist, glaube ich, gar nicht nötig. Ist dir nicht aufgefallen, dass keiner der Familie Hasbani uns gestern Nacht vermisst hat? Und wir haben ja den Krach und die Schnulzen dieses drittklassigen Fettsacks bis hier zur Bäckerei herauf hören können. Ein Hochzeitsgast aus Damaskus, der auf der Busfahrt neben mir saß, hat mir heute beim Mittagessen gesagt, er hätte mich gestern vermisst. Da habe ich nur gelacht und ihm geantwortet, wahrscheinlich hätten Lammfleisch und Rotwein ihm den Blick getrübt, denn ich sei da gewesen und des Sängers Lied von der Taube, die mit den verlassenen Liebenden trauert, habe mich zu Tränen gerührt. Er entschuldigte sich, auch er sei von dem Lied tief bewegt gewesen. Er war nun vollkommen überzeugt, dass ich tatsächlich dort gewesen war. Du weißt doch, wie wir gestern über diesen Schreihals von einem Sänger gelacht haben, weil er sich dauernd bei der Taube beklagte, dass er durch seinen Liebeskummer nur noch Haut und Knochen sei. Und dann auch noch singend behauptete, die Taube habe Tränen vergossen wegen seiner schwindenden Gesundheit. Ich habe mir den Kerl eben noch einmal angesehen. An die hundertdreißig Kilo bringt er bestimmt auf die Waage.

Ich hätte dem Sänger auf der Hochzeit empfohlen, das Lied umzukrempeln und zu singen:

> Schau mich an, oh süße Taube,
> bin ich noch so, wie ich war?
> Dick bin ich und voller Kummer
> Wegen dir – so viel ist klar.

Lach nur, meine Verse sind albern, aber ehrlicher als sein Haut-und-Knochen-Lied.«

Lutfi grinste vergnügt. Dann, als er den ersten Schluck Tee genommen hatte, lächelte er und sagte: »Heute habe ich mich übrigens kurz mit dem Bräutigam unterhalten. Er wollte wissen, woran denn die Hebamme Nadime erkrankt sei. Ich habe ihm alles erzählt und er war gerührt, weil sie mich mit den Geschenken geschickt hat. Auch mich hat er gelobt, weil ich über dreihundert Kilometer gefahren bin, um Nadime diesen Gefallen zu tun. Ich habe ihm geantwortet, dass ich für Nadime alles tun würde, weil sie die ganze Liebe der Welt verdient. Bis zu diesem Satz war ich aufrichtig, doch dann hat mich der Bräutigam gefragt, ob ich mich gut amüsiere, und ich habe geantwortet: ›Ja.‹ Danach habe ich allerdings schnell wieder aufgehört mit dem Heucheln und gesagt: ›Vor allem amüsiere ich mich mit deinem Schwager Barakat. Er ist ein wundervoller Mensch und wir lachen viel miteinander.‹

Der Bräutigam hat darauf eine bissige Bemerkung gemacht und sich gewundert, dass du überhaupt lachen kannst. Und er hat gesagt, dass er mir das hoch anrechnen würde, wenn ich dich bei Laune halten könnte, weil du etwas traurig aus der Wäsche schaust und seine Frau, deine Schwester Nasibe, dich besonders liebt.

Ich habe ihm versprochen, mir Mühe zu geben. Also erzähle ich dir jetzt weiter meine Geschichte. Wo bin ich gestern stehen geblieben?«

»Alter Gauner, willst du mich prüfen? Du wolltest von diesem berühmten Musiker – wie hieß er noch? Ja, Diek Aliton – erzählen. Na, was sagst du zu meinem Gedächtnis?«, fragte Barakat scherzend und nicht ohne Stolz.

»Alle Achtung, nur heißt der Musiker Ellington, Duke Ellington«, erwiderte Lutfi und lachte.

»Und wer war dieser Ellington?«

»Wer Duke Ellington war? Gott sei Dank hört meine Mutter deine Frage nicht. Sie wäre dir an die Gurgel gesprungen. Für sie zählt es zu den Todsünden, diesen größten Jazzmusiker aller Zeiten nicht zu kennen.«

Meine Mutter und Duke Ellington

Mein Vater, Amad Farah, stammte, wie gesagt, aus einer reichen christlichen Händlerfamilie. Sein Vater wiederum war in seiner Jugend einer der verwegensten Dichter gewesen, später hatte er sich allerdings dem einträglichen Tuchhandel zugewandt. Aber bis zu seinem Lebensende liebte er weiter Sprache und Dichtung. Und da Farah auf Arabisch, wie du weißt, Freude bedeutet, gab er jedem seiner drei Kinder einen Vornamen, der in Verbindung mit dem Wort Freude besonders schön klingt. Mein Vater bekam den Namen Amad Farah, die höchste Freude, meine Tante nannte der Großvater Schams Farah, Sonne der Freude, und seinen jüngsten Sohn, meinen Onkel, nannte er Malik Farah, Besitzer der Freude. Großvater war abergläubisch und meinte, seine Kinder könnten allein durch diese Vornamen ein Anrecht auf Freude erwerben.

Meinen Vater schickte er auf eine Handelsakademie nach New York, um die Zukunft seines Tuchgeschäfts abzusichern. Doch statt sich den Zahlen und Tabellen zu widmen, verliebte sich der junge Mann in die Jazzmusik. Bereits als Kind hatte mein Vater Geige spielen gelernt und konnte mit seinem Instrument bald wie ein Zauberer umgehen. Da war mein Großvater stolz auf ihn gewesen.

Durch Zufall lernte mein Vater eines Nachts in New York Duke Ellington kennen. Beide wurden schnell Freunde. Duke war nicht nur ein großartiger Musiker, sondern er hatte auch eine hervorragende Menschenkenntnis. All seine Musiker blieben ihm über Jahrzehnte hinweg treu. Er studierte jeden Menschen genau, auch meinen Vater. Er wollte seine Leute genau kennen, nur dann könne er sie wirklich in seine Musik einbinden. Er war überzeugt, dass er die Noten für jedes Instrument nur dann perfekt schreiben könne, wenn er mit jedem einzelnen Musiker nicht nur gegessen, diskutiert, gelacht und gestritten, sondern auch ein paar Runden Poker gespielt habe, um sein wahres Temperament kennen zu lernen. Mein Vater war überhaupt keine Spielernatur, aber wenn es ans Pokern ging, räumte er nun mal die Taschen seiner Gegner leer. Er war Feuer unter der Glut, von außen harmlos, ruhig und fast blass. Innen war er ein Vulkan. Duke Ellington war genauso. Darüber hinaus war er in allem, was er tat, ein sehr edler Mensch. Das hatte ihm schon als Kind bei seinen Mitschülern den englischen Namen »Duke«, also einen Adelstitel wie Herzog, eingetragen. Richtig hieß er Edward Kennedy Ellington.

Nach einiger Zeit kehrte mein Vater aus Amerika zurück und die Reaktion kannst du dir vorstellen, als er seinem Vater eröffnete, er wolle kein Tuchhändler, sondern Geiger werden. Musiker, Schauspieler und Tänzer galten damals noch in Damaskus als ehrlose Menschen.

Man erzählt sich, mein Großvater sei derart enttäuscht gewesen, dass er in der darauf folgenden Nacht einen Hirnschlag bekam. Von Stund an vegetierte er halb gelähmt dahin und gab meinem Vater die Schuld dafür.

Mein Vater wurde dennoch ein unter Musikern sehr geschätzter, allerdings zunächst bettelarmer Geiger. Rundfunk und Fernsehen sind ja hier in Syrien staatlich und zahlen miserabel und Schallplatten kann ein Geiger bei uns nicht aufnehmen. Keiner würde sie kaufen. Mein Großvater verweigerte ihm natürlich jede finanzielle Hilfe und später, als sein Sohn meine Mutter heiratete, verstieß er ihn sogar und enterbte ihn.

Mein Vater spielte nun überall Geige, wo sich die Gelegenheit bot, im Rundfunkorchester, in Nachtlokalen, auf Hochzeiten. Und er träumte von einem Auftritt mit Duke Ellington in Damaskus.

Du musst wissen, Duke Ellington war in Amerika ein Halbgott der Jazzszene. Aber Damaskus war Mitte der Sechzigerjahre in den Köpfen der meisten Amerikaner entweder gar nicht vorhanden oder galt höchstens als Ort des Terrors. Ausgerechnet dort gab es einen jungen Geiger, der von einem Auftritt mit Duke Ellington träumte. Meine Mutter hat mir einmal erzählt, mein Vater habe ihr später berichtet, wie er ganze Nächte im Rausch verbracht habe. Er sei mit Tränen in den Augen dagestanden und habe die eingebildeten Ovationen seines unsichtbaren Publikums entgegengenommen. Die jedoch kamen in Wirklichkeit vom Nachtlokal unter ihm und galten einer Bauchtänzerin, damit sie dem begeisterten Publikum eine Zugabe gewährte. Er hatte damals ein kleines Zimmer auf dem Dach des Nachtlokals. Dort durfte er kostenlos wohnen.

Weil aber mein Vater fanatisch an die Sache mit sich und Duke Ellington glaubte, scharte er ein paar junge Musiker, tüchtige Organisatoren und Theaterleute um sich und erzählte ihnen, dass er seinen amerikanischen Musikerfreund einladen wolle. Er hatte kein Geld und war gerade erst fünfundzwanzig geworden, aber er war sich sicher, dass Duke, wenn er käme, zufrieden sein würde.

Also schrieb er eine Einladung. Und Duke Ellington kam am 7. September 1963 mit seiner weltberühmten Band nach Damaskus. Der Kultusminister, genauso verrückt wie mein

Vater, reagierte schnell und die Stadt bereitete Ellington einen majestätischen Empfang. Der Staatspräsident speiste mit ihm und viele Menschen jubelten vor seinem Hotel. Der große Musiker war zutiefst bewegt. Er verliebte sich in Damaskus und versprach, jedes Jahr im Herbst wiederzukommen. Er hielt Wort, bis zu seinem Tod 1974.

Nun, wenn auch die Syrer Chaoten sind, so sind sie vielleicht doch gerade deshalb Weltmeister in der Improvisation. Schon der erste Auftritt des großen Jazzmusikers war perfekt und erfolgreich, so erfolgreich, dass die High Society der Stadt für weitere Konzerte die Karten auf dem Schwarzmarkt kaufen musste, um diese Musiklegende zu erleben.

Ich habe dir bereits erzählt, dass meine Mutter in Damaskus als Dienstmädchen arbeitete. Die reiche Familie, bei der sie ihr Brot verdiente, hatte noch nie etwas von Jazz gehört. Weil aber alle Reichen hingingen, mussten auch sie dabei sein. Als man ihnen sagte, Jazz sei Negermusik, beschlossen sie, meine Mutter mitzunehmen, in der Hoffnung, sie als Schwarze könne ihnen vielleicht das eine oder andere erklären. Meine Mutter war aufgeregt und machte ihrer Herrin vor, sie habe bereits als Kind in den Negerhütten Jazz gehört. Das überzeugte die Herrin. Sie ließ ein schönes Kleid besorgen und schließlich erschien meine Mutter wie eine schwarze Prinzessin an der Seite der reichen Familie.

Aus Dankbarkeit und auch nicht ohne Bewunderung hatte Duke Ellington meinen Vater bereits bei der Ankunft eingeladen, in der Band mitzuspielen. So übte er mit weltberühmten Musikern wie Billy Strayhorn, Johnny Hodges, Harry Carney und Ray Nance und trat später auch mit ihnen zusammen auf die Bühne. Und mein Vater spielte göttlich.

Schon beim ersten Auftritt riss Duke Ellington die Massen mit. Sie jubelten. Er selbst war begeistert und aus der vereinbarten einen Woche wurde ein ganzer Monat. Nacht für Nacht war die große Halle in Damaskus ausverkauft. Hätten er und seine Musiker nicht dringende Aufnahmetermine in den USA gehabt, wäre Duke sogar noch länger geblieben.

Und bei einem dieser Konzerte passierte es dann: Ein Stück gab es, das meine Mutter restlos verzauberte. Es heißt »Solitude« und sie hat mir später erzählt, just in dem Augenblick, als das Orchester ansetzte, dieses Stück zu spielen, hätten sie und mein Vater sich seelisch vereinigt. Sie saß ganz nah an der Bühne und er entdeckte sie genau in dem Augenblick.

Bis heute hört meine Mutter mehrmals am Tag dieses »Solitude«. Wir hatten oft kaum einen anständigen Esstisch, aber einen krächzenden Plattenspieler, auf dem meine Mutter das Stück abspielen konnte, gab es immer. »Fünfmal am Tag erinnert der Muezzin mit seinem Gesang die Gläubigen an ihre religiösen Pflichten. Deine Mutter pflegt zehnmal am Tag ihre Erinnerung mit Duke Ellingtons Musik«, hat sich Nadime stets über ihre beste Freundin lustig gemacht und sie hat nicht übertrieben.

Doch die größte Überraschung ihres Lebens sollte für meine Mutter erst noch kommen. Mein Vater war sowohl auf der ersten als auch auf jeder weiteren Reise nach Damaskus Duke Ellingtons Dolmetscher, Sekretär, Ohr und Zunge, Hand und Fuß. Mein Vater sorgte dafür, dass der König des Jazz sich zu keiner Sekunde fremd fühlte, und begleitete ihn auf seinen Ausflügen in die Umgebung von Damaskus, wo Duke Ellington auch zum ersten Mal unseren Volkstanz Debke sah. Er war sogar derart beeindruckt, dass er sofort nach seiner Rückkehr in die USA ein Stück mit dem Titel »Depk« schrieb. Auch seine Eindrücke von einer Reise zum Berg Harissa im Libanon schrieb er in einem Jazzstück nieder. Doch eine Überraschung, die meinen Eltern fast den Atem raubte, fand sich auf einer Platte, die Ellington nur über seine Reise in den Orient komponiert hatte: Ein Stück darauf war meinem Vater gewidmet und hieß »Amad«. Du magst das für eine Lüge halten, aber glaub mir, die Platte schenkt meine Mutter jedem. »The Far East Suite« heißt sie und das Stück, das den Namen meines Vaters trägt, ist die Nummer 8. Das weiß ich deshalb auswendig, weil ich einige hundert Exemplare dieser Aufnahme in Deutschland für meine Mutter besorgt habe.

Ihr erster Wunsch, was ich ihr mitbringen sollte, war genau diese Platte von Duke Ellington. Ich habe ihr einen CD-Player und zehn verschiedene CDs ihres Lieblingsmusikers geschenkt. Aber keine interessierte sie so wie »The Far East Suite«, auf der mein Vater und seine Freundschaft mit Duke Ellington verewigt sind. Der Plattenhändler in Frankfurt lacht schon immer, wenn ich seinen Laden betrete, und ruft mir entgegen: »The same procedure as last year?«

Und ich antworte immer: »The same procedure as every year!«

Meine Mutter verschenkte die CD nicht nur an Nachbarn und Verwandte, sondern sogar an alle Gemüsehändler und Bettler. Sie hat mir geschworen, Duke Ellington in Damaskus so beliebt wie in keiner anderen Stadt der Welt zu machen. Sein Bild mit dem Autogramm und den Zeilen »for my friend Amad, with love« hängt heute noch bei uns neben dem Bild meines Vaters und dem der Heiligen Jungfrau.

Nach dem unglaublichen Erfolg seiner ersten Tournee kam also Duke Ellington wie versprochen jedes Jahr im September nach Damaskus und bot dem Publikum Jazz auf Weltniveau. Meine Mutter bekam immer Freikarten und durfte in den Pausen zu den Musikern hinter die Bühne gehen. So konnte sie vieles miterleben, was selbst die Leute um Ellington kaum wussten. Kannst du dir vorstellen, dass dieser begnadete Komponist seine musikalischen Einfälle auf Rechnungen, Zettel und Papierschnitzel notierte? Manchmal ließ er sie einfach liegen oder warf sie in die Toilette. »Was gut ist«, sagte er zu meiner Mutter, »bleibt im Kopf.«

Einmal sah sie ihn hinter der Bühne mit einem Freund in Amerika telefonieren, er summte dem Gesprächspartner hinter den sieben Meeren eine Melodie vor, die ihm erst während des Gesprächs eingefallen war.

Duke Ellington liebte die Art meines Vaters, Geige zu spielen, und versuchte ihn zu überreden, mit nach Amerika zu gehen, doch mein Vater wollte sein Land nicht verlassen. In Damaskus war er berühmt als der Organisator des Jazzfestivals und Freund des genialen Duke Ellington, der es nie versäumte, öffentlich zu verkünden, dass er seine Auftritte in dieser Stadt immer nur mit Amad Farah machen würde. Die Zeitungen, die diese Sätze veröffentlichten, bewahrt meine Mutter noch heute wie eine Reliquie in einer großen Blechdose auf.

Mein Vater arbeitete elf Monate im Jahr hart, um für einen Monat mit Duke Ellington das Paradies der Musik zu betreten. Duke war überrascht, welch große Fortschritte mein Vater von Jahr zu Jahr machte, und wurde nicht müde, ihn immer wieder in die USA einzuladen. Aber mein Vater wollte alljährlich hier in der Heimat seine Freude erleben und vielleicht auch ein wenig seine Familie ärgern, das heißt sie mit seinem musikalischen Erfolg quälen.

Duke Ellington kam jeden Herbst mit den Zugvögeln, die im September, auf dem Weg zu ihren Winterquartieren in Afrika, den Himmel über Damaskus durchqueren. Und er sagte zu meiner Mutter, er fühle sich mit ihr verwandt und mit den Zugvögeln. Deshalb käme er jeden Herbst.

Dank der Freundschaft mit Duke Ellington bekam mein Vater mehr Aufträge, als er jemals hätte realisieren können. Doch er war im Gegensatz zu mir ein schlechter Geschäftsmann. Er spielte seine Finger wund und jede Menge Blutsauger lebten von seiner Arbeit und ließen ihn selbst nur das wenigste daran verdienen.

Die Freundschaft zwischen meinen Eltern und Duke Ellington wurde so groß, dass sie fast jede Woche telefonierten. Meine Mutter kam sogar auf die Idee, Duke Ellington als Trauzeugen zu gewinnen. Er soll über den Einfall damals eine ganze Nacht gelacht haben und schickte am nächsten Tag ein Telegramm, in dem er seine Begeisterung zum Ausdruck brachte. Doch dann ereilte ihn leider Ende Mai 1974 der Tod, drei Monate vor dem Hochzeitstermin.

So traurig diese Nachricht vom Tod ihres Freundes meine Eltern auch machte, für ihre Heirat hätte sie kein Hindernis dargestellt. Und trotzdem verschoben sie die Hochzeit um zwei Jahre. Andere große, lebensgefährliche Hindernisse standen den beiden Verliebten im Weg. Sie schienen unüberwindlich zu sein: der chronische Geldmangel, die Hautfarbe meiner Mutter und die unterschiedliche Religionszugehörigkeit. Hautfarbe und Armut wären in Syrien vielleicht noch zu überwinden gewesen, aber der dritte Punkt war lebensgefährlich.

Du weißt bestimmt, dass damals Leute, die die Grenzen ihrer Religion überschritten, jedem Fanatiker zum Abschuss freigegeben wurden. Religionsverrat wurde mit einer hohen Gefängnisstrafe geahndet und der Staat ließ äußerste Milde walten bei Mördern, die einen Abtrünnigen töteten. Wer seine Religion verließ, war für jedermann vogelfrei.

Das wussten meine Eltern. Mein Vater war ein weißer Christ und meine Mutter eine schwarze Muslimin. Deshalb mussten sie besonders klug vorgehen, wenn sie länger als eine Nacht verheiratet sein und miteinander leben wollten.

Ich habe diese Geschichte noch niemandem erzählt, aber du bist ein Mensch, der so begierig zuhört, dass er alles aus mir herauskitzelt.

Im März 1976 flüchtete meine Mutter aus dem Haus ihrer Herrschaften und hinterließ eine falsche Spur nach Beirut. Es war ganz einfach. Sie vergaß absichtlich einen kleinen Koffer mit etwas Geld und Unterwäsche in ihrem Zimmer. Außerdem lagen auch mehrere Briefe darin, die sie von einem Mann aus Beirut erhalten hatte. Dieser Mann lud sie, immer in Anspielung auf ihre lange Bekanntschaft, zu sich in den Libanon ein und versprach ihr die Ehe. Von Brief zu Brief drängte er immer mehr, nachdem sie ihm erzählt hatte, dass sie angeblich ein Kind von ihm erwarte.

Die Briefe hatte kein anderer als mein Vater geschrieben. Nun, wie du weißt, war im Jahr zuvor der Bürgerkrieg im Libanon ausgebrochen und kein Mensch konnte nach dem Mann suchen, dessen Name allein so gut wie keine Auskunft gab. Die Familie, bei der meine Mutter gearbeitet hatte, teilte also meinen Großeltern die Flucht der Tochter mit. Sie übergaben ihnen den Koffer und den restlichen Lohn. Das war der erste Schritt eines klugen Plans. Mein Vater, musst du wissen, war ein leidenschaftlicher Leser höchst raffinierter englischer Krimis.

Als zweiten Schritt stellte der Meisterfälscher Ali Scharabi perfekte Papiere für eine Christin aus – für eine Ägypterin namens Halime. Außerdem fertigte er je eine Fälschung einer Eheschließungsgenehmigung der koptischen Kirche und der Behörden in Ägypten an. Und deshalb heißt meine Mutter bis heute Halime.

Jetzt weißt du, wozu der Meisterfälscher Ali fähig war. In den letzten drei Jahren hat er deshalb oft ein bisschen verärgert gesagt, ich sei der Einzige, der ihm dauernd vorführt, wie kurzlebig seine Geschöpfe sein können. Doch meine Mutter lebt heute noch mit der Identität, die er ihr einmal geschaffen hat.

Mein Vater, der nach dem Tod Duke Ellingtons nicht mehr an Damaskus gebunden und mittlerweile ja berühmt war, übernahm die Stelle eines Dirigenten beim kleinen

Rundfunksender von Aleppo, der zweiten Stadt Syriens, und dorthin kam 1976 meine Mutter nachgereist. Eine Woche später heirateten sie in einer kleinen Kapelle und lebten danach überglücklich zusammen. Bald bekam meine Mutter auch wieder die syrische Staatsangehörigkeit und wurde nun sozusagen eine syrische Christin. Schließlich wurde ich in Aleppo gezeugt. Doch bald danach musste meine Mutter die Stadt verlassen. Bei einem bis heute nicht aufgeklärten Autounfall nach einer Benefizveranstaltung für Waisenkinder kamen mein Vater und alle seine Orchestermitglieder ums Leben. Merkwürdigerweise hatten die Veranstalter eine Woche vor dem Konzert Drohbriefe erhalten. Und noch merkwürdiger ist, dass die Polizei zwar feststellte, dass an der Bremsleitung des kleinen Busses manipuliert worden war, aber nichts zur Aufklärung des Falls unternahm.

Meine Mutter neigt dazu, überall Verschwörungen zu sehen, und vermutet, dass ein Killer von meinem reichen Großvater angeheuert wurde, denn mein Vater hatte aus irgendeinem Anflug von Familienzugehörigkeit seinen Eltern gesagt, dass er eine schwarze Ägypterin heiraten und mit ihr nach Aleppo ziehen wolle. Seine Mutter gab ihm heimlich eine Menge Geld, doch sein Vater verfluchte und verstieß ihn, wie du weißt. Später erfuhr meine Mutter auch, dass ihr Mann nichts erben würde.

Wenn du meiner Mutter zuhörst, denkst du, sie hätte dreißig Jahre mit meinem Vater in Aleppo gelebt. Sie verbrachten aber nur ganze sechs Monate dort.

Nadime, die Hebamme, sagt, die Zeit des Glücks vergehe immer schnell und niste sich dann im Gedächtnis ein. Dort gebe sie vor den anderen Zeiten an und blähe sich zu vielfacher Größe auf.

Aber die Monate in Aleppo waren die schönsten für meine Mutter. Sie vergingen wie im Rausch und plötzlich kam das Unheil mit dem Autounfall, unerwartet und zerstörerisch wie ein schweres Sommergewitter.

So kehrte meine Mutter mit mir im Bauch und ihrem Mann im Sarg an einem kalten, regnerischen Tag niedergeschlagen von Aleppo nach Damaskus zurück. Dort, auf dem christlichen Friedhof, liegt mein Vater in einem bescheidenen Grab weitab von dem seiner Familie. Das war sein ausdrücklicher Wunsch. Er wollte nicht, dass seine Knochen in der Nähe derer seines Vaters liegen. Das schrieb er in seinem Testament, das nur eine halbe Seite umfasste und das er bei seinem besten Freund, einem Rechtsanwalt, hinterlegt hatte. Dieser Rechtsanwalt und der Besitzer des Nachtlokals, bei dem mein Vater früher immer wieder gespielt hatte und auch kostenlos wohnte, waren die Einzigen von früher, die meiner Mutter beistanden, als sie wieder nach Damaskus kam. Der Rechtsanwalt aus Liebe zu meinem Vater und der Nachtlokalbesitzer aus Liebe zu meiner Mutter, die ihr später noch ein Kind bescheren sollte, aber das erzähle ich dir nicht jetzt.

An jenem ersten Tag, als sie aus Aleppo ankam, lernte meine Mutter die Hebamme Nadime kennen und beide Frauen wurden unzertrennlich, was am Ende Nadime mehrere unbezahlte Geburten und dauernde Kopfschmerzen verursachte und meiner Mutter das Leben rettete.

Was Nadime eigentlich an uns findet, weiß ich nicht. Klar, seit ihrer Krankheit bin ich ihr Schutzengel, aber das hat sich ja jetzt erst ergeben. Einmal hat sie gesagt, dass sie mit niemandem so herzlich lachen könne wie mit meiner Mutter und tatsächlich lachen die beiden manchmal so, dass ich mir Sorgen um ihren Verstand mache. Mir aber ist diese Hebamme immer die beste Ratgeberin gewesen. Ohne Nadime wäre ich heute dümmer und voller Angst. Nadime ist nicht nur eine erfahrene Hebamme, sie kann auch die Angst aus dem Körper ziehen. Ja, wirklich. Es klingt unglaublich, aber ich habe es selbst erlebt. Mich hat sie nämlich auch einmal von einem Schock befreit, der tief in mir saß. Ich weiß heute nicht mehr genau, was mich damals so sehr schockierte. Ich wurde krank und die Ärzte im Krankenhaus fanden keine Erklärung. Nadime sah mich nur kurz an und erkannte, dass ein Schock mein Herz gefangen hielt. Sie nahm mich zu sich nach Hause, um mich vom Schock zu befreien. Alles Weitere vergesse ich nie. Meine Mutter wartete bei Nadime im Innenhof. Die Hebamme nahm mich mit in ihr Wohnzimmer, ließ die Vorhänge herunter und redete auf mich ein: »Die Angst sitzt hier unter deinem Herzen«, sagte sie und zeigte auf eine Stelle links unter meiner Brust. »Und von hier geht eine Ader bis zur Leiste hinunter und da kann ich die Angst herausziehen. Du musst tapfer sein, und sobald ich sie herausgezogen habe, trinkst du einen Schluck von diesem Wasser da. Es ist ganz normales Wasser, aber du brauchst es, damit die Angst endgültig weggespült wird.«

Ich zog meine Hose aus, wie sie es mir befohlen hatte. Ich sollte entspannt dastehen. Plötzlich griff Nadime in meine Leiste. Ich erschrak und schrie und sie rief mir zu: »Keine Sorge, mein Freund, ich hab die Angst jetzt in der Hand, einen riesigen Knoten.« Und mir tat die linke Leiste fürchterlich weh.

»Und nun nimm einen Schluck Wasser und geh auf die Toilette, um die Angst rauszupinkeln.«

Ich schwöre dir, ich habe gespürt, wie die Angst aus meinem Herzen wich. Sie fühlte sich stachelig an, als wären tausend kleine Igel durch Adern und Nerven gelaufen, aber nach dem Gang zur Toilette fühlte ich mich sanft und glücklich.

Du kannst ruhig lachen, aber es hat mir geholfen. Doch nicht nur von solchen schockartigen Zuständen befreite mich die kluge Hebamme. Nadime vertrieb auch auf immer und ewig eine noch größere Angst: nämlich meine Angst vor Frauen. Wie viele Jugendliche in Arabien war ich im Hinblick auf Frauen ein großer Maulheld. In meiner tiefsten Seele aber hatte ich fürchterliche Angst vor jeder Berührung mit ihnen. Doch davon erzähle ich dir auch erst später.

Jetzt aber zurück zu meiner Mutter. Kurz nach ihrer Ankunft in Damaskus fand sie mit Nadimes Hilfe zwei Zimmer in dem großen Mietshaus im alten Stadtviertel, wo sie noch heute wohnt. Und obwohl sich ihr Aussehen natürlich verändert hat, wagt meine Mutter noch immer nicht, nach Abu Rumanne zu gehen, in das vornehme Viertel der Reichen, damit ihre Herrschaft sie nicht erkennt. In der Altstadt kannte sie niemand und ihre Herrschaft hat noch nie einen Fuß auf den staubigen Boden dort gesetzt.

Ach ja, beinahe hätte ich das vergessen. Ein entfernter Cousin meiner Mutter, der sie liebte, machte sich, als er von ihrem Verschwinden aus Damaskus erfuhr, auf die Suche nach ihr und fuhr nach Beirut. Er war besessen von der Idee, meine Mutter sei entführt worden und er müsse sie befreien. Er suchte sie in der umkämpften Stadt und verdingte sich als Laufbursche in einem Nachtlokal. Ja, während des Bürgerkriegs in einem Nachtlokal. So war das in Beirut. Es gab sogar Modenschauen und alle möglichen Tanzabende. Beirut wurde in mehrere Sektoren aufgeteilt und man erzählte, die Sänger und Tänzer in den Nachtlokalen seien die eigentlichen Gewinner des Bürgerkriegs gewesen, denn vorher hatten sie immer pro Abend nur einen Auftritt in einem Nachtlokal gehabt. Nun fuhren sie nachts von Bezirk zu Bezirk und traten manchmal hintereinander, in drei verschiedenen Lokalen auf. Die Milizen verhörten jede Ameise stundenlang, wenn sie die Grenze zwischen den Sektoren überschreiten wollte, denn alle Parteien hatten Angst vor den Terroranschlägen ihrer Gegner. Nur die Sänger und Tänzer schwebten ungehindert von hier nach dort. Der Cousin meiner Mutter war schlau und es gelang ihm, Chauffeur einer Tänzerin zu werden, sie überall hinzufahren und dabei die Suche nach seiner geliebten Cousine fortzusetzen. Er war sich ganz sicher, dass der Entführer meiner Mutter in diesem Milieu zu finden sei, und er hatte seine Pistole, geladen und entsichert, immer in der Tasche. Ein halbes Jahr suchte er, dann wurde er an einem ganz normalen, ruhigen Tag beim Einkaufen von der Kugel eines Scharfschützen erwischt. Der hatte gar nicht unbedingt ihn treffen wollen, sondern gelangweilt in einem Hochhaus hinter der Linse seines Fernrohrs gesessen und plötzlich einen Schwarzen im Fadenkreuz gehabt.

Da die Polizei im Koffer des Toten die Adresse seiner Eltern fand, benachrichtigte sie die Angehörigen. Der Brief endete mit der Aufforderung, die Leiche innerhalb von zwei Wochen abzuholen, sonst müsse der Tote anonym begraben werden. Der Brief kam erst nach drei Monaten an. Doch selbst, wenn er rechtzeitig da gewesen wäre, hätten die Eltern und Verwandten – alles bettelarme Bauern – die unglaublich teure Überführung gar nicht bezahlen können. An die zehntausend Dollar hätte sie gekostet.

Der Bürgerkrieg im Libanon war ein Teil des Plans zum Verwischen jeglicher Spur meiner Mutter gewesen. Das mit der falschen Fährte, die nach Beirut führte, war wirklich nicht dumm gedacht gewesen von meinem Vater. Selbst vor der Aufdeckung durch den Cousin schützte sie ungewollt der Krieg.

Ein halbes Jahr nach dem Verschwinden meiner Mutter und kurz nach dem Tod ihres Cousins bekamen ihre Eltern einen Brief aus einem Krankenhaus in Beirut. Darin wurde ihnen mitgeteilt, dass meine Mutter und ihr Mann Opfer einer Autobombe geworden seien, was damals in Beirut an der Tagesordnung war. Natürlich hatte Meister Ali den Krankenhausbrief von A bis Z gefälscht und aus Beirut abschicken lassen.

Meine Eltern wussten damals nichts vom Tod des Cousins. Diese Geschichte erfuhr ich erst viele Jahre später, als ich aus Neugier das Dorf meiner Mutter im Süden aufsuchte.

Die Eltern meiner Mutter trauerten lange, da sie nicht ahnten, dass die Todesanzeige der Ankündigung einer Neugeburt ihrer Tochter gleichkam, die zu dieser Zeit noch glücklich als frisch gebackene Ägypterin mit meinem Vater in Aleppo lebte.

Wie es mit meiner Mutter weiterging? Nadime hat mal gesagt: »Das Glück der Armen ist eine Sommerwolke.« Das stimmt. Der plötzliche Tod meines Vaters ließ den Himmel für meine Mutter düster werden. Einen Monat, nachdem sie wieder in Damaskus war, kam ich zur Welt. Die Ersparnisse waren schnell verflogen.

»Meine Hand ist ein Sieb und das Geld ist Wasser«, sagte meine Mutter fast stolz und ich erwiderte bereits mit fünf: »Dann frier es doch ein, damit es wenigstens ein paar Tage bei dir bleibt.« Sie lachte und sagte, ich hätte meinen Geschäftssinn von ihrer Mutter geerbt, die eine tüchtige Gemüsehändlerin war.

Dass ich meinen Geschäftssinn geerbt habe, glaube ich nicht. Eher war wohl die Not meine Lehrerin. Ich habe, wenn ich zurückdenke, nicht einen einzigen Tag meiner Kindheit von mehr als der Hand in den Mund gelebt. Es fehlte ständig an allem und jedem.

Was auch immer meine Mutter unternahm, es ging schief. Sie wollte Hühner züchten und vom Verkauf der Eier und Küken ihre Haushaltskasse aufbessern. Das machten damals viele. Sie nutzten die Terrasse und bauten aus schäbigen Brettern einen scheußlichen Verschlag. Es stank zum Himmel. Das Wort Huhn kann meine Mutter nicht mehr hören, ohne einen Wutanfall zu bekommen. Ich aber muss immer lachen bei der Erinnerung an ihre Hühner.

Warum? Dazu will ich dir eine kleine Geschichte erzählen.

Meine Mutter kaufte die falschen Hühner, die immer hungrig nach Futter gackerten und kaum ein Ei legten. Sie fraßen wie die Scheunendrescher. Sie wurden fett und schön, aber keiner wollte sie zu dem hohen Preis kaufen, den meine Mutter verlangte, auch nicht, wenn sie die Qualität der Körner betonte, die sie an die Hühner verfütterte.

Andererseits stand unsere Tür jedem offen und immer – das heißt bis dahin – boten wir auch Fremden, die sich zu uns verliefen, eine Tasse Kaffee oder ein Glas kühle Limonade an. Nun aber begann meine Mutter anzugeben, wahrscheinlich in der verzweifelten Hoffnung, ihre Hühner gut zu verkaufen. Wenn wieder einmal Ausländer hereinschauten und nur Bonjour riefen, lud sie sie gleich zum Essen ein. Einfach so, ohne große Worte. Wir, ihre Kinder, waren begeistert, weil Mutter dann ein Huhn schlachtete, was sie für einheimische Besucher nie machte, nicht einmal für Pfarrer Markus. Er bekam bei seinem jährlichen Osterbesuch Hackfleischbällchen, mehr nicht. Ihre Hühner, die sie mühevoll auf der Terrasse aufzog, opferte sie jedenfalls immer nur Ausländern. Bei einem alten schwarzen amerikanischen Touristen hatte ich den Verdacht, dass sie Duke Ellington fütterte. Das war aber die Ausnahme. In der Regel waren die Touristen blonde, schöne und merkwürdig höfliche Leute, die uns dauernd fotografierten. Mutter wollte das erst nicht, aber dann schluckte sie und sagte, die Ausländer seien schwerreiche Franken, die uns erst von zu Hause Geld schicken würden, da sie nicht so viel dabeihätten. Sie selbst war fest davon überzeugt und die Franken schrieben unsere Adresse auf. Wir verstanden, dass sie irgendwas schicken wollten, und bald schwelgte Mutter in Erzählungen von Dollarscheinen. Doch es verging eine lange Zeit. Dann kam eines Tages ein Brief, der Fotos von uns und unserem Innenhof enthielt. Mutter beschuldigte den Postboten, er habe das Geld herausgenommen, und ein Nachbar bestärkte sie in ihrem Verdacht. Er führte uns im

Hof vor, wie man einen Briefumschlag mit dem Dampf eines Teekessels öffnen konnte, ohne das Papier zu beschädigen.

Und Mutter schlachtete das nächste Huhn für den nächsten blonden Franken, der nur hereingeschaut und hallo gesagt hatte. Sie liebte die Touristen und jeder war für sie ein Franke, auch wenn ich ihr sagte, soweit ich verstanden hätte, sei der Herr Holländer oder Belgier. »Ja, ja«, erwiderte sie, »aber sie sind alle mit den Franken verwandt.« Und sie schlachtete Hühner, bis alle elf weg waren und die Nachbarn über meine Mutter lachten. Da wurde sie zornig, und als wieder ein Brief mit Fotos kam, verfluchte sie die Urahnen der Franken. Und als ein Fremder an jenem Tag seinen Kopf zum Hof hereinsteckte und lächelnd hallo rief, schleuderte meine Mutter ihm einen Hausschuh entgegen. »Du sollst an deinem Hallo ersticken, du Geizkragen und Sohn von einem Geizkragen. Wir haben keine Hühner mehr!«, rief sie und eilte, den zweiten Hausschuh in der Hand, hinter dem erschrockenen Europäer her.

Nein, Handel treiben konnte meine Mutter nicht. So fing sie bald an, als Wäscherin im Krankenhaus zu arbeiten, und ich verbrachte die meiste Zeit bei der Hebamme Nadime.

Bis dahin nannte man meine Mutter im Viertel verächtlich Abdet Elkamanjati, die Negerin des Geigers. Und da sie sehr schön war, wünschten sie sich viele Männer des Viertels zur Geliebten, aber meine Mutter war taub und blind für all die Bemühungen ihrer Verehrer.

Ich habe dir erzählt, dass die Familie meines Vaters von meiner Mutter nichts wissen wollte. Aber meine Großmutter ließ ihr doch etwas Geld zukommen, damit sie die Familie Farah nicht in den Dreck zog. Bei meiner Geburt hoffte meine Mutter, dass die Großeltern etwas weichherziger würden. Allerdings bin ich dunkelhäutig und so fühlten sie mir gegenüber eher Abneigung. Das Geld kam noch spärlicher. Leider war meine Mutter nicht stark genug, die reiche Familie zu erpressen. Ich hätte den Großeltern Feuer unter dem Hintern gemacht, doch als ich zehn wurde, waren sie selbst finanziell ruiniert. Da war nichts mehr zu holen. Das bittere Ende gönne ich meinem Großvater. Er war gelähmt und lag nur noch da und schimpfte den ganzen Tag. Und sobald er damit anfing, drehte seine Frau das Radio lauter und sagte den Nachbarn, ihr Mann sei schwerhörig und wolle den ganzen Tag Musik hören. Und wenn er noch gemeiner wurde, ließ sie ihn ohne Essen und Trinken, bis er um Gnade flehte, und so endete dieser große Patriarch wie der letzte Dreck.

Ein Jahr lang arbeitete meine Mutter für einen Hungerlohn als Wäscherin im Krankenhaus. Sie war dort die einzige Schwarze und obwohl sie den Dialekt von Damaskus sprach, wollten die Leute lieber glauben, dass sie gerade aus Afrika gekommen sei. Am schlimmsten war der Leiter der Wäscherei. Er war bereits am frühen Morgen betrunken und befummelte die Frauen. Die hielten ihn für ein unausstehliches Schwein, aber sie duldeten seine Belästigungen. Nur meine Mutter nicht. Nach einem Jahr ohrfeigte sie ihn und verlor daraufhin ihre Stelle.

Nun hungerte sie mitten in einer satten Stadt. Einer schwarzen Frau mit Kind und ohne Arbeit räumte man keinen Kredit ein. Nur Nadime hielt zu ihr und gab ihr von dem wenigen ab, das sie selbst hatte, doch meine Mutter war und ist eine stolze Frau. Die Armut quälte sie und das habe ich als Baby mitbekommen. Weißt du, die Angst vor dem Hunger lernt ein Säugling durch den Blick seiner Mutter. Er schmeckt ihren Hunger durch die Milch und liest die Bitterkeit in ihren Augen.

In dieser Zeit besuchte sie Samer, dieser reiche Besitzer des Nachtlokals, in dem mein Vater früher gespielt hatte. Samer brachte reichlich Geschenke mit. Er war ein schicker Mann, aber was Geschenke betraf, ohne jeden Geschmack.

Immer wieder brachte er irgendwelche chinesischen Vasen, ein Kaffeeservice oder Blumen aus Kunststoff mit.

Meine Mutter spielte die Sorglose, bewirtete ihn königlich und versetzte am nächsten Tag die Geschenke beim Trödler. Samer sprach oft mit meiner Mutter über die alten Zeiten, über Duke Ellington und über meinen Vater, und häufig weinte er mit ihr gemeinsam über die beiden Toten. Überhaupt hatte der Mann nah am Wasser gebaut.

So großzügig wie meine Mutter ihn jedes Mal empfing, ermunterte ihn das allerdings, immer öfter zu kommen. Und als sie ihn dann eines Tages bat, keine Vasen mehr mitzubringen, staunte er und fragte nach dem Grund. »Weil der Händler inzwischen ein ganzes Regal voll hat und keine neue mehr nehmen will«, antwortete sie und beide lachten Tränen. In diesem Augenblick verliebte sich meine arme Mutter in diesen Mann. Sie sagt, sie habe sein Lachen geliebt, denn er lachte und weinte zugleich. Die Hebamme Nadime mochte Samer nicht. »Er lachte nicht«, sagte sie mir später, »er wieherte, und Männer, die wiehern, taugen nichts.«

Die Nachbarschaft verfluchte meine Mutter, die sich einen Liebhaber anschaffte, noch ehe ein Jahr vergangen war und sie die Trauerkleider abgelegt hatte. Nur Nadime nahm sie in Schutz. Sie sagte, meine Mutter könne außer ihrem verstorbenen Mann keinen andern auf Erden lieben und all ihr Tun diktiere ihr bloß der Hunger und der kenne weder Glauben noch Treue.

Warum sich aber Samer meine Mutter aussuchte und von all den Schönen seines Nachtlokals nichts wissen wollte, konnte auch meine Mutter nicht sagen. Stolz meinte sie Jahre später, er habe ihre Natürlichkeit geliebt und das Lachen mit ihr.

Doch das Lachen verging ihm, als meine Mutter ihm eines schönen Morgens erklärte, sie sei schwanger.

Drei Jahre nach meiner Geburt kam meine Schwester

Jasmin zur Welt. Und vom ersten Augenblick an mochte ich sie nicht. Sie mich übrigens auch nicht. Ihre Haut war viel heller als meine und von Anfang an hatte sie ein großes Maul. Das ist ihr bis heute geblieben. Wie ihr Vater besitzt sie wundersame Tränendrüsen, durch die es jederzeit, wenn man nicht aufpasst, zu einer Überschwemmung kommen kann.

Nun saß meine Mutter mit zwei Kindern in der Falle. Samer steckte ihr hin und wieder Geld zu, aber das heilte nicht ihre Wunde. Und auch heute noch lässt er ihr etwas Geld zukommen in der Hoffnung, auf diese Weise Ruhe vor der Zunge seiner Tochter zu haben, die anders als meine Mutter keine Hemmungen hat, zu ihm zu gehen und ihn mitten in seinem Lokal zu blamieren.

Seit dem unsäglichen Verhältnis mit Samer wurde meine Mutter im Viertel Hure genannt, und weißt du, von wem sie als Erstes so beschimpft wurde? Von den Männern, die sie nicht kriegen konnten. Die Frauen schnatterten den Männern nach und bald nannten uns fast alle nicht mehr die Kinder des Geigers, sondern die Kinder der Hure. Und was tat meine arme Mutter? Sie bemühte sich mit fast genialen Einfällen, den Nachbarn immer wieder eine Bestätigung für den schlechten Ruf zu liefern, obwohl sie eine fromme Frau war. Sie handelte sich nach meiner Geburt noch drei weitere Kinder ein. Sie vertrug die Pille nicht und wollte sich immer auf ihren Instinkt verlassen. Dabei schien mir meine Mutter manchmal so hilflos wie eine Fledermaus, die zwar in der weiten, stillen Landschaft bei dunkelster Nacht ihre Beute erwischt, aber nun in die lärmende und helle Nacht der Stadt geraten war und beinahe blind überall anstieß, weil sie sich nicht orientieren konnte.

Ich muss mich korrigieren. Ein einziger Mann nannte meine Mutter und uns von Anfang an und bis zu seinem

Tod bei unserem richtigen Namen. Das war der Bettler Ismail. Er war ein merkwürdiger Mann. Winter wie Sommer war er barfuß und immer, wenn ich als Kind vor der Haustür saß, sprach er mich freundlich an und setzte sich zu mir. Solange ich denken kann, war er alt und hungrig. Ich gab ihm immer alles, was ich hatte, und er aß so gierig aus meiner Hand, dass ich oft Angst hatte – obwohl er mich freundlich anlachte –, er könnte mir die Hand mit auffressen. Und wenn er satt war, rief er meiner Mutter zu: »Halime, du hast einen gesegneten Sohn. Er wird noch mein verlorenes Glück finden.«

Meine Mutter verstand keine Poesie, aber sie wusste, dass er alles, was eigentlich für mich bestimmt war, gerade verputzt hatte.

Eines Tages setzte er sich zu mir und aß mir den gekochten Maiskolben weg, nicht nur die Maiskörner, sondern den ganzen Kolben mit Stumpf und Stiel. Ich aber starrte seine Füße an. Sie waren nicht besonders schmutzig, vielleicht etwas staubig, aber das war es nicht, was meinen Blick auf sie zog. Seine Füße hatten eine merkwürdige Haut. Die Hornhaut hatte sich durch die Jahre abgeschliffen und immer wieder ausgebildet, sodass seine Füße nun wie aus Holz waren. Lach nicht, wirklich, wie aus dunklem Holz, mit Jahresringen und Astlöchern. Die Nägel glichen Knospen am Ende der dürren Zehen, die wie kleine Zweige aussahen. Er verstand meinen Blick. »Ich werde langsam zu einem Baum und bald bekomme ich Wurzeln, dann muss ich in die Erde.«

»Und welche Früchte wirst du tragen?«, fragte ich ihn.

»Bunte Luftballons, Granatäpfel, Oliven, Schafskäse, Trauben, frisches Brot mit knusprigen Rändern und Honigmelonen.«

Eines Abends blieb er weg. Seine kleine Hütte am Ende der Straße stand einen Monat leer. Sie gehörte der katholischen Kirche. Den Bettler vermisste niemand.

Ich aber war sicher, dass er nur umgezogen war und irgendwo als Baum weiterlebte.

Meine Mutter war beim Tod meines Vaters ins Chaos gestürzt und sehnte sich seitdem immer wieder nach einem Retter. Und immer wieder traten Männer in ihr Leben, die aber keine Retter, sondern eine zusätzliche Belastung waren.

Vom Mut der Unwissenden

Onkel Malik, der Bruder meines Vaters, war bereits über fünfzig und hatte bisher sein Leben damit verbracht, Schätze zu suchen, doch außer Kleinigkeiten hatte er nichts gefunden. Er war seit dem Bankrott seines Vaters mittellos, seine Frau musste in einer Fabrik arbeiten, aber er war sich immer sicher, dass er eines Tages etwas ganz Großartiges finden würde. Und tatsächlich: Vor etwa drei Jahren geschah es. Mein Onkel Malik stieß in der Nähe eines Flusses im Norden auf eine Höhle und fand darin drei kleine Krüge mit seltenen Münzen aus verschiedenen Zeiten arabischer Herrschaft.

Nach all den Jahren, die Onkel Malik in der Familie, ja im ganzen Viertel für verrückt gehalten wurde, wäre mit diesem Fund eigentlich seine große Stunde gekommen gewesen. Aber zu seinem Pech konnte er mit ihr kein bisschen protzen und sagen: »Seht her, ihr Dummköpfe, ihr habt mich ausgelacht, weil ich immer auf der Suche nach dem Geheimnis der Erde war, und nun hat sie meine Geduld mit diesen drei Krügen belohnt.«

Nein, jetzt galt es, die Münzen vorsichtig und heimlich ins Ausland zu bringen, um sie zu Geld zu machen. Denn hätte einer der Nachbarn von den Münzen erfahren, wäre es schnell öffentlich gewesen und mein Onkel so lange gefoltert worden, bis er seinen Fund ausgespuckt hätte. Und denkst du, dann wären sie gerettet gewesen? Weit gefehlt, irgendein primitiver, gieriger Offizier hätte sie eingeschmolzen, um die Spuren zu verwischen, und sie dann als Goldbarren billig an irgendeinen Goldschmied verhökert. Nicht mal einer von hundert historischen Funden kommt bei uns ins Museum, und wenn er dort landet, ist es auch dann nicht gesagt, dass er dort wirklich vor dem Zugriff der Mächtigen sicher ist. Mein Onkel erzählte einmal, Präsident Sadat von Ägypten habe sich oft mit Figuren und Schmuck aus der Pharaonenzeit bei mächtigen Politikern in aller Welt angebiedert, vor allem bei den Amerikanern. War einer bei ihm zu Gast, rief Sadat persönlich beim Museumsdirektor an und bestellte eine ägyptische Statue oder ein Relief für den Staatsbesuch. Und was machten die meisten Gäste damit? Sie stellten die unbezahlbare Statue daheim an ihren Swimmingpool. Ja, lach nur. Da finde ich es doch besser, Onkel Maliks Münzen dorthin zu bringen, wo sie auf Samtkissen ruhen.

Mein Onkel musste also auf der Hut sein, wollte er nicht nach all den Jahren der Entbehrung auch noch für sein Glück bestraft werden. So kam er mit seinem Geheimnis zu uns.

Warum er ausgerechnet uns auswählte, weiß ich nicht genau. Wahrscheinlich spielten mehrere Dinge eine Rolle. Sicher ist, dass er mich oft mit Touristen gesehen hatte, bei denen ich ein paar Liras verdiente. Ich war flink, erledigte ihre Bestellungen gewissenhaft. Ich habe damals ganz gut verdient. Ich konnte meiner Mutter jede Woche ein Kilo Kaffee schenken und meiner Clique sogar ab und zu im Café eine Runde Tee oder Limonade ausgeben. Bei ihnen hieß ich damals auch nicht mehr »Sohn der Hure«.

Der Umgang mit den Touristen nahm mir meine Angst

vor Fremden, vor allem den Europäern. Doch die Polizei war mir ständig auf den Fersen. Sie war ungnädig in allem, von dem sie glaubte, es hätte Touristen stören können, und sie betrachtete solche wie mich als Unsicherheitsfaktor. Denn viele Touristenfänger waren wirklich krumme Hunde. Sie nahmen die Fremden aus. Ich aber war weder ein Gauner noch hatte ich Lust, der Polizei das beweisen zu müssen. Also war ich stets auf der Hut und entkam jedes Mal ihrem Zugriff. Onkel Malik war einmal zufällig Zeuge einer Verfolgungsjagd geworden und bewunderte mich, wie ich entwischte. Das war vielleicht auch ein Grund für sein Vertrauen zu mir. Noch dazu hatte ich vor ihm angegeben, dass ich fließend mehrere Sprachen spräche.

Sicher ist auch, dass er von uns nie wie von den übrigen Verwandten verhöhnt wurde. Meine Mutter glaubte an ihn, weil sie selbst abergläubisch war. Das hatte ihn stets ermutigt weiterzusuchen und immer trug er dabei das Amulett, das sie ihm geschenkt hatte.

Als er erklärte, ich solle für ihn mit den Münzen nach Deutschland reisen, bekam ich es natürlich trotzdem erst mal mit der Angst zu tun. Ich hatte doch keine Ahnung, wie man als Sechzehnjähriger sein Leben in der Fremde bewältigen sollte. Was sie mich allerdings schnell überwinden ließ, war die Verlockung, Onkel Malik würde meiner Mutter alle Schulden erlassen und ihr dazu noch fünftausend Dollar in bar geben. Mit diesem Geld konnte meine Mutter ein Jahr wie eine Prinzessin leben. Welche Gefahr sollte mir bei dieser Aussicht noch Angst machen?

Aber der Reihe nach. Er kam an jenem Abend zu uns und ich bemerkte seine Unruhe. Er saß da und wartete geduldig, indem er die Zeit mit Allgemeinplätzen füllte, bis meine Geschwister, Jasmin, Dunia und Dschamil, eingeschlafen waren.

»Nun, Brüderchen, was hast du auf dem Herzen?«, fragte meine Mutter wie immer, wenn sie ihm zuhören wollte.

»Ich habe vor zwei Monaten den Fund meines Lebens gemacht«, sprach der Onkel leise mit ernstem Gesicht. Sofort spürte ich komischerweise mein Herz klopfen, als ob ich in jener Sekunde schon ahnte, was auf mich zukommen würde. Vor lauter Aufregung ergriff ich die Hand meiner Mutter. Sie wunderte sich zwar etwas, aber sie streichelte meine Hand und drückte sie.

»Ich habe drei Gefäße mit über tausend Münzen gefunden. Vor einem Monat lernte ich einen Deutschen kennen, der mit Münzen handelt. Er sah die Proben und war begeistert. Er ist ein Experte und sagte, die Münzen brächten mindestens hunderttausend Dollar. Er sagte, ich solle ihm meine Adresse geben und er würde mir schreiben. Natürlich habe ich nicht alles verstanden. Wir sprachen beide miserabel Französisch. Doch nun ist der Brief da und ich habe keine Bedenken mehr. Deshalb brauche ich die Hilfe von Lutfi und euer beider absolute Verschwiegenheit.«

Meine Mutter verstand noch nicht, worauf Onkel Malik hinauswollte, ich aber ahnte schon alles. Ich hatte genug Krimis gesehen, um ein bisschen kombinieren zu können.

»Wie ... wie könnte Lutfi ... bei so einer heiklen Angelegenheit helfen?«, fragte meine Mutter mit trockener Kehle.

»Bring mir die Bibel«, sagte Onkel Malik, »dann werde ich genauer.«

Wie benommen holte meine Mutter die Bibel aus dem Regal.

»Legt eure rechte Hand darauf und schwört«, befahl er und wir gehorchten und wiederholten seine Worte, wonach uns Glieder abfallen, Blindheit und qualvoller Tod heimsuchen sollten, wenn wir ihn verrieten.

Dann zog er einen Briefumschlag hervor und las uns etwas auf Arabisch vor. Der deutsche Münzhändler hatte, um jedes Missverständnis aus dem Weg zu räumen, einen libanesischen Bekannten gebeten, die Zeilen ins Arabische zu übersetzen. Meine Mutter traute ihren Ohren nicht. Sie nahm den Brief in die Hand und las ihn noch einmal laut vor. In der Tat lautete er so, wie der Onkel gesagt hatte. Der Mann bat ihn, die tausend Münzen mit einem Kurier nach Deutschland bringen zu lassen. Dort wollte er sie an seine mit größter Neugier wartenden Kunden verkaufen und dem Kurier innerhalb weniger Tage das Geld übergeben und für sich selbst nur eine Vermittlungsgebühr abzweigen. Dann folgten Name und Adresse in Blockschrift.

»Und niemandem vertraue ich diese Münzen an außer Lutfi«, sagte Onkel Malik und sprach dann ausführlich von der Belohnung, die auf mich und meine Mutter warten würde.

»Lutfi ist noch ein Kind. Warum bringst du dem Mann die Münzen nicht selber?«, fragte meine Mutter auf einmal fast unfreundlich.

»Weil ich ein Angsthase bin. Sobald ich an einer Grenze stehe und einen Polizisten sehe, hebe ich die Hände hoch, denn ich denke, er will mich verhaften. Und wenn ein Polizist mich schief anschaut, sterbe ich oder mach mir in die Hose. Lutfi, deinen flinken Sohn, nenne ich nicht aus Zufall Sebak. Ich habe mit eigenen Augen gesehen, wie er mit Nerven aus Stahl vor der Polizei flüchtete, durch die Gassen zurückkam, sich in ein Café setzte, den vorbeihetzenden Polizisten kaltblütig in die Ferne schickte und ihm sogar noch die Hausnummer des Gesuchten gab. Als ich ihn später fragte, was für ein Haus das sei, lachte Lutfi und sagte: ›Die Moschee.‹ Stell dir das vor! Genau solche Nerven braucht man, wenn man tausend Münzen über die Grenze bringen will.«

Meine Mutter saß stumm da.

»Ich brauche Zeit«, erklärte sie schließlich. »Ich muss mir das alles erst überlegen. Morgen kann ich dir meine Antwort geben«, antwortete sie. Ihre Stimme war spröde. Sie hatte Angst.

»Ja, dann bis morgen«, antwortete Onkel Malik fast enttäuscht und erhob sich.

Meine Mutter hatte fürchterliche Angst und je mehr ich ihr von meiner Lust auf Abenteuer erzählte, umso sorgenvoller wurde sie. Ich war damals fast sechzehn, besuchte gerade die zehnte Klasse und sah gelangweilt dem Abitur entgegen. Ich hatte keine besonders gute Noten in der Schule und wusste: Nur die wenigen Schüler aus reichen Familien schaffen es, mit Nachhilfe und Vorbereitungskursen ein anständiges Abitur hinzulegen und danach ein interessantes Fach zu studieren. Was aus der großen Kolonne der anderen werden sollte, stand in den Sternen. Du brauchst dich doch nur in deinem eigenen Dorf umzuschauen, Barakat, hier ist es auch nicht anders. In der Regel werden die Söhne der Armen Hilfsarbeiter oder verpflichten sich für viele Jahre als Unteroffiziere. Oder sie müssen das Risiko eingehen, die schönsten Jahre ihres Lebens in der Wüste der Golfstaaten zu verbringen in der Hoffnung, nach ihrer Rückkehr von dem Ersparten einen Laden aufzumachen. Jeder zweite von ihnen scheitert und wird in der Fremde krank oder stirbt bei der Arbeit oder wird bei der Rückkehr durch Gauner um sein sauer verdientes Geld gebracht. Du weißt doch, es sind Geier, die sich hier auf die Rückkehrer stürzen. Eher kann ein Mensch mit Sand seinen Hunger stillen, als dass ein einziges Projekt dieser Geier je etwas wird. Sie warten nur darauf, dass sich ihr Opfer übernimmt. Geier, das habe ich in einem Tierfilm gesehen, arbeiten nicht. Sie kreisen vergnügt und unersättlich am Himmel, bis ein anderer für sie arbeitet und mühselig eine Beute erlegt. Dann verscheuchen sie zu mehreren den Jäger und fallen über die Beute her. Kurz danach sind nur noch blanke Knochen übrig.

Nein, ich wollte weder in die Armee noch an den Golf. Ich wollte leben. Und ich wollte der Enge unserer Wohnung entkommen.

»Lass uns Nadime fragen«, schlug ich vor, als ich merkte, dass sich meine Mutter immer weiter in ihre Angst hineinsteigerte. Zufällig war nämlich der Besuch meines Onkels auf den 13. Januar gefallen und das war der Tag gewesen, an dem mein Vater seinen tödlichen Unfall gehabt hatte.

Nadime war wie immer meine Stütze. Sie hörte erst einmal die ganze Geschichte an, fragte dann nach Einzelheiten und streichelte zuletzt den Kopf meiner Mutter.

»Meine kleine Halime, du sollst nicht zu viel Angst haben. Angst macht blind. Schau her, ich glaube, dass Gott ein Zeichen gegeben hat, weil er deinen Sohn ausgerechnet am Todestag seines Vaters ein neues Leben anfangen lässt und auch dich an die Hand nimmt und in ein neues Leben führt. Außerdem ist das mein Lutfi und er fährt nicht in den Dschungel, sondern zu den zivilisierten Europäern.«

Ich war glücklich, meine Mutter aber senkte den Kopf und fing an zu weinen.

Nadime sah ihre Freundin nachdenklich an. »Eigentlich wollte ich dir und Lutfi eine Geschichte erzählen«, sagte sie schließlich. »Aber vielleicht habt ihr ja gar keine Lust auf Geschichten.« Sie lächelte viel sagend.

»Und ob«, rief ich empört.

»Ich bitte dich, liebe Nadime, erzähl uns eine Geschichte, die mich vergessen lässt«, flehte nun auch meine Mutter sie an.

»Die Geschichte ist uralt und mein Großvater hat sie mir erzählt, als ich noch ein kleines Mädchen war. Sie heißt ›Das Lied der Perle‹. Es war einmal ein Prinz«, fing Nadime an, »der lebte im mächtigen Reich der Parthen, das sich von Syrien bis nach China erstreckte. Eines Tages hörte sein Vater, der König, von einer seltsamen Perle, die in Ägypten von einem furchtbaren Drachen bewacht wurde. Diese Perle war nicht nur unübertrefflich in ihrer Schönheit, sondern verlieh ihrem Besitzer auch Macht und Glück. Man wusste jedoch, dass bereits viele Abenteurer auf der Suche nach der Perle ihr Leben gelassen hatten.

Der Prinz musste in einer feierlichen Runde sein königliches Prachtgewand ablegen und sein Vater versprach ihm vor allen Anwesenden, die Ritter würden ihn bei seiner glorreichen Rückkehr an der Grenze mit dem Gewand erwarten und ihn den heimatlichen Boden in allen Ehren wieder betreten lassen.

So machte sich der Prinz auf den Weg nach Ägypten. Aus Angst, man würde ihn als fremden Königssohn gefangen nehmen oder ausrauben und töten, verkleidete sich als armer Landstreicher. Doch er wurde bereits im ersten Gasthaus durchschaut. Denn obwohl die Kleider schmutzig und zerfetzt waren, war sein Benehmen königlich. Man mischte ihm also ein Zaubermittel ins Essen, das ihn sein Gedächtnis verlieren und ihn in einen tiefen Schlaf sinken ließ.

In seiner Heimat erfuhr man allerdings nichts davon, sondern eine lancierte Geschichte, die kein gutes Haar an dem Prinzen ließ. Sein Vater, der erboste König, rief deshalb alle Landesfürsten zu sich und verfasste zusammen mit ihnen einen mahnenden Brief an den Sohn, den auch die Königin unterschrieb. Dann wurde der Brief, der auf Seide geschrieben war, einem berühmten Zauberer übergeben und der verwandelte ihn in einen Adler.

Der Adler flog nach Ägypten. Er weckte den schlummernden Prinzen. Da hörte der Prinz die Botschaft seiner Eltern und erinnerte sich wieder an seine Heimat, seine Herkunft und seine Aufgabe. Er war voller Tatendrang und konnte mit einer List den schrecklichen Drachen verzaubern, die Perle an sich reißen und mit ihr nach Hause zurückkehren. Als er an die Grenze seines Landes gelangte, warteten schon die Gesandten seines Vaters, des Königs, auf ihn. Sie hielten das königliche Prachtgewand in der Hand. Da widerfuhr dem Prinzen etwas Einmaliges, Wundersames, als er sein Gewand erblickte. Es war nicht leer, sondern von einem Spiegelbild erfüllt, einem Menschen, der in allen Einzelheiten genau wie der Prinz aussah. Und das Spiegelbild sprach zu ihm, dass es im selben Maß wie die guten Taten des Prinzen gewachsen sei. So zog der Prinz sein Gewand an, wurde eins mit seinem Spiegelbild und königlich empfangen und geehrt.

Lutfi wird so viel Glück haben wie dieser Prinz und erfolgreich und glücklich zurückkommen«, schloss die Hebamme.

Damals dachte ich, Nadime hätte die Geschichte nur erzählt, um meiner Mutter Mut zu machen. Ich wusste nicht, dass es eine Prophezeiung war. Davon erzähle ich dir aber noch später.

Schweigsam, jedoch bedeutend ruhiger und hoffnungsvoller ging meine Mutter mit mir nach Hause.

Am nächsten Morgen teilte ich dem Onkel mit, dass ich bereit sei, die Reise nach Deutschland zu unternehmen, dass aber meine Mutter statt fünftausend Dollar zehntausend zusätzlich zur Schuldentilgung verlange. Wenn schon, dann sollte sich das Risiko lohnen, hatte Nadime gemeint. Und als meine Mutter sich genierte, ihren Schwager auszunehmen, verdrehte Nadime die Augen. »Dein Schwager«, sagte sie zu meiner Mutter, »hat die Münzen schon seit zwei Monaten und euch erst jetzt aufgesucht. Warum wohl? Weil er keinen Besseren findet! Also schlag zu oder geh als Nonne ins Kloster, um dein weiches Herz zu konservieren«, empfahl sie lachend, aber ihre Stimme klang ernst.

Onkel Malik stutzte erst etwas bei der Summe, dann aber stimmte er zu und gab mir fröhlich die Hand.

»Einverstanden«, sagte er und küsste mich auf die Stirn.

»Aber was ist, wenn mir etwas zustößt?«, fragte ich ihn besorgt.

»Keine Angst, ich werde mein Leben lang deine Mutter unterstützen«, erwiderte er. Ich fand Onkel Malik an jenem Tag sehr sympathisch. Er konnte sich kaum selbst ernähren, aber die Worte kamen ihm aus dem Herzen.

»Und was ist, wenn ich mit dem Geld türme?«

»Das machst du nicht. Ich kenne dich seit deiner Geburt. Du hast das Herz eines Heiligen«, sagte er zu mir. »Im Hirn bist du ein Teufel, aber am Ende entscheidet nur das Herz«, fügte er aus tiefer Überzeugung hinzu.

Weder er noch meine Mutter noch Nadime wussten damals jedoch, dass mein Herz gerade eine Woche zuvor gebrochen war und ich die Reise wie eine Rettung betrachtete, weil ich auf diese Weise Damaskus verlassen konnte.

Samira, meine erste große Liebe damals, war von ihrem Vater gezwungen worden, einen zwanzig Jahre älteren Mann zu heiraten. Sie war bereit, mit mir überallhin zu fliehen, doch wohin sollte ich armer Teufel mit ihr? Und dass Samiras Vater mich akzeptieren würde, war völlig undenkbar. Ich hatte für die Zeit nach der mittleren Reife keine Lust mehr auf Schule, sah aber zugleich das Heer der Abiturienten vor mir, die weder einen Studienplatz noch Arbeit fanden. Um der heranrollenden Katastrophe zu entgehen, hatte ich schon angefangen, parallel zur Schule einen Beruf zu erlernen. Drei Jahre lang ging ich bei einem alten und liebenswürdigen Goldschmied in die Lehre. Er war ein Meister seines Fachs, der alles mit erstaunlicher Fertigkeit herstellte. In den wenigen dann noch freien Stunden lief ich den Touristen nach und bot ihnen gegen Bezahlung meine Dienste an, denn beim Goldschmied verdiente ich leider fast nichts.

Mein Meister war jedoch ein guter Lehrer und er mochte mich sehr. Er behandelte mich wie seinen eigenen Sohn. So lernte ich schnell das feine Kunsthandwerk, doch ich wusste, dass ich als Goldschmied zwar mein ganzes Leben lang das Edelmetall für die Reichen in meinen Händen formen durfte, aber selber als Handwerker arm bleiben würde.

So also sah mein Leben in Damaskus damals aus.

Und glaubst du, Samiras mächtiger Vater hätte uns unter diesen Voraussetzungen die Hochzeit gestattet? Er hätte mich wohl eher töten lassen, nicht nur, weil ich ein Farbiger, sondern weil ich vor allem ein Habenichts war.

Samira wusste das auch. Selbst in ihren kühnsten Träumen sah sie uns nicht in Damaskus, sondern irgendwo in einer fernen Welt zusammen. Hauptsache, weit genug weg von der Hand ihres Vaters.

So war sie eines Tages gekommen und hatte mir angeboten, gemeinsam zu fliehen. Sofort malte sie unseren Fluchtplan aus. Er war ein Verschnitt aus mehreren Filmen, der damit begann, dass ich sie am Hochzeitstag vom Altar weg entführte. Und er endete damit, dass wir alle Verfolger erfolgreich abhängten und schließlich einander in einem Himmelbett bei Kerzenlicht in den Armen lagen. Mit der Wirklichkeit hatte das wenig zu tun.

Warum sie überhaupt diesen älteren Mann heiraten sollte? Er war der Leiter der Zentralbank und er und ihr Vater wollten ein großes Ding an Land ziehen und das Ganze familiär absichern, wie das bei uns üblich ist.

Immer wieder trafen wir uns und weinten. Aber irgendwann wurde es mir zu dumm, denn auch in der Trauer war Samira ein Film auf zwei Beinen. Manchmal glaubten wir, wir wollten beide lieber sterben als uns trennen lassen, doch Samira wollte den Tod immer theatralisch inszenieren. Ich musste jedes Mal lachen, wenn wir darüber sprachen.

Langsam begriff ich, dass ich mit ihr nicht trauern konnte. Von da an verkroch ich mich in eine düstere, einsame Trauer. Meine Verzweiflung saß tief. Du lebst wie im Urwald, der stärkste Löwe nimmt drei, vier, fünf Löwinnen in seinen Harem auf und fünf, sechs Verlierer gehen leer aus. Du darfst nicht mit dem Herzen die Frau aussuchen, die du liebst. Das ist die größte Lüge der arabischen Liebeslieder. Du musst geduldig warten, bis die Mächtigen, die Reichen, die Kriminellen und all die andern, die durch irgendeine Macht berechtigt sind auszuwählen, ihre Frauen ausgesucht haben. Das Fußvolk muss geduldig warten, bis es ihm erlaubt ist zu lieben. Als ich das merkte, wäre ich beinahe zu Grunde gegangen. Ich fing an, Damaskus, die schönste

Stadt der Welt, zu hassen. Ich saß da in der Nacht, ganz allein, schaute zum Himmel hinauf und fragte mich, ob es einen Ort auf dieser Welt gab, wo man jemanden von ganzem Herzen lieben könne, ohne dafür bestraft zu werden. Damals schwor ich mir, diesen Ort zu suchen und zu finden, und sollte er auf dem fernsten Stern liegen.

Eine Woche vor dem Gespräch mit meinem Onkel Malik hatte Samira gerade geheiratet und von da an waren ihre Pläne noch verrückter. Ich sollte mich wie ihr tapferer Onkel umbringen. Und sie wollte sich auf dem Balkon eines Luxushotels an der französischen Riviera das Leben nehmen, nachdem sie vorher die Presse zusammengerufen und den Journalisten verkündet hätte, ihr Herz gehöre nur mir allein.

Ihr Onkel war ein Verrückter, aber davon erzähle ich dir später.

Mir reichten ihre Filmfantasien und ich brach trauernd und tief deprimiert den Kontakt zu ihr ab.

Da machte mir mein Onkel sein Angebot.

Es war mir, als säße ich in einem stickigen Raum. Plötzlich ginge ein Fenster auf und Sonnenstrahlen und frische Luft kämen herein. Ich wollte mir die Chance nicht entgehen lassen.

Kannst du dir vorstellen, wie begeistert ich war?

Eine Woche später bekam ich meinen Pass, mein Flugticket und die Adresse des deutschen Münzhändlers in Heidelberg, einer schönen Stadt in Deutschland. Nadime hörte den Namen der Stadt und schon sagte sie, sie könne mir helfen, da eines der Kinder, denen sie auf die Welt geholfen hatte, inzwischen ein bekannter Arzt in Heidelberg sei. Er heiße Fadil Maluli.

Also gingen wir, Nadime und ich, zu seinen Eltern. Es waren arme Leute wie wir, aber wie durch ein Wunder hatten sie es geschafft, dass ihr Sohn einen Studienplatz in ebendieser Stadt Heidelberg bekam. Überall in der Wohnung hingen Bilder von ihm, als wäre er ein Heiliger. Sie zeigten ihn im Schnee, mit Studienkameraden und immer wieder in weißem Kittel vor dem Krankenhaus, in dem er inzwischen als Arzt arbeitete. Auch ein Foto, auf dem sich Fadil an einen weißen Mercedes lehnte, zog meine Aufmerksamkeit auf sich. »Das ist sein Wagen, zweihunderttausend Mark hat er gekostet. Gott segne Fadil«, schwärmte seine Mutter. Fadil schickte ihr monatlich zweihundert Dollar, was ihr das Leben sehr erleichterte. Auch Medikamente und Vitaminpräparate bekam sie von ihrem Sohn aus Deutschland.

»Du sagst ihm, du bist mein Enkel, und du wirst sehen, er wird dir helfen«, meinte Nadime auf dem Rückweg. Die Heidelberger Adresse hatte ich bereits in meiner Tasche.

»Und warum kehrt er nicht nach Syrien zurück, wenn er Arzt geworden ist?«, fragte ich Nadime, die die Familie gut zu kennen schien.

»Fadil war schon immer ein Radikaler. Das hat mir noch nie an ihm gefallen, aber ein netter Bursche ist er trotzdem. Er nannte mich Tante Nadime, weil ich ihn zweimal vom Schock befreit habe.«

Da war ich überzeugt, dass mir der bekannte und erfolgreiche Arzt in Deutschland zur Seite stehen würde. Das gab mir ein gewisses Gefühl der Sicherheit.

Seit ich mich entschieden hatte, das Abenteuer meiner Reise nach Deutschland zu wagen, war jeder Tag aufregend für mich. Ich fieberte schon dem Flug entgegen, nur verlor meine Mutter immer mehr die Kraft zu lachen. Aber ich merkte das kaum, denn meine Gedanken drehten sich bloß noch um die Sache mit den Münzen.

Ich hatte den Meisterfälscher Ali kennen gelernt. Vom ersten Augenblick an mochte mich der Mann und sprach zu mir wie zu einem gleichaltrigen Vertrauten. Er wünschte sich eine besondere Tinte und einen bestimmten, sehr teuren Computerdrucker. Beides habe ich ihm dann auch wirklich von Deutschland aus zukommen lassen.

Ich fand ihn irgendwie sehr jung, fast wie ein kluges Kind. Er verschaffte mir den ersten Pass meines Lebens und auf einmal war ich Amerikaner. Ich musste meinen neuen Namen Tom Keaton schnell verinnerlichen, und zwar so, dass ich ihn sogar im Schlaf auf mich bezog. Es war nicht leicht, aber nach ein paar Tagen reagierte ich so sicher, als hätte ich immer schon Keaton geheißen.

Das Visum für einen dreimonatigen Aufenthalt in Deutschland war im Pass eingetragen. Ich war so aufgeregt, dass ich keine Angst mehr fühlte.

Am Vorabend meiner Abreise kam dann Onkel Malik mit den Münzen. Wir hatten meine Reise so weit wie möglich geheim gehalten. Nur die Nachbarin Samiha, eine Vertraute meiner Mutter, war eingeweiht worden. Sie und Nadime waren zum Abschied gekommen und an diesem Abend weinte sogar Nadime zum ersten Mal. Sie küsste mich und mahnte mich, ich solle aufpassen. Da umarmte ich sie und weinte mit.

Als die Nachbarin und die Hebamme nach Hause gingen und meine Geschwister eingeschlafen waren, schlossen wir die Tür, ließen die Vorhänge herunter und erst dann holte Onkel Malik seinen Schatz aus einer unauffälligen Einkaufstüte, die er lässig neben sich auf das Sofa gelegt hatte. Die Münzen waren in drei Bandagen aus Gaze eingewickelt. Ich zog mein Hemd aus, wickelte die Bandagen um mich und befestigte sie mit Heftpflaster. Sie waren verdammt schwer. Manche Münzen wogen zwei, manche große bis zu sieben Gramm. Insgesamt musste ich fünf Kilo an meinem Körper befestigen.

Am nächsten Morgen fuhr ich mit Onkel Malik und meiner Mutter in einem Taxi zum Flughafen. Alles war so aufregend fremd für mich, dass ich auch jetzt keine Zeit hatte, Angst zu bekommen.

Am Flughafen war der Teufel los. Großes Durcheinander herrschte, weil gerade irgendeine wichtige ausländische Delegation angekommen und das gesamte Polizeiaufgebot am Flughafen mit ihrer Sicherheit beschäftigt war. Die Fluggesellschaften waren in heller Aufregung, weil alle Flüge Verspätung hatten. Eine derartige Ansammlung hektischer Menschen habe ich selten gesehen. Irgendwann drehte einer der Beamten durch – oder hatte den genialen Einfall, um Herr der Lage zu werden – und öffnete alle Türen. Die Menschen rannten wild hin und her und ich hatte Mühe, meinen Weg zum Flugzeug nach Frankfurt zu finden. Heute weiß ich, dass ich an jenem Tag genauso gut hätte nach Indonesien fliegen können. Bald saß ich aber in der richtigen Maschine, hatte mir einen Fensterplatz ergattert und beobachtete, wie unter mir die Welt immer kleiner und friedlicher wurde. Es war ein sonniger Februartag mit klarem Himmel.

Neben mir saß eine Syrerin, die mir erzählte, dass sie jedes Jahr einmal nach Deutschland fliege, für einen Monat ihren Mann besuche, schwanger werde und nach Damaskus zurückkehre.

»Und wie oft warst du schon bei deinem Mann?«, fragte ich sie.

»Acht Kinder habe ich«, gab sie mir zur Antwort und lachte.

Du kennst das Gefühl, im Flugzeug zu sitzen, nicht, du bist ja noch nie geflogen. Das erste Mal war für mich am schönsten, danach verlor das Fliegen mit jedem Mal mehr seinen Reiz und heute kommt mir ein Flugzeug nicht anders vor als ein riesiger Bus. Trotzdem verlässt mich nie das Gefühl, dass mein Leben da oben im Ernstfall von einer einzigen Schraube abhängt.

So, und was ich dir jetzt erzähle, ist wahr, aber derart unglaublich, dass ich es mein Leben lang nicht verstehen werde. Wir landeten in Frankfurt, ich wurde von den Menschen vorwärts gedrängt und geschoben und natürlich zeigte ich meinen Pass vor. Der Beamte warf einen flüchtigen Blick darauf und winkte mich wie alle anderen durch. Es gab keine Kontrolle. Warum? Das weiß ich bis heute nicht. Hätten sie mich kontrolliert, ich wäre im Gefängnis gelandet und mein Leben hätte einen anderen Lauf genommen. Aber keiner wollte an diesem Tag kontrollieren. Bald hatte ich meinen Koffer und eine halbe Stunde später saß ich im Zug von Frankfurt nach Heidelberg.

Mein Nachbar im Abteil zeigte mir, als ich ihn fragte, wie weit es bis Heidelberg sei, ein Faltblatt mit dem Fahrplan und da stand der Name der Stadt und die Ankunftszeit. Nach weniger als einer Stunde war ich dort. Ich fror. Eiskalt war es und es regnete in Strömen. Ich hatte keinen Mantel und mein Hemd und meine Jacke waren nicht nur wegen der sommerlichen Temperaturen in Damaskus so dünn, sondern auch, damit ich mit den Münzbandagen nicht auffiel. Ich sah ohnehin dick genug aus mit den Dingern. Ein Pullover hätte mir wahrscheinlich das Aussehen eines Roboters verliehen.

Ich wartete am Bahnhof, bis es aufhörte zu regnen, dann ging ich los. Ich fragte Passanten nach der Adresse von Fadil und fand mich schnell zurecht. Heidelberg ist eine kleine Stadt. Vom Bahnhof zum Zentrum der Altstadt braucht man nur eine halbe Stunde.

Als ich die Hausnummer noch einmal überprüfte und mir sicher war, dass ich vor dem richtigen Gebäude stand, wunderte ich mich ein bisschen, denn vor mir lag weder eine Arztpraxis noch eine Villa, sondern ein schäbiges kleines Studentenheim.

Ich fragte eine junge Frau, die, obwohl es später Nachmittag war, gerade erst aufgestanden zu sein schien, nach Doktor Fadil Maluli. Sie lachte. Sie kenne einen Fadil Maluli, aber Doktor sei er nicht. Ob ich zu ihm könne, wollte ich wissen. Die Frau musterte mich misstrauisch und fragte, wer ich sei.

»I am his brother«, antwortete ich. Nadimes Empfehlung, mich als ihr Enkel auszuweisen, schien mir zu kompliziert. Wie hätte ich so oder so der Frau mit meinem miserablen Englisch verständlich machen sollen, dass unsere ganze Verbindung darin bestand, von derselben Hebamme ans Licht der Welt gebracht worden zu sein? Die Frau wunderte sich und ich wusste, ich hatte einen Fehler gemacht. Mit meiner dunklen Hautfarbe konnte ich schwerlich Fadils Bruder sein. Aber sie bat mich, am Eingang zu warten.

Und noch ein zweiter Fehler wurde mir schlagartig bewusst. Anlässlich meines kurzen Besuchs bei Fadils Familie hatte ich in Damaskus nur seine Mutter getroffen. Nach meiner Frage damals, ob sie ihm etwas mitgeben wolle, hatte sie nur abgewinkt. Ihr Sohn sei ein reicher Mann. Er brauche nichts. Hätte ich doch nur eine Kleinigkeit aus Damaskus dabeigehabt, wenn ich schon seine Hilfe in Anspruch nehmen wollte! Nun stand ich da, dreitausend Kilometer von meiner Heimatgasse entfernt, wo ich den Fehler hätte korrigieren können, und ich verfluchte mich und meine Dummheit. Am Ende tröstete ich mich damit, dass Gott mir schon irgendwie helfen würde, und ich beschloss für den Fall, dass dieser Fadil Maluli sich unfreundlich verhalten sollte, ich würde mich notfalls bloß zu dem großen Münzhändler bringen lassen und dort so lange wohnen, bis ich das Geld bekam und zurückfliegen konnte. Hätte ich gewusst, was mich bei dem Münzhändler erwartete, wäre ich noch auf dem Korridor des Studentenheimes sofort in Ohnmacht gefallen.

Bald erschien Fadil Maluli. Er sah ganz anders aus als auf dem Bild. Er war groß, hager und unrasiert und trug eine alte verbeulte Jeans. Ich erkannte ihn nur an seiner Brille. Fadil beäugte mich misstrauisch durch die Gläser. Heute weiß ich, dass er damals in sehr großer Angst lebte. Sein

Freund war kurz zuvor von Fundamentalisten auf offener Straße erschossen worden. Fadil näherte sich mir vorsichtig. Die Frau, die ihn geholt hatte, begleitete ihn. Sie war nun nicht mehr schläfrig, sondern stellte sich hellwach hinter mich und blieb da, solange Fadil mit mir sprach. Später erfuhr ich, sie ist eine erfolgreiche Karatekämpferin.

Fadils Gesicht war starr und nach einer halbherzigen Begrüßung kam er gleich zur Sache: »Wer bist du? Und was willst du hier?«

»Ich bin ein Verwandter von Nadime und brauche deine Hilfe als Übersetzer.«

»Nadime? Welche Nadime? Und warum hast du die Frau hier belogen und gesagt, du bist mein Bruder?«

»Entschuldige, ich wusste nicht, wie ich ihr das von Nadime, unserer gemeinsamen Hebamme, hätte erklären sollen«, sagte ich beschämt.

»Nadime? Was hab ich mit einer Nadime zu tun? Du verwechselst mich«, sagte er und bemühte sich um ein Lächeln.

»Nein, bestimmt nicht. Deine Mutter heißt Takla und ihr wohnt in Damaskus in der Masbakgasse. Das Haus gehört der katholischen Gemeinde. Deine Bilder hängen bei deiner Mutter in der...«

»Aber was führt dich zu mir? Und wer hat dich geschickt?«

Gott sei Dank verstand ich seine Frage nicht. Er meinte: Welche Polizei? Welcher Geheimdienst? Ich aber dachte, er wolle wissen, wer mir seine Adresse gegeben hatte.

»Nadime, die Hebamme. Hast du sie vergessen? Sie hat dir und mir auf die Welt geholfen, deshalb sind wir fast Brüder, stimmt's?«, scherzte ich, doch er lachte nicht mit. »Immerhin haben uns beim ersten Auftritt auf der Welt dieselben Hände berührt. Ist das nichts?«

Es war ihm gleichgültig. Er übersetzte der Frau hinter mir, was ich gesagt hatte, und sie lachte.

Fadil war schockiert, weil eine Hebamme von ihm verlangte, mir zu helfen. Er konnte sich kaum an sie erinnern.

»Aber sie hat dir zweimal die Angst aus dem Körper gezogen«, versuchte ich es verzweifelt noch einmal. Er jedoch verfluchte Nadime nur, beäugte mich noch einmal von Kopf bis Fuß, sah meine viel zu dünnen Kleider und sprach dann etwas milder zu mir: »Junge, Junge, du fährst dreitausend Kilometer und verlässt dich darauf, dass ein Fremder dir hilft, nur weil eine Aufschneiderin von einer Hebamme seine Mutter entbunden hat?« Er lachte zum ersten Mal, übersetzte es der Frau und beide grinsten. Ich aber stand da und hatte eine Riesenwut auf meinen Onkel, auf Nadime und auf diesen komischen Vogel Fadil.

»Was gibt es da zu lachen?«, fragte ich plötzlich und wunderte mich selbst über meinen Ton. »Hier steht ein Fremder in deinem Haus und braucht eine kleine Hilfe und du empfängst ihn mit einem Verhör und lachst ihn aus, statt ihm Tee anzubieten.«

Ich schwöre dir, bis heute weiß ich nicht, wer diese Worte mit meiner Zunge sprach. Ich jedenfalls nicht. Fadil zuckte zusammen.

»Gehen wir«, sagte er wie benommen, aber höflich und verabschiedete sich von der Frau mit einem brüderlichen Kuss auf die Wange. Und obwohl ich kein Wort von dem verstand, was er ihr noch ins Ohr flüsterte, wusste ich, dass er sie beruhigte.

Er war nun höflich genug, mir den Koffer aus der Hand zu nehmen, und ich folgte ihm, als er auf dem Korridor vorausging und dann eine steile Treppe zum dritten Stock hinaufstieg.

Sein Zimmer war winzig. Ich brauchte alle Höflichkeit der Welt, um ein lobendes Wort über das Loch aus mir herauszukitzeln. Es war dunkel und voll gestopft mit Büchern, Kleidern und Konservendosen. Ich wunderte mich, dass ich in diesem traumhaft reichen Deutschland als Erstes ein solches Elend sah. Es hätte in Damaskus nicht schlimmer sein können.

»Es gibt Studenten«, tröstete er mich, als er das Unbehagen auf meinem Gesicht sah, »die mit neun Quadratmetern auskommen müssen. Ich habe zwölfeinhalb.« Er betonte das »einhalb« und meinte damit wahrscheinlich die Ecke unter dem Waschbecken, wo seine Schuhe standen. Meinen Koffer stellte er hinter der Tür ab. Dann kochte er einen guten Tee und war auf einmal sehr freundlich.

»Und, wie geht es also Nadime, trinkt sie immer noch so viel?«

»Nur einmal in der Woche«, antwortete ich, »aber sie übertreibt dann so, dass sie eine ganze Woche braucht, um ihre Gewissensbisse zu vergessen, und dann trinkt sie wieder einen Tag lang.«

»Ja, ja.« Er lachte. »Nadime ist ein Urweib. Hast du Hunger?«, fragte er plötzlich. Ich verneinte und schwieg, weil ich nicht wusste, wie ich anfangen sollte. Seltsamerweise konnte ich bei ihm vieles erahnen. Sein Elend sah nicht danach aus, als ob er Arzt sei, also waren die Bilder eine Vorspiegelung falscher Tatsachen, um seine Eltern nicht zu enttäuschen. Später erst, viel später, erzählte er mir mal, dass er wie viele junge Araber zuerst Medizin studiert und dann mit einem Mal den Glauben daran verloren hatte und zur Philosophie übergewechselt war. Bald darauf aber hatte er sich nach einer großen Krise für Psychologie entschieden und inzwischen war er einer dieser ewigen Studenten. Sein Geld verdiente er als Kellner und lebte knapp, aber zufrieden mit sich und der Welt. Er wollte nicht mehr zurück nach Damaskus.

»Was kann ich für dich tun?«, brach er das aufgekommene Schweigen.

»Schließ die Tür ab, bitte«, flehte ich ihn an. Er verstand nicht, warum, und ich merkte, dass er wieder Angst hatte.

»Was ist denn los, Mann? Raus mit der Sprache. Wenn du

mit Drogen zu tun hast, dann verschwinde, bevor ich dich zusammenschlage.«

»Mach die Tür ganz fest zu, bitte! Ich hab keine Drogen.«

Er ging zur Tür und sperrte sie ab. Als ich das Hemd aufknöpfte, blieb er mit offenem Mund stehen. »Was ist das?«, fragte er mit rauer Stimme und zeigte auf die Bandagen.

»Bestellte Münzen für hunderttausend Dollar«, antwortete ich fast atemlos vor Stolz. Ich nahm die drei Bandagen ab und legte sie wie große Würste nebeneinander auf den Tisch. Er flüsterte immer wieder kaum hörbar: »Was ist das? Was ist das?« Mehr brachte er nicht über die Lippen. Und wäre Nadime da gewesen, sie hätte ihm bestimmt in die Leisten gegriffen, um seine Angst herauszuziehen.

»Hilf mir, Bruder, das an den Mann zu bringen, der das Ganze bestellt hat. Du kriegst einen Tausender für deine Unterstützung und ich verschwinde eine Stunde später und belästige dich nie wieder.«

Fadil Maluli war wie in einer anderen Welt. Er wusste nicht, wo er mit seinen Fragen anfangen sollte. »Wie bist du durch die Kontrollen gekommen? Was sind das für Münzen? Das ist mörderisch. Hast du eine Ahnung, mit was du da rumläufst?« Das waren die einzigen Sätze, die ich verstehen konnte. Er schüttelte nur immer wieder den Kopf und setzte sich schließlich auf einen Stuhl. Ich blickte ihn an und verlor schlagartig meine Fröhlichkeit. Fadil sah wirklich elend aus.

»Beruhige dich doch. Die Münzen sind bestellt«, sagte ich.

»Bestellt. Wer hat so etwas bestellt?«

»Moment«, sagte ich erleichtert und holte den Umschlag mit der Adresse und dem Brief des Mannes hervor, der die Münzen angefordert und versprochen hatte, sofort das Geld auszuhändigen.

Fadil erstarrte. Doch ich merkte ihm wenigstens eine gewisse Erleichterung an, dass ich keine Drogen bei mir trug oder Hirngespinsten nachhing. Erst später vertraute er mir seine Verbitterung über Besucher an, die mit irgendwelchen Geschichten kamen und ihn dann auslaugten. In meinem Fall wirkte der Brief durch seine Seriosität aber beruhigend. Ich war also tatsächlich ein Kurier, die Sache war bestellt worden. Und das Wichtigste: Ich würde nicht bei ihm hängen bleiben.

Heute verstehe ich seine anfängliche Ablehnung und sein Misstrauen mir gegenüber. Jeder Besuch aus Syrien war ihm unangenehm. Er war immer knapp bei Kasse mit dem wenigen Geld, das er neben dem Studium verdienen musste. Besuch bedeutete für ihn noch weniger Schlaf und noch mehr Schulden und dazu die Entlarvung seiner Lüge, die er seinen Eltern aufgetischt hatte und nicht mehr zurücknehmen konnte. Und vor allem war jeder Besuch eine weitere Belastung für die Beziehung zu seiner Freundin, mit der er genug Probleme hatte, seit einmal ein Onkel für eine Woche hatte kommen wollen und dann ein halbes Jahr geblieben war. Dieser Onkel war reich und demütigte Fadil Tag und Nacht, belehrte ihn ungefragt vor den Gästen in seinem schlechten Englisch und wurde auch noch bei jeder Besucherin aufdringlich.

Nein, ich wollte schnell weg und einen Tausender springen lassen für Fadil, wenn alles klappte. Onkel Malik hatte mir einen Spielraum von fünftausend Dollar für Spesen und unvorhergesehene Kosten eingeräumt.

»Lass mich mal sehen«, sagte er. Ich öffnete alle drei Bandagen und war selbst von der Schönheit der Münzen und der Sorgfalt meines Onkels überrascht. Er hatte sie mit Zetteln versehen, auf denen das Jahrhundert, das Metall und der damalige Herrscher in kleiner Schrift notiert waren, und sie dann in kleine durchsichtige Folien gesteckt. Manchmal war nur eine, manchmal waren mehrere ähnlich aussehende Münzen in einer Hülle.

»Mein Gott«, sagte Fadil, »und du bist tatsächlich mit

diesen Münzen durch die elektronischen Schleusen am Flughafen gekommen? Weißt du, was du in Damaskus als Strafe gekriegt hättest? Bestimmt lebenslänglich. Und hier in Deutschland, haben sie dich da nicht kontrolliert? Mein Gott, wegen eines winzigen Kofferschlüssels piept sonst der ganze Flughafen, und du kommst in Frankfurt an, mit tausend Münzen ausstaffiert, und die Geräte bleiben stumm.«

Er berichtete mir ausführlich von Fällen, in denen Leute, die mit weniger Gold, Münzen oder Drogen erwischt wurden, ihr Leben ruiniert hatten.

Kennst du das Gefühl? Du gehst ahnungslos pfeifend in einem Wald spazieren, kommst fröhlich heraus und staunst über die vielen Scharfschützen, Soldaten und Polizisten, die einen Ring um den Wald bilden. Und die staunen über dich und erzählen dir, dass im Wald ein verletzter, drei Meter großer Bär wild geworden ist und bereits fünf Menschen bestialisch zerfleischt hat.

So elend fühlte ich mich. Ich musste mich hinsetzen und zitterte vor meinem eigenen Mut, dem Mut der Unwissenden, der mir das Genick hätte brechen können. Frankfurt und Damaskus, erfuhr ich von Fadil, seien zwei der am besten kontrollierten Flughäfen der Welt.

Ich erzählte ihm schließlich meine ganze Geschichte und warum ich die Gefahr auf mich genommen hatte. Ich glaube, von dem Augenblick an mochte er mich, weil auch er seine Mutter liebte – so sehr, dass er manchmal Schulden machte, um ihr die monatliche Rate zu schicken. Aber wie ich später feststellte, war die Liebe zu seiner Mutter unsere einzige Gemeinsamkeit.

Nachdem ich alles berichtet hatte, sagte er: »Komm, wir gehen zu Ella und erzählen es ihr, denn ich mache nichts ohne sie.«

Ella war seit vielen Jahren seine Freundin und er ihr in jeder Hinsicht unterlegen. Sie war alles andere als schön, aber eine mutige und kluge Frau. Ich verstand kein Wort von dem, was er ihr erzählte, doch ich bewunderte die Ruhe, mit der sie alles anhörte. Dann wandte sie sich zu mir und sagte in klarem Englisch: »Mich wundert, dass die Gegend der angegebenen Adresse nicht gerade nobel ist, aber der Mann ein großer Münzhändler sein soll. Trotzdem, wir fahren gemeinsam hin. Besser, wir sind vorsichtig. Wir nehmen lieber nur ein paar Münzen mit als Beweis.«

Ich war einverstanden und Ella bat Fadil, ihr den Brief ins Deutsche zu übersetzen, aber auch sie entdeckte nichts erkennbar Verdächtiges am Inhalt.

Es war nach Mitternacht, als Fadil mich in sein Zimmer zurückbrachte. Ich sollte die Tage bei ihm wohnen. Er schlief sowieso bei Ella. Wir unterhielten uns noch eine Weile über Damaskus, seine geliebte Stadt, die er seit einer Ewigkeit nicht gesehen hatte. Und irgendwie machten uns die Geschichten vertrauter miteinander, doch ich wollte ihm nichts von meinem Pass verraten. Hätte ich ihm anvertraut, dass ich zu allem Übel auch noch mit einem gefälschten Pass angereist war, wäre er sicherlich ausgerastet. Er war zwölf Jahre älter als ich, doch er hatte ein Hühnerherz im Gegensatz zu seiner Freundin, in deren Brust das Herz einer Löwin pochte.

Ich war hundemüde, aber ich konnte vor Aufregung lange nicht einschlafen. Ich sagte mir immer wieder in jener Nacht: »Mein lieber Freund Lutfi, du hast Glück im Leben und das wird dich die Zeit in Deutschland begleiten.«

Was auch immer Ella heute macht, Gott segne ihren Weg. Fadil und ich waren bei allem Misstrauen naive Kinder. Sie war es, die schon am ersten Abend ihre Befürchtung äußerte, der Brief könne eine Finte sein.

Und der nächste Tag zeigte, wie sehr Ella mit ihrer Vorsicht Recht hatte.

Feuriger Tanz in Tunbaki

Barakat und Lutfi schlichen Nacht für Nacht unbemerkt von der Feier weg oder mischten sich überhaupt erst zu später Stunde unter die Feiernden, taten aber so, als wären sie immer da gewesen. Keiner merkte es mehr.

An jenem Abend, als Lutfi seine Geschichte kurz vor dem entscheidenden Treffen mit dem Münzhändler unterbrach, um wieder einmal zu der Hochzeitsfeier zu gehen, war Barakat voller Unruhe. Er sah, dass Lutfi da war und fröhlich mit den Gästen scherzte, und trotzdem fühlte er sich bedrückt, ob denn Lutfi wirklich Glück bei seinem Abenteuer mit den Münzen gehabt haben mochte.

Barakat versuchte seine Unruhe zu vertreiben, indem er zum ersten Mal auf dieser Hochzeit der Aufforderung zu einer Debke, einem rhythmischen Volkstanz, folgte. An die zwanzig junge Männer und Frauen gehörten zu der tanzenden Runde und ein alter Mann von über fünfundsiebzig Jahren führte die Gruppe an, indem er mit einem weißen seidenen Taschentuch wedelte. Die Zuschauer feuerten die Tanzenden an und die ließen den Boden unter ihren Füßen beben. Immer wieder formierten sich die jungen Leute zu einer Schlange, schritten gemeinsam, hüpften und stampften kraftvoll mit den Füßen auf und schwangen die Hüften. Und dann, bei einem bestimmten Ton der Flöte und einem bestimmten Schlag der Handtrommel, teilten sie sich in fünf Gruppen, tanzten noch heftiger, noch leidenschaftlicher und vereinten sich dann wieder jauchzend zu einem großen Kreis.

Lutfi bewunderte Barakat und feuerte ihn an, und der war plötzlich nicht mehr der schüchterne Junge, sondern ein Vulkan. Ramsi, der Bräutigam, zwinkerte Lutfi zu und gab ihm ein Zeichen, dass er glücklich und ihm sehr dankbar sei, weil er dem Schwager die Schwermut genommen habe.

Doch Barakat fragte sich die ganze Zeit, wie Lutfi, der damals noch nicht einmal sechzehn Jahre alt gewesen war, mit der gefährlichen Begegnung fertig geworden war.

Und er stampfte und sprang umso heftiger, je größer seine Ungeduld und Neugier wurden. Allein der Gedanke an die erste Nacht in der Fremde jagte ihm einen Schauer der Angst über den Rücken. Wie sollte er, der sein Dorf noch nie verlassen hatte, jemals den Mut finden, nach Australien auszuwandern? Die erste Nacht fern von Tunbaki türmte sich in seiner Vorstellung bedrohlich auf wie ein unüberwindlicher Berg.

Gespannt wartete Barakat am nächsten Morgen auf dem kleinen Balkon, bis Lutfi seinen Mokka austrank und den Faden seiner Erzählung wieder aufnahm.

Der Reinfall

Meine erste Nacht in Deutschland werde ich nie vergessen. Ich konnte trotz meiner Müdigkeit kaum schlafen. Ich war aufgeregt vor Freude und zugleich erschüttert, weil ich die vielen Kontrollen so ahnungslos überwunden hatte. Mit einem Mal schnürte mir ein abgrundtiefes Entsetzen die Kehle zu. Mein Herz raste. Ich zitterte am ganzen Leib. Nach einer Weile versuchte ich, mir selbst wieder Mut zuzusprechen. Ich dachte an meine Mutter, an Nadime und an meinen Onkel Malik. Ich wusste, dass auch sie jetzt im fernen Damaskus vor Aufregung wach lagen. Vor allem dachte ich aber an Samira, die mich und die Filmabenteuer so sehr geliebt hatte. War meine Reise nicht genauso unvorstellbar abenteuerlich und absurd wie Samiras Lieblingsfilme? Ich musste über diesen Gedanken lachen und schlief endlich beruhigt ein.

Am nächsten Abend war es dann so weit. Wir aßen gemeinsam bei Fadil und danach nahm ich drei, vier Hüllen mit Münzen und gelobte leise, als wir das Zimmer verließen: »Oh, heilige Maria, wenn es klappt, bekommst du zwölf Kerzen«, als hätte die Mutter Gottes nichts anderes zu tun, als Gauner wie mich bei ihren Geschäften zu begleiten.

Wir stiegen in den kleinen Wagen von Ella.

Ich muss gestehen, nach außen gab ich ihrem Misstrauen Recht, doch innerlich lachte ich wegen der übertriebenen Sorge. Es ging doch nur um die Übergabe der bestellten Münzen. Mein Onkel hatte mir ja von dem Händler erzählt. Er sei Mitte fünfzig, etwas untersetzt, sehr reich und besitze eine der größten Münzsammlungen der Welt. Ich hatte deshalb Fadil und Ella überredet, sich schön anzuziehen, und war selbst in den Anzug geschlüpft, den mir mein Onkel extra für diese Begegnung gekauft hatte. Ella hatte über mich und meine Krawatte gelacht, aber ich wollte älter und vor allem richtig seriös aussehen. Wer weiß, dachte ich mir, für wen mich die Dienerschaft des reichen Münzhändlers hält, wenn ich in meiner alten Jeans erscheine.

Wir fuhren los und Ellas Gesicht wurde immer düsterer, je näher wir der Gegend kamen, in der das Haus des Münzhändlers liegen sollte. Die Straßen führten durch kleine Dörfer, die zwar noch zu Heidelberg gehörten, aber immer schäbiger wirkten. Mein inneres Lachen verstummte und ich klammerte mich nur noch an die vage Hoffnung, dass Ella sich gründlich verfahren habe.

Wir drifteten weiter ab, fuhren an Autofriedhöfen, Schrottplätzen und Bauruinen vorbei. Die Straße wurde holpriger, und als ahnte Fadil, was in mir vorging, wandte er sich zu mir um und sagte: »Keine Angst, solange wir zusammen sind, finden wir schon einen Ausweg.«

»Das ist die Straße«, sagte Ella in mein Schweigen. »Aber es sieht hier nicht gerade nach Villengegend aus.« Am Ende befanden sich drei Häuser. Nummer 41 stand allein auf der rechten Seite und war das einzige Haus, in dem Licht brannte. Die beiden Häuser gegenüber wirkten verlassen. Die Rollläden waren schief auf halber Höhe hängen geblieben und die Türen mit Latten zugenagelt. Eine perfekte Kulisse für Horrorfilme. Man weiß schon beim Anblick eines solchen verfallenen Hauses, wie es innen stinkt.

»Lasst uns noch mal wegfahren, das Auto irgendwo abstellen und zu Fuß zurückkommen. Der Typ darf die Autonummer nicht sehen, sonst haben wir später ein Problem«, meinte Ella und wir nickten stumm. Sie fuhr in eine kleine Nebenstraße und parkte das Auto.

Als wir wieder vor dem Haus standen, klingelte Ella. Kurz darauf ging die Tür auf, eine kleine runde Frau mit wirren Haaren stand in der Tür und eine widerliche Wolke von gekochtem Kohl kroch an ihr vorbei in unsere Nasen.

»Was wollt ihr?«, schnarrte die Frau ohne Gruß, einen hölzernen Kochlöffel in der Hand. Fadil übersetzte mir, was sie sagte.

Ella grüßte höflich und fragte nach dem Mann, dem ich etwas aus Damaskus mitgebracht hätte.

Die Frau musterte uns misstrauisch. Er sei nicht da und käme auch erst gegen neun. Schon schlug sie unfreundlich die Tür wieder zu.

Wir kehrten in die kalte Dunkelheit zurück und schlugen eine Stunde die Zeit tot, bis wir ihn plötzlich kommen sahen. Er fuhr mit seinem alten Wagen zum Haus, parkte und stieg aus.

Fünf Minuten später klingelten wir wieder. Als hätte sie uns erwartet, machte die Frau diesmal die Tür nur einen Spalt auf, und ohne ein Wort zu verlieren, drehte sie sich um und rief nach ihm. Er kam und ich erkannte mit einem Blick, dass seine Geschäfte schlecht liefen und er kein ehrlicher Händler war. Aber ich fühlte mich wie ein Schiffbrüchiger, der jeden Holzsplitter für eine Planke hält. Er begrüßte uns. Ella sprach mit ihm und Fadil übersetzte. Ich spielte den noblen Gast.

»Hier ist der Mann, der Ihnen die Münzen bringt, die Sie gewünscht haben.«

»Gewünscht ist zu viel gesagt, aber wo sind sie?«

»Dürfen wir reinkommen?«, fragte Ella ruhig. Er nickte.

»Wo sind die Münzen?«, fragte der Mann, noch bevor wir auf dem schäbigen Sofa Platz genommen hatten.

»In Frankfurt, wo er für eine Woche wohnt«, antwortete Ella kalt und legte die Hüllen auf einen Tisch. Der Mann warf einen kurzen Blick darauf, nahm sie schließlich zögernd in die Hand, um so zu tun, als wollte er sie prüfen.

»Es sind Exemplare aus drei Jahrhunderten und wie bestellt tausend Stück.«

»Ich habe gar nichts bestellt«, erwiderte der Mann erschrocken. »Ich habe nur gesagt, wenn er die Münzen bringt und sie mir ein halbes Jahr lässt, kann ich sie nach und nach verkaufen und ihm dann das Geld schicken.«

Ella war empört, aber da ich nicht sicher war, ob ich alles richtig verstanden hatte, bat ich noch einmal um seine Antwort. Ella hakte noch einmal gezielt nach und der Mann gab jammernd zu, dass er keine müde Mark besaß, um etwas zu kaufen. Mir wurde schlecht vor Angst.

»Haben Sie diesen Brief diktiert oder nicht?«, fragte Ella freundlich. Sie unterdrückte ihre Wut und zeigte ihm das Blatt Papier mit seinem Briefkopf und seiner Adresse.

»Ja, ich habe einem Libanesen von der Sache erzählt, doch was er da auf Arabisch geschrieben hat, kann ich nicht lesen«, erwiderte der Mann. Ich merkte jedoch, der Brief hatte ihn kalt erwischt.

»Aber Sie haben doch in Damaskus dem Onkel dieses jungen Mannes gesagt, Sie wären ein bedeutender Münzhändler und hätten reiche Kunden an der Hand, die sich für orientalische Münzen interessieren. Stimmt das oder nicht?« Ellas Stimme war nun spröde wie die einer Staatsanwältin.

Der Mann gab keine klare Antwort, sondern jammerte weiter herum. Er sei nur ein unbedeutender, kleiner Händler, der von Flohmarkt zu Flohmarkt wandere und damit mühselig sein Brot verdiene. Ich könne ihm aber die Münzen überlassen, er sei ein ehrlicher, zuverlässiger Mensch und würde sie nach und nach bestimmt loswerden und dann auf jeden Fall meinem Onkel das Geld schicken.

»Ich bring ihn um«, knurrte ich.

Fadil drückte fest meine Hand. »Du bringst niemanden um. Wir sitzen in der Falle. Wir müssen unseren Rückzug sehr klug einfädeln, sonst verpfeift er dich bei der Polizei und du bist in drei Tagen außer Landes, aber ohne Münzen und ohne Geld.« Er grinste mich an und ich war wie gelähmt.

Der Mann war ein Gauner, der als Tourist aufgeschnitten und überall Köder ausgeworfen hatte in der Hoffnung, einen armen Schatzsucher wie meinen Onkel hereinzulegen.

Ella drehte sich zu mir um und erkundigte sich, ob ich noch Fragen hätte. Ich wollte jetzt unbedingt alle Hoffnungen, die Onkel Malik und ich in den Mann gesetzt hatten, restlos zerstören.

»Frag ihn«, sagte ich und Fadil übersetzte es seiner Freundin, »ob er die Münzen nach genauer Prüfung statt für die versprochenen hunderttausend für schäbige fünfzigtausend Dollar nimmt. Und wenn er Nein sagt, dann frag ihn, ob er vielleicht die Hälfte oder ein Viertel der Münzen abnehmen kann.«

Aber der Mann wollte keine einzige Münze kaufen. Er stand auf, holte einen schwarzen Aktenkoffer und zeigte uns den Inhalt: ordnerweise billige Münzen. Er jammerte, es seien schlechte Zeiten und niemand kaufe mehr Münzen.

Ella stand auf und sagte knapp: »Gehn wir!«

Fadil übersetzte mir ihre Worte. Wir erhoben uns.

Da bettelte der Aufschneider plötzlich, ob wir ihm nicht unsere Adresse geben könnten, vielleicht würde er doch einen Käufer finden.

Ella gab ihm unsere vorbereitete Antwort. »Wir melden uns in einer Woche.«

Damit konnten wir ihm die Illusion lassen, uns zunächst losgeworden zu sein und doch auch Zeit gewonnen zu haben, um an seiner nächsten Falle zu basteln.

Wir verschwanden in die Nacht hinaus und die ganze Fahrt über sagten mir die beiden, wie sehr ich ihnen Leid täte, und verfluchten den Mann.

»Wir finden schon einen Weg«, tröstete mich Fadil, der in seinen feinen Kleidern richtig armselig aussah. Ich fing an zu zittern. Wie sollte ich all die Kontrollen auf dem Rückweg noch mal überwinden? Ewig konnte ich ja nicht bei Fadil wohnen.

»Kennst du jemanden, der Kontakte zu reichen Arabern hat, die hier in Deutschland leben? An die müssen wir ran. Die schätzen die Münzen am ehesten richtig ein«, sagte Ella nach einer Weile zu Fadil.

»Mein Cousin Gibran, du weißt schon, der kleine Ganove, der mit Gebrauchtwagen handelt und ein Restaurant nach dem andern abwirtschaftet. Er ist ein Teufel und kennt alle wohlhabenden Araber zwischen Hamburg und Wien.«

»Ruf ihn an. Wir haben keine Wahl. Lebt er nicht in Mannheim?«

Am nächsten Tag telefonierte ich mit Onkel Malik in Damaskus. Er wäre fast gestorben vor Schreck, als ich ihm die Wahrheit erzählte.

»Und was willst du jetzt machen?«, fragte er.

»Die einzige Möglichkeit, die bleibt, ist, auf dem Landweg zurückzufahren und die Münzen im Auto zu verstecken. Es gibt viele Araber, die Autos auf dem Landweg nach Syrien schaffen. Irgendeinen zuverlässigen finden wir schon. Das Problem ist nur Jugoslawien.«

»Um Gottes willen, nein!«, rief er entsetzt. »Die Fahrt über Jugoslawien ist lebensgefährlich. Mach das nicht, alle Münzen der Welt sind es nicht wert. Außerdem ist es leichtsinnig, mit tausend Münzen im Auto durch fünf verschiedene Länder zu fahren. Den Weg kenne ich. Er führt erst von Deutschland über Österreich nach Jugoslawien und dann weiter durch Bulgarien in die Türkei und da musst du noch an der syrisch-türkischen Grenze die allerschwierigste Kontrolle überwinden. Das schafft keiner. Die Türken kontrollieren aus Angst vor Anschlägen der Kurden mit allermodernsten Geräten.«

»Was soll ich denn dann tun?«, fragte ich hilflos.

»Verscherble die Münzen für fünfzigtausend Dollar, und wenn es nicht geht, für dreißigtausend. Ist mir egal, aber komm gesund wieder zurück. Wenn dir was zustößt, werde ich mein Leben lang nicht mehr glücklich.«

»Ich werde sehen, was ich machen kann«, versprach ich ihm und fühlte mich wenigstens etwas befreit, denn der Onkel hatte mir einen gewaltigen Spielraum gelassen.

Zwei Tage später saß ich einem gerissenen kleinen Gauner gegenüber, wie es sie in der Fremde zuhauf gibt. Fadils Cousin Gibran war wie ein alter Schuh, den man schon hundertmal zum Schuster gebracht hat. Er bestand nur noch aus Fetzen seiner selbst. Wer er in Wirklichkeit einmal gewesen war, konnte man nicht mehr erkennen.

Er war ein unglaublicher Aufschneider. Zum Glück erkannte ich das sofort. Mag er auch andere, Deutsche und wohlhabende Araber, beeindruckt oder reingelegt haben, bei mir biss er auf Granit. Er wollte an die Münzen kommen und ich wollte Kunden vermittelt haben. Wir trennten uns mit einem Judaskuss, aber wir waren beide ein Judas. Er ließ sich nie wieder blicken.

Dann wurde ich krank. Es gibt nichts Schlimmeres, als in Deutschland ohne Versicherungsschutz krank zu werden. Die Deutschen sind für alles versichert, von der Geburt bis zum Tod, manche sogar für die Beerdigung. Alle, sogar Bettler und Verbrecher, der Staatspräsident wie der kleine Junge, der gerade seine erste Runde auf dem Fahrrad dreht, sind versichert. Auch der Pfarrer, der im Grunde nur an die Macht des Himmels glauben sollte. Alle zahlen monatlich Beiträge, damit jeder zu jeder Zeit zum Arzt gehen kann, ohne zu spüren, wie viel es kostet.

Aus der eigenen Tasche kannst du einen Krankenhausaufenthalt gar nicht bezahlen. Fadil und Ella bekamen riesige Angst.

Doch Fadil fand einen Ausweg. Ein großartiger Arzt aus dem Libanon nahm es auf sich, mich kostenlos zu behandeln. Seine Praxis war in einem Dorf nahe Heidelberg.

Ich hatte mich dauernd erbrochen und mir war schwindelig. Die Fieberschübe verwirrten meinen Verstand. Es war eine dieser lebensgefährlichen Grippen, doch Gott sei Dank erkannte sie der Arzt sofort und gab mir Antibiotika.

Irgendwie fand er wohl ein bisschen Gefallen an mir. Als es mir etwas besser ging, fragte er mich jedenfalls freundlich, warum ich nach Deutschland gekommen sei. Na schön, dachte ich mir, soll ich ihn belügen oder ihm reinen Wein einschenken?

Erinnerst du dich, was Nadime gemeint hat? Man kann entweder den engsten Freunden oder absolut fremden Menschen intime Geheimnisse anvertrauen. Da ich bei all meinem Pech ohnehin nichts mehr zu verlieren hatte, brachte ich den Mut auf, ihm, diesem fremden Arzt, die Wahrheit zu sagen. Und genau diese Entscheidung hat meinem Leben die entscheidende Wende gegeben.

Auf seine Frage antwortete ich also mit der Gegenfrage, ob er jemanden kenne, der sich für orientalische Münzen interessiere.

Er lachte. »Warum? Hast du einen Schatz gefunden?«

»Um einen Schatz dreht es sich, ja, aber nicht ich habe ihn gefunden, sondern mein Onkel Malik.« Und ich erzählte ihm die ganze Geschichte und vergaß auch nicht zu weinen. Das beeindruckte den Arzt und er rief zweimal irgendwo an, dann lächelte er.

»Ich glaube, ich habe den richtigen Mann für dich. Heute Abend kommt er hierher, und wenn du gegen achtzehn Uhr da bist, kannst du ihm von deinem Schatz erzählen. Bring ein paar Münzen mit, damit er sie sieht.«

Ich bat den Arzt, niemandem zu verraten, dass ich bei Fadil wohnte. Dann beeilte ich mich, nach Hause zu kommen. Ich spürte auf einmal kein Fieber mehr. Fadil und Ella ermahnten mich, Acht zu geben, dass nicht hinter dem Experten plötzlich wieder ein Obergauner stecke.

Um achtzehn Uhr kam der Mann. Er hieß Josef Armani und war ein ägyptischer Designer, der mit seiner Werbeagentur viel Geld verdiente und nur ein einziges Hobby hatte: Münzen. Als ich ihm die drei mitgebrachten Stücke zeigte, staunte er. Er nahm sie in die Hand, schaute sie genau an, wendete sie um und um, und schließlich fragte er mich, wie ich zu diesen Münzen gekommen sei. Ich erzählte ihm die Wahrheit über meinen Onkel und den falschen Münzhändler. Er bot mir an, mich mit nach Hause zu nehmen. Er wohnte im Nobelviertel von Heidelberg und zum ersten Mal in meinem Leben saß ich während der Fahrt zu ihm in einem deutschen Luxusschlitten. Wir schwebten über die Straße. Bald standen wir vor seiner Villa.

Er ließ mich vornehm bewirten, dann zogen wir uns in sein Büro zurück. Dort öffnete er einen großen Tresor und zeigte mir seine Sammlung. Schließlich holte er mehrere Kataloge hervor und deutete darin auf die Münzen, die ich ihm zur Probe mitgebracht hatte. Eine davon war fünftausend Dollar wert, die anderen beiden lagen zwischen zwei- und dreitausend Dollar.

»Wenn wir uns einigen, kaufe ich dir den größten Teil ab. Und für das, was ich nicht brauche, vermittle ich dich weiter. Ich kenne genug Leute. Wann wollen wir den Schatz ansehen?«

Ich hatte Angst. Was, wenn er mir die Münzen wegnahm

und mich der Polizei auslieferte? Was, wenn er mich betrog? Ich hatte doch gar keine Ahnung, was Münzen wert waren. Alles, was er mir anbot, konnte falsch oder richtig sein.

Er las mir wohl meine Bedenken von der Stirn ab, als ich mit meiner Antwort zögerte. Beruhigend fügte er hinzu: »Du brauchst keine Angst zu haben. Wir machen hier keine krummen Geschäfte. Du schaust dir immer den Katalog an und ich zahle dir drei Viertel des dort angezeigten Preises. Katalogpreise sind immer Spitzenpreise ohne Rabatt. Aber ich kaufe dir wahrscheinlich eine größere Menge deiner Münzen ab. Weißt du, vielleicht hat dich eine Fee zu mir gebracht, denn ich sammle nicht aus Gewinnsucht, sondern aus Leidenschaft, und mir fehlen einige wichtige Münzen.«

Ich weiß nicht, woher ich den Mut nahm, ihm zu sagen, dass ich, wenn er wirklich so ehrlich und hilfsbereit sei, auch mit der Hälfte des Katalogpreises zufrieden wäre.

Ich hatte jetzt keine Angst mehr vor dem Mann, aber ich wollte ihm trotzdem nicht sagen, wo ich wohnte. Ich wollte mich nicht in seinem Wagen nach Hause bringen lassen. Deshalb ging ich zu Fuß.

Fadil war strikt dagegen, sich mit dem Mann einzulassen, als ich ihm die Geschichte erzählte. Doch ich folgte meinem Instinkt, packte die Münzen ein und ging am nächsten Abend wieder zu dem ägyptischen Designer. Er hatte schon einen Stapel Kataloge bereitgelegt. Nun legten wir die Münzen auf einem großen Tisch aus und er fing an, sie Stück für Stück zu prüfen. Dann zeigte er mir den Katalogpreis und ich war überrascht, dass manche Münze, die ich vom Aussehen her für wertlos gehalten hatte, bis zu zehntausend Dollar kostete, und eine andere, die herrlich aussah, nur ein paar hundert Dollar wert war. Münzen sind eine Welt für sich und ich muss sagen, so einen gewissenhaften Menschen wie diesen Josef Armani habe ich selten getroffen.

Er bot mir sein Gästezimmer zum Übernachten an, da wir nicht mit dem Sortieren fertig wurden. Ich rief Fadil und Ella an und beruhigte sie. Am nächsten Morgen gingen wir noch einmal an die Arbeit und nach weiteren acht Stunden waren wir endlich fertig. Er war hoch erfreut über den Berg von achthundert Münzen, die seiner Sammlung mit einem Schlag einen unschätzbaren Wert verliehen.

Aus den übrig gebliebenen zweihundert Münzen sortierte er hundert wertvolle aus, die er selber nicht brauchte, aber zwei Freunden anbieten wollte. Sie brachten später weitere zwanzigtausend Dollar. Die letzten etwa hundert Münzen gab er mir zurück. »Die kannst du auf Flohmärkten verscherbeln. Für seriöse Sammler sind sie uninteressant und bringen vielleicht zehn bis fünfzig Dollar pro Münze.«

Er war aber nicht nur über die Münzen selbst erfreut, sondern auch über meinen großzügigen Rabatt. Den konnte ich ihm gewähren, weil ich auch so noch immer eine Summe von hundertachtzigtausend Dollar von ihm bekam. So viel Geld habe ich weder zuvor noch danach jemals auf einem Haufen gesehen. Der Mann stand auf und nahm die Scheine mit einer Selbstverständlichkeit aus dem Tresor, als würde er ein Glas Wasser holen. Er gab mir jedoch den Rat, das Geld bis zu meiner Abreise in einem Banksafe zu deponieren und immer nur ein paar hundert Dollar bei mir zu tragen. Er half mir auch gleich mit allen Formalitäten und ich ließ mir tausend Dollar in D-Mark wechseln. Dann verabschiedete ich mich mit dem Versprechen, eine direkte Verbindung zwischen ihm und meinem Onkel herzustellen, von dem er weitere Münzen zu bekommen hoffte. Josef Armani hatte Kontaktmänner, die in Syrien ein und aus gingen, ohne kontrolliert zu werden. Denen würde es bestimmt nicht schwer fallen, die Münzen zu transportieren. Ich aber wollte nie wieder etwas damit zu tun haben.

Ich hätte nun den ganzen Tag vor Freude tanzen können. Plötzlich entdeckte ich, wie schön Heidelberg war und wie viele Verrücktheiten es in der Stadt gab. Kannst du dir bei uns einen Menschen vorstellen, der, wie Jesus geschminkt, mit einem Kreuz geschultert durch die Straßen geht und die Leute nach dem Weg nach Golgatha fragt? So einen Verrückten gab es dort wirklich und er stand zwischendurch ganz ruhig in einer Schlange vor einem Imbissstand, kaufte eine Currywurst und aß sie bedächtig. Dabei hatte er sein großes Kreuz neben sich aufgestellt. Die Leute ließen ihn machen. Ich schlenderte die Hauptstraße entlang und kaufte Geschenke für Ella und Fadil.

Natürlich freuten sie sich über die Sachen, aber jede finanzielle Hilfe lehnten sie ab. Nicht einmal hundert Mark für Übernachtung und Essen wollten sie annehmen.

Ich bereitete schnell meine Rückkehr vor, kaufte Kleider und Geschenke für meine Mutter, für Nadime und meine Geschwister und packte alles in zwei solide Koffer. Dann buchte ich einen Rückflug nach Damaskus. Das Visum, das mir die Einreise nach Syrien erlaubte, hatte der Meisterfälscher ja schon im Voraus eingearbeitet.

Ich fragte Ella noch, wo der größte Flohmarkt in der Gegend sei, um dort die übrigen hundert Münzen loszuwerden.

Ella stammte aus einem Dorf bei Frankfurt und hatte eine Freundin, die Samstag für Samstag auf einem Flohmarkt arbeitete. Nach einem kurzen Telefonat sagte sie mir, ihre Freundin sei bereit, mir einen Teil des Standes gegen geringe Bezahlung zu überlassen. Sie handelte mit Silberschmuck, den sie selbst herstellte, und lebte nicht schlecht davon.

Ich rief meinen Onkel an, beruhigte ihn und teilte ihm mit, dass ich hundertdreißigtausend Dollar herausgeholt hatte und dass ich bald nach Hause käme. Er jubelte und sprach ein Lobgedicht auf mich. Hundertdreißigtausend, das war mehr, als er je erwartet hatte. Und alles, was darüber lag, ging meinen Onkel nichts an.

In Frankfurt auf dem Flohmarkt gingen die Münzen schnell über den Tisch, weil sie so attraktiv aussahen und preiswert waren. Bald hatte es sich herumgesprochen. Araber, Türken und Pakistanis rissen sich gegenseitig die Münzen aus der Hand. Ich machte den Preis einer Münze immer abhängig von ihrer Größe, da ich ja keine Ahnung von ihrem Wert hatte.

Ellas Freundin, die am Anfang noch so freundlich zu mir gewesen war, wurde mit der Zeit sauer, weil meine Kunden den Weg zu ihrem Stand versperrten. Schließlich sprach sie kein freundliches Wort mehr mit mir. Doch dafür lächelte mir die Frau von einem Bücherstand gegenüber zu. Der Markt hatte sehr früh angefangen. Gegen elf Uhr war ich mit Molly – so hieß die Buchhändlerin – bereits gut bekannt.

Ich war damals unfähig, mich zu verlieben, denn die Wunde von Samira war ja noch frisch. Aber es gibt Menschen, die triffst du zum ersten Mal und es kommt dir vor, als ob du sie schon eine Ewigkeit kennst. So war es mit Molly. Sie sagte mir später, sie hätte sich vom ersten Augenblick an in mich verliebt und je mehr ich mit ihr gelacht hätte, desto sicherer sei sie sich gewesen. Am allermeisten liebte sie mein Lachen. Ich aber lachte sie an auf der Suche nach Geborgenheit, da ich fühlte, wie unerwünscht ich am Stand der Schmuckhändlerin war.

Gegen Mittag gab mir Molly mit einem Blick zu verstehen, dass ich mit den Münzen zu ihr übersiedeln durfte.

Ich rief meinen Kunden auf Arabisch und Englisch zu: »Wir ziehen um in die Villa gegenüber!« Molly lachte und bot mir eine Tasse Kaffee an. Das war mein erster Schluck an diesem Tag und ich mochte ihre Hände, die sie an der Tasse wärmte.

Ich verkaufte den Rest meiner Münzen und zwischendurch unterhielt ich mich ein bisschen mit ihr. Die Schmuckkünstlerin war jetzt auch zufrieden und lächelte mir wieder versöhnlich aus der Ferne zu.

Schließlich faltete ich das kleine Tuch zusammen, wollte mich verabschieden und über den Flohmarkt davonspazieren. Molly aber wünschte sich, dass ich, wenn der Markt zu Ende sei, an ihren Stand zurückkäme. Und ich versprach es. Dann verließ ich den Stand und war wie benommen, denn ich befand mich in einer Gasse, die mir vertraut war. Du musst wissen, jahrelang habe ich immer wieder davon geträumt, ich sei ein Händler auf einem alten Basar, dessen Läden klein und luftig waren. Wenn ich das damals Nadime und meiner Mutter erzählte, lachten sie immer und sagten, es sei vielleicht ein Zeichen, dass ich eines Tages ein tüchtiger Händler würde.

Nun ja, dachte ich mir, man träumt viel, aber jetzt entdeckte ich: Haargenau diese Stände, die ganze Gasse entlang, diese und keine anderen hatte ich im Traum gesehen. Und noch etwas: In all den Jahren hatte ich mich beim Aufwachen gewundert, dass es den ganzen Markt entlang ein Geländer gab und immer wieder Enten an den Ständen vorüberflogen. Nadime deutete das als Segen. Meine Mutter dagegen erklärte die Vögel als Ausdruck der Sehnsucht aller Afrikaner nach ihrer Heimat.

Kannst du dir vorstellen, wie ich erstarrte, als ich die Vögel tatsächlich sah? Sie nisteten am Ufer des Flusses, an dem entlang sich der Frankfurter Flohmarkt erstreckte.

Ich ging nun mit klopfendem Herzen umher. In meiner Tasche hatte ich mehr als dreitausend Mark. Ich verschlang eine Bratwurst und eine Portion Pommes frites und schlenderte anschließend weiter. Und plötzlich spürte ich noch etwas Seltsames, etwas, das ich nirgends und niemals zuvor erlebt hatte.

Zum ersten Mal fühlte ich Zugehörigkeit zu einem Ort. Dieser Flohmarkt entlang dem Main war meine Heimat.

Es kann sein, dass mein Traum und die Gastfreundschaft von Molly meine Seele blank gescheuert und bereitgemacht hatten, den Flohmarkt in hellen, leuchtenden Farben zu sehen, doch das war es nicht allein. Auch noch Jahre später, als Molly meine feste Freundin geworden war, veränderten sich der Kitzel auf dem Flohmarkt und das Sehnen nach ihm nicht. Wo auch immer ich war, fühlte ich nicht etwa Sehnsucht nach Damaskus oder nach Afrika, sondern nur nach diesem Flohmarkt. Warum? Das habe ich bis heute nicht herausgefunden. Vielleicht ist die Geschichte von den Urahnen, die in uns, ihren Nachkommen, eine Schwalbe im Herzen nisten lassen, keine Lüge, sondern die Wahrheit. Aber dann fand meine Schwalbe ihr Nest weder in Afrika noch in Damaskus, sondern auf dem Flohmarkt in Frankfurt.

Nadime gab mir eine andere lustige Erklärung. Sie war allerdings an dem Abend betrunken.

»Kein Wunder«, sagte sie und lachte. »Du bist ein Nachfahre derer, die am Turm von Babylon gebaut haben. Es war ein herrlicher Bau, der anfing am Himmel zu kratzen, da wurde Gott zornig und bestrafte die Erbauer. Er verwirrte ihre Zungen, damit sie einander nicht mehr verstehen konnten und zerstreute sie in alle Winde. Und nun ist die Sehnsucht in deinem Herzen erwacht, denn da, wo der Flohmarkt in Frankfurt ist, da ist Babylon.«

Nach dem Spaziergang waren mir Münzen und Geld auf einmal ganz gleichgültig. Ich wollte nur noch auf dem Flohmarkt leben.

Als ich das Molly bei meiner Rückkehr erzählte, verstand sie mich sofort. Sie lebt ja selbst nur auf Flohmärkten und zieht mit ihrem Wohnwagen, der zur Hälfte mit Büchern voll gestopft ist, von Flohmarkt zu Flohmarkt. Und jeden Samstag kommt sie zu ihrem Standplatz in Frankfurt, den sie auf Dauer gemietet hat.

Ich half ihr an jenem Tag, die Bücherkisten in ihrem Wagen zu verstauen, und sie fragte mich, was ich noch vorhätte. Ich reagierte nicht und antwortete: »Ich muss nach Heidelberg, damit sich meine Freunde keine Sorgen machen.« Sie lachte über meine Naivität.

Mehrmals deutete sie an, dass sie mich mochte und dass ich zu ihr kommen sollte. Sie wohnt in einem Dorf südlich von Frankfurt. Ich aber war ein Dummkopf und verstand ihre Einladungen nicht. Sicher, ich mochte es sehr, wenn sie mich berührte, und sie roch sehr weiblich. Ich weiß nicht, wie ich dir das beschreiben soll. Samira roch immer nach französischem Parfüm. Molly duftete eher nach Erde und es gibt kein Parfüm, das ich lieber mag.

Nach einem Essen mit ihr in einem türkischen Restaurant fuhr ich wieder zurück zu Fadil und Ella. Vorher verabredeten wir uns aber doch noch für das nächste Wochenende, an dem ich zurück nach Damaskus fliegen wollte. Sie sagte, ich solle am Freitag mit meinem Gepäck zu ihr kommen, die Koffer in ihrer Wohnung lassen, den Samstag mit ihr auf dem Flohmarkt verbringen und dann bei ihr übernachten. Am Sonntag würde sie mich zum Flughafen fahren.

Und genau so geschah es. Am Freitag versteckte ich das Geld in der Seitentasche des größeren Koffers und verabschiedete mich von Ella und von Fadil, der mir noch eine Tüte mit Vitamintabletten und Medikamenten für seine Mutter mitgab. Beim Abschied weinte er. »Du siehst meine geliebte Mutter. Sag ihr bitte, dass es mir gut geht«, trug er mir bekümmert auf.

»Werde ich machen, Doktor«, scherzte ich und küsste ihn. Auch Ella standen Tränen in den Augen: »Du bist ein verrückter Kerl, ich kann dich gut leiden«, schniefte sie. »Mit dir könnte man Pferde stehlen.« Das sagen die Deutschen einem, den sie mögen. Anscheinend waren sie in früheren Zeiten mal Pferdediebe.

»Und mit dir könnte ich sogar Kamele klauen«, erwiderte ich und wir umarmten uns.

Ich fuhr mit dem Zug bis zum Frankfurter Hauptbahnhof und da stand schon Molly. Sie war noch viel schöner als die Woche zuvor auf dem Flohmarkt, sie trug ein schwarzes Kleid und hatte ihre roten Haare aufgesteckt.

Zum ersten Mal rückte Samira an jenem Tag weit von mir – so weit wie die Sterne. Und Molly nahm ihren Platz ein und füllte mein Herz mit Freude.

Der Samstag auf dem Flohmarkt war noch schöner als der eine Woche zuvor. Ich hatte selbst nichts zu erledigen, deshalb half ich Molly beim Einrichten ihres Standes und schlenderte dann zwischen den Ständen umher, zwischen den einzelnen Kontinenten, den vergangenen Jahrhunderten und den Rumpelkammern der Menschen. Es gab Maler, Musiker, Erzähler und manche saßen einfach nur herum, hatten ein paar Drähte, kaputte Zangen oder Schraubenzieher vor sich liegen, und hätten sie den ganzen Schrott verkauft, hätten sie nicht einmal zehn Mark verdient. Aber sie genossen es, auf dem Flohmarkt zu feilschen.

Dort lebt die Vergangenheit weiter und versucht sich eine Zukunft zu sichern. Es riecht nach Arabien, nach der Türkei, nach China und Thailand. Buch und Gemälde, Stein und Metall nehmen gleichberechtigt Platz. Molly liebt nichts auf der Welt so sehr wie Bücher. Dazu habe ich leider keinen Bezug, sondern schlafe ein, sobald ich nur eines öffne.

Ich wusste nun felsenfest, dass ich auf dem Flohmarkt leben wollte, und erzählte Molly, dass ich in Damaskus Goldschmied gelernt hatte. Sie lachte und fragte mich, warum ich nicht anfinge, Schmuck herzustellen und zu verkaufen. Keine Massenware, sondern kleine Unikate. Sie würde mir alle notwendigen Geräte besorgen und ich könnte einen Teil ihres Standes bekommen. Ich war vor Begeisterung sprachlos.

Natürlich musste ich erst schnell noch einmal nach Damaskus, denn das Geld lag wie Blei auf meiner Seele. Außerdem wollte ich meinen alten Meister in der Goldschmiedegasse aufsuchen und mir ein paar Bilder von alten Ringen, Broschen und Halsketten besorgen. Aber danach wollte ich nichts wie zurück nach Frankfurt!

Der billige Rückflug hatte es in sich. In dem schäbigen Flugzeug, das mich am frühen Morgen von Frankfurt nach Belgrad brachte, saß der Pilot fast auf dem Gang und die Stewardessen behandelten die Passagiere wie Dreck. Es war eine schlimme Zeit, bis wir in Belgrad ankamen, wo ich nach einer schnellen Abfertigung in eine bis zum letzten Platz gefüllte Boeing umstieg.

In Damaskus war es warm. Staub drang, vermengt mit Dieselgeruch, in meine Lunge – ein merkwürdiger Geruch, den ich in Frankfurt vermisst hatte. Die Taxifahrer stritten wie eh und je laut um jeden Fahrgast und einigten sich dann doch immer wieder. Ich hatte ein schlechtes Los gezogen. Der Mann verlangte bei der Ankunft in meiner Gasse das Doppelte von dem, was wir vereinbart hatten. Emigranten gelten für die Daheimgebliebenen als reiche Trottel und jeder versucht, von ihrem Geld etwas abzukriegen. Normalerweise wäre ich dem Taxifahrer an die Gurgel gesprungen, aber ich wollte leise ankommen, um meine Mutter zu überraschen.

Mit dem Koffer in der Hand stand ich plötzlich in der Tür unseres Wohnzimmers.

Meine Mutter war gerade damit beschäftigt, ihr vorsintflutliches Bügeleisen zu reparieren. Sie schaute auf und sagte wie im Traum »Lutfi«, doch ihre Lippen bewegten sich ohne Ton. Und bis heute ... bis heute ... entschuldige bitte ... muss ich immer weinen, wenn ich an diesen Augenblick denke. Sie schaute mich an und ihr Gesicht strahlte vor Glückseligkeit, als wäre ich eine himmlische

Erscheinung. Ich las ihr die Worte von den Lippen ab und nur langsam holte dieser schönste Mund auf Erden die Stimme aus dem Herzen. »Lutfi, mein Liebster, hast du Hunger?«

Kannst du dir das vorstellen? Ich komme aus Deutschland, satt und mit einem Vermögen in der Tasche, und meine verarmte Mutter fragt mich als Erstes, ob ich Hunger habe.

Ich lachte, ließ den Koffer fallen, umarmte sie und sie weinte wie ein Kind. Ich streichelte ihr den Kopf und weinte ein bisschen mit, vor lauter Glück.

Nun, ich mache es kurz: Mein Onkel bekam seine hundertdreißigtausend Dollar, strich die Schulden meiner Mutter und gab ihr die versprochenen zehntausend. Ich hatte immer noch über fünfzigtausend Dollar übrig, die ich auf die Bank brachte. Und ich bat meine Mutter, nie wieder Schulden zu machen, denn ich sei nun tüchtig und sie werde von mir monatlich Geld überwiesen bekommen. Nie wieder sollte sie Not leiden müssen.

Auch Fadils Familie besuchte ich mit Nadime und überbrachte ihnen Geschenke und Geld zum Dank für die Hilfe ihres Sohnes. Es fiel mir schwer, seine Mutter in ihrem Irrglauben zu lassen. Sie schwärmte dauernd von ihrem Sohn und seinen medizinischen Wundertaten, mit denen er die Deutschen in Staunen versetzte. Was hätte ich dazu sagen sollen? Ich dachte an das Versprechen, das ich Fadil gegeben hatte, und hielt den Mund.

Später ging ich zu Meisterfälscher Ali, wurde Südafrikaner und hieß von da an John Milton. Und wenn man dem Pass Glauben schenken wollte, war ich gerade auf einer Handelsreise in Syrien und musste demnächst für drei Monate nach Deutschland, um dort schwere Maschinen und Lastwagen zu kaufen.

»Fahr niemals mit demselben Pass zweimal ins selbe Land!«, mahnte er mich. Ich zahlte gutes Geld für das neue Prachtstück und wollte mich danach noch ein paar Tage in

Damaskus vergnügen. Aber frag mich bitte nicht, warum ich dazu ausgerechnet in jenes Café ging, in dem ich mich oft mit Samira getroffen hatte. Ich weiß es nicht.

Das Café ödete mich an diesem Tag an. Irgendwie war es plötzlich ungastlich. Ich trank schnell meinen Kaffee, zahlte und ging hinaus. Und wen sah ich da? Samira!

Sie saß neben ihrem Mann in einer Luxuslimousine, die gerade an der Ampel hielt. Sie zuckte bei meinem Anblick zusammen und winkte mir gleich darauf dezent zu, doch ich erwiderte ihren Gruß nicht, sondern blickte durch sie hindurch. Sie wäre aber nicht Samira gewesen, hätte sie sich geschlagen gegeben. Unmissverständlich gab sie mir ein Zeichen, dass wir uns am nächsten Tag im Café treffen sollten. Ihr Mann bekam von all dem nichts mit, denn sein Blick wanderte von Stöckelschuh zu Stöckelschuh der Passantinnen. Und ich selbst? Ich rührte mich nicht.

Diese freie Stunde für ein genussvolles Schlendern und Einkaufen war eine Seltenheit, denn Tag für Tag kamen zu Hause jetzt Gäste, als ob ich ein Jahrhundert weggewesen wäre. Der Erste tanzte jeweils schon kurz nach dem Frühstück an und der Letzte ging weit nach Mitternacht. Zehn Tage lang saß ich im Wohnzimmer und grüßte Onkel, Tanten, Nachbarn, Freunde und all die Zuschauer, das heißt die, die weder Bekannte noch Verwandte waren. Sie kamen einfach zu uns, um einen Familienfilm mitzuerleben. Schön und rührend war es manchmal und doch wiederholten sich die Fragen vom dritten Tag an und das langweilte mich. Mit der Wahrheit war kein Blumentopf zu gewinnen. Bloß weil ich mich selbst in Deutschland umgesehen hatte, hieß das noch lange nicht, dass ich Deutschland genauer kannte als sie, obwohl sie Damaskus niemals verlassen hatten.

Mein Nachbar Abdo war so ein Besserwisser. Jeden Tag kam er zu uns. Sein Besuch dauerte zwölf Stunden! Und da lächeln wir Araber unseren Gast immer noch an. Wenn er keine Frage mehr wusste, warf er eines seiner Vorurteile in den Raum.

»Wie erkenne ich einen Deutschen unter fünfzig Fremden?«, fragte er grinsend. »Er ist blond, sitzt hinter dem Lenkrad eines Mercedes, trägt eine Brille und hält in der linken Hand ein Bier.« Zur Abwechslung tauschte er auch mal das Bierglashalten gegen das Tragen grässlicher Shorts zu Sandalen und Socken.

Manchmal quälte mich das Unwissen der Gäste. Sie nahmen meine Worte nicht ernst, denn ein gewisser Mamduh, hieß es, sei schließlich in Deutschland, arbeite bloß ein Jahr und käme mit sage und schreibe drei Millionen Dollar zurück. Wer dieser Mamduh war, wusste ich nicht. Das musste irgendein Aufschneider, Drogenhändler oder Zuhälter sein. Nadime fand bald heraus, dass keiner der Anwesenden so genau wusste, ob und als was dieser Mamduh wirklich arbeitete.

Nur Nadime verteidigte mich tapfer gegen all diese Träumer. Sie kam fast jeden Tag und schimpfte mit den Gästen, die mich belästigten oder lächerlich machten, weil ich keine Limousine mitgebracht hatte.

Am zehnten Tag hatte ich die Nase voll. Meine Mutter dagegen war stolz und freute sich über fast jeden Besucher. Sie rannte wie eine Gazelle immer wieder los, um die Gäste willkommen zu heißen und ihnen Limonade, Kaffee und Kuchen zu servieren. Ich war gefangen in unserem eigenen Wohnzimmer. Der Besucherstrom riss nicht ab und jeder Gast übergab mich wie ein korrekter Wärter dem nächsten Besucher. Einige riefen sogar den Neuankömmlingen zu: »Aber lasst uns ein Stück von ihm am Leben für heute Abend!« Nur in der Mittagszeit gönnten uns die Besucher eine Siesta von etwa einer bis anderthalb Stunden.

Da wünschte ich nur noch, so schnell wie möglich zu Molly zurückzukehren.

Plötzlich erkrankte Nadime schwer. Sicher, sie hatte immer schon Herzbeschwerden gehabt, aber diesmal hatte es sie richtig erwischt und von Tag zu Tag ging es ihr schlechter. Die arabische Medizin half ihr nicht mehr. Sie sah elend aus. Ich überredete sie, ins Krankenhaus zu gehen, und brachte sie selbst hin. Die Ärzte waren besorgt über ihren Gesundheitszustand und sprachen von einem leichten Herzinfarkt. Ich machte dem gesamten Personal große Geschenke und alle kümmerten sich um sie.

Bei meinem letzten Besuch vor meinem Abflug nach Frankfurt sagte mir der Stationsarzt, es sähe für Nadime nicht gut aus, und er schrieb mir vier Medikamente auf, die sie brauchte, drei für das Herz und eins für die Nieren. Diese Medikamente gab und gibt es nicht in Damaskus, wohl aber in Deutschland.

Nadime ergriff mit Zeigefinger und Daumen eine der Pillen, die ihr die Krankenschwester in einer Schale brachte. Sie sah aus wie eine seltsame rote Perle.

»Schau her, mein Prinz, diese Perle ist für Krisen gedacht und rettet mein Leben. Die Muschel bildet eine Perle zum Schutz gegen ein eingedrungenes Sandkorn, indem sie es mit ihrem Perlmutt umhüllt, damit ihr Inneres unverletzt bleibt. Diese Perle hier macht es umgekehrt. Sie wandert hinein in die Kranke, löst sich dort auf und vertreibt den Störenfried, der ihr Herz attackiert. Sieh zu, dass du mir mehr von diesen Perlen besorgst, und achte auf den Drachen.«

Da konnte mich nichts mehr in Damaskus halten.

Das gefährliche Leben
des Postboten in Tunbaki

»Heute Vormittag«, erzählte Lutfi bei einem Spaziergang durch die Tabakfelder, »als du dich zum Brautpaar gesetzt hast, um mit den beiden zu plaudern, bin ich auf die kleine Terrasse gegangen, um frische Luft zu schnappen. Drinnen hatten die Männer so viel geraucht, dass mir die Augen brannten, und obwohl die Fenster offen standen, wehte keine Brise den verfluchten Gestank hinaus.

Draußen lernte ich einen kleinen Mann kennen, der auch vor dem Qualm geflüchtet war. Als ich ihn fragte, was er mache, verstand er die Frage erst nicht und antwortete: ›Leben‹, und lachte schüchtern.

Nein, was er so arbeite, fragte ich weiter und er wurde ernst. ›Ich bin der Postbote dieses gottverlassenen Ortes‹, sagte er. ›Im Sommer, bei Beerdigungen und Hochzeiten kommen die Leute aus aller Welt, aber im Winter sind im Dorf nur die paar Tabakbauern, viele Frauen, kleine Kinder und Greise. Etwa vierhundert Männer und Frauen von hier leben zwischen Finnland und Südafrika verstreut. Aber die Hälfte davon arbeitet in den Golfstaaten. Und diese Emigranten ernähren die Leute, die hier geblieben sind. Ich bin der Briefträger, ein Bote der Freude und des Unglücks.‹

›Des Unglücks?‹, fragte ich erstaunt.

›Schau dir mein Gesicht an. Siehst du die Narbe hier auf der Stirn? Die habe ich bekommen, als ich einer jungen Frau die Nachricht brachte, dass ihr Mann auf einer Baustelle in Kuwait verunglückt sei. Die Frau drehte durch und wollte sich umbringen. Ich versuchte mit aller Kraft, sie davon abzuhalten, dabei rutschte ich aus und verletzte mich schwer. Die Briefe segelten vor dem Haus auf die Straße. Die Frau bekam auf einmal Angst um mein Leben und schrie um Hilfe, dabei vergaß sie zum Glück, was sie eigentlich vorgehabt hatte.

Auch sonst quittieren die Leute schlechte Nachrichten oft mit Beschimpfungen, ab und zu auch mit Fußtritten, weil sie mich für das Ausbleiben von Briefen verantwortlich machen. Manche haben mich sogar schon beschuldigt, ich hätte mir die Briefe mit dem Geld unter den Nagel gerissen. Einmal bedrohte mich einer mit dem Messer, weil er gerade träumte, dass ich ihm Geld von seinem Bruder in Amerika brächte, als ich klingelte, um ihm seine Stromrechnung zu übergeben. Er war noch ganz verschlafen und verlangte den anderen Brief.‹

›Welchen anderen?‹, fragte ich ihn.

›Den mit dem Geld‹, sagte er mit fester Stimme.

Erst verstand ich den Ernst der Lage nicht. Als ich ihm sagte, es gäbe keinen anderen Brief, bat er mich, einen Augenblick zu warten, und rannte in die Küche. Ich dachte, er wolle mir Limonade bringen, aber da kam er auch schon mit einem furchtbaren Messer zurück. Ich stand wie gelähmt.

Er zog mich ins Haus, schloss die Tür und sagte mit vom Wahn geweiteten Augen: ›Her mit dem Geld, wenn dir dein Leben lieb ist.‹ Und er schrie wie ein Verrückter, er habe gehört, welche Hochhäuser ich inzwischen in Damaskus und Aleppo besäße. Ich hätte sie alle von den Geldern gekauft, die die Auswanderer ihren Angehörigen schickten.

Mein Gott, da half weder Flehen noch Mahnen. Ich

musste um mein Leben kämpfen und irgendwann konnte ich ihm das Messer aus der Hand schlagen, aber leider erst nachdem er mich unter dem rechten Ohr verletzt hatte. Der Mann saß danach da und weinte verzweifelt, weil er hoch verschuldet war und keinen Ausweg mehr sah.

Drei Tage später bekam er einen Scheck mit der Post und konnte seine Schulden zurückzahlen. Und er schenkte mir einen Korb mit Hähnchen, Käse, Pistazien und Wein. Verrückt, nicht wahr?‹

Der Postbote erzählte mir auch, dass die Leute ihn früher immer baten, ihnen die Briefe vorzulesen, und wie sie über die Nachrichten ihrer Angehörigen im Ausland lachten und weinten und er aus Mitleid manchmal die Briefe beim Lesen verschönerte. Damals hatte er das Gefühl gehabt, dass er einen wichtigen Beruf ausübe. Später wollten die Leute nur noch wissen, ob ein Scheck im Umschlag war oder nicht. Sie öffneten die Briefe nicht mehr mit der Sehnsucht der Liebenden, sondern mit der Gier von Glücksspielern. Und der Postbote kam sich vor wie der Laufbursche einer Bank.«

Barakat nickte, doch dann sah er Lutfi erwartungsvoll an.

»Du willst weiter in meiner Geschichte, stimmt's?«, sagte Lutfi und lachte.

Wieder nickte Barakat und sagte aufgeregt: »Ja.«

»Ich bin gestern bei Nadimes plötzlicher Krankheit stehen geblieben. Soll ich dir noch mehr von dieser Frau erzählen?«

Wie meine Geschwister
zu ihren Vätern kamen

Nadime ist eine merkwürdige Person. Jahrzehntelang verheimlichte sie uns allen ihr Herzleiden, und wäre sie nicht ins Krankenhaus gekommen, würde ich wohl auch diesmal nach Frankfurt reisen, ohne etwas davon zu wissen. Doch nur mit den Medikamenten aus Deutschland hat sie überhaupt eine Chance.

Wenn sie aber fit ist, sage ich dir, dann hat sie Sprüche auf Lager, da bleibt dir das Herz vor Bewunderung stehen. Vor vielleicht knapp vier Jahren ärgerte ich zum Beispiel einmal im Beichtstuhl den Pfarrer Markus. Als meine Mutter davon erfuhr, wurde sie ganz klein vor Scham. Ganz anders Nadime. Die nahm mich vor all den hämischen Nachbarn lautstark in Schutz. Die Geschichte war so:

Jeden Sonntag musste ich beichten. Eine lästige Angelegenheit. Und Pfarrer Markus war ein verknöcherter Fanatiker. Jahrelang bediente ich ihn aus Angst im Beichtstuhl mit Sünden wie Äpfelklauen und diversen harmlosen Schimpfwörtern. Ich bekam die Vergebung zum Normaltarif: ein Vaterunser und ein Bußgebet. Mich aber ärgerte das Beichten, weil ich, statt frei von Sünden zu werden, log und innerhalb kürzester Zeit achtundneunzig Beichtstuhlsünden angehäuft hatte.

Eines Tages wollte ich deshalb dem Pfarrer reinen Wein einschenken. Die Apfelsünden langweilten mich inzwischen und ich schilderte ihm stattdessen genüsslich eine Liebesstunde mit Samira. Er drehte durch und bekam fast einen Herzinfarkt, weil ich ihm alles haarklein erzählte und dann nicht einsehen wollte, dass es eine Sünde sein sollte, Samiras Haut zu küssen. Er aber schrie, es sei eine Todsünde. Ich erwiderte verwundert und arglos, das sei aber nicht sehr vorteilhaft für die Kirche, denn wenn Küssen eine Todsünde sei, müsste der Teufel ja wirklich ein zärtlicher Bursche sein.

Das war zu viel. Pfarrer Markus schrie wie ein Hammel vorm Schlachten und beschuldigte mich laut, ich hätte ihn auf dem Gewissen, falls er gleich auf der Stelle sterben würde. Unser Nachbar Tanius, ein schwachsinniger Lehrer, der in der Schlange gestanden und gewartet hatte, bis er dran kam, berichtete meiner Mutter brühwarm eine Stunde später im Hof, ich hätte im Beichtstuhl versucht, den Pfarrer zu erwürgen. Der sei nämlich herausgerannt und habe nach Luft geschnappt.

Nadime hörte mich amüsiert an und lachte. »Nicht zu glauben, was dieser alte Trottel von Pfarrer alles kaputtmacht. Nächsten Sonntag gehe ich selbst hin und sage, die Sünden eines Kindes sind doch Puderzucker im Vergleich zu meinen. Er soll sich erst einmal eine Kostprobe von mir anhören. Und wehe, er schreit, dann nehme ich ihn mir zur Brust, damit er mal weiß, was Atemnot ist.«

Erst da lächelte meine Mutter und ich hätte am liebsten die Hebamme zur heiligen Beschützerin aller Kinder und Liebenden ernannt. So ist sie eben.

Ein anderes Mal fragte ich Nadime, warum Juden und Muslime die Jungen beschneiden und Christen nicht. Sie war überrascht und wiederholte leise die Frage, dann lächelte sie. »Weil jüdische und muslimische Jungen begreifen sollen, dass sie nun die süße Kindheit verlassen und unter Schmerzen das Reich der Erwachsenen betreten. Jesus wollte aber, dass die Christen Kinder bleiben.«

Ich bin Christ und unbeschnitten, aber leider trotzdem sehr früh in das Reich der Erwachsenen hineingestolpert. Ich glaube, meine Hautfarbe hat mich schon sehr früh gezwungen, über das Leben nachzudenken und schneller als andere die Kindheit zu verlassen.

Ich weiß nicht, wann mir zum ersten Mal auffiel, dass ich das einzige farbige Kind im Viertel war. Immer wieder wollte ich, dass ein anderer Dunkelhäutiger da wäre, aber immer, wenn scheinbar einer in der Ferne auftauchte, wurde er beim Näherkommen enttäuschend weiß.

Ich blieb meine ganze Kindheit hindurch der einzige dunkelhäutige Junge in meiner Gasse. Vielleicht war das der Grund, weshalb mich die Nachbarstochter Fadia so interessant fand. Ich war acht oder neun und ging in die zweite oder dritte Klasse, als das kleine blasse Mädchen mir nachlief. Sie wollte unbedingt nur mit mir spielen. Ich fühlte mich nicht besonders angezogen von ihr und meine Mutter machte sich lustig über meine Schüchternheit. Fadia wollte mich heiraten, sie wollte bei mir übernachten und mit der Zeit gewöhnte ich mich an sie und erschrak nicht einmal mehr, wenn ich aufwachte und sie neben mir im Bett lag.

Irgendwann aber begann sie sich plötzlich vor mir zu verstecken. Ich weiß noch, wie sehr mich das damals verwirrte. Fadia wollte mit einem Mal nicht mehr mit mir spielen und rannte weg, wenn sie mich sah.

Eines Tages schenkte mir Nadime einen großen roten Lutscher. Ich wusste, wie sehr Fadia Süßigkeiten mochte, vor allem dann, wenn sie rot waren. Also winkte ich ihr mit dem Lutscher. Sie folgte mir wie hypnotisiert in eine schattige Ecke im Hof und bettelte mit hündischem Blick, einmal lecken zu dürfen.

»Und warum rennst du neuerdings immer weg?«, fragte ich, als sie gierig meine Hand festhielt und an dem Lolly saugte.

»Weil ich nicht verbrannt werden will«, sagte sie, rang nach Atem und saugte wieder.

»Verbrannt?«, fragte ich und zog ihr den Lutscher aus dem Mund. Sie sah ihn sehnsüchtig an und leckte den Rest der Süße von ihren Lippen.

»Ja, du bist doch als Baby verbrannt worden, deshalb bist du so braun. Deine Mama ist auch verbrannt worden. Sie war mal weiß wie ein Stück Brot und dann hat sie nicht aufgepasst. Deshalb sind auch deine Hände so heiß wie ein Ofen, und wenn du mich öfter anfasst, dann werde ich genauso dunkel. Aber ich will weiß bleiben«, sagte sie.

Fadia spielte nie wieder mit mir. Der einzige Halt war meine Mutter. Wenn ich sie verzweifelt umarmte und ihre schönen schwarzen Arme mich drückten, verschmolz ich mit ihr zu einem einzigen Wesen mit einer Lunge und einem Herzen. In diesen wenigen Augenblicken war ich ein Stück eines dunklen mächtigen Berges namens Mama. Ich muss zugeben, dass ich schon deshalb später keinen der Männer an ihrer Seite ausstehen konnte. Jeder war für mich wie ein Beil, das mich von diesem Berg abspaltete.

Doch auch ohne Männer war meine Mutter eigentlich keine Schmusemutter. Sie umarmte niemanden lang und ihre Kinder küsste sie viel weniger als andere Mütter.

Zu jener Zeit entdeckte ich in der katholischen Kirche erstmals das Bild einer schwarzen Heiligen. In unserer Kirche gibt es drei Altäre mit Bildern, einer schöner als der andere. Die meisten Bilder stammen aus Europa und deshalb sehen die dargestellten Heiligen aus wie Dänen oder Schweden, mit blonden Haaren und blauen Augen. Doch eines Tages entdeckte ich eben dieses andere Bild. Du kannst dir meine Freude nicht vorstellen. Von nun an ging ich fast jeden Tag in die Kirche und erzählte meiner schwarzen Heiligen von meinem Kummer und meinen Wünschen. Sie war wohl sehr beliebt bei allen, denn unter ihrem Bild brannten immer sehr viele Kerzen.

Doch irgendwann verschwand das Bild. Sein Platz an der Säule war leer. Ich kam aber nach wie vor, kniete mich hin, schloss die Augen und betete, und ich hatte immer das schöne schwarze Gesicht der Heiligen vor Augen.

Eines Tages wurde das Bild zurückgebracht. Man hatte es von Ruß und Wachs befreit und den Rahmen restauriert. Aber hinter dem Glas glotzte mich plötzlich eine blasse weiße Frau namens Barbara an. Ich rannte hinaus und kehrte nie wieder in jene Ecke der Kirche zurück.

Auch in der Schule durchlebte ich solche Niederlagen. Ich werde nie vergessen, wie ich am ersten Schultag alle Zimmer nach einem schwarzen Lehrer absuchte. Doch ich fand keinen einzigen und war tief betrübt.

Unsere Schule war einmal für die Kinder armer Christen gegründet worden. Sie sollte ein Zeichen der Barmherzigkeit sein. Die reichen Christen sollten ihren armen Glaubensbrüdern helfen. Doch davon war nichts mehr zu spüren. Und als die Schule verstaatlicht wurde, wurde auch nichts besser, weil alle Lehrer im Amt blieben, die selber die Atmosphäre vergiftet hatten.

Täglich morgens kurz vor acht brüllten wir auf dem Schulhof unter der Fahne: »Wir sind eine vereinte arabische Nation mit ewiger Sendung.« Der Schulleiter rief: »Unsere Ziele«, und wir skandierten wie hunderttausende Schüler im ganzen Land zur gleichen Stunde: »Einheit, Freiheit und Sozialismus.«

Ich schaute beim Brüllen umher und fragte mich, ob die andern auch nichts von dem verstanden, was wir da brüllten. Ich hätte damals genauso gut rufen können: »Honolulu besiegt Syrien beim Elfmeterschießen.« Da hätten wenigstens einige gelacht.

Unsere Lehrer hatten eine Art Burg errichtet, die nach außen solide und menschlich schien, innen aber verrottet und voller Hass war, als hätten die Erzieher heimlich den Auftrag bekommen zu beweisen, dass die Armen und ihre Kinder dumm und deshalb selbst an ihrer Misere schuld seien.

Wer uns sonntags in unseren blauweißen Uniformen sah, wie wir unter den leisen Anweisungen unserer Lehrer in die Kirche marschierten, konnte vor Rührung kaum seine Tränen zurückhalten und wollte Gott für die begnadete Lehrerschaft danken, die aus dem Abschaum der Gassen solche braven uniformierten Schüler machte. Er wusste nicht, dass mancher kurz vorher auf dem Schulhof windelweich geschlagen worden war, bis er kniend um Gnade gebettelt hatte. Unsere erzwungenen freundlichen Mienen nach solchen Prügeln schmerzten mich mehr als all die gekonnt gesetzten Hiebe, die immer dort trafen, wo der Körper mit Kleidern bedeckt war, sodass man danach keine Spuren sehen konnte.

Kein Wunder also, dass wir alle Heuchler wurden. In meiner Fantasie ließ ich Tag für Tag einen der Lehrer eines langsamen und grausamen Todes sterben. Wenn mich aber jemand nach meinen Lehrern fragte, sagte ich: »Alle sind sehr nett zu mir.«

Die Lehrer hassten uns, aber sich gegenseitig auch. Manchmal hielt es einer von ihnen nicht mehr aus und flüchtete schnell wieder aus unserer Hölle. Wenn ein Neuer kam, streckten die alten gemeinsam ihre Tentakel nach ihm aus, tasteten ihn ab, bis sie eine verwundbare Stelle fanden, und versetzten ihm einen giftigen Biss. Danach blieb dem Neuen nichts anderes übrig, als entweder umgehend abzuhauen oder selbst einer von ihnen zu werden – ein Mitglied der verschworenen Gemeinschaft des Bösen.

Mich nannten die Lehrer nicht Lutfi, sondern Ibn El Abdeh, Sohn der schwarzen Sklavin.

Die Schüler wurden durch die dauernde Folter selbst zu kleinen, aber erbarmungslosen Sadisten. Der Hofgang war lebensgefährlich. Immer wieder tauchten Messer und Ketten auf. Die Lehrer sahen es und stellten sich blind.

Wir waren zwei Dunkelhäutige unter hundert weißen Schülern. Ein paar Tage nach meiner Einschulung sah ich, wie zwei Jungen den andern Farbigen auf der Toilette verprügelten. Er war bereits in der dritten Klasse. Sein Vater war aus Angst vor den fanatischen Muslimen aus dem Sudan geflüchtet und hatte eine Syrerin geheiratet.

Was mich erschreckte, waren nicht die Schläge der beiden weißen Kinder, sondern das Lachen des farbigen Jungen. Sie prügelten auf ihn ein und wieherten, er aber biss in sein Brot und lachte unter den Hieben. Brocken von seinem Pausenbrot flogen durch die Luft, doch er aß weiter, mitten auf dem verkommenen, stinkenden Toilettengang. Er war klein und dick. Als ich ihn verteidigen wollte, brüllte er mich an: »Misch dich bloß nicht ein, du Sohn der Sklavin!«

Und plötzlich hörten die beiden auf, ihn zu verprügeln, und lachten mit ihm über mich.

Von diesem Tag an betrat ich nie wieder die Schultoilette. Und von diesem Tag an träumte ich fünf Jahre lang immer wieder denselben Traum: Ich komme aus der Toilette, draußen ist alles still. Die Schüler stehen kreidebleich und steif wie Gipsfiguren auf dem Pausenhof und alles, wirklich alles, ist absolut erstarrt – auch die Trauerweide steht regungslos. Ich weiß nicht, wie ich in mein Klassenzimmer zurückkommen soll. Mir wird ganz schwindelig vor Angst und ich setze mich auf eine Stufe der Treppe, die ins Gebäude führt. Plötzlich kommt der Schulleiter, gibt mir eine Kopfnuss und sagt, ich solle hinaufgehen, meine Klasse sei im ersten Stock. Da gehe ich, ängstlich um mich schauend, die Treppe hoch. Auf einmal löst sie sich mitsamt dem Geländer vom oberen Stockwerk und ich falle in eine unendliche Dunkelheit.

Ich schwöre dir bei der heiligen Maria, jedes Mal, wenn ich am Morgen aufwachte, spürte ich dort, wo mich im Traum die Kopfnuss des Schulleiters getroffen hatte, einen stechenden Schmerz.

Ich fühlte mich nur in meinem Klassenzimmer geschützt und zitterte vor den Pausen auf dem Schulhof. Bereits am ersten Tag war ich mit mehreren anderen Erstklässlern von den großen Schülern verprügelt worden, am nächsten Tag wieder und immer so weiter. Ich verschanzte mich also im Klassenzimmer, doch ein Lehrer entdeckte mich, schleifte mich über den Korridor und stieß mich in die Arme der wartenden Schläger, schloss hinter sich die Tür und ging ins Lehrerzimmer. Die Jungen hatten ihren Spaß mit mir. Ich konnte danach kaum noch sprechen. Mit Mühe schleppte ich mich nach Hause. Meine Rippen taten weh und die Schmerzen wurden von Stunde zu Stunde schlimmer, bis meine Mutter Nadime um Hilfe bat. Die kam mit ihren wunderbaren Ölen und Umschlägen. Als es mir besser ging, fragte sie mich, wer mich so zugerichtet habe. Meine Mutter wiegelte ab aus Angst vor Scherereien. Sie war wie immer der Meinung, wir Schwarzen müssten etwas geduldiger sein als die Weißen. Nadime widersprach und empfahl mir, ich sollte den allerschlimmsten Schläger warnen: Wenn er mich auch nur schief anschauen würde, käme sie und würde ihn bestrafen.

Das sagte ich ihm am nächsten Tag. Die Jungen, die zwar im christlichen Viertel wohnten, aber nicht in unserer Gasse, hörten den Namen Nadime wahrscheinlich zum ersten Mal.

»Ist sie eine Boxerin?«, fragte der Koloss Subhi.

»Sie ist stärker als eine Löwin«, gab ich zurück und fing mir dafür eine Ohrfeige ein. »Da bin ich aber gespannt«, höhnte Subhi, »was deine Nadime jetzt mit mir macht.« Alle Umstehenden lachten.

Und schon war ich am Ende mit meiner Drohung.

Als die Schule mittags aus war, stand aber die große

Überraschung vor der Tür: Nadime wollte mich abholen. Sie stand breitbeinig da und fragte mich laut: »Na, wer war heute der Angeber?«

Ich zeigte auf den Koloss und der erstarrte mit offenem Mund. Nadime schritt auf ihn zu, packte ihn am Ohr und sagte so laut, dass es alle andern mit anhören konnten: »Wer Lutfi auch nur schief anschaut, den pack ich am Ohr und schleppe ihn höchstpersönlich so nach Hause, und nun zeig mir, Junge, wo du wohnst.« Subhi versuchte sich ihrem Griff zu entwinden und sie gegen das Schienbein zu treten, aber Nadime war mit allen Wassern gewaschen. Sie trat zurück und zog Subhis Kopf weiter nach unten. Er musste sich dem eisernen Griff fügen, fluchte und flehte, aber das half ihm nichts, und die anderen Kinder, die gerade noch seine Anhänger waren, verhöhnten ihn gnadenlos.

Nadime hält immer Wort. Sie ging mit dem Jungen bis zu seinem Haus, klingelte, und als seine Mutter erschien, übergab Nadime ihr Subhi, dessen rechtes Ohr inzwischen so rot und flach wie eine Pizza Margherita war. »Du solltest lieber deinen Sohn erziehen oder ich zeige ihn bei der Polizei an. Er hat meinem Lutfi drei Rippen gequetscht. Diesmal hab ich noch Gnade walten lassen, aber wenn er es noch einmal versucht, helfen ihm keine Eltern und Lehrer mehr«, sagte sie energisch.

Subhis Mutter, die sanft und klein aussah, war die ganze Angelegenheit vor den Nachbarn peinlich. Sie entschuldigte sich bei Nadime und ich rauschte, bestimmt um zwei Zentimeter gewachsen, an der Seite meiner Beschützerin davon.

Vom nächsten Tag an hatte ich Ruhe. Ich war unantastbar geworden. Der Koloss und seine Anhänger nahmen andere arme Teufel in die Zange und diese Pechvögel hatten niemand, der sie verteidigte. Doch meine Unberührbarkeit hatte ihren Preis. Sie errichtete eine Mauer um mich, denn jeder, der mit mir spielen wollte, wurde von Subhi und seinen Freunden so lange erpresst und tyrannisiert, bis er mich boykottierte.

Sicher war ich einsam, aber ich lief von nun an frei herum, beobachtete vieles und versuchte mir in meiner Einsamkeit die Welt der Weißen zu erklären.

Die Schule war so lange die Hölle, bis der Lehrer Kadir Kassar kam. Der war kein Lehrer, sondern ein Erdbeben auf zwei Beinen. Kadir Kassar war klein und dürr und übernahm den Sprachunterricht. Und vom ersten Tag an stellte er sich der vereinten Lehrerschaft entgegen. Der Krake streckte natürlich auch nach ihm seine Tentakel aus, zog sie jedoch, um ein paar Glieder ärmer geworden, schnell wieder zurück. Mitten auf dem Hof und vor den Augen des Direktors stoppte der Neue den Sportlehrer, als der seinem täglichen Vergnügen nachging, Kinder auf dem Pausenhof mit einem Bambusrohr zu traktieren.

Zum ersten Mal hörten wir Schüler, dass Schlagen verboten war und der Sportlehrer seine Stelle verliere, wenn er angezeigt werde und es genug Zeugen gebe. Totenstille herrschte auf dem Hof, denn alle Schüler waren ja Zeugen. Der Direktor, dieser große Intrigant, versuchte abzuwiegeln und die Wogen zu glätten, doch Kadir Kassar war kompromisslos. Er zwang den Sportlehrer, vor allen Anwesenden zu versprechen, dass Schläge nie wieder vorkommen würden.

Anschließend war im Lehrerzimmer die Hölle los. Das berichtete uns der Sohn des Schulpförtners.

Auch gegen die Schüler blieb der neue Lehrer standfest. So zwang er sie, alle Messer, Schlagstöcke und Ketten aus den Verstecken zu holen und abzugeben. Ein riesiger Karton war dafür nötig. Alles wurde genau aufgelistet.

Aber vor allem die Lehrer zitterten vor ihm, denn sie vermuteten, dass er ein mächtiger Mann im Kultusministerium und der Bruder des Geheimdienstchefs war, der damals auch Kassar hieß. Heute weiß ich es besser. Kadir

Kassar war kein hohes Tier. Die Namen gleichen sich, aber der Geheimdienstchef war Muslim und unser Lehrer war Christ. Und überhaupt, ein Mann, der nur die geringsten Beziehungen zur Macht gehabt hätte, wäre niemals in dieses Loch von einer Schule gefallen. Aber Kassars Auftritte hatten die erfahrene Lehrerschaft so weit verwirrt, dass sie nicht einmal das bedenken konnte und tatsächlich Angst vor ihm hatte. Bald war der Neue der heimliche Herrscher der Schule und als der Französischlehrer mich einmal »dummer Neger« nannte, machte ihm Kadir Kassar fast den Garaus.

»Du bist krank, Mann«, sagte er in meiner Anwesenheit zu dem Lehrer, »so etwas wie du gehört nicht in eine Schule, sondern ins Gefängnis. Weißt du nicht, dass die Mutter unseres Verteidigungsministers auch eine Farbige ist? Weißt du das nicht?« Er brüllte es auf dem Korridor. Der Lehrer wusste es nicht und auch nicht, wie er sich aus der Affäre ziehen sollte.

Als der Direktor gerannt kam und die Szene begriff, legte er seine Arme auf die Schultern der beiden Männer und flüsterte etwas. Kadir Kassar schüttelte aber den Arm einfach ab und entfernte sich. Geblieben waren zwei geschlagene Dummköpfe und ein kleiner schwarzer Junge, der an dem Tag einen Heiligen entdeckt hatte.

Die Wellen schlugen immer höher, doch Kadir Kassar war ein schwerer Brocken, der nicht leicht zu besiegen war. Er war hoch qualifiziert und sein Unterricht unglaublich spannend und gut. Ich himmelte ihn an. Doch Kraken haben das beste Gedächtnis unter den Meerestieren, sind nachtragend und sie ziehen sich zurück, um aus dem Hinterhalt zuzuschlagen.

Kassar gründete schließlich ein Schülertheater und konnte dafür sogar Geld beim Kultusministerium lockermachen. Ich war einer der Ersten, die mitspielen wollten. Schließlich drängte es aber viel mehr Schüler teilzunehmen, als das Stück zuließ. Zu Ende des Jahres spielten wir vor Eltern und Schülern unser erstes Stück. So etwas hast du noch nicht erlebt. Manche saßen zum ersten Mal in ihrem Leben vor einer Bühne, die der Lehrer mit den Schülern der fünften Klasse aufgebaut hatte. Viele weinten beim tragischen Schicksal der armen Leute, die wir auf der Bühne darstellten. Das Stück hieß »Nachtasyl« oder so ähnlich und spielte im alten Russland. Die Lehrer boykottierten die Aufführung. Nur der Direktor war anwesend und sprühte Gift und Galle, sogar während der Aufführung und vor allen Leuten.

Nun musst du wissen, dass Theater eigentlich einen sehr schlechten Ruf in unserem Viertel genoss. Die Leute hatten die Vorstellung, dass da nur dumme Geschichten von Männern und Frauen gespielt werden, die allesamt unmoralisch sind und hinter der Bühne ihren tierischen Trieben freien Lauf lassen. Darüber hinaus war in den Jahren vorher in der Schule etwas passiert, das den Ruf jeglichen Schauspiels endgültig ruiniert hatte.

Damals hatte sich der neue Pfarrer Michail vom ersten Augenblick seiner Ankunft an bemüht, die katholische Gemeinde unseres Viertels aus ihrer Verschlafenheit zu wecken. Orientalische Christen sind bekanntlich noch nie eifrig in Glaubensdingen gewesen, doch die Christen unseres Viertels fühlten sich der Gnade Gottes besonders sicher. Sie wohnten ja inmitten der Heiligtümer, die andere nur aus den Religionsbüchern kannten.

Das genügte dem fleißigen jungen Pfarrer jedoch nicht. »Eine christliche Insel überlebt in einem muslimischen Ozean nur, wenn sie sich über die Wellen erhebt«, mahnte er uns in seinem ersten Gottesdienst von der Kanzel herab.

Zwei Kirchenchöre rief er ins Leben. Das verfallene Haus der christlichen Pfadfinder wurde renoviert und der alte Kassenwart des Vereins erlebte plötzlich den größten

Ansturm seines Lebens. Zweiundsiebzig neue Mitglieder wollten lieber heute als morgen mit Pfarrer Michail den richtigen Pfad finden.

Die neue Weihnachtskrippe mit den Windmühlen und fließenden Bächlein wurde eine solche Attraktion, dass sogar Juden und Muslime in die Kirche kamen, um dieses seltsame, technisch perfekte Kunstwerk zu bewundern. Und die Prozession am 15. August, Mariä Himmelfahrt, geriet zu einer Sensation. Am nächsten Tag stand ein Bericht darüber in allen Zeitungen, und zwar vorn auf der ersten Seite.

Nur mit dem Osterschauspiel wollte es nicht so recht klappen. Die römischen Soldaten sahen viel zu schäbig aus. Abdo, der Schuster, hielt sie für Apachen und rief laut: »Jetzt kommt bestimmt gleich John Wayne.« Die Leute lachten.

Und Nicola war wirklich der Allerletzte, der Jesus spielen konnte. Aber sein Vater, der Kassenwart der Pfandfinder, hatte ihn durchgesetzt. Der vierzehnjährige Nicola war dick und gefräßiger als hundert Heuschrecken. Er kaute immer an irgendetwas herum. Auch an diesem Tag. Er kam von der Kirche, das leichte Kreuz lässig geschultert und in der rechten Hand eine mächtige Gurke. Die im Gemeindehaus versammelten Gläubigen fanden bei diesem schmatzenden Darsteller keinen rechten Zugang zu den Leiden Christi. Manche lachten, andere verdrehten die Augen. Als die römischen Soldaten die Nägel ins Kreuz schlagen wollten, lachte Nicola und rülpste. Raffiniert wurde der Christusdarsteller mithilfe einer Schnalle vor dem Bauch am Kreuz befestigt. Er sollte die Füße auf eine Stütze stellen und mit den Händen die großen Nägel umklammern. Das Licht wurde gedämpft. Der dramatische Höhepunkt war gekommen: Das Kreuz wird aufgerichtet und Christus lässt seinen Kopf ganz langsam auf die linke Schulter sinken. Die ganze Szene sollte nicht länger als eine Minute dauern, dann sollte der Vorhang fallen. Doch dazu kam es nicht. Als die Soldaten das Kreuz aufrichten wollten, brach das billige dünne Holz in der Mitte durch. Nicola erschrak fast zu Tode, verfluchte die Mütter der Soldaten und rannte von der Bühne. Die Leute tobten vor Lachen. Nur einer stand versteinert und grau vor Ärger da: Pfarrer Michail.

Im nächsten Jahr war alles ganz anders. Jesus wurde diesmal von Dschamil gespielt, dem zwölfjährigen Sohn der Wäscherin Hanne. Dschamil war hoch gewachsen, dürr und hatte ein wunderschönes Gesicht. Er schleppte perfekt geschminkt das etwas schwerere Kreuz aus der Kirche und bahnte sich seinen Weg durch die Massen zur Bühne im Gemeindehaus. Schwere Stille legte sich auf die sonst lärmenden Gläubigen. Da und dort hörte man Frauen schluchzen und gestandene Männer wischten sich verstohlen ihre Tränen ab. Dschamil spielte göttlich.

Als zwei Frauen aus dem Publikum mit ihren weißen Kopftüchern sein Gesicht abtupfen wollten, knurrte sie Pfarrer Michail auf ihre Plätze zurück. Er ging gemessenen Schrittes, das Weihrauchfass schwingend, vor dem Kreuz her. Er war unglaublich zufrieden.

Der Augenblick war so bewegend, dass diesmal Frauen und Kinder Dschamils leidvollen Gang mit lautem Geheul begleiteten. Iskander, der Metzger, weinte als einziger Mann ebenfalls hemmungslos wie ein Kind und versuchte das Kreuz heimlich von der Schulter des gequälten Christus zu heben. »Herr, wir verdienen dein Leid nicht«, rief er von Trauer überwältigt, was seine Nachbarn überraschte, denn er war als gnadenloser Schläger bekannt.

Dschamil ging zur Mitte der Bühne, wo eine Kompanie von – nun durch eine Spende besser ausgerüsteten – römischen Soldaten auf ihn wartete. Sie banden ihn aufs Kreuz und Dschamil rief mit brüchiger Stimme: »Vater, oh Vater im Himmel, vergib ihnen, denn sie wissen nicht, was sie tun.«

Eine Welle tränenreichen Schluchzens erhob sich im Saal und nur einer fand Worte: Iskander. »Und ob sie es wissen, diese elenden Hunde!«, rief er und stürmte auf die Bühne. Er bahnte sich mit Schlägen seinen Weg zu Dschamil, warf ihn sich über die Schulter und rannte mit ihm aus dem Saal.

Damit war es aus für das christliche Theater.

Pfarrer Michail ließ sich versetzen und unser Viertel bekam einen alten rundlichen Pfarrer, der mehr am Wein der Kirche als am Heil der Seelen seiner Gemeinde interessiert war.

Doch wieder zurück zur Schule.

Am Morgen nach der Aufführung wollte der Direktor Kadir Kassar auf dem Schulhof niedermachen. Das Stück sei ketzerisch und er werde nie wieder ein solches Schülerspiel zulassen. Er habe sich informiert. Der Autor sei Kommunist gewesen. Ihm als Schulleiter sei die Begeisterung der Zuschauer gleichgültig, in seiner Anstalt würden ab sofort nur noch patriotische Stücke gegen Israel und den Zionismus gespielt.

Kassar war aber wie immer nicht auf den Mund gefallen. Er erwiderte, er würde zu gern ein solches Theaterstück sehen, wenn der Herr Direktor es nur mit seinen Schülern auf die Bühne bringen könnte. Er schlug vor, das Stück sollte von Männern erzählen, die sich mit Geld vom Militärdienst freikaufen und dann groß die Klappe gegen Israel aufreißen. Das würde doch sicher eine schöne Komödie geben.

Mein Gott, du hättest das Gesicht des Direktors sehen sollen. Er war nämlich selbst einer dieser Herren, die sich freigekauft und nie Militärdienst geleistet hatten. Er bebte. »Was auch immer in diesem Haus aufgeführt wird, muss erst von mir genehmigt werden. Haben wir uns verstanden?«, brüllte er.

Der Lehrer schwieg.

Drei Theaterstücke schlug er dem Direktor in den nächsten Monaten vor und alle drei wurden abgelehnt. Der Krake versetzte seinem Feind den ersten Schlag.

Die Ablehnung wurde in der Schule bekannt gemacht und dazu ließ der Leiter durch alle Lehrer in den Klassen verkünden, der Protest Kassars sei im Kultusministerium abgewiesen worden.

Nun war sich die feige Meute endgültig sicher, dass er absolut keine Rückendeckung hatte, niemanden außer seinem Mut und seiner Aufrichtigkeit. Genau das aber sind zwei Eigenschaften, die jeden, der sie besitzt, verletzlich machen. Die Meute roch also Blut und wurde scharf auf ihr Opfer.

Sie stachen bei jeder Gelegenheit auf den Lehrer ein. Er torkelte. In dieser Zeit besuchte ich ihn zum ersten Mal daheim. Er wohnte nicht weit von uns allein in einem kleinen Zimmer voller Bücher, Koffer und Kartons. Er stammte aus dem Euphratgebiet im Norden und erzählte mir, dass er eines Tages einen Film drehen wolle. Nicht über die Schule, sondern über das Wasser. Ich fand das verrückt, aber das sagte ich ihm nicht. Er wusste bereits, dass er bald die Schule verlassen musste. Und er deutete etwas an, das ich an jenem Abend überhaupt nicht verstand. Er sprach von Rufmord, den man an ihm beginge, doch er erklärte mir nicht, wie man seinen Ruf zerstörte.

So sympathisch ich ihn fand, ich werde nie die Angst vergessen, die mich plötzlich erfasste, als er über sein Pech mit diversen Schulleitern sprach. Sein Gesicht veränderte sich. Er schlug mit der Faust gegen die Wand, dass ich dachte, er würde sich die Knochen zertrümmern. Einen Augenblick glaubte ich, er sei wahnsinnig geworden, denn sein Blick war irr. Und ich war erleichtert, als ich sein Zimmer verließ.

In den nächsten Tagen prasselten öffentlich Rügen auf Kassar nieder, weil er sich angeblich in Sachen einmischte, die ihn nichts angingen.

Dann erfuhr ich, wahrscheinlich als Letzter, die infame Lüge. Ein Mitschüler erzählte mir allen Ernstes, der Lehrer sei ein schwuler Kinderschänder. Mir gefror das Blut in den Adern. Hätte der Krake nur den geringsten Beweis gehabt, hätte er Kadir Kassar öffentlich vernichtet. Nein, ich war sicher, der Lehrer hatte mit Knabenliebe nichts zu tun. Doch als ich das einem anderen Jungen sagte, erwiderte der: »Na? Dich hat er wohl auch gehabt und jetzt willst du ihn verteidigen.«

Ich wurde stumm. Die anderen Kinder mieden den Lehrer wie Staub den Wassertropfen.

Er blieb für sich. Und wenn ich und zwei, drei andere Jungen ihn in den Pausen auf dem Schulhof aufsuchten, war er abweisend und schickte uns weg. Irgendwann wurde bekannt, dass er im Ministerium verhört und ein letztes Mal verwarnt worden war.

Ich wollte ihn noch einmal besuchen, doch er war über Nacht versetzt worden und schon weg. Der Krake feierte seinen Sieg und tobte sich aus.

Wäre Kassar geblieben, wäre aus mir bestimmt etwas Richtiges geworden. Aber von dem Tag an war die Schule für mich gestorben und ich wollte nur noch bis zum Ende der fünften Klasse überleben. Doch ehe ich dieses Ziel erreichte, hatte sich schon vieles in meinem Leben verändert.

Ich habe dir bereits erzählt, dass meine Mutter durch ihre Affäre mit Samer, dem Nachtlokalbesitzer, meine Schwester zur Welt gebracht hat: Jasmin, das zweitgrößte Maul, seit es Nilpferde gibt. Wir lebten in einer bescheidenen, aber warmen Wohnung voller Gerüche und Farben, bis der nächste Mann im Leben meiner immer noch jungen Mutter auftauchte.

Viele Jahre ist es her, doch ich werde den Tag nicht vergessen. Ich war sechs Jahre alt, als der Mann zum ersten Mal unsere Wohnung betrat. Er war Beamter der Wasserwerke, und obwohl er noch nie in seinem Leben eine Waffe getragen hatte, war er der geborene Unteroffizier. Er ging so steif, als nähme er an einer unsichtbaren Militärparade teil, und zupfte, glättete, faltete, kämmte, streckte und ordnete, bis sich alles in Reih und Glied befand.

Er hatte meine Mutter in irgendeinem christlichen Verein kennen gelernt. Sie war dort Mitglied geworden, um sich die Zuwendung der Kirche – eine kleine monatliche Summe – dauerhaft zu sichern. Der fremde Mann wollte sie zu Hause besuchen und nach ein paar Stunden stand er mitten in unserem Chaos, gab Befehle und ließ meine Mutter die Wohnung umräumen. Sie gehorchte.

Er musterte mich bei unserer ersten Begegnung angewidert, in seinen Augen lag dumpfer Hass. Ich hatte ungeheure Angst vor ihm.

Bis dahin hatte ich geglaubt, dass meine Mutter eine mächtige Person sei, eine Löwin aus Afrika. Doch plötzlich kroch sie auf allen vieren und putzte den Boden, während er auf dem Sofa saß, die Beine übereinander geschlagen, und ihr Befehle gab. Sie folgte ihm in der Hoffnung, er wäre ein mächtiger Balken, an dem sie sich festhalten und aus dem Meer ihres Chaos retten könnte.

Aber so ist das mit der Ordnung. Wenn man sie mit Gewalt durchsetzt, verursacht sie noch größeres Chaos. Meine Mutter und wir Kinder fanden nichts mehr in unserer Wohnung wieder.

Er machte mir mein Zuhause fremd. Bis dahin hatte die Wohnung für mich tausendundeine Nische, tausendundein Geheimnis gehabt. Überall lagen Bündel, Tüten, Platten, Zeitungen und Zeitschriften, Geräte und Drähte. Und ich konnte mich einen ganzen Tag lang mit all dem beschäftigen, basteln und meine Traurigkeit tausendfach vergessen.

Und so klein die Wohnung auch war, sie bot genügend Verstecke für mich. Bis dieser Mann auftauchte. Er durchkämmte die Wohnung und ließ keine Ecke, wie sie war. Alles bekam seine Ordnung und wurde steif und kalt wie er. Die kugeligen Bündel Unterwäsche und Bettlaken verwandelte er in kantige Stapel auf den Regalbrettern, die dann so aussahen wie im Krankenhaus. Jeder Winkel wurde überschaubar. Und ich hatte ein Gefühl, das mich lange Zeit nicht mehr losließ: Unsere Wohnung ist eine Halle, eine Station, die allen und niemandem gehört. Sie ist praktisch und vielleicht auch nützlich als Durchgang für Reisende, aber sie verlor an dem Tag ihre Wärme, als dieser Ordnungsfanatiker in das Leben meiner Mutter trat.

Ich habe schwer unter dem Mann gelitten. Er schlug mich bei jeder Gelegenheit und ich verfluchte ihn. Er kannte das Wort Frohsinn nicht und betrachtete jeden Genuss als Sünde. Meine Mutter himmelte ihn an wie einen Vater und er gefiel sich in der Rolle und nannte sie »meine Kleine«.

Doch immer, wenn er mich allein erwischte, flüsterte er mir zu, ich solle endlich abhauen, denn mein Anblick verderbe ihm den Tag.

Warum ich ihn nicht gefragt habe, was er gegen mich hatte? Wozu? Ich hatte schon wegen weitaus harmloserer Fragen Schläge bekommen. In der Schule und bei ihm. Ich lernte schnell, nicht mehr nachzufragen.

Du meinst, das passt nicht zu mir? Vielleicht, aber es ist trotzdem wahr. Ich will dir eine Geschichte erzählen, damit du verstehst, wie es kam, dass ich bis heute oft Angst vor dem Fragen habe und lieber schweige.

Tuma war einundzwanzig und hatte noch alle Zähne im Mund, als er die erste verhängnisvolle Frage beim Lebensmittelhändler stellte. Einer der Anwesenden pries Burhan, einen Sohn unseres Viertels, der mit noch nicht einmal dreißig nach zehn Jahren Offizierslaufbahn Multimillionär geworden war. Und Tuma fragte mit allen seinen Zähnen im Mund, ob Burhan, der für seine Einfältigkeit bekannt war, einen großen Gewinn in der wöchentlichen Lotterie gelandet oder eine reiche Tante beerbt habe. Mehr fragte Tuma nicht. Die Anwesenden aber fingen daraufhin an, Vermutungen über die Geldquelle des Offiziers anzustellen, immerhin hatte er beim Abitur am schlechtesten von allen abgeschnitten. Seine Noten waren so mies gewesen, dass sich die Universität weigerte, ihn aufzunehmen. Es war ihm nur das Militär geblieben und da konnte man eigentlich keine Million verdienen. Das regte mit einem Mal die Fantasie der Leute in meiner Gasse an. Sie zogen die Laufbahn des Offiziers in den Dreck. Doch nicht etwa diese Fantasten wurden eines Tages verhaftet, sondern Tuma. Als er in unsere Gasse zurückkehrte, fehlten ihm zehn Zähne.

Kurz darauf stürzte Nachbar Kassim aus einem Fenster im elften Stock einer Ölgesellschaft und wurde auf dem Pflaster zerschmettert. All seine Freunde und seine Frau wussten, dass Kassim gerade dabei gewesen war, die Machenschaften der Ölgesellschaft zu überprüfen, und alle Bestechungsversuche der Geschäftsleitung zurückgewiesen hatte.

Die Nachbarn pilgerten zu der jungen Witwe und sprachen ihr Beileid aus. Und Tuma fragte sie – deutlich, aber fast nebenbei und mit den zweiundzwanzig Zähnen im Mund –, ob ihr Mann denn ein Vogel gewesen sei.

Da fingen die Anwesenden an, Geschichten über einige ungeklärte Morde zu verbreiten, und bald stellten alle im Viertel Vermutungen an, als wären sie Nachfahren von Sherlock Holmes. Jeder wollte auf einmal wissen, dass der Mordauftrag aus einem noch höheren Stockwerk gekommen war, um den gewissenhaften Prüfer zu beseitigen.

Bald darauf wurden nicht die Möchtegerndetektive verhaftet, sondern Tuma, und er kehrte mit nur noch sechzehn Zähnen im Mund in unsere Gasse zurück.

Das ging drei Jahre so und nach jeder Frage kam Tuma mit immer weniger Zähnen zurück, bis er gar keine mehr hatte. Ein Gebiss konnte sich der arme Steinmetz nicht leisten. Von nun an verstand keiner mehr seine Fragen, und da er beim Reden häufig sabberte, lachten ihn die Nachbarn aus.

Kein Wunder, dass ich da keinem Einzigen mehr eine Frage stellen wollte, weder in der Schule noch in unserer Wohnung, wo dieser widerwärtige Offizierstyp auf einmal den Ton angab und mir in meinen eigenen vier Wänden sagte, dass er mein Gesicht nicht mochte.

Bis er ins Leben meiner Mutter trat, waren wir bettelarm gewesen, aber das Essen, und wenn es noch so wenig gab, hatten wir mit Lust zu uns genommen und nicht bloß achtlos verdrückt. Als der Mann zum ersten Mal bei uns aß, war er angewidert, weil wir mit Nadime, die auch zu Gast war, die ganze Zeit lachten. Ich merkte aber schon, dass das Lachen meiner Mutter an jenem Tag gehemmter, verhaltener war. Sie schaute dauernd untertänig zu ihm auf und entschuldigte sich für alles Mögliche. Er aß steif und mit spitzen Fingern. Nadime mochte ihn nicht.

Eines schönen Tages sagte dieser Verrückte, der immer vor und nach dem Essen betete, wir sollten bei Tisch schweigen. Leider war Nadime an diesem Tag nicht da. Meine Mutter und meine Schwester gehorchten und aßen von nun an genauso steif wie er.

»Warum dürfen wir nicht reden? Wir sind doch nicht auf einer Beerdigung«, sagte ich.

Der Mann wandte sich höflich, aber streng zu mir und sagte: »Weil die Engel den Tisch tragen, solange Menschen essen, und je länger du brauchst, umso mehr quälst du sie.«

Ich erschrak. Ich wusste, dass er ein nüchterner Mann war und nicht zur Fantasie neigte. Er erzählte nie Geschichten und duldete auch keine Lüge, nicht mal im Spaß.

Ich werde nie vergessen, wie kurz nach diesem Wortwechsel etwas unter dem Tisch mein Bein streifte. Es fühlte sich wie Stoff oder wie eine Feder an. Mein Herz raste. Die ganze Nacht konnte ich nicht schlafen. Am nächsten Tag schlich ich um das Restaurant in unserer Nähe und schaute vorsichtig durch alle Fenster, aber da war niemand unter den Tischen. Vielleicht tragen die Engel ja nur die Tische der Christen, überlegte ich, denn das Restaurant gehörte einem Muslimen.

Ich kehrte heim, und als der Mann zum Essen kam, spielte ich ihm vor, dass mir nicht gut sei. Er, meine Mutter, meine Schwester und Nadime ließen es sich schmecken. Vier Christen also. Ich belauerte vom Sofa aus den Tisch, doch nichts bewegte sich unter der Platte, beim ersten Bissen nicht und nicht beim letzten. Ab und zu rieb meine Mutter ihr Bein an dem des Mannes, aber der erwiderte nie ihre Zärtlichkeit, sondern rückte sogar etwas ab.

Da wurde mir klar, dass der Mann gelogen hatte. Tags darauf versuchte ich Nadime beim Essen einen Witz zu erzählen. Da rief der Mann: »Lutfi, schweig bitte, sonst werden die Engel müde. Nach dem Essen kannst du Tante Nadime etwas erzählen.«

Ich bückte mich unter den Tisch. »Die Engel«, rief ich übermütig, »sind abgehauen, jetzt können wir quatschen.«

Ich hatte den Satz noch nicht zu Ende gesprochen, da traf mich eine solche Ohrfeige, dass ich zur Seite kippte und vom Stuhl fiel. Weniger der Schmerz als der Schreck drang in mich ein.

»Gott soll deine Hand brechen, du Herzloser, du. Wer hat dir erlaubt, meinen Lutfi zu schlagen!«, rief Nadime, stand auf, nahm mich an der Hand und verließ mit mir die Wohnung. Meine Mutter schwieg feige. Meine Schwester weinte vor Schreck. Sie war gerade drei Jahre alt geworden.

Als wir bei Nadime ankamen, zitterten meine Knie noch immer. Sie gab mir einen Schluck kaltes Wasser und zauberte mir mein Lieblingsgericht, zwei knusprige Spiegeleier. Sie legte mir kalte Tücher auf die Wange, wo man noch nach einer Stunde den Abdruck seiner Finger sehen konnte. Und als Nadime merkte, dass ich immer noch zittrig war, zog sie mir den Schock aus dem Leib.

Von nun an floh ich immer zu ihr, wenn der Mann kam, und auch Nadime wollte ihn nicht mehr sehen. Obwohl er sich bei ihr für sein Benehmen entschuldigt hatte, strich sie ihn aus ihrer Liste. Und wenn Nadime einmal jemanden gestrichen hat, kann selbst der Papst nichts mehr dran ändern. Als der Mann mich nicht mehr sehen musste, war er aber wenigstens meiner Mutter und meiner Schwester gegenüber milder gestimmt.

Ein Jahr verging. Plötzlich merkte ich, dass meine Mutter dicker wurde. Und als meine zweite Schwester, Dunia, zur Welt kam, erschien der Ordnungsfanatiker nicht mehr persönlich, sondern schickte nur auf den Piaster genau die Alimente. Dunia war vom ersten Augenblick an mein Liebling und ist es bis heute geblieben, ein freches Mädchen und meiner Mutter wie aus dem Gesicht geschnitten, allerdings viel, viel heller als sie, fast weiß.

Lach ruhig, ich weiß, was du jetzt denkst. Und es stimmt auch: Meine Mutter hatte bei all ihrem Pech doch immer auch etwas Glück, weil die Männer, mit denen sie ein Verhältnis einging, ihr wenigstens finanziell etwas weiterhalfen. Der nächste Mann nach dem Ordnungsfanatiker verfiel vielleicht gerade deshalb auf sie. Er war ein Spieler und Taugenichts. Meine Mutter verzehrte sich fast in Sehnsucht nach ihm und war seinetwegen zu jedem Opfer bereit.

Er war ein großes Kind, neugierig, sanft und witzig, deshalb mochte ich ihn. Und wenn er zu uns kam, spielte er gern mit mir. Er führte uns Kartentricks vor und verehrte Nadime, doch die Hebamme blieb reserviert.

Hani, so hieß der Mann, war der geborene Verlierer. Immer wieder wurden seine Habseligkeiten gepfändet und er kam dann hungrig, müde, fast nackt und unendlich traurig zu meiner Mutter. Er lallte entkräftet, was er ihr alles habe schenken wollen, wenn er nur gewonnen hätte. Meiner Mutter stiegen die Tränen in die Augen. Sie hegte und pflegte ihn wie ihr eigenes Kind und er ruhte sich bei ihr aus und blieb bei uns, bis er wieder irgendwie zu Geld kam. Dann verschwand er.

Einmal gewann er und kam mit einem Taxi bis vor die Haustür, rief nach meiner Mutter und nahm sie mit in ein feines Restaurant. Als sie zurückkam, trug sie eine neue goldene Armbanduhr, Armreifen und Ohrringe. Doch nach ein paar Tagen versetzte er die Klunker wieder, weil er verloren hatte.

Doch erst als Hani den Ehering klaute, den mein Vater ihr geschenkt hatte, setzte sie ihn schweren Herzens vor die Tür. Er bettelte um Gnade und nach Wochen brachte er auch den Ring vom Pfandverleiher zurück, aber irgendetwas war bei ihr zerbrochen. Sie wollte von ihm nichts mehr wissen, auch dann nicht, als sie in ihrem Bauch meinen Bruder Dschamil strampeln fühlte.

Hani erfuhr nie von seiner Vaterschaft, denn kurz nach der Trennung von meiner Mutter wurde er bei einem Pokerspiel erschossen. Man erzählte uns, dass er an diesem Tag eine wunderbare Glückssträhne hatte. Und obwohl er nie mogelte, unterstellte ihm ein Gangster, der bei dem Spiel ein Vermögen verloren hatte, Betrug und tötete ihn.

Einen größeren Pechvogel als Hani habe ich nie gesehen. Aber was wir alle erst einmal nicht wussten: Meine Mutter hatte während der Zeit mit ihm einen Schuldenberg angehäuft. Deshalb schielte sie nun verzweifelt nach einem wohlhabenden Mann, der ihr aus der Patsche helfen sollte. Und tatsächlich, eines Tages tauchte er auf wie vom Himmel gesandt.

Mansur, ein alter Freund meines Vaters aus seiner Zeit in den USA, kam eines Tages mit viel Geld nach Damaskus und eröffnete den Kinopalast Las Vegas. So etwas hatte die Stadt bis dahin nicht gekannt: einen voll klimatisierten Kinosaal mit tausend Sitzplätzen, alle gepolstert und mit rotem Samt überzogen.

Mansur war ein Genie, dessen Vision vollkommen aufging. Vorher hatten wir nur zwei Arten von Kinos in Damaskus gehabt: Die einen waren billige, stinkige Spelunken, wo man als Junge besser nicht ohne Begleitung hinging. Mädchen durften solche Kinos ohnehin nicht betreten. Die anderen waren zwar feiner, doch sie waren klein und veraltet. Und wenn dort überhaupt mal ein guter Film lief, waren die Karten für die hundert oder zweihundert Plätze schnell ausverkauft. Als normaler Sterblicher hatte man gar keine Chance hineinzukommen.

Doch nun war mit dem Las Vegas ein riesiger Palast entstanden. Der Kinobesitzer besaß die besten Verbindungen zu allen internationalen Verleihern. Seine Filme waren Weltklasse – Bestseller der Kinogeschichte.

Die Leute standen Schlange vor seinem Haus, egal, was geboten wurde, denn schon allein der Besuch seines Kinos war ein Erlebnis.

Meine Mutter klebte an Mansur und er befreite sie von ihren Schulden, ohne etwas von ihr zu wollen. Heute denke ich, nicht nur meine Mutter, auch Nadime fand den alten Herrn faszinierend. Ich fand ihn anfangs furchtbar langweilig. Und obendrein hielt ich ihn irrtümlich für geizig. Kinder können sehr ungerecht sein. Er war zuckerkrank, deshalb brachte er uns nie Schokolade oder Bonbons mit. Doch er gab uns immer wieder Freikarten und wir gingen jede Woche zweimal ins Kino.

Mansur schenkte uns aber nur Freikarten für seinen Kinopalast. Meine Mutter bekam auch eine Stelle bei ihm. Sie wurde als Chefin der Putzkolonne angestellt und er zahlte gut. Noch heute weint meine Mutter dieser Zeit heiße Tränen nach. Damals kannte sie jedenfalls ausnahmsweise mal keine materiellen Sorgen.

Am Wochenende oder in den Ferien durfte ich im großen Café helfen und in der Pause Erfrischungsgetränke, Eis und Schokolade verkaufen. Nüsseknacken und Rauchen waren verboten. Ich verdiente nicht schlecht, denn Mansur bezahlte alle seine Mitarbeiter gut, nicht nur meine Mutter. Außerdem bekam ich auch viel Trinkgeld von den Kinobesuchern. Doch das alles wäre nur halb so schön gewesen, hätte ich dort nicht die schöne Kinofanatikerin Samira kennen gelernt, die dann – wie du weißt – meine Freundin wurde.

Meine Mutter ist abergläubisch. Ich erinnere mich, dass sie damals jeden Morgen beim Aufstehen sagte, die glückliche Zeit würde bestimmt nicht lange dauern und sicher würde bald irgendwas passieren.

Zwei Jahre hielt das Glück an, dann erkrankte Mansur plötzlich an einem seltenen Virus und musste für längere Zeit zur Behandlung zurück nach New York. Und damit betrat sein Bruder die Bühne, ein furchtbarer Mann. Er hasste meine Mutter und warf ihr ungeschminkt vor, sie umgarne den reichen, gutmütigen Mansur und verführe ihn im Bett, um sein Vermögen zu erben. Davon hat meine Mutter tatsächlich geträumt. Auch wenn sie nur einen kleinen Teil davon haben wollte.

Ob sie ein Verhältnis mit Mansur hatte, weiß ich bis heute nicht. Er übernachtete nie bei uns. Nadime vermutet es aber.

Auch sie war sich übrigens lange Zeit sicher, dass er, der Superreiche, meiner Mutter etwas hinterlassen würde. Doch im Testament stand davon später nichts. Ein Jahr lang hatte Mansur versucht, seine Krankheit in Amerika zu kurieren, aber vergebens. Der Bruder erbte alles. Er warf meine Mutter einen Tag nach Mansurs Tod raus und entzog ihr sogar die Dauerkarte. Eine Woche später entdeckte er mich in der Cafeteria, winkte mich zu sich und flüsterte mir zu, er wolle keinen Neger als Bedienung sehen.

Hatte Mansur es verdient, dass man über ihn schimpfte? Ich tat es damals und ließ mir weder von Nadime noch von meiner Mutter den Mund verbieten. Doch heute denke ich, er war ein gütiger Mensch, der einfach glaubte, noch ewig zu leben.

Aber egal, ob ich damals geschimpft habe oder nicht, ich verdanke Mansur und seinem Kino meine erste große Liebe: Samira.

Ich gab mich sehr schüchtern im Kino, denn es war uns Mitarbeitern untersagt, private Gespräche mit Gästen zu führen. Vor allem auf Unterhaltungen mit Frauen war dieses Verbot gemünzt. Wir sollten höflich ihre Bestellungen erledigen und ihnen möglichst nicht in die Augen schauen. Wir wurden angewiesen, den Blick immer weiterschweifen zu lassen, ihn auf den Boden, auf die Verkaufsartikel, die Geldbörse zu lenken, aber niemals auf die Brüste der Frau oder auf ihre Augen. Das hätte zu Scherereien führen können, denn viele Männer, die ihre Frau mit ins Kino nahmen, waren dort misstrauisch und gereizt. Wir sollten sie eher beruhigen und ihnen vermitteln, dass ein Besuch im Kino nichts als ein harmloses Vergnügen sei. Diese Anweisung wiederholte der Personalchef jeden Tag.

Samira kam fast jeden Tag ins Kino. Ihre Familie wohnte in Salhije, dem vornehmen Geschäftsviertel von Damaskus, nicht weit vom Kino. Gleich, als sie mich das erste Mal im Café bedienen sah, hatte sie sich in mich verliebt. Ich wusste das damals natürlich nicht, sie hat es mir erst viel später verraten. Aber ich wunderte mich ein bisschen darüber, dass sie nicht nur viel bei mir kaufte, sondern mich auch immer wieder mit Fragen aufhalten wollte. Sie lachte dabei so süß, dass ich schneller als ihr Vanilleeis hätte dahinschmelzen können, und ich wusste nicht mehr, wo ich meine Augen hinwenden sollte. Ich heftete sie an die Decke, da rutschten sie ab und fielen wieder auf Samira zurück. Ich zählte die Piaster im Bauch meiner Geldbörse, da hingen plötzlich ihre Augen mit über dem Rand. Ich ordnete meine Schachteln, Tüten und Flaschen auf dem Brett des Bauchladens, doch auf einmal ordnete eine dritte Hand mit und führte meinen Blick zu ihrem Gesicht.

»Was hast du bloß immer?«, fragte sie mich nach einer Woche, das heißt nach sieben Vorstellungen desselben Films. An diesem Tag war auch ich längst in sie verliebt.

»Wir dürfen nicht lange mit Gästen reden. Sonst fliegen wir raus«, flüsterte ich ihr zu.

»Gut«, erwiderte sie ohne Zögern, »dann treffen wir uns draußen.«

Ich verstummte.

Eine Stunde später saßen wir in dem Café ganz in der Nähe, das von da an unser Treffpunkt wurde. Ich habe dir schon von ihm erzählt. Samira kannte es in- und auswendig und bewegte sich darin, als wäre es ihr Zuhause. Sie war so jung, fast noch ein Kind, und wusste doch mit der Bedienung umzugehen. Der Mann, der mich und andere schon angeschnauzt hatte, gehorchte diesem Mädchen wie ein Sklave.

»Er hat genau so eine empfindliche Nase wie der Schäferhund meines Vaters«, sagte sie. »Er riecht die großen Scheine im Geldbeutel auf einen Kilometer Entfernung. Ich wette, du hast keinen einzigen in der Tasche.«

Stell dir vor, da kommt einer wie du und ich aus einem armen Viertel, wo er täglich ums Überleben kämpft, und hält sich für schlau. Und dann trifft er ein solches Mädchen, das aus Schokolade gemacht zu sein scheint, und sie knallt ihm einen Satz hin, wie er ihn weder im Fernsehen noch im Radio je gehört hat. Glaubst du mir, dass ich auf einmal richtig erschrak? Ich hatte nur Münzen in der Tasche, viele kleine Münzen, und die reichten gerade für zwei Getränke.

Samira war wild und fordernd. Sie verlangte nach Liebe und bekam meist, was sie wollte. Aber das Schlimmste war, dass sie ihre Wildheit wunderbar durch ihr sanftes Benehmen tarnte.

Und immer wieder brachte sie mich mit ihrer merkwürdigen Leidenschaft für Sterbeszenen durcheinander. Da steckt einer wie ich bis zum Hals im Elend und kämpft mit all seiner Kraft, um noch einen Tag länger zu leben – und Samira lebt in einem Paradies, langweilt sich fürchterlich und spielt mit dem Gedanken zu sterben.

Das machte mir zu schaffen und verführte mich zu teuflischen Taten, die mich noch heute erzittern lassen. Aber davon werde ich dir noch genug erzählen.

Für heute nur so viel: Wir trafen uns täglich und saßen bald auch nicht mehr nur im Café, sondern machten lange Spaziergänge durch Damaskus. Es war ein schönes Gefühl, und wir gingen durch den Hamidije-Basar, aßen Eis, lachten, und am dritten Tag bereits hatte sie die Idee, wir sollten uns verloben und einander ewige Treue schwören. Ich wusste nicht einmal, warum und wie man sich verlobt. Sie aber kannte das Ritual und den Text aus Filmen.

Als uns später der Goldschmied Dimitri, bei dem ich arbeitete und von dem ich dir auch noch mehr erzählen werde, zwei Goldringe schenkte, führte Samira bei der anschließenden Verlobungszeremonie in einer dunklen Gasse das Wort. Brav sprach ich ihr den Text nach und dann verlangte sie, ich sollte sie in den Arm nehmen und ihr einen Kuss auf die Lippen geben wie Clark Gable in »Vom Winde verweht«.

Ich tat es und sie sprach Worte voller Sehnsucht, die sich anhörten wie aus einem Film entliehen. Doch plötzlich hörten wir ein fürchterliches Geschrei über unseren Köpfen.

»Unverschämt, das müssen meine Augen noch miterleben! Frauen küssen Männer auf der Straße«, brüllte eine alte Frau, die uns anscheinend die ganze Zeit hinter den

Fensterläden belauscht hatte. Ich erschrak fast zu Tode, weil sie so eine schrecklich krächzende Stimme hatte. Samira aber behielt die Nerven.

»Dann schließ deine Ohren und Augen, blöde Eselin«, rief sie der Frau zu und wir rannten lachend davon und verschwanden zwischen den Passanten auf der Hauptstraße.

Samira war ein vollkommen verrücktes Wesen. Stell dir ein sanftes Mädchen mit schneeweißer Haut, Sommersprossen auf der Nase, langen seidenen Haaren und grünen Augen vor. Sie steht dir gegenüber und antwortet dir auf die Frage »Was, meinst du, werden deine Eltern sagen, wenn sie erfahren, dass du mit einem Farbigen verlobt bist?« mit einem schelmischen Lachen: »Meine Mutter nimmt zwei Tabletten Zyankali und mein Vater sagt nichts. Er erschießt mich, schickt einen seiner Diener als Mörder ins Gefängnis, zahlt ihm monatlich das Gehalt eines Professors und alle außer dir sind zufrieden.«

Mir gefror das Blut in den Adern. Ich beruhigte mich damit, sie habe das ja nur so zum Spaß gesagt. Doch das Leben hat mich etwas anderes gelehrt.

Liebesübungen

Meine Mutter scheint nicht zu altern. Heute ist sie zweiundvierzig Jahre alt und sieht wie eine Zwanzigjährige aus, obwohl sie viel durchgemacht hat. Sie kam mir früher immer vor wie eine Reisende, die an einem staubigen Platz auf einen Zug ins Paradies wartet. Und immer wieder kam ein Mann und sagte ihr, er sei der Lokomotivführer. Plötzlich vergaß sie uns und verließ den Platz mit dem Mann. Bald darauf kehrte sie jedes Mal ohne ihn, aber mit einem Kind auf dem Arm zurück. Sie brachte das Kind zu uns und legte sich flach auf den Boden, weinte und lauschte wartend wie eine Indianerin auf das Rattern der eisernen Räder. Und plötzlich wischte sie sich die Tränen ab, sprang vor Freude auf und rief: »Ein Zug! Ein Zug!« Doch der Zug kam nie. Es war nicht einmal ein Bahnhof da, wo sie wartete.

So viele Männer umschwärmten meine Mutter und jeder vernünftige Mensch hätte erwartet, dass doch einmal ein anständiger darunter sei. Aber bei ihr versagte jede Statistik. Meine Mutter äußerte immer lauter ihre Befürchtung, dass von Kind zu Kind die Qualität der Männer schlechter werde. Und als sie nach Mansur mehrere weitere Enttäuschungen erlebt und zwei Kinder tot zur Welt gebracht hatte, wurde sie der Männer überdrüssig.

Der Letzte, mit dem sie eine Liebesbeziehung einging, war ein sadistischer Unteroffizier. Er war ungeheuer dumm und Nadime giftete gegen ihn und versuchte meine Mutter von ihm abzubringen. Doch die behauptete immer wieder, er bessere sich und werde mit der Zeit sensibler. »Jesus hat Blinde sehend gemacht und Lahme laufen lassen, ja, er brachte Tote ins Leben zurück. Aber hast du je gehört, dass er einen Dummkopf von seiner Unvernunft befreit hat?«, rief Nadime.

Doch meine Mutter mochte den Unteroffizier seiner blauen Augen und seiner angeblich unwiderstehlichen Männlichkeit wegen. Erst als dieser Esel sie eines Tages am Mittagstisch beschimpfte, weil sie die Schallplatte von Duke Ellington spielte, war es vorbei. Der Unteroffizier sagte, er wolle keine Negermusik beim Essen, das schlage ihm auf den Magen. Meine Mutter bebte. Ein Bauernbursche wie er solle das Maul nicht so voll nehmen bei diesem göttlichen Musiker, fauchte sie ihn an. Ich wusste, dass sie in Sachen Duke Ellington keinen Spaß verstand. Alle Demütigungen hatte sie mit Hiobs Geduld hingenommen, doch nie auch nur ein falsches Wort über Duke Ellington. Er war nicht nur wie ein Vater für sie gewesen. Mit ihm verband sie all die Liebe, all das Glück, das sie je erlebt hatte.

Nadime saß mit am Tisch und versuchte erst noch zu vermitteln. Als der Unteroffizier meine Mutter ohrfeigen wollte, wich die seinem Schlag aus und versetzte ihm einen solchen Hieb mit dem Schöpflöffel, dass der Mann bewusstlos nach vorn kippte. Plötzlich war sie die stolze Afrikanerin, wie ich sie mir immer gewünscht hatte.

Da Nadime wusste, welche Schereien man mit der ungnädigen Militärpolizei bekommen konnte, wenn man einen Uniformierten niederschlug – unabhängig davon, ob man im Recht war oder nicht –, griff sie zu einer List. Sie schüttelte den Mann und schrie um Hilfe, weil er sie angeblich erwürgen wolle. Er kam langsam wieder zu sich und erblickte die schreiende Nadime, die mit Schaum vor dem Mund um Luft zu ringen schien und wie ein Kalb brüllte. Dann schielte er zu meiner Mutter, die immer noch mit dem gewaltigen Schöpflöffel drohend vor ihm stand, da verlor er beinahe den Verstand. Er versuchte sich von Nadimes Griff zu befreien, doch das waren keine weichen Händchen, sondern die kräftigen Hände einer erfahrenen Hebamme. Sie wälzte sich mit ihm auf dem Boden und schrie dabei weiter um Hilfe. Als die ersten Nachbarn aus dem Hof hochgerannt kamen und den Mann im Kampf mit Nadime sahen, prügelten sie auf ihn ein. Die Militärpolizei war ihnen gleichgültig, weil sie alle Nadime liebten und in ihrer Schuld standen und zudem die Situation eindeutig war. Der Unteroffizier rannte um sein Leben, erstattete keine Anzeige und ließ sich nie wieder bei uns blicken. So lange gelacht wie an diesem Tag habe ich seitdem nie mehr. Ich war schon zwölf. Und meine Mutter schwor, keinen Mann mehr anzusehen.

Von diesem Tag an, als meine Mutter ihre Angst vor Männern besiegte, schien auch die Armut sie nicht mehr zu beeindrucken. Ich glaube, meine Mutter spürte bei allem Elend in dieser Zeit doch erstmals, dass sie reich war, weil ihr der Himmel Nadime geschickt hatte. Die ließ weder sie noch mich je im Stich. Und würde man mich vor die Wahl stellen, Nadime oder meine Mutter, würde ich mich wohl weinenden Auges für Nadime entscheiden.

Sie ist vielleicht zehn Jahre älter als meine Mutter, aber weil sie nicht unter Männern litt und ihren Körper täglich mit Ölen und Pflanzenextrakten pflegte, sah sie noch bis vor wenigen Tagen genauso jung aus wie meine Mutter.

Mit fünfzehn Jahren verliebte sie sich in einen Argentinier, der auf einer Reise durch Syrien war. Er war achtzehn Jahre älter als sie, doch sie brannte mit ihm nach Buenos

Aires durch, wo er eine Gummifabrik besaß. Er war sehr reich, er vergötterte und verwöhnte sie. Sie liebte ihn unendlich. Zehn Jahre währte das Glück, dann starb er an Krebs. Nadime hat seinen Tod bis heute nicht verkraftet. Keinen Mann hat sie nach ihm jemals lieben können.

Nadime sprach nicht schon fünf Minuten nach dem Beginn eines jeden Gesprächs über ihren verstorbenen Mann, wie das die Witwen sonst bei uns tun. Sie trug den Schmerz vielmehr in ihrem Herzen und lachte mit den Leuten, doch wenn ich mit ihr allein war und sie etwas getrunken hatte, konnte sie mich manchmal zu Tränen rühren mit ihren Geschichten über Carlos. Und wir weinten zusammen, bis sie über sich und mich lachte. Da war dann die Trauerwolke vorüber. Und immer war sie am Ende ein bisschen beschämt, weil sie mich hatte weinen lassen, und gab mir ein Stück feinste Schweizer Schokolade. Wenn ich bei ihr war und nur zu gern von dieser Köstlichkeit genascht hätte, sagte ich zu ihr: »Mensch, habe ich heute Lust auf Schokolade, kannst du nicht ein bisschen über Carlos erzählen?« Sie lachte, kniff mich in die Wange und gab mir ein Stück von der edlen braunen Tafel.

Sie muss die schönste Zeit ihres Lebens mit diesem Mann verbracht haben. Die Fotos mit ihm füllen ihr Haus. Sie waren damals ein sehr schickes Paar und die Bilder zeigen sie in herrlichen Abendkleidern mit Juwelen, Sekt und Zigarette. Carlos war ein drahtiger großer Mann. Eigentlich war er nicht besonders schön, aber angeblich sehr leidenschaftlich.

Nach seinem Tod verkaufte Nadime Villa und Fabrik und kehrte mit dem Vermögen nach Damaskus zurück, denn sie wollte nicht mehr in der Fremde leben. Und nachdem ein Schwarm von Maklern und anderen Betrügern fast ihr ganzes Vermögen verschlungen hatte, rettete sie sich mit dem Kauf eines kleinen Hauses in unsere Gasse und kehrte zum Beruf ihrer Mutter zurück: Hebamme. Bald war Nadime überall bekannt. Ihre Hände waren berüchtigt, man sagte ihnen wundersame Heilkräfte nach. Sie kannte sich mit Kräutern, Samen und Säften aus und vor allem konnte sie zuhören und manchmal allein dadurch ihre Patienten heilen.

Anders als meine Mutter, die fast alle Männer mochten, wurde Nadime von den Männern gefürchtet und keiner wagte, sie auch nur mit einem Wörtchen zu belästigen. Man erzählte nämlich, sie habe einige seltene Gifte aus Südamerika mitgebracht. Ein Tropfen davon und die Männlichkeit sei dahin. Als ich Nadime danach fragte, lachte sie nur. Sie war von einer Aura umgeben, die besonders Männern Respekt, wenn nicht sogar Furcht einflößte.

Für mich war und ist sie eine Freundin, der ich alles anvertraue. So auch die ersten Regungen in meinem Herzen, die ich für Samira empfand. Meiner Mutter konnte ich lange nichts davon erzählen, denn wenn ich die Liebe zu Samira auch nur andeutete, rief sie entsetzt: »Mach das Mädchen nicht unglücklich.« In der Liebe sah meine Mutter die Ursache allen Unglücks, vor allem das einer unerwünschten Schwangerschaft. Ich aber suchte jemanden, den ich nach der Ursache dieses merkwürdigen Kribbelns im Herzen fragen konnte.

Den Jungen meines Viertels kannst du alles erzählen, nur nichts von der Liebe. Jeder Dreizehnjährige kennt sämtliche Fraktionen der PLO, die Stärken und Schwächen der Gewehre und Raketensysteme, aber mit ihnen über Liebe zu reden ist völlig unmöglich. Jeder von ihnen wird beim Zuhören zum Esel, beginnt auszuschlagen, »Iah« zu schreien, zu schnauben und zu beißen. So ging ich eines Tages fast verzweifelt zu Nadime.

Vorsichtig begann ich ihr zu erzählen. Ich erwartete Tadel, Mahnungen oder zumindest einen Seufzer, gefolgt von der Bitte: »Aufpassen, Junge, arabische Mädchen werden schon durch den bloßen Blick eines Mannes schwanger.

Und beim ersten Kuss bekommen sie Zwillinge.« Das waren so ungefähr die Worte unseres Nachbarn Taufik an seinen Sohn gewesen, als der ein Mädchen aus unserer Gasse liebevoller als sonst angelächelt hatte, sodass die Geschichte sich rumsprach.

Nadime aber strahlte mich an und streichelte mir die Hand, während ich erzählte. Immer wieder flüsterte sie: »Schön, schön«, und ermunterte mich weiterzureden. Ich werde den Tag nie vergessen. Als ich zu ihr kam, zupfte sie gerade ihre Augenbrauen. Sie pflegte sich, anders als meine Mutter, jeden Tag, als erwarte sie einen Liebhaber.

Ich weiß nicht mehr ganz genau, was ich ihr damals alles erzählte, doch ich weiß, dass ich von meiner Befürchtung sprach, Samira werde das Weite suchen, sobald sie von meiner Armut erführe. Nadime schaute mich mit traurigen Augen an.

»Und wer hat dir diesen Unsinn beigebracht? Mein Carlos hätte in Argentinien jedes Mädchen haben können und du musst wissen, die Argentinierinnen sind besondere Schönheiten, die beste Mischung der Kontinente. Und was hat er gemacht? Alle links liegen gelassen und sich ein Mädchen aus der Abaragasse gesucht, eine, die kein Wort Spanisch verstand und keinen Piaster besaß. Die Liebe wohnt im Herzen und dort fließt bei allen Menschen, ob arm oder reich, schwarz oder weiß, das gleiche Blut. Das mach dir ein für alle Mal klar und dann liebst du den Menschen, zu dem du dich hingezogen fühlst.«

»Aber sie spricht anders, so sicher und überzeugend, und ich weiß nicht, was ich drauf antworten soll. Also bleibe ich stumm und komme mir vor wie der letzte Depp.«

»Das mag sein, aber Sprechen kann man lernen. Vielleicht müssen die Hände, die dich aus dem Bauch deiner Mutter gezogen haben, ein bisschen hobeln, damit du elegante Rundungen bekommst, an denen deine Freundin Freude hat. Wie heißt sie denn?«

»Samira«, sagte ich und lachte beim Gedanken an die Schleifarbeit, die Nadime an mir vornehmen wollte.

»Und was liegt dir auf dem Herzen? Was würdest du am liebsten tun?«, fragte sie.

»Ich möchte ihr einen Liebesbrief schreiben und sagen, dass ich nicht dumm bin, obwohl ich bisher viel geschwiegen habe.«

»Na gut. Dann setz dich hin und schreib. Und ich werde dir helfen, den Brief zu verbessern«, sagte sie und fing an sich zu schminken. Nadime hat schöne Augen und wenn sie sie mit Kajal hervorhebt, wirken sie sehr groß. Samira sagte später einmal, Nadime habe Augen wie die junge Liz Taylor, aber das stimmt nicht ganz, auch wenn sich die Gesichter ein bisschen ähneln. Nadime hat viel klügere Augen und vor allem strahlen sie die Wärme ihres Herzens aus.

Ich brütete den ganzen Nachmittag über meinem Brief und das, was herauskam, war die reinste Katastrophe. Nadime schaute sich meine Zeilen an und schüttelte den Kopf.

»Was soll das mit dem Heiraten? Und das hier? Drei Viertel des Briefes sind nichts als Entschuldigungen. Und das Gedicht am Ende mit der Sonne und der Nacht ist völlig daneben.«

Ich hatte Samira mein erstes und letztes Gedicht geschrieben. Es war nichts als verlogener Kitsch, ungefähr so: Du bist die Sonne / Ich bin die Nacht / Wir zeugen die Wonne / Bis der Tag wieder lacht.

»Nein«, sagte Nadime und legte mein mühselig voll geschriebenes Papier zur Seite. »Dem Brief fehlen Feuer, Sturm und Pfeffer. Übrigens, heiraten will jetzt erst einmal niemand und gezeugt wird auch nichts, verstanden? Jetzt sollt ihr das Leben genießen, alles andere kommt später.«

Ich setzte mich wieder hin und schrieb, was Nadime mir diktierte, während sie ein kleines Kissen umarmte und mit geschlossenen Augen hin und her schaukelte.

Aber der Brief wurde immer deftiger und ich merkte,

wie mir das Ganze immer peinlicher wurde. Nadime sparte nicht mit Ausdrücken der Begierde und Sehnsucht nach Samiras Körper und Geruch. Ich hörte auf zu schreiben.

»Ist es nicht besser, etwas vorsichtiger zu sein?«

»Liebe und Vorsicht sind miteinander verfeindet. Schreib, was ich dir sage, oder lass mich meine Siesta genießen und such Pfarrer Basilius auf. Der ist in allem vorsichtig.«

Ich schrieb weiter, doch als Nadime diktierte: »Ich wünsche mir in meinen schlaflosen Nächten, dass meine Lippen zu Schmetterlingen werden, die deine Haut leise küssen«, wand ich mich wieder und wollte nicht weiterschreiben. Nadime spürte mit geschlossenen Augen, dass ich mit Zweifeln kämpfte. Sie zeigte mit der Hand auf die Tür, da schrieb ich folgsam weiter.

Nadime bestand darauf, dass ich das Geheimnis unserer Komplizenschaft für mich behielt. Das tat ich auch all die Jahre.

Samira war ganz hingerissen, als sie den Brief las. »Wenn man dich so still dasitzen sieht, hält man dich für einen harmlosen Jungen, aber stille Wasser sind tief. Robin Williams ist genauso. Das mit den Schmetterlingen hat mich ja umgehauen. So was hab ich noch in keinem Film gehört.«

Ich wusste nicht, wer Robin Williams war, aber mir war klar, dass Nadime den Kern getroffen hatte.

»Und wie bringe ich Samira schonend bei, dass ich arm bin?«, fragte ich sie nach ein paar Tagen.

»Armut kann man niemandem schonend beibringen. Mach es anders: Übertreibe und schockiere! Dann wird sie später das Gefühl haben, alles ist gar nicht so schlimm.«

Ich möchte wissen, woher Nadime das alles hat. Sie spricht immer so direkt, ohne »vielleicht« und »könnte«. »Wenn« und »aber« kennt sie nicht.

Ich erzählte Samira also beim nächsten Treffen von meiner schrecklichen Armut, die in dieser Darstellung, sagen wir mal, drei Stockwerke tiefer im Keller lag, als es in

Wirklichkeit der Fall war. Samira war sofort fasziniert und wollte unbedingt so schnell wie möglich unsere Gasse kennen lernen.

Es waren aber noch ein paar Kleinigkeiten zu arrangieren, ehe Samira kommen konnte. Lange überlegten Nadime und ich, wie sich Samira unauffällig in unserer Gasse aufhalten und bewegen könnte. Ich weiß nicht, wie das bei euch im Dorf ist, aber bei uns konnten wir Jungen und Mädchen aus der Gasse vieles zusammen machen, ohne dass die Erwachsenen daran Anstoß genommen hätten. Das war nicht das Problem. Doch wenn sich ein Fremder in der Gasse aufhielt, musste er dafür triftige Gründe haben oder er wurde misstrauisch beäugt.

»Am besten kommt Samira zu mir und du holst sie hier ab. Sie ist eine entfernte Nichte von mir, deren Eltern gerade nach Damaskus umziehen, und sie wird nun immer wieder zu Besuch kommen. Sag einfach, ich hätte dich gebeten sie abzuholen, damit sie ein bisschen bei dir und der Clique sein kann.«

Die Clique, das waren mit mir vier Jungen und zwei Mädchen. Adnan, der Sohn des Postboten, war vierzehn, simpel und gutmütig. Baschar war gerade dreizehn geworden. Er war ein Angeber und der schärfste Typ von uns allen. Salman war ein Winzling, aber der größte Gauner im christlichen Viertel. Aida und Jeannette gehörten auch dazu. Aida war klein und gedrungen wie ihre Mutter und hatte die gleiche scharfe Zunge, aber sie war die beste Tänzerin, die ich je erlebt habe. Jeannette dagegen hatte rote Haare, eine mit Sommersprossen übersäte rosa Haut, von nichts eine Ahnung und vor allem Angst. Sie erschrak sogar vor ihrem eigenen Schatten. Kannst du dir vorstellen, dass jemand in der Nacht auf dem Weg zur Toilette mit einem Lineal gegen alle Türen klopft, um sich bemerkbar zu machen? Warum? Das habe ich sie auch gefragt. »Damit ein Einbrecher mich hört und sich versteckt«, antwortete Jeannette. »Wenn ich dann im Bett liege, kann er von mir aus weiterstehlen. Er soll mir nur keine Angst einjagen.«

Obwohl jedes Mitglied der Bande Geschwister hatte, die ein paar Jahre jünger oder älter waren, gehörten die nicht dazu. Es war in unserer Clique verpönt, sie mitzubringen, denn Geschwister waren nur eine Last und in der Regel petzten sie bei den Eltern, um Eindruck zu schinden. Jasmin, meine Schwester, weinte oft, weil ich ihr nicht erlaubte, mit uns auf die Felder zu gehen oder auch nur auf der Gasse zu spielen. Später hatte sie ihre eigene Clique, die dann uns boykottierte. Bei uns Arabern ist das doch so: Jeder von uns ist allein ein edler Ritter, zu zweit sind wir Brüder, zu dritt zwei Streithähne und ein Richter, und wenn wir zu viert sind, bilden wir eine Sippe mit einem Scheich an der Spitze. Und jede Sippe muss Konkurrenz haben, sonst macht das Leben keinen Spaß.

Unsere Clique bestand seit unserer frühen Kindheit, denn wir hielten uns mehr auf der Gasse auf als bei unseren Eltern. Ich galt als der Fuchs der Bande, denn immer, wenn es eng wurde, wusste ich einen Ausweg. In der Clique sagte keiner zu mir »Sohn der Hure«, so sehr wir uns auch manchmal stritten. Es gab eine gemeinsame Ehre, die jeder von uns hochhielt. Wer sie verletzte, wurde verstoßen. Dazu ist es sogar auch einmal gekommen. Wir hatten Jusuf, den Sohn des Uhrmachers, ermahnt, er solle aufhören, Geschichten über unsere Abenteuer zu verbreiten. Aber er besaß nun mal ein flinkes Mundwerk und erfand weiter Lügen, um bei den Nachbarn anzugeben. Da warfen wir ihn raus.

Kam ein Gast, für den einer von uns bürgte, so wurde er von allen anderen Mitgliedern willkommen geheißen.

Nadimes Plan war genial, doch ich fürchtete mich vor dem großen Angeber Baschar.

»Tja, da kann ich dir nicht helfen«, sagte Nadime. »Du wirst wohl deine Samira nicht vor der Welt verstecken und in Olivenöl einlegen können aus Angst, dass sie sich in einen anderen verliebt. Wenn sie dich liebt, brauchst du keine Angst zu haben, und wenn sie dich nicht liebt, noch weniger, weil du das besser heute als morgen erkennen solltest.«

Ich stand mit offenem Mund da, Nadime aber lächelte und hob mit ihrem Zeigefinger zärtlich meinen Unterkiefer, bis ich verlegen den Mund schloss.

Nadime verscheuchte auch meine Angst, Samira könnte erschrecken, wenn irgendein Dummkopf in der Gasse mich wieder »Sohn der Hure« nannte.

»Keine Sorge«, beschwichtigte mich Nadime, »sie soll es ruhig hören. Frauenohren hören so etwas anders. Und wenn sie das nicht versteht, kann ich es ihr immer noch erklären. Sie ist schließlich meine Nichte, nicht wahr?«

Samira ist drei Jahre älter als ich, aber einen Kopf kleiner. Als sie mich bei unserer ersten Begegnung fragte, wie alt ich sei, antwortete ich: »Achtzehn.« Und obwohl sie daran zweifelte, war sie erleichtert, denn nichts anderes wollte sie hören. Sie bohrte nie nach. Auch später in der Gasse nicht, zumal ihr der Angeber Baschar zugeflüstert hatte, er sei neunzehn.

Nun waren Samira und ich trotz unserer Zuneigung verschieden, sehr verschieden sogar. Samira ist ein Augenmensch. Ich bin ein Ohrenmensch. Für eine gute Geschichte gäbe ich mein letztes Hemd. Ich denke heute noch gern an die glücklichen Stunden in meiner Kindheit zurück, als ich zwei Jahre, acht Monate und achtundzwanzig Nächte lang Scheherazade im Radio lauschen durfte.

Samira hatte sich keine einzige Folge angehört. Sie konnte schon immer schwer zuhören, aber dafür konnte sie dir eine Szene aus einem Film auch nach Jahren noch so genau beschreiben, als hätte sie ihn gerade eben gesehen. Sie war verrückt nach Kino. Und sie hatte Geld wie Heu, denn ihr Vater war, wie ich dir erzählt habe, einer der reichsten Männer von Damaskus, wenn nicht von ganz Arabien. Aber von all den reichen Schnöseln und Erbschleichern, die sie umschwärmten, wollte Samira nichts wissen. Ausgerechnet in mich, diesen armen Teufel, hatte sie sich verliebt.

Doch es war nicht einfach, sie zu lieben. Denn sie lief mit mir zwar zum Beispiel eine Straße entlang, war dabei aber gar nicht in Damaskus, sondern irgendwo in einem Film und sprudelte nach Belieben alles von Michelle Pfeiffer oder Kim Basinger, Julia Roberts, Isabelle Huppert, Jeanne Moreau, Ava Gardner oder weiß der Teufel welche Schauspielerinnen hervor. Wenn sie sich mit mir unterhielt, sprach sie nicht wirklich mit mir, sondern zu irgendeinem Schauspieler in irgendeinem Film. Wenn sie aß, aß sie wie irgendeine Filmdiva in einem Film. Und da sie reich war, konnte sie sich sogar die Gerichte auf das Genaueste so zubereiten lassen, wie sie in den Filmen gezeigt wurden. Und die Kellner in den Restaurants gehorchten, weil es dann ein gutes Trinkgeld und Lob von Samiras Vater gab, der seine Tochter abgöttisch liebte. Solch ein Lob war Gold wert und besser als all die teuren Werbeplakate, denn wenn der Vater ein Restaurant für gut befand, ging er mit seinen reichen Kunden dort essen und das bedeutete, dass an einem Tag ein ganzer Monatsverdienst hereinkam.

Auch wenn sie mich küsste, hatte sie nicht wirklich mich, sondern Robert Redford, Robert De Niro, Kevin Costner, Omar Sharif oder meinetwegen unseren Komiker Dured Laham vor sich. Wenn ich lachte, war ich Eddie Murphy, und wenn ich ernst blickte, sagte sie Sidney zu mir und meinte den schwarzen Schauspieler Sidney Poitier. Aber am liebsten war sie Ingrid Bergman in »Casablanca« und ich spielte unfreiwillig Humphrey Bogart.

Wenn wir uns stritten, war ich der eiskalte Alain Delon oder Michael Douglas. Ich war Clint Eastwood, wenn ich mich erfolgreich gegen meine Gegner wehrte, und Tony Curtis, wenn ich meinen Erfolg ergaunerte. Trat ich wie ein Ungetüm auf, rief sie: »Da kommt mein Gérard!«, und meinte Gérard Depardieu. War ich melancholisch oder traurig, so war ich Johnny Depp oder Andy Garcia. Und wenn ich mit anderen Mädchen flirtete, so verglich sie mich mit Marcello Mastroianni oder Harry Belafonte. Alles hing von ihrer Stimmung ab. Manchmal – wenn sie ärgerlich war – verglich sie mich nur noch mit ägyptischen Schauspielern, die sie alle nicht sonderlich gut fand. Sie waren ihr zu fett und spielten angeblich drittklassig.

Einzige Konstante bei ihr war mein Lachen. Sie behauptete, wenn ich lachte, sei ich wie der junge Harry Belafonte. Es spielte keine Rolle, dass der Schauspieler heute so alt ist wie ihr Großvater, denn in den Filmen war er jung und für Samira blieb er es für immer und ewig. Ich finde, man muss schon etwas kurzsichtig sein, um mich mit Harry Belafonte zu vergleichen, aber genau das ist es ja. Samira ist furchtbar kurzsichtig, aber sie trug damals aus Eitelkeit nur in der Dunkelheit des Kinosaals eine Brille. Kontaktlinsen waren ihr ein Gräuel.

Samira war übrigens gleich begeistert von der Idee, als Nadimes Nichte in unsere Gasse zu kommen. Und eine Stunde später schaute die Hebamme schon zum Fenster heraus und rief mir zu, ich solle ihre Nichte mit der Gasse bekannt machen. So kam Samira schnell in unsere Clique und da sie mit Geld um sich warf, eroberte sie die immer halb verdursteten und verhungerten Mitglieder im Sturm. Sofort befreundete sie sich mit den beiden Mädchen und kam von da an so oft, wie sie wollte. Und genauso schnell verliebte sich Baschar auch unsterblich in sie. Zu meinem und vor allem zu seinem Unglück, doch davon später.

Nachdem Samira beim zweiten Besuch unverblümt, wie es so ihre Art war, gefragt hatte, ob wir uns nicht irgendwo allein treffen könnten, eilte ich mit dieser Frage wieder zu meiner Freundin Nadime. Denn ich wollte auch gern mit Samira allein sein, wusste aber nicht, wie und wo.

»Hier bei mir«, war Nadimes knappe Antwort.

»Bei dir?«, fragte ich entsetzt.

»Wo denn sonst, in der katholischen Kirche?«

»Und du?«

»Ich verdrücke mich für ein Stündchen zu deiner Mutter und lasse mich mit Kaffee und Klatsch verwöhnen, bis du mir den Schlüssel bringst.« Sie lachte laut.

Und bis heute weiß ich nicht, wie mir die nächste Frage über die Lippen gestolpert kam: »Und was tun wir dann hier?«

Nadime verstand mich nicht recht. »Wen meinst du mit wir?«

»Samira und mich«, sagte ich und zitterte bei der Vorstellung, ich könnte mich vor einem mit allen Wassern der Filmindustrie gewaschenen Mädchen blamieren.

»Na gut!« Die Hebamme wunderte sich. »Komm am besten heute Nachmittag um drei Uhr zu mir. Ich muss erst noch zu einer Entbindung und danach einen Besuch bei einer kranken Frau machen. Mittags muss ich mich dann ein Stündchen hinlegen. Wenn du mich aber danach besuchst, sag ich dir, was du mit Samira anstellst.«

Punkt drei war ich da, doch Nadime war gerade erst aufgestanden.

»Das war eine schwere Geburt. Ein bildhübsches Baby, von zwei Monstern gezeugt. Aber wer weiß, Kinder verändern sich stark beim Wachsen«, sagte sie und erhob sich, um mit mir in den kleinen Innenhof zu gehen, der über und über mit Blumen und Zitronenbäumen bewachsen war. Sie setzte sich auf ein rotes Sofa neben dem kleinen Springbrunnen und sagte mehr zu sich als zu mir: »Mal sehen, wie du Samira empfangen willst.«

Eine Tortur folgte. Wirklich! Liebesübungen nannte Nadime die folgenden Stunden.

»Nehmen wir an, ich bin Samira«, sagte sie. »Ich klopfe an der Tür und du sagst: Herein. Und ich komme durch diesen Gang, der zum Innenhof führt. Was machst du?«

Ich saß auf dem Sofa. »Ah, Samira? Bist du da?«, fragte ich allen Ernstes.

»Wie einfallslos«, sagte Nadime, »natürlich ist sie da. Noch einmal. Los, lass deinen Gehirnkasten spielen!«

Nadime verschwand im Korridor und ich hörte sie bald »Tock, tock, tock« rufen.

»Herein«, rief ich zurück und konnte mein Lachen nur mit Mühe unterdrücken. Nadime stürmte heran, dabei wäre sie beinahe in die Rosenhecke gefallen, weil sie die Kurve zum Sofa mit etwas zu großem Schwung nahm. Ich sprang ihr entgegen, stolperte über einen Hocker und fiel selbst zu Boden.

»Das ist ja wunderbar, bald setzen wir unsere Liebesübungen im Krankenhaus fort.« Nadime lachte schallend, dann half sie mir auf und streichelte mir die Wange. »Noch mal«, sagte sie. Ich kehrte auf das Sofa zurück, sie in den Gang. »Tock, tock, tock!«

»Herein«, sagte ich wieder, stand auf und lief ihr entgegen. Noch bevor sie in den Hof trat, flüsterte ich: »Samira, schön, dass du da bist«, und nahm sie zärtlich an die Hand, um sie zum Sofa zu führen. Nadime folgte willig.

»Und jetzt?«, fragte ich hilflos.

»Alles, nur nicht schweigen. Du musst Samira etwas sagen, mit sanfter Stimme und schönen Worten.«

»Ja, genau«, stammelte ich. Mir war es peinlich, Nadime anzuschauen und sie als Samira anzureden.

»Du siehst gut aus, Samira. Welchen Film hast du zuletzt gesehen? War die Fahrt mit dem Taxi anstrengend?«

»Willst du sie auch noch nach dem Wetter und dem Dollarkurs fragen? Nein, nein, so geht das nicht! Du musst ihr ganz knapp sagen, was du für sie empfindest und wie du dich freust, dass sie gekommen ist. Und dann kannst du ihr was zum Trinken anbieten. Filme und andere Ablenkungen vergisst du erst mal. Okay? Sie zerstören die Atmosphäre.«

»Was? Ich soll ihr in deinem Haus etwas zu trinken anbieten? Das geht doch nicht. Fehlt nur noch, dass ich deinen Kühlschrank plündere«, protestierte ich.

»Natürlich darfst du mit Samira hier essen und trinken, mein Kleiner. Was sonst willst du ihr anbieten? Einen Rosenkranz, damit sie Hunger und Durst wegbetet? Nein, wenn du mich lieb hast, musst du Samira verwöhnen, damit sie wiederkommt. Der Kühlschrank ist voll, kümmere dich nicht wie ein Geizkragen um das Geld, sondern um Samira. Und nun bewirte mich, bitte schön, oder ich spiele nicht mehr Samira.«

Ich holte Limonade für sie und Wasser für mich aus dem Kühlschrank. Sie trank, stellte das Glas zurück und fragte: »Und nun, was würdest du nun machen?«

Ich wusste keine Antwort.

»Deine Hand muss zu einem leichten, schüchternen Vogel werden, der sie immer wieder umschwärmt und sanft liebkost, ohne sie zu belästigen.«

»Ja ... genau«, sagte ich.

»Was heißt: ja, genau?«, empörte sie sich. »Zeig mir, wie du es machen willst.«

Ich nahm sie in den Arm und drückte sie an mich.

»He, he, Junge. Halt, ich krieg keine Luft mehr«, hörte ich sie röcheln. »Liebe soll leidenschaftlich sein, aber doch nicht tödlich.« Und dann zeigte sie mir, wie man einander zärtlich umarmt.

Ob du es glaubst oder nicht: Es waren harte Stunden der Übung und ich war am Ende richtig erschöpft. Nadime schien Vergnügen daran zu haben und war sehr geduldig mit mir. Wir wiederholten die Lektion in den nächsten Tagen bei jedem Besuch, bis ich wirklich verstanden hatte, was Liebe und Zärtlichkeit ist.

»Ab heute kannst du sie einladen«, sagte Nadime eines Nachmittags schließlich nach der Übungsstunde.

Ich hatte mit ihr inzwischen sogar meinen Ekel vor dem

Küssen überwunden. Ich weiß nicht, ob meine Mutter mich je auf den Mund geküsst hat. Meine Geschwister küsste sie jedenfalls nie, auch ihre vielen Männer nicht, jedenfalls nicht wenn ich dabei war.

Der erste Kuss, den ich auf den Mund bekommen habe, war eine Katastrophe. Ich war vielleicht neun oder zehn, als ihn mir eine Nachbarin aufzwang. Sie war die Frau des Schneiders, ein furchtbares Wesen, einsam und gelangweilt. Sie rief mich zu sich und ich war überrascht, als sie mir beim Betreten der Wohnung eine Praline gab. »Du bist ein schöner Junge«, sagte sie und streichelte mir die Wangen. Und noch bevor ich die Praline auch nur anknabbern konnte, hatte sie mich schon in ihren Armen. Die waren kräftig wie Zangen und mir war ganz unheimlich, denn ich wusste wirklich nicht, was als Nächstes geschehen würde. Sie schaute mich mit ihren wässrigen Augen an und sprach leise. Ihr Atem roch nach altem Fisch. Ich muss sie entsetzt angeschaut haben. Vor Schreck zerdrückte ich die Praline in meiner Hand.

»Keine Angst, Junge. Das macht den Männern Spaß«, hauchte sie mich an und gab mir einen Kuss. Aber was heißt: einen Kuss? Sie nahm mein Gesicht in ihre Krallen und drückte mir zwei mit Lippenstift verschmierte große Lippen auf den Mund. Und dann schob sich etwas Nasses, Wackliges zwischen meine Zähne. Es war rau und zuckte in meinem Mund. Ich dachte wirklich, sie hätte einen kleinen Fisch in ihrem Mund versteckt und wollte mit mir einen derben Spaß treiben. Und ich bekam fürchterliche Angst zu ersticken. Ich konnte meinen Mund auch nicht zumachen, sie hielt meine Kiefer mit ihren Krallen offen, so wie unser Zahnarzt.

Mit letzter Not und aller Kraft, die ich besaß, schob ich sie schließlich von mir und rannte ins Freie. Ich hör sie noch heute in meinen Träumen fluchen: »Neger! Dummer Neger! Du weißt ja nicht einmal, was Genuss ist!«

An einem Freitag – das weiß ich noch heute – kam dann endlich Samira zu Nadime und ich empfing sie so wunderbar, dass sie aus dem Staunen gar nicht herauskam.

»Du überraschst mich. So einen Kuss hat nur Gérard Depardieu mit Cathérine Deneuve in ›Die letzte Metro‹ fertig gebracht.«

Du kannst dir nicht vorstellen, wie dankbar ich Nadime war. Samira und ich lagen im lauschigen Innenhof, geschützt vor der ganzen Welt, und wir waren selig.

In jenem Augenblick empfand ich etwas, das ich danach nie wieder spürte. Auch später mit Molly nicht. Etwas, das mich zu Tränen rührte und leicht machte.

Plötzlich wurde ich zwei. Der eine Lutfi war neben Samira und der andere ein Vogel im Zitronenbaum. Wir lagen halb nackt auf dem Sofa. Der eine Lutfi schaute Samira aus nächster Nähe an und der andere konnte zugleich von der Höhe aus sehen, wie sie schön und aufregend auf dem roten Sofa lag. Auch mich konnte ich sehen. Und ich erschrak nicht, als Samira mich küsste.

Nadime war später zufrieden mit meinem Bericht und empfahl mir, bei den nächsten Besuchen Samira noch etwas mehr zu verwöhnen. Sie hatte extra Süßigkeiten für uns gekauft, die wir aber bisher nicht angerührt hatten. Auch Kaffee sollte ich für Samira zum Abschied kochen und sie nicht überstürzt aus dem Haus schicken.

»Und die Hose bleibt an!«, mahnte sie mich abschließend. Ich lachte.

Ich ging damals schon in die staatliche Schule, in der ich nichts lernte und wo ich bis zur mittleren Reife blieb. Dort wurden wir automatisch versetzt und die Lehrer waren der letzte Schrott, den man sich eben in solch einer Schule gerade noch leisten konnte. Die Jahre dort waren so langweilig, dass ich mich an nichts erinnere.

Ich machte aber parallel zur Schule diese Lehre beim

Goldschmied Dimitri, von der ich dir schon erzählt habe. Dimitri war überglücklich, weil seine beiden Söhne den akademischen Weg eingeschlagen hatten und von seiner Goldschmiede nichts wissen wollten. Sein Kopf quoll über von all den Geheimnissen seines Handwerks und Dimitri wollte sie unbedingt an irgendwen weitergeben, bevor er der Welt Lebewohl sagen musste.

Eines Tages führte Samira ihre Mutter wie zufällig in die Goldschmiedegasse und zu Dimitri, als ich gerade da war. Die Mutter war eine dieser Dorfschönheiten, die von einem reichen Städter geheiratet wurde und nun nicht wusste, wie sie sich von ihrer bäuerlichen Herkunft lösen und städtisch erscheinen sollte. Eine furchtbare Karikatur von einer Frau, die dauernd mit französischen, aber falschen Wörtern um sich warf. Samira verdrehte heimlich die Augen. Aber die Mutter war eine gute Kundin für Dimitri. Sie schaute sein Angebot an und sagte einfach so: »Diese Edelsteinkette ist nicht schlecht, die nehme ich mal.« Wirklich, »nicht schlecht« hat sie gesagt. Die Kette kostete zehntausend Dollar. Als Mädchen hatte sie noch Kühe und Hühner gehütet.

Sie zahlte mit einem Scheck und ging. Dimitri musste sich setzen, denn er hätte die Kette auch für achttausend gegeben, doch er hatte eine Spürnase wie ein Schäferhund.

»Aber das Mädchen«, sagte er, »was ist mit dem Mädchen? Kennt ihr euch?« Sein Schmunzeln sprach Bände.

»Sie ist meine Freundin.«

»Dachte ich mir«, sagte er und nickte mit dem Kopf. »Nun bin ich an der Reihe«, fuhr er fort. »Jeder von euch beiden bekommt einen Ring von mir. Das Mädchen muss noch einmal herkommen, aber lieber allein.«

Samira war überglücklich und wir bekamen zwei schöne Ringe. Sie waren nicht ähnlich, deshalb fiel es niemandem auf, dass wir sie als Verlobungsringe trugen. Und wie ich dir schon erzählt habe, verlobten wir uns an jenem Tag in einer dunklen Gasse mit Kuss und Treueschwur.

Die Trauer der Braut
in Tunbaki

Außerhalb des Dorfes liegt die Ruine einer alten Mühle. Das Wasserrad ist grau und morsch. Der kleine Bach lärmt, als wolle er die Einsamkeit der Mühle beklagen, die er einst mit Kraft versorgt hatte. Nun fällt sein Wasser von der Höhe und kommt unten an, ohne etwas bewirkt zu haben.

Im Schatten der hohen Steinmauer saßen Lutfi und Barakat. Sie hatten sich etwas Proviant mitgenommen, und während die Hochzeitsgäste an diesem Mittag Berge von Fleischpasteten serviert bekamen, begnügten sich die beiden mit Oliven, Schafskäse und kleinen frischen Gurken.

Eine Zeit lang schwiegen sie.

Endlich, als er die Reste der bescheidenen Mahlzeit wieder in die große Stofftasche tat und das Ganze an einen Haken in der Wand hängte, um das Essen vor Ameisen zu schützen, begann Barakat leise zu reden: »Ich habe es nicht mehr ausgehalten. Deshalb habe ich dich gebeten, mit mir hierher zu kommen. Hier habe ich als Kind gesessen und dem Bach von meinen Sorgen erzählt. Die Mühle ist schon seit meiner Geburt verlassen. Sie hat der Konkurrenz der modernen Mühlen in Latakia nicht standgehalten.

Ihr Besitzer ist vor Kummer verrückt geworden. Man erzählt aber auch, dass er eine verzauberte Stimme hatte. Eines Nachts soll er bei der Arbeit gesungen haben, um seine Einsamkeit zu besiegen. Plötzlich erschien ihm eine Fee und gestand ihm, dass sie sich in seine Stimme verliebt habe. Seither, so heißt es, habe er nur noch für sie singen dürfen, und sie habe ihm ihre Sprache auf seine Zunge gelegt. Deshalb verstanden die Leute ihn nicht mehr und hielten ihn für verrückt.

Immer wenn ich traurig war, kam ich hierher und besang die Fee, damit sie sich auch in meine Stimme verlieben sollte, doch wahrscheinlich klingt meine Stimme nicht schön genug.« Barakat lächelte bitter. »Heute ist auch so ein Tag. Aber Gott sei Dank bist du da: ein Fremder, der mich besser versteht als meine Eltern.«

»Was ist passiert?«, fragte Lutfi besorgt.

»Erst habe ich diesen unglücklichen Farid gesehen, du weißt schon, den Kindheitsfreund meiner Schwester. Er stand auf dem Dorfplatz, schaute zum Haus der Hasbanis und entfernte sich dann mit eiligen Schritten. Er kam aber kurz darauf wieder und ging auf dem Dorfplatz auf und ab. Ich wusste nicht, was ich tun sollte. Ich war gerade dabei, mit dem Elektriker die Lichterkette in Ordnung zu bringen, die an der Fassade hing und gestern Nacht vom Wind abgerissen wurde. Sollte ich ihn zur Feier einladen, sollte ich nicht? Ich dachte, eine Einladung käme blankem Hohn gleich. Er winkte zögernd und ich dachte erst, er hätte mich gegrüßt. Doch dann entdeckte ich meine Schwester, die an einem Fenster vorbeihuschte. Ich weiß nicht, ob sie ihn gesehen hat. Als ich mit der Arbeit fertig war, bin ich ins Haus gegangen. Du hast ganz am anderen Ende des Empfangssalons gesessen und dich mit dem Vater des Bräutigams unterhalten. Farid hat mir Leid getan und ich musste mit jemandem sprechen, deshalb bin ich dann ziellos durchs Haus gestreunt.

Irgendwann lief ich, wirklich durch Zufall, an einem

kleinen Zimmer vorbei und da saß meine Schwester allein und weinte. Ich ging zu ihr und schloss hinter mir die Tür, um ihr Peinlichkeiten zu ersparen. Ich streichelte ihr das Gesicht und flehte sie an, mir zu erzählen, warum sie weine, doch sie gab mir keine richtige Antwort. Sie wiederholte bloß immer wieder, ich verstünde nichts von solchen Dingen, kein Mann verstünde sie. Auch als ich ihr sagte, dass ich Farid gesehen hatte, und sie fragte, ob ihr Kummer mit ihm zusammenhinge, verfluchte sie ihn nur als Taugenichts und Feigling. Nichts, gar nichts wollte sie mit mir besprechen.

Ich ging zu meiner Mutter und erzählte ihr von der Traurigkeit meiner Schwester und zum ersten Mal in meinem Leben fand ich meine Mutter sehr kalt. Sie schalt ihre Tochter eine dumme Ziege. Aber sie habe es auch dem Bräutigam gesagt, als der sich bei ihr über Nasibes Traurigkeit beklagt hatte: ›Sie braucht erst ein paar Ohrfeigen, dann wird sie schon ruhig und gefügig werden.‹ Stell dir vor, das hat sie gesagt. Eine Mutter fällt ihrer Tochter in den Rücken und empfiehlt einem Fremden, Trauer mit Ohrfeigen zu kurieren. Nun versuchte sie auch noch, mich zu besänftigen: Nasibe werde sich schon bald an ihren Ehemann gewöhnen. Der reiche und mächtige Bräutigam sei gut und notwendig, um sie vor der Einsamkeit zu bewahren. Und am Ende stünde Nasibe nicht mit leeren Händen da, sondern habe einen Mann, dem sie in der Fremde beistehen müsse. ›Jawohl, sie hat einen Mann‹, wiederholte meine Mutter, ›sie besitzt ihn, wenn sie den Weg zu seiner Seele findet.‹

Ich könnte jetzt noch platzen vor Wut. Deshalb habe ich dich gebeten, dass wir schnell irgendwohin gehen.«

Lutfi hatte die ganze Zeit über mit einem trockenen Zweig Figuren in den lockeren Sand vor seinen Füßen gemalt.

»Ist doch komisch«, sagte er nach einer Weile, »dass wir zur selben Zeit fast dieselbe Frage nach der Traurigkeit der

Braut gestellt haben, du der Mutter der Braut und ich dem Vater des Bräutigams. Dieser arrogante Patriarch hat mir zur Antwort gegeben, es sei nicht wichtig, ob die Braut traurig oder froh sei, sondern, dass sie seinem Sohn Kinder schenke, für ihn koche und ihm in der Fremde beistehe. Das Wort Liebe ist dabei genauso wenig gefallen wie in deinem Gespräch.«

»Lass uns auf andere Gedanken kommen«, schlug Barakat vor. »Erzähl mir lieber, ob es dir mit der Liebe in Deutschland anders ergangen ist.«

Die Schwalbe wird flügge

Wann ich Micha kennen gelernt habe, weiß ich nicht mehr genau. Es war an irgendeinem Samstag, kurz nachdem ich zum zweiten Mal in Deutschland ankam. Ich hatte gerade an meinem Stand auf dem Flohmarkt Tee gekocht. Er kam und blieb vor mir stehen.

Als Erstes fiel mir seine unglaublich dicke Brille auf. Micha ist so kurzsichtig, dass er fast blind ist.

Er schaute mich neugierig an. »Kommen Sie herein«, rief ich ihm zu. Da wäre er beinahe weggerannt. Er wurde rot, schaute um sich, vergewisserte sich, ob nicht ein anderer gemeint sein könnte.

Schließlich kam er herein, trank bedächtig seinen Tee, und ich sage dir, ich mochte ihn vom ersten Augenblick an gern. Er ist mir in nichts ähnlich. Wir ergänzen uns aber wie zwei Bildhälften. In puncto Musik und Tanz ist er so weit wie ein dreimonatiges Baby, in Sachen Computer eine große Kapazität. Mit seinen sechzehn Jahren hatte er damals schon ein paar Programme, die weltweit vertrieben wurden, entscheidend verbessert.

Auch unserer Herkunft nach unterscheiden wir uns. Micha stammt aus einer der reichsten Familien in Frankfurt. Und er ist ein stilles Wasser: ruhig, aber unglaublich tief. Ich dagegen bin eine Welle: viel Schaum und nichts dahinter. Andererseits bin ich im Vergleich zu ihm ein wahrer Engel, denn es bereitet ihm einen höllischen Genuss, seine Eltern zu schockieren. Bei mir ist es umgekehrt. Mein Leben war schon immer gefährlich, deshalb beschwichtige ich stets meine Mutter, sie solle sich keine Sorgen machen. Er dagegen lebt harmlos wie ein Engel und terrorisiert seine Mutter mit Falschmeldungen. Zu jeder Zeit betont er, dass ich ein Syrer bin, dabei kann seine Mutter, eine unglaublich ängstliche Jüdin, vielleicht gerade noch einen Ägypter ertragen. Syrer aber sind für sie Leute, die Tag und Nacht nur davon träumen, Israel zu zerstören. Als ich ihn zum ersten Mal zu Hause besuchte, versuchte ich sie zu beruhigen und sagte, dass 99 Prozent der Syrer in Frieden leben wollen. Und ich erzählte ihr von dem Kummer der Menschen in Damaskus und von ihren Träumen. Michas Mutter hörte zu. Sie nahm mir nicht alles ab, aber ihre Angst ließ ein bisschen nach.

»Glaub ihm kein Wort«, rief Micha plötzlich dazwischen. »Statt mit Bällen spielen die Syrer mit Handgranaten und Lutfi jongliert, wenn er sich langweilt, mit Dynamit. Zeig ihr das Zeug, komm!«

Wieder meldeten sich Bedenken bei seiner Mutter. Ich wunderte mich über sie, sie war so sanft. Und ich flehte ihn an aufzuhören. Sein Vater dagegen war ein cooler, gleichgültiger Typ. Er musterte mich bei diesem ersten Besuch kurz und fragte, woher ich käme und womit ich mein Geld verdiene. Als ich ihm ein wenig von mir erzählt hatte, nickte er. »Wer so etwas fertig bringt, ist nicht gerade auf den Kopf gefallen. Micha, du könntest mit deinen Albernheiten aufhören und etwas aus dem Leben deines Freundes lernen.«

Das war das erste und einzige Mal, dass der Vater mit mir sprach.

Ich fragte Micha, ob er jemals seinen Vater schockiert habe.

»Nein, den schockt nichts. Einer wie er stellt eines Morgens fest, dass er gerade zehn Millionen an der Börse verloren hat, legt die Zeitung zur Seite, trinkt den letzten Schluck Tee und sagt zu meiner Mutter: ›Der Flugtee aus Darjeeling schmeckt dieses Jahr vorzüglich, nicht wahr, Schatz?‹ Nerven aus Stahl.«

Micha und ich sind im Allgemeinen Luft für ihn.

Die Mutter fühlt sich fremd in Frankfurt, obwohl sie seit einer Ewigkeit dort lebt. Sie liebt Israel sehr und spricht über das Land, wie wir als Kinder von einem sehr schönen, kleinen, aber sicheren Versteck gesprochen haben. Ich verstand sie gut und irgendwann wollte ich einfach die derben Witze über ihre Angst nicht mehr hören. Und Micha ließ sie wenigstens bleiben, wenn ich dabei war.

Doch eigentlich wollte ich dir nicht von ihm, sondern noch schnell von Baschar aus unserer Gasse in Damaskus erzählen, diesem Verrückten mit seinen Provokationen, wenn eine Frau auftauchte. Jetzt hast du mich ganz aus dem Konzept gebracht. Aber ich verspreche dir, ich werde dir alles über meine Liebe zu Molly in Frankfurt erzählen. Doch hör erst an, was ich wegen Samira mit Baschar erlebt habe. Du wirst kaum glauben, in welche Gefahren sich ein Gockel bringt, sobald ihm das Imponiergehabe das Hirn vernebelt.

Meine Mutter sagte, ich sollte nicht auf Baschar hören. Sie hatte Recht. Er ist einer von denen, die andere ins Verderben treiben, aber selbst niemals auch nur den kleinsten Kratzer abkriegen. Ich hielt mich möglichst fern von ihm, obwohl er zu unserer Clique gehörte, doch manchmal wurde er unerträglich und nannte mich feige. Und eines Tages ging ich Dummkopf ihm tatsächlich auf den Leim. Den Tag werde ich nie vergessen.

Er bezeichnete mich immer wieder als Feigling. Ich aber biss mir auf die Zunge und antwortete nicht. Eines Tages besuchte ein hübsches armenisches Mädchen Aida aus unserer Clique. Sie war wunderschön, aber jeder weiß, Armenier verlieben sich nicht in Araber. Ihre Sitten sind streng und deshalb verlieben und verheiraten sie sich nur untereinander. Nadime hatte mir das erklärt, aber Baschar wollte es mir nicht glauben. Er gab an wie ein Weltmeister und komischerweise beeindruckte er damit das Mädchen. Dann fing er an, vom Haus Nummer 13 zu erzählen, und übertrieb maßlos dabei. Du musst wissen, das Haus Nummer 13 gehörte einem Witwer, über den irrsinnige Geschichten im Umlauf waren. Er sei 137 Jahre alt, hieß es, und lebe auf den Bäumen seines verwilderten Gartens, weil er sich für einen Vogel halte.

Es galt als Heldentat, in den Garten zu steigen und den Mann im Wipfel eines der vielen Orangenbäume zu erspähen. Allein die Überwindung des mit scharfen Spitzen bestückten Gartentors war sehr gefährlich.

An jenem Tag fand ich mich nach einem kurzen Streit mit Baschar tatsächlich auf dem Weg in den Garten, um meinen Mut zu beweisen. Ich sollte drei Orangen pflücken und dann zurückkehren.

Im Hof war es still, nur ein Distelfink zwitscherte in der Ferne.

Plötzlich stand der alte Mann in einem Fetzen von einem Morgenmantel vor mir. Er war zwischen den Bäumen erschienen und hielt eine der Orangen in der Hand. Er schaute mich verwirrt und ängstlich zugleich an. Heute glaube ich, er war nicht weniger erschrocken als ich. Er ließ die Orange fallen und kauerte sich jammernd auf die Erde. Es war ein elender Anblick. Der Boden war bedeckt mit verfaulenden Orangen und Disteln. Ich drehte mich um und ging langsam zum Gartentor.

Die Jungen und Mädchen staunten, als ich so ganz ohne

Hast wieder bei ihnen erschien. »Hast du ihn gesehen?«, fragte Aida.

»Der arme Kerl, er hockt da und weint«, sagte ich.

»Aber du hast keine Orangen mitgebracht«, zischte Baschar.

»Du kannst mir mit deinen Orangen gestohlen bleiben.«

Baschar bestand darauf, dass ich die Wette verloren hatte. Ich aber ekelte mich vor mir selbst und schwor, mit ihm keine Wette mehr einzugehen.

Das armenische Mädchen zuckte zusammen, als sie bald darauf von ihrer Mutter gerufen wurde, und im selben Augenblick verflog die ganze Verliebtheit in ihren Augen. Sie folgte ihrer Mutter und drehte sich nicht einmal um. Baschar biss sich auf die Lippe, um seine Enttäuschung zu verkraften.

Baschar war ein merkwürdiger Junge, aber solange kein eroberungswürdiges Mädchen in Sicht war, erwies er sich als ein echter Kumpel, der sich bei Gefahr immer vor die Gruppe stellte, um uns zu schützen. Ich werde nie vergessen, wie er mit seinen zwölf Jahren einem üblen Typen auf dem Vogelmarkt die Stirn bot.

Eines Freitags wollten wir Jungen aus der Gruppe zum Vogelmarkt gehen, da hängte sich ein lästiger kleiner Kerl namens Toni an uns. Wir mochten ihn nicht besonders, denn er war ein schrecklich verwöhntes Einzelkind und unser Ausflug zum Vogelmarkt war nichts für solche Muttersöhnchen, die wir Schokoladenkinder nannten, sondern ein Abenteuer voller Gefahren.

Auf dem Markt gab es neben harmlosen Bauern allerlei zwielichtige Gestalten, die mit Geraubtem, Geschmuggeltem und Gefälschtem handelten. Auch wimmelte der Markt von einsamen Männern, die nach hübschen Jungen Ausschau hielten. Das wussten wir, und weil wir – Baschar, Adnan, Salman und ich – Vogelnarren waren und der Markt immer mit Überraschungen aufwartete, wollten wir jeden Freitag hin. Man konnte sich auch nebenbei ein paar Piaster verdienen, wenn man Geschäfte vermittelte und potenzielle Kunden durch Überzeugungsarbeit zu gewissen Händlern lotste. Es gab alle möglichen Singvögel, exotische Papageien und Perlhühner, Wachteln, stolze Hähne und unzählige Sorten Hühner, Gänse, Puten und Enten zu bewundern. Ein- oder zweimal im Jahr war auch ein Adler, ein Falke oder eine beleidigt dreinblickende Eule im Angebot. Und immer wieder musste man sich vor Händen in Acht nehmen, die flink und ungeheuer geschickt nach Geld oder körperlicher Berührung in den Hosen der Jungen suchten.

Deshalb zogen wir unsere schäbigsten Kleider an und nahmen kaum Geld mit, deshalb auch wollten wir Toni nicht dabeihaben. Er war blond und blauäugig und sein Gang war so weiblich wie bei keinem Mädchen aus unserem Viertel. Süß wie eine Puppe sah er aus und genau so arglos war er. Er wirkte etwas pummelig und hatte mit seinen zwölf Jahren fast weibliche Brüste. Zu allem Übel zog er immer ganz kurze und enge Shorts an. Kaum jemand von den Jungen wollte sich außerhalb der Gasse mit ihm zeigen.

Uns vieren war klar, mit ihm auf den Vogelmarkt zu gehen, hieß das Schicksal herauszufordern.

Seine Eltern hatten fürchterliche Angst um ihn. Und immer, wenn er sich auch nur ganz leicht die Haut aufschürfte, rief seine Mutter den Arzt, bis der irgendwann so genervt war, dass er gar nicht mehr kam.

Als Toni am Tag zuvor seinen Wunsch geäußert hatte, mit uns zu kommen, hatte ich versucht, ihm das auszureden. Ich erklärte ihm, dass wir in aller Frühe aufbrechen müssten und es dort penetrant nach Hühnern stinke, aber er wurde nur immer neugieriger. Da musste Baschar ihm unmissverständlich klarmachen, dass das einfach nichts für verzärtelte Gemüter sei. Toni trottete nach Hause. Doch eine Viertelstunde später war seine Mutter bei meiner Mutter und jammerte uns die Ohren voll, Toni weine und weigere sich zu essen, weil wir Jungen ihn gekränkt hätten. Und sie bekniete mich, ihn doch ein einziges Mal auf den Vogelmarkt mitzunehmen. Sie habe auch für uns vier Tafeln Schokolade als Belohnung mitgebracht. Es gab keinen Ausweg mehr. Toni musste mit.

Baschar, Salman und Adnan waren am nächsten Morgen, nachdem ich die Schokolade zeigte, schnell überzeugt, und das, obwohl Toni wieder seine engen roten Shorts trug. Wir sahen aus wie Satans Brut. Und er? Mit seiner roten Hose lud er jeden Stier zum Angriff ein.

Auf dem Markt hielten ihn viele für einen Touristen und sprachen in gebrochenem Französisch mit ihm. Das war eher lustig, doch das Lachen verging uns am südlichen Ende des Marktes. Dort wurden die Singvögel feilgeboten. Wir mischten uns unter das Volk und hörten dem Handeln und Feilschen zu. Plötzlich sah ich, wie ein etwa vierzigjähriger Mann Toni zu einem alten Motorrad mit einem selbst gebastelten, völlig verrosteten Beiwagen zog. Ich kannte den Mann: ein streitsüchtiger Angeber, der freitags auf dem Vogelmarkt herumlungerte und ab und zu geschmuggelte Waffen anbot.

Sofort machte ich Baschar, Adnan und Salman auf ihn aufmerksam. Adnan, der den ganzen Morgen über schläfrig gewesen war, wachte schlagartig auf. Auch er kannte den Mann, weil der ihn mal hatte verführen wollen. Wir rannten los und erreichten die beiden, als Toni gerade in den Beiwagen stieg. Der Mann lief wie ein Gockel um sein Opfer herum. Wir hielten Toni fest.

»Was machst du Dummkopf?«, fauchte ich ihn an.

»Ich fahr nur kurz mit dem Mann nach Hause. Er will mir seine Kanarienvögel zeigen und dann darf ich einen mitnehmen.«

»Steig aus«, brüllte ich.

Der Mann stürzte auf mich los. »Was mischst du dich ein, hau ab hier!«

»Das tu ich ganz bestimmt nicht. Seine Mutter bringt mich um, wenn ich ohne ihn nach Hause komme.«

Der Mann wurde etwas vorsichtiger, als er sah, dass Toni erstarrte. »Was ist schon dabei? Der Junge will fünf Minuten zu mir nach Hause, damit ich ihm meine Kanarienvögel zeige. Danach kommen wir zurück. Wartet hier auf uns.« Er wollte uns loswerden.

»Wirklich, es dauert nur fünf Minuten«, bestätigte Toni arglos.

»Und was schenkst du ihm so, wenn er artig ist?«, fragte Baschar.

»Einen ...« Der Mann geriet ins Stocken angesichts des bösen Lächelns, das nun Baschars Mund verzog.

»Einen Kanarienvogel ...«, half Toni nach. »Er hat eine ganz seltene Sammlung von schwarzen Kanarienvögeln und sogar einen mit zwei Köpfen«, rief er begeistert.

Wir mussten lachen über so viel Dummheit. Der Mann versuchte die Peinlichkeit zwar mit einem freundlichen Lächeln zu überspielen, doch er blieb hartnäckig. Toni saß mittlerweile in dem Beiwagen. Fast hätten wir es nicht bemerkt vor lauter Lachen und Debattieren. Der Mann steckte schnell den Zündschlüssel ins Schloss und wollte losfahren. Toni reagierte auf meine Zurufe nicht mehr, er blickte mich mit toten Augen an und sagte: »Geh zum Teufel mit meiner Mutter, ich will mit dem Mann fahren, wohin ich will.«

»Na bitte, ihr hört es selbst. Aber lassen wir den Streit, in fünf Minuten sind wir wieder da. Wartet auf Toni, ja?« Er drehte den Zündschlüssel und ließ den Motor aufheulen.

»Moment«, rief Baschar und stellte sich vor den Lenker, »wenn das so ist, dann fahren wir alle mit.«

»Ja, genau, und wir werden sehr artig sein, damit wir

auch einen Kanarienvogel als Geschenk bekommen.« Baschar sprach nun so laut, dass sich mehrere Männer und Frauen aus Neugier unserer Runde anschlossen. Baschar und ich setzten uns auf den Beiwagen.

Dem Mann wurde die Situation ungeheuer peinlich, als die Zuschauer lachten. Er verfluchte Toni und uns, und der Dummkopf war noch einmal gerettet.

Wie gesagt, Baschar war ein Prachtkerl, doch nur, solange keine Mädchen in der Nähe waren. Erschien eines, so musste die Clique plötzlich ein schrecklich aufgeblähtes Monster ertragen. Mir fiel das im Allgemeinen nicht einmal schwer. Ich gönnte ihm seine Show, weil ich wusste, dass er uns anschließend jedes Mal, beschämt von seinen gockelhaften Manieren, großzügig entschädigte. Aber diesmal ging es um Samira und das hieß: um mich.

Und irgendwie spürte dieser Gauner, dass zwischen mir und Samira etwas war. Er wusste von nichts, aber er fühlte es und ritt immer wieder auf meinen Schwächen herum, sobald Samira auftauchte. Meine größten Schwächen waren meine Unfähigkeit zu tanzen und meine abgrundtiefe Angst vor Hunden.

Nun, von meiner allseits bekannten Angst vor Hunden erzähl ich dir noch, denn als er mich damit provozierte, bekam dieser Aufschneider Baschar zum ersten Mal selbst ein paar blaue Flecken ab. Eine andere Sache war die mit dem Tanzen. Warum ich eigentlich diese Furcht vor dem Tanzen hatte, weiß ich selber nicht. Obwohl angeblich alle Afrikaner gern tanzen und schon bei der Geburt die Hüften schwingen, war ich, der Halbafrikaner, scheu wie eine Gazelle, sobald mich jemand zum Tanz aufforderte.

Baschar wollte also unbedingt Samira beeindrucken. Er war ein exzellenter Tänzer. Samira tanzte zwar gern, aber nicht besonders gut. Am besten von uns allen tanzte Aida. Sie war ein Dampfkessel auf zwei Beinen. Ich mied alle

Tanzpartys und gab immer genug überzeugende Gründe an, weshalb ich nicht mitgehen konnte. Aber nun wollte Samira unbedingt zu einer hin.

Verzweifelt lief ich zu Nadime. Sie lag auf dem Sofa, als ich hereinkam und mich, nervös wie ich war, nicht hinsetzen konnte, sondern ununterbrochen von einem Bein aufs andere hüpfte.

»Was ist los mit dir? Hat dich eine Hummel in den Hintern gestochen?«

»Ich kann nicht tanzen und in zwei Wochen steigt eine Party«, antwortete ich.

»Seit wann interessierst du dich fürs Tanzen? Samira will hin, stimmt's?«

Ich nickte stumm.

Sie stand auf, nahm mich an der Hand und führte mich in ihr großes Wohnzimmer, dessen Boden ein schönes arabisches Ornament aus bunten Fliesen und Marmorstücken schmückte. Sie legte eine Schallplatte auf und kam mit einem breiten Lächeln auf mich zu. »Lutfi, du wirst tanzen«, sagte sie und nahm mich in den Arm. »Der Tango ist die Leidenschaft, die Trauer, die aus dem Körper will. Komm, lass deine Traurigkeit im Rhythmus des Bandoneons tanzen. Seine Musik ist die Stimme der Hoffnungslosigkeit und der Verzweiflung.«

Das waren die ersten Sätze meiner ersten Tanzstunde, die mich in die leidenschaftliche Welt des Tangos führte. Später lernte ich auch andere Tänze, aber mein Herz hat nur dieser eine Tanz erobert: der Tango.

Die Platte, die ich damals hörte, schenkte Nadime mir später, damit ich auch zu Hause üben konnte. Sie ist von Anibal Troilo. Kennst du ihn?

Jeden Tag übte ich nun mit Nadime tanzen und sie blühte richtig auf. Auch als die Party später ausfiel, blieb ich dabei und versuchte immer mutiger, bei den leidenschaftlichen cortes und quebradas zu führen. Dazu musste ich Nadimes

Körper und Beine abrupt umschlingen. Es sind beileibe nicht nur zärtliche, sondern auch bisweilen schmerzhafte Schritte.

Nadime ermutigte mich immer wieder: »Schwungvoller! Deine rechte Hand soll auf meinem Rücken hinauf- und hinunterschwimmen und mir durch ihren Druck zeigen, wohin der Weg geht. Lern den Tanz begierig mit dem Kopf und lass das Herz dein Wissen leiten.«

Am Anfang war ich plump, das Gespräch, das unsere Körper führen sollten, war nicht harmonisch. Ich tat zu viel oder zu wenig und Nadime musste oft lachen, wenn ich sie vor lauter Eifer zu Boden streckte. »Mann! Du sollst mich durch den Raum schweben lassen und nicht umbringen«, prustete sie dann. Immer wieder erklärte sie mir die nötigen Schritte und nach ein paar Monaten konnte ich so gut tanzen, dass Nadime begeistert war.

»Langsam erinnerst du mich an Carlos«, rief sie eines Tages.

Carlos, ihr verstorbener Mann, muss ein begnadeter Tänzer gewesen sein, der sogar beim feurigsten Tango mit dem Stiefelabsatz seinen Namen in den Boden ritzen konnte.

Am Vorabend einer großen Party der katholischen Jugend führten wir, Nadime und ich, meiner Mutter eine halbe Stunde lang unseren Tango vor. Sie war sprachlos.

Bei einem abschließenden corte drehte sich Nadime durch die Fliehkraft im Kreis und landete mit ihrem Gesäß auf meinem rechten Knie. Gleich federte sie geschickt davon, als wäre mein Körper ein Trampolin, und führte einen ocho vor, bei dem ihre Füße und Hüften eine Acht beschrieben. Dann war die Platte zu Ende und wir saßen erschöpft auf dem Boden, meiner Mutter direkt gegenüber.

Am nächsten Tag zog ich mich schwarz an und ging zur Party. Nachdem sich die Mädchen und Jungen erst einmal eine halbe Stunde angewärmt hatten und Baschar auch schon des Öfteren mit Samira getanzt hatte, war meine

Stunde gekommen. Ich stand etwas abseits und fragte Aida, ob sie Tango tanzen könne. Sie konnte nicht nur, sondern es war ihr Lieblingstanz. Wir gingen gemeinsam zum Diskjockey und fragten ihn, ob er auch andere Musik habe.

»Und was, bitte schön?«, fragte er giftig.

»Tango«, sagten wir wie aus einem Munde.

»Nichts leichter als das. Der nächste Tanz gehört euch. Zeigt mal, was ihr könnt.«

Nun war das den Jugendlichen dort so fremd, als würde sich jemand auf der Hochzeit deiner Schwester wünschen, einen Tango zu tanzen. Lach nur, lieber Barakat, aber es war so.

Der Diskjockey legte also die Platte auf. Die meisten Jugendlichen konnten erst nichts damit anfangen. Sie liefen von der Tanzfläche und ich tanzte mit Aida allein, die plötzlich wie ein Feuerball war. Samira bestaunte uns vom Rand der Tanzfläche aus. Ich fühlte mich wie ein König. Aida ließ sich führen und gab mit anmutigen Handbewegungen dem Ganzen einen Hauch von Flamenco. Nicht viel, aber gerade genug.

Verschwitzt und glücklich nahmen wir, Aida und ich, schließlich den Beifall der anderen entgegen, die nach einer Weile ihre Ablehnung aufgegeben und neugierig unserem Tanz zugeschaut hatten. Als wir zur Theke gingen, um Limonade zu trinken, kam Samira zu mir. »Hast du was mit Aida?«, fragte sie mich leise, aber ich beruhigte sie.

Baschar war von diesem Tag an absolut ungenießbar mir gegenüber. Heute verstehe ich ihn besser als damals. Ich glaube, er war viel mehr in Samira verliebt, als ich wahrhaben wollte. Deshalb sah er an diesem Tangoabend überdeutlich, dass Samira mich anhimmelte. Und er suchte verzweifelt nach einem Weg, um mich vor ihr zu blamieren.

Samira und ich trafen uns weiterhin bei Nadime, sooft wir nur konnten, und genossen die Zeit. Doch irgendwann wollte Samira, dass wir irgendwohin fliehen und heiraten sollten. Sie hatte viel Geld gespart und dachte, das würde fürs Erste reichen.

»Das ist das Letzte«, rief Nadime entsetzt, als ich, halb verunsichert, halb begeistert, Samiras Vorschlag vor ihr wiederholte. »Mag sie es vielleicht eilig haben, aber du begehst diese Dummheit nicht, wenn du etwas werden willst«, riet sie mir. Und auf meine Bitte hin ermahnte sie auch Samira, doch die war von da an enttäuscht von mir, was sie in den nächsten Tagen und Wochen auch immer wieder deutlich zeigte. In jedem zweiten Gespräch landeten wir beim Heiraten und bei der ewigen Treue, nach der sie sich sehnte. Ich konnte nur immer wiederholen, dass ich selbstständig sein wolle, bevor ich heiratete, so wie ein kleiner Vogel, der auch zuerst sein Nest baut und dann sein Weibchen sucht.

Samira konnte mir die Hochzeit so genau beschreiben, als hätte sie alles schon einmal erlebt. Dabei handelte es sich wieder einmal um einen ihrer Filmverschnitte. Eine Kutsche, gezogen von vier Schimmeln, und Lutfi höchstpersönlich in Frack und Zylinder, der seine Prinzessin Samira in einem Pariser Hotel über die Türschwelle trug, und ähnlicher Kram kam in ihren Fantasien vor. Manchmal musste ich lachen über so viel Kitsch, und dann ärgerte sie sich.

Warum sie fliehen wollte? Auch das hatte sie aus den Filmen und es schien ihr viel spannender als eine normale Hochzeit mit Eltern und allen Verwandten.

Einmal sagte ich zu Samira, ich würde sie zu einem ungewöhnlichen Film einladen, den sie noch nie gesehen hätte.

»Zu einem amerikanischen?«

»Nein, zu einem syrischen.« Und da ich wusste, dass sie nicht allzu viel von unseren Filmen hielt, beeilte ich mich, mit der Sensation herauszurücken. Leise, fast im Flüsterton, sagte ich: »Ein verbotener Film!«, und schaute prüfend um mich, ob uns jemand belauschte. So machen wir das immer in Damaskus, wenn wir etwas Verbotenes erzählen wollen. Und mit nichts kann man die Aufmerksamkeit mehr erregen als mit dieser Geste. Samira brannte nun darauf zu erfahren, was für ein Film das sei.

»Wie heißt er denn?«, fragte sie leise.

»Die Linie 5«, antwortete ich.

Am nächsten Tag holte ich sie vom Café ab und schlenderte mit ihr zur Bushaltestelle der Linie 5, die durch die Altstadt fährt. Samira machte große Augen. Sie war in Damaskus aufgewachsen, aber bis dahin noch nie mit einem Bus gefahren. Schon beim Einsteigen war sie durcheinander, weil sie den Kampf um die Plätze nicht kannte. Dann wurde sie blass, als sich zwei Männer gegenseitig ins Gesicht schlugen, weil der eine angeblich dem andern den Ellbogen in den Magen gestoßen hatte, um den letzten Sitzplatz zu erwischen.

»Der Vorspann verspricht gute Unterhaltung«, sagte die kluge Gaunerin Samira, nachdem sie sich vom ersten Schreck erholt hatte.

Der Bus schlängelte sich zwischen den Menschenmassen hindurch, die ihn nicht beachteten, Männer, Frauen, Kinder, die mitten auf der Straße gingen, feilschten oder ihr Eis lutschten. Er war bald kein Bus mehr, sondern ein Schiff, das auf Wellen schaukelte. Samira musste dreimal die Frau hinter sich bitten, die Einkaufstasche aus ihrem Nacken zu nehmen. Die Frau war jedoch über und über beladen mit Tüten, entschuldigte sich jedes Mal und vergaß gleich wieder, dass jemand vor ihr saß. Ich war das ja gewöhnt und du kennst das vielleicht auch, aber Samira war empört. Als die Frau ausstieg, nahm ein Ehepaar die Plätze hinter uns ein und ein heilloser Streit ging los. »Sie hören das Familienprogramm: Ehe, Mord und Totschlag«, flüsterte Samira nach einer Weile und wir lachten.

Vier Runden fuhren wir durch die Altstadt, durch ein Neubauviertel und durch den Basar. Jede Runde dauerte eine Stunde und kostete nur eine Kleinigkeit, für die wir aber jede Menge erlebten. Da der Bus in der Altstadt oft Schritttempo fuhr, konnten wir vom Fenster aus Süßigkeiten, Tee und Eis kaufen. Wir grüßten Passanten und als von der Polizei eine Gasse gesperrt wurde, fragten wir einen Mann draußen nach dem Grund. Der erzählte uns eine merkwürdige Geschichte, indem er dicht unter unserem Fenster weiterging und so den Bus begleitete. Und er betonte am Schluss, wie jeder Damaszener, der die Verbreitung seiner Geschichte wünscht: »Das bleibt aber unter uns.«

Auch die Fahrgäste im Bus sind häufig wundersame Wesen, die dir, ohne sich zu kennen, Trauben anbieten, ungefragt eine Moralpredigt halten oder für dich einfach die nächste Fahrt zahlen wollen oder dir ihren Sack Auberginen in den Schoß legen, bis sie aussteigen. Und du sitzt dann da und die frischen Auberginen im Jutesack quietschen bei jedem Bremsen wie kleine aufgeregte Ferkel.

Nach vier Stunden stiegen wir aus. Wir waren erschöpft, übersättigt und glücklich.

»Na, wie fandest du den Film?«

»Toll. Hätte jemand das alles mit der Kamera aufgenommen, wäre er reif für den Oscar. In Damaskus findet man tatsächlich Geschichten auf der Straße«, sagte sie und stieg in ihr Taxi.

Sie hatte Recht.

Zu dieser Zeit etwa lernte ich auch die Macht des Geldes kennen. Zwei widerwärtige Typen lauerten mir immer auf dem Weg von der Schule nach Hause auf und verprügelten mich, einfach so zum Spaß. Jede Nacht nahm ich mir vor, sie auszutricksen, und sah mich oft in meinen Träumen als Sieger – als Muhammad Ali, den besten Boxer aller Zeiten.

Da stand ich und rang mit erhobenen Fäusten nach Luft, während diese beiden Verbrecher auf dem Boden lagen und ihnen die Zunge aus dem Mund hing wie toten Hammeln beim Metzger. Doch bei Tage sah leider alles ganz anders aus. Sie überfielen mich aufs Neue und ich war ihnen ausgeliefert. Ich schämte mich, weil ich Samira liebte und kein Kind mehr war.

Als ich Nadime von diesen Angriffen erzählte, schaute sie mich traurig an. Und als sie erfuhr, dass die beiden ziemlich groß und kräftig waren, sagte sie: »Das ist nichts für mich. Da muss Muhab ran. Das kostet aber etwas, denn Muhab macht nicht mal für seine Mutter etwas umsonst.«

Das war kein Problem, denn Geld hatte ich ja. Nadime begleitete mich zu dem Koloss, der wie ein junger Samurai aussah und arbeitslos war. Er erklärte sich zu allem bereit. Wir vereinbarten einen Preis pro Tracht Prügel und er sagte voller Sympathie für Nadime: »Weil sie dich mag, berechne ich dir die Doppeltracht Prügel für eine einfache.« Dabei lachte er, dass die Dachrinnen der nächsten Häuser wackelten.

Wir marschierten zu der Straßenecke, wo die beiden mir immer auflauerten, und er packte die beiden, hob sie in die Luft und stieß sie zusammen, und das wiederholte er immer wieder. Sie schrien um Hilfe, doch der Mann erledigte seine Arbeit seelenruhig, ja fast unbeteiligt. Zuletzt ließ er sie auf den Boden fallen und sagte zu ihnen: »Immer, wenn Lutfi euch nur sieht an dieser Ecke, gibt es Prügel.«

Am nächsten Tag waren die beiden wieder da und es widerfuhr ihnen genau das Gleiche. Sie hatten mir nichts getan und flehten um Gnade, aber sie hatten auf der Straße gestanden und offenbar überprüfen wollen, wie ernst es der arabische Samurai meinte.

Am dritten Tag sagte ich Muhab, dass er sie verprügeln sollte, obwohl sie gar nicht an der besagten Straßenecke gewesen waren. Ich wollte für immer Ruhe haben. Der Koloss schlenderte also in ihr Viertel und suchte so lange, bis er sie aufspürte. Und als er sie schlug, schrien sie: »Wir waren doch gar nicht da. Er hat uns gar nicht sehen können.« Doch Muhab erledigte seine Arbeit ohne Rührung. »Wenn Lutfi sagt, er hat euch gesehen, dann hat er euch gesehen.«

Du hättest die Erwachsenen des Viertels erleben sollen, wie sie den Koloss anstarrten und nicht wagten ihn aufzuhalten. Er kehrte gemessenen Schrittes nach Hause zurück und ich hatte von nun an meine Ruhe.

Eines Tages schlenderte ich mit Samira vergnügt auf der Straße dahin, wir betrachteten gemeinsam die Auslagen in den üppig ausstaffierten Schaufenstern. Plötzlich stürzte einer der Typen auf uns zu, packte meine Hand und fing an sie zu küssen. Ich erschrak fast zu Tode und dachte, jetzt wollen sie mich lächerlich machen. Aber nein.

»Ich flehe dich an, sag dem Mann nicht, dass du uns gesehen hast. Bitte nicht. Wir sind nur zufällig da. Bitte sag ihm nichts«, winselte er und küsste wieder meine Hand, während der andere eingesunken an der Straßenecke stand und demütig winkte.

»Ist ja gut, Junge. Mach dir nicht in die Hose und verschwinde«, erwiderte ich. Und ich wuchs in dem Moment glatt um drei Zentimeter.

»›Der Pate‹, Teil eins, zwei und drei mit Marlon Brando, Al Pacino und Robert De Niro«, sagte Samira. Sie drückte meine Hand und blickte mich völlig verzaubert an. Von nun an war ich ein kleiner Herrscher mit dem stärksten Leibwächter im christlichen Viertel. Seine Dienste bedeuteten für mich ein paar Touristen mehr, die ich begleiten musste, aber die Sicherheit zu haben, dass keiner mich anfassen durfte, war ein besonderer Genuss.

Ich kannte damals alle Gefühle der Welt, nur nicht, was Langeweile ist, weil ich ohne Rast lebte. Samira dagegen ödete alles an. Weder Kinofilme noch Fernsehen noch Schule konnten ihre Langeweile vertreiben. Sie schien alle Zeit der Welt zu haben und wusste nichts mit ihr anzufangen. Einzig, wenn jemand ihr eine gute filmreife Szene entweder mit Liebe und Herzschmerz oder mit Spannung und Abenteuer bot, war sie gebannt. Baschar erkannte das und wurde zu einem unerträglichen Draufgänger und redete zudem allen möglichen Quatsch von Liebe und Ehe, der Samira gefiel. Sie fing an, ihn zu bewundern, was niemandem verborgen blieb. Das ärgerte mich und stachelte meine Eifersucht an. Und Nadime? Die war für mich diesmal keine große Hilfe. Sie lachte und sagte, Eifersucht sei die Würze der Liebe, ich solle nur nicht übertreiben, denn zu viel Pfeffer verderbe jedes Gericht. Und ich merkte eines Tages, dass Nadime sogar Verständnis für meine Freundin hatte. Samira war wieder in unserer Gasse und besuchte Nadime, sie trank Kaffee mit ihr und die beiden sprachen miteinander unter vier Augen, von Frau zu Frau.

Am nächsten Tag nahm mich Nadime zur Seite. »Sie liebt dich sehr, aber du bist viel zu jung für das, was sie will. Samira hat es eilig. Also genieß die Zeit mit ihr, aber lass sie frei herumfliegen.«

»Und du bist dir sicher, dass sie mich liebt?«, fragte ich, denn im Hinterkopf hatte ich noch Samiras Blicke für Baschar.

»So sicher, wie ich dich liebe, doch die Liebe hat ihre eigenen Wege. Du sollst Samira loslassen und zugleich ihr Freund bleiben.«

Damals verstand ich ihre Worte nicht und ich war sehr traurig, weil ich dachte, Nadime würde sich plötzlich mit Samira gegen mich verbünden.

Samira und ich trafen uns zwar weiterhin bei Nadime, weil das uns beiden immer noch Spaß machte. Doch irgendwas hatte sich zwischen Samira und mir verändert. Sicher, wenn wir allein bei Nadime waren und ich sie küsste, war ich unserer Liebe gewiss. Samira himmelte mich an, doch sobald wir aus dem Innenhof traten, wurde ihr Blick kälter. Sie besänftigte mich, sie tue das absichtlich, damit keiner Verdacht schöpfe. Doch es war anders.

Eines Tages stand ich mit der Clique auf der Gasse, da kam sie in einer neuen Jeans und einem gelben T-Shirt an. Um den Hals hatte sie einen blauen Seidenschal mit kleinen weißen Segelbooten gebunden. Sie sah bezaubernd aus.

Meinem Nebenbuhler Baschar fiel das nicht weniger auf als mir. Er ging aufs Ganze. Ich glaube, ihm war das Geplänkel langsam zu wenig. Er protzte mit seinem Mut und erzählte uns von geheimen Zauberformeln, die sein Onkel aus Afrika mitgebracht habe. Der Bruder seiner Mutter war ein Pfarrer, der dreißig Jahre in einer katholischen Mission in Zentralafrika verbracht hatte und nun als alter Mann zurückgekehrt war und seine Ruhe genoss, wenn ihn nicht gerade seine chronische Malaria attackierte. Der alte Mann war ein exzellenter Fabulierer. Die Clique besuchte ihn immer wieder und er redete dann, was das Zeug hielt. Und er war ein lustiger Mensch, vor allem, wenn er getrunken hatte.

Baschar erzählte, sein Onkel habe ihm eine Zauberformel verraten, mit der er Löwen und andere wilde Tiere gezähmt habe. Mit dieser Formel ausgerüstet, sei der Onkel in Afrika ohne jede Waffe von Dorf zu Dorf gewandert und habe seine Arbeit als Missionar verrichtet. Er sei niemals von Tieren angefallen worden. Im Gegenteil, er sei an schlafenden Löwen vorbeigegangen und habe ihnen den Kopf gestreichelt.

»Wie Tarzan, als er noch von Johnny Weissmüller gespielt wurde und nicht von diesen neuen Muskelpaketen wie Gordon Scott und Konsorten, die kiloweise Anabolika schlucken und deshalb alle keine richtigen Männer mehr sind.« Samira hatte den Faden aufgenommen und Baschar strahlte. Ich fand die Geschichte von der Zauberformel schwachsinnig. Aber Samira hing an seinen Lippen. Das regte nicht nur mich auf, sondern auch den Gauner Salman. Adnan, Aida und Jeannette ließ die Geschichte völlig kalt.

»Und hat dir dein Onkel die Formel wirklich beigebracht?«, fragte Samira fast atemlos vor Aufregung und Bewunderung.

»Klar, und seitdem greift mich kein Hund mehr an«, erwiderte er und legte seine Hand zum ersten Mal auf Samiras Schulter. Sie zeigte keine Abneigung. Unauffällig zog Baschar Samira immer dichter zu sich.

Ich hätte ihn ohrfeigen mögen für seine Aufdringlichkeit und vor allem für diese unverschämte Lüge mit der Zauberformel, doch ich hatte Angst, er könnte mich mit irgendeinem Köter herausfordern. Noch heute fürchte ich nichts auf der Welt so sehr wie Hunde. Zweimal wurde ich gebissen und landete im Krankenhaus. Das hat mir gereicht. Deshalb kommentierte ich auch seine Angeberei überhaupt nicht. Ich fürchtete, das Ganze könne in irgendeine Mutprobe mit Hunden münden, und da hätte ich ziemlich sicher verloren. Ich schwieg und verfluchte heimlich Samira und den Angeber. Und als hätte Gott meine Flüche erhört und wollte mir helfen, ließ er den kleinen Gauner Salman sagen: »Du bist wirklich ein Aufschneider. Wenn das stimmt, was du da quasselst, bin ich bereit, dich auf meinen Schultern die Gasse dreimal hin- und herzutragen.«

Baschar wollte aber von seiner Darstellung keinen Millimeter abrücken, und weil die Familie Arbagi zwei Boxer besaß, die keine Gnade kannten, und zu Salmans Haus ein Balkon gehörte, der genau über dem Hof der Familie Arbagi lag, schlug der Angeber vor, wir sollten uns alle auf den Balkon stellen und zusehen, wie er in den Hof steigen, an den Hunden vorbeigehen und durch die Tür zur Gasse gehen würde. Er wandte sich zu mir und sagte giftig: »Aber bevor ich in den Hof steige, wollen wir erst noch ausmachen, dass keiner mehr seine Stimme erhebt und alle zugeben, dass ich der Mutigste bin. Oder will einer von euch zu den Hunden gehen?«

Ich war mir sicher, dass er das nur mich fragte, und fühlte eine große Scham. Samira drückte ihm offen die Hand.

»Gib mir dein Halstuch, das bringt Glück«, sagte der Gockel und Samira knotete ihren Seidenschal auf und band ihn dem Helden eigenhändig um den Hals. Ich hätte sterben mögen, doch nicht einmal dazu hatte ich die Kraft. Baschars coole Art lähmte mich.

Wir gingen hinauf zu Salman und seine Mutter wunderte sich über den Pulk, der zielstrebig auf den Balkon marschierte. »Was gibt es denn?«, fragte sie lachend. »Nackte Frauen vielleicht?«

»Nein, einen Kampf wie bei den alten Römern«, antwortete Salman. Die Mutter konnte sich darauf keinen Reim machen.

Wir standen auf dem Balkon und schauten in Arbagis Hof hinunter. Es war früher Nachmittag und sehr heiß. Die beiden Boxer dösten unter einem alten Orangenbaum mitten im Hof vor sich hin. Dann sahen wir Baschar, der vor der Mauer stand. Sie war nicht einmal zwei Meter hoch. Er blickte zu uns hinauf und warf einen Handkuss in unsere Richtung. Die Mädchen erwiderten seinen Gruß, weil jede dachte, er meine sie. Ich wusste aber, dass er nur Samira meinte. Mit einem eleganten Sprung landete er auf der Mauer. Die Familie Arbagi war nicht zu Hause, deshalb liefen die Hunde frei herum.

Samira winkte heimlich und ich konnte mein Gift nicht mehr zurückhalten: »Jane verabschiedet sich von ihrem Tarzan«, flüsterte ich und keiner außer ihr verstand die Anspielung. Baschar saß eine Sekunde rittlings auf der Mauer. Er sprach irgendetwas in die Richtung der Hunde, aber sie blieben zu unserer Verblüffung liegen.

»Hat er die Köter vielleicht präpariert?«, fragte Salman leise, als Baschar von der Mauer in den Hof sprang, weiter auf die Hunde einsprach und dabei auf sie zuging. Die Hunde richteten sich nun verschlafen etwas auf und blickten verwundert diese Gestalt an, die vorsichtig, aber ruhigen Schrittes zur Hofmitte ging und irgendwelche für Hunde unverständlichen Töne und Wörter von sich gab.

Baschar machte nur fünf Schritte, mehr nicht. Das war genau die Zeit, die die beiden Boxer brauchten, um sich zu überzeugen, dass das kein Geist in einem Hundetraum war, sondern ein Mensch aus Fleisch und Blut. Ein Mensch, der es wagte, über die Mauer in ihr Herrschaftsgebiet einzudringen.

Ich habe nie, weder davor noch danach in meinem Leben, jemanden gesehen, der mit so einer Geschwindigkeit eine Mauer bestieg, obwohl ein Dreißig-Kilo-Hund an seinem Schuhabsatz hing. Baschar verlor schließlich den Schuh und fiel kopfüber auf die andere Seite der Mauer, während der Boxer stolz mit der Beute zu seinem etwas langsameren Kameraden zurückkehrte. Innerhalb weniger Sekunden war der Schuh zerfetzt. Die Mädchen kreischten vor Angst und wir, die drei Jungen, lachten über den Helden mit der afrikanischen Zauberformel.

»Kein Wunder«, sagte Salman auf dem Rückweg in die Gasse, »dass die in Afrika zum größten Teil Muslime geworden sind, wenn sie solche Missionare hatten.«

Der Held des Tages sah so miserabel aus, dass auch die Mädchen anfingen zu lachen. Seine Hose war hin und eine Beule wölbte sich auf seiner Stirn. Das war's.

Samira jedenfalls ließ ihn von da an links liegen.

Mich schaute sie geknickt an, doch irgendetwas war in meinem Herzen gestorben. Nicht dass wir einander nicht mehr mochten oder liebten. Das alles blieb, aber dieses Zittern nach ihr in meinem Herzen war weg.

Ich will dir folgende Geschichte erzählen, damit du verstehst, was mich damals aus Damaskus vertrieben hat. Fast ein halbes Jahr vor meiner ersten Reise nach Deutschland kam Samira eines Tages plötzlich zu Nadime, wo auch ich gerade war. Sie war blass und sah niedergeschlagen aus. Als Nadime ging, nahm Samira einen Schluck Wasser und stierte vor sich hin. Ich ließ ihr Zeit.

»Ein Mann will mich heiraten«, flüsterte sie beschämt und hilflos.

Merkwürdigerweise war ich nicht erschrocken. Als hätten die Monate davor, in denen Heiraten ihr Hauptthema war, mich auf diese Nachricht vorbereitet.

»Und was willst du tun?«, fragte ich feige, als hätte ich nicht verstanden, dass sie es mir erzählte, um zu erfahren, was ich tun wollte.

Die folgende Stille lastete mit ihrem ganzen Gewicht auf meiner Brust. Ich konnte kaum noch atmen.

»Ich möchte viel lieber mit dir bis ans Ende der Welt fliehen«, weinte sie, »und in einer Hütte leben als mit diesem reichen Mann in seiner Villa mit Dienern und Leibwächtern.«

»Dann sag doch deinen Eltern, du willst jetzt nicht heiraten, sondern studieren. Ich wette, bei dir zu Hause sind sie dann sogar stolz auf dich.«

»Aber das ist es ja, ich will gar nicht studieren. Ich will heiraten, aber nicht diesen Mann«, erwiderte sie. Ihre Stimme klang nicht mehr elend, sondern wie die eines Händlers, der verkaufen will, aber mit dem gebotenen Preis noch nicht einverstanden ist.

»Dann heirate eben«, fauchte ich sie an, »aber nicht mich! Ich habe noch nichts von der Welt gesehen und soll schon das Geplärre hungriger Babys aushalten und Gläubiger ertragen, die meine Unterhose pfänden wollen? Das mach ich nicht.«

»Aber meine Eltern ...«, wollte sie mich trösten.

»Deine Eltern sollen mit ihrem Geld zum Teufel gehen. Ich bin kein Bettler, der von ihren Almosen leben will.«

»Du liebst mich nicht«, schluchzte sie jetzt. »Wenn du mich lieben würdest, hättest du den Kampf um mich aufgenommen, so wie mein Onkel damals um seine Geliebte.«

»Ich will aber nicht sterben. Ich will leben«, schrie ich nicht sie, sondern das Elend an, das den Raum füllte.

Ihr Onkel mütterlicherseits war ein Schwachsinniger gewesen, der wie sie Film und Leben durcheinander gebracht hatte.

Er liebte eine Frau und sie war hingerissen von seiner Eleganz. Doch er hatte den Ruf eines Cafégängers, wie die Leute bei uns einen Taugenichts nennen, der den ganzen Tag seine Haare kämmt und seine Fingernägel pflegt, damit er Eindruck bei den Frauen macht. Und wie das so üblich ist, fiel seine Angebetete einem unauffälligen, aber reichen Videohändler auf, der sein Geld mit dem Verleih von Pornokassetten machte und zur Tarnung noch ein paar arabische Schnulzen verkaufte. Der Mann wurde allseits geachtet und hatte ein Sommerhaus in den Bergen, ein Hochhaus in Damaskus und vor allem hatte er es nicht nötig, schöne Augen zu machen. Er schlug den alten, bewährten Weg ein, indem er die Gunst der Eltern kaufte.

Die Hochzeit sollte in seinem Sommerhaus stattfinden. Samiras Onkel drohte den Eltern der zukünftigen Braut, er werde sich und seine Geliebte umbringen, wenn sie sich für den Videohändler entschieden. Der Vater benachrichtigte den auserwählten Schwiegersohn und der sorgte mit Leibwächtern für die Sicherheit seiner Braut und ließ den Onkel wissen, nun könne er nur noch sich selbst umbringen, das wäre nicht einmal schlecht, denn dann würde in dem hoffnungslos übervölkerten Café ein Platz frei.

Lange passierte nichts.

Dann kam die Hochzeitsfeier.

Das Sommerhaus des Bräutigams lag auf einem Hügel über dem Dorf. Von der einen Seite aus blickte man auf das Mittelmeer, von der anderen Seite auf ein fruchtbares Tal und einen anderen, kargen Hügel, auf dem die Tennen lagen, die zu dieser Zeit noch leer waren. Die Hochzeit fand im Frühsommer statt und der Weizen wogte noch grün auf den Feldern.

Es sollte ein glanzvolles Fest werden. Die zahlreichen Gäste füllten den Garten, die Terrassen und die hellen Räume der Villa.

Die Feier begann gleich nach dem Kirchgang mit einem üppigen Essen, und Musiker und Tänzer erheiterten die Leute. Die Stunden verflogen im Nu. Es war noch hell, als die Feiernden plötzlich einen Mann auf der höchstgelegenen Tenne erblickten. Mitten in einem Feuerkreis begann er zu tanzen. Die Gäste staunten und hielten das für einen Einfall einheimischer Folkloretänzer, um dem Hochzeitspaar zu huldigen. Doch bald hörten alle das Lied des Mannes, der laut seine Liebe zur Braut und den Tod eines Skorpions besang. Du kennst doch die alte Geschichte von dem Skorpion, der sich als einziges Tier der Welt inmitten eines Feuerkreises selbst umbringt. Der Onkel schlitzte seine Adern an beiden Handgelenken auf, tanzte und trank Wein aus einer Flasche.

Die Feiernden wurden still und konnten jetzt den Gesang noch deutlicher hören. Irgendjemand griff zum Telefon und rief die Feuerwehr.

Der Onkel tanzte und sang heiser sein Todeslied. Bald loderte das Feuer so hoch, dass man ihn nicht mehr sehen noch hören konnte.

Der arme Tropf war genau wie Samira vom Kino verwirrt. Er hoffte vielleicht, dass seine Geliebte in ihrem weißen Hochzeitskleid mit wehendem Schleier zu ihm gerannt käme, um ihn zu retten. Stattdessen kam die Feuerwehr, blies eine dichte weiße Wolke Löschpulver aus einem Spezialtank und holte den Mann mit Gewalt aus seinem Skorpionkreis heraus. Er sah komisch aus. Wie eine blutende Gipsfigur, ganz weiß, mit der Weinflasche in der

Hand. Fluchend wurde er in den Rettungswagen geschoben und verblutete inmitten von Gestank und fürchterlichem Tatü-tata und Gerumpel auf dem Weg ins Krankenhaus.

Der Onkel war verrückt gewesen. Aber Samira verehrte ihn wie einen Heiligen. Das war nichts für mich. Ich wollte leben. Und Samira hörte nicht auf, mich mit all dem Unsinn über den süßen Tod eines Liebenden zu nerven, wie er uns in Filmen und arabischen Legenden immer wieder serviert wird.

Trotzdem machte mich der Gedanke wütend, dass ich Samira verlor, weil irgendein Reicher beschlossen hatte, sie zu heiraten. Und es schmerzte mich, dass Samira nach unserer Auseinandersetzung nichts mehr gegen die Ehe mit dem Alten unternahm. Im Gegenteil, sie konnte plötzlich die Hochzeit gar nicht erwarten, so als hätte sie mich nie geliebt. Nadime nahm Samira in Schutz. Sie habe schon ihre Gründe, weshalb es ihr so eilig sei, und ich als Mann verstünde solche delikaten Dinge nicht. Das aus dem Mund von Nadime zu hören, verbitterte mich.

Inzwischen verstehe ich Samiras Eile besser: Sie bildete sich eine Weile ein, sie sei nach einer Liebesnacht mit dem Kerl schwanger geworden.

Ich aber wollte nur noch Damaskus verlassen.

Jetzt weißt du, warum ich vor drei Jahren Onkel Maliks Bitte, für ihn nach Deutschland zu reisen, bedenkenlos annahm und lieber heute als morgen aufbrechen wollte.

Warum einer in Tunbaki zu viel schweigt

Jeden Tag wiederholte sich auf dem Dorfplatz von Tunbaki dasselbe Schauspiel: die Busabfahrt nach Damaskus. Eine Schar lärmender Kinder versammelte sich um den bunt geschmückten Wagen, der schließlich langsam anfuhr, laut hupend, um auch noch den letzten Reisewilligen zu rufen. Der Fahrer präsentierte den Bus wie ein Pfau sein Rad und die Kinder rannten winkend und hüpfend mit ihm auf den Ausgang des Dorfes zu. Jauchzend liefen sie immer schneller und versuchten auch dann noch mit dem Bus mitzuhalten, wenn der Fahrer überzeugt war, dass niemand mehr mitfahren wollte, und Gas gab. Die Kinder legten sich ins Zeug, aber der Bus brauste ihnen schließlich davon und umhüllte sie mit einer Staub- und Abgaswolke. Sie kehrten zurück, erschöpft, blass und für einen Augenblick verloren, als wäre ihr Rennen kein Spiel gewesen, sondern Ausdruck ihrer Sehnsucht.

Lutfi und Barakat hielten kurz im Eingang des Hauses an, bis sich der aufgewirbelte Staub wieder legte. Und während Barakat ein paar Worte mit einem Onkel des Bräutigams wechselte, beobachtete Lutfi einen Bauern, der so entkräftet hinter seinem Esel über den Dorfplatz trottete, als zöge der Esel ihn hinter sich her.

»Gehen wir«, holte Barakats Stimme Lutfi aus seinen Gedanken. »Im Garten der Kirche ist es meistens sehr ruhig«, sagte Barakat und führte Lutfi einen steilen Pfad hinauf. An der ersten Kreuzung bog er nach rechts ab und ging dann durch einen schmalen Weg, der sich zwischen Gemüsegärten und Hühnerställen dahinschlängelte. Bald hielt er vor einem großen Tor, hinter dem der Kirchhof lag. Barakat steckte die Hand zwischen den Gitterstäben hindurch und öffnete es.

»Komm schnell rein«, forderte er Lutfi leise auf, und als Lutfi ihm gefolgt war, schloss er das Tor wieder und ging zu einer uralten Trauerweide an einem kleinen Teich. Er zog mehrere Zweige zur Seite, als öffnete er einen Vorhang zu einer kleinen Bühne. »Bitte eintreten«, sagte er und lachte. Hinter ihm sah Lutfi eine Bank aus rötlichem Sandstein.

»Hier war unser Versteck«, sagte Barakat, als sich Lutfi auf die Bank setzte und den kleinen Raum unter den Ästen und Zweigen der Trauerweide in Augenschein nahm.

Unser Versteck?, fragte sich Lutfi und in dem Augenblick verdichtete sich sein Verdacht, wer die zweite Person gewesen sein könnte, zur Gewissheit: eine junge temperamentvolle Frau, die auf der Hochzeit unter den Gästen war und oft die Tanzrunde eröffnete. Immer wenn Barakat in ihre Nähe kam, wurde er rot und schien auf einmal zu viele Füße und Hände zu haben, mit denen er nichts anzufangen wusste.

»Die Frau mit dem schönen Leberfleck auf der Wange? Ist sie mit dir hier gewesen?«

Barakat nickte schweigend.

»Und warum *war* es euer Versteck?«

»Munira wollte nicht mehr«, erwiderte Barakat leise und seine Stimme war kaum hörbar. »Ich ... ich sei zu schweigsam, sagte sie. Munira ist ein Waisenkind. Ihre Eltern starben kurz nacheinander, als sie noch ein Baby war. Sie lebt seitdem bei ihrer Großmutter, die ist eine Radiostation auf zwei Beinen und das größte Lästermaul unseres Dorfes. Sie hat Munira zum Plappern erzogen und ich fand das süß und hörte zu. Doch das genügte ihr nicht und sie fragte mich dauernd, was ich meine. Was sollte ich zu all den schönen Dingen meinen, die aus ihrem süßen Mund sprudelten. Ich habe Ja oder Nein gesagt und wieder geschwiegen. Ich war glücklich, wenn ich hier in diesem Versteck neben Munira saß, aber mein Schweigen ärgerte sie.

›Die Zunge‹, sagte sie, ›ist die Übersetzerin des Herzens, und wenn sie nichts zu sagen hat, dann hat dein Herz nichts zu sagen.‹ Angeblich fing sie an, mein Schweigen zu hören. Und die Stille wurde ihr unerträglich.

Was sagst du dazu?«, fragte Barakat, ohne eine Antwort zu erwarten. »Ich fragte sie, warum denn Stumme nicht lieben dürften. Sie solle annehmen, ich sei stumm, und mir glauben, dass sie das Herz eines Stummen liebe. Aber sie lachte nur über mich.

›Mit Worten‹, sagte sie mir, ›knöpft man Herzen auf wie mit den Fingern ein Hemd.‹ Sie fühle sich nicht wohl, wenn ihre Stimme in den Abgründen meiner Seele verschwände und kein Echo hervorrufe. Mein Gott, sie kam mir vor wie eine Dichterin und obwohl sie schlecht von mir sprach, fand ich die Worte aus ihrem Mund schön. Ich schwieg wie ein Wanderer, der staunend vor den hohen Bergen verstummt.

Aus Liebe zu ihr übte ich mich im Sprechen. Ich sog jedes schöne Wort auf wie ein trockener Schwamm und lernte vieles auswendig, um es ihr bei passender Gelegenheit zu sagen. Doch wenn wir uns trafen, krallten sich meine Worte ängstlich an meine Zunge und wollten nicht hinaus. Ich bat Munira um ein wenig Geduld, doch sie erwiderte: ›Ein Feuer, das zu lange schwelt, wird Asche.‹

Und hier auf dieser Bank wartete ich täglich, ein Jahr lang, in der Hoffnung, dass sie mich und unsere Trauerweide vermissen würde, aber sie kam nie wieder. Und hier unter dieser Trauerweide beschloss ich, nach Australien auszuwandern. Doch bis jetzt fehlt mir die Kraft dazu.

Deine Geschichte macht mir Mut. Bitte erzähl weiter. Wie war es für dich, als du zum zweiten Mal nach Deutschland geflogen bist?«, fragte Barakat und sein Gesicht hellte sich vor Neugier ein wenig auf.

Ein Windstoß fuhr durch die Zweige der Trauerweide und wisperndes Geflüster erfasste für einen Augenblick den Baum, als würde eine Schar Kinder Geheimnisse austauschen. Dann trat wieder Stille ein, als warteten alle auf Lutfis Erzählung.

Die geheimnisvolle Sprache der Musik

Das zweite Mal war es wie eine Reise nach Hause. Molly hatte mir am Telefon gesagt, sie würde mich am Flughafen abholen.

Und da stand sie, schöner, als ich sie das letzte Mal verlassen hatte. Sie freute sich über meine kleinen Geschenke, die ich ihr aus Damaskus mitgebracht hatte: Silberschmuck und Süßigkeiten, Kardamom und ein herrliches arabisches Abendkleid in Schwarz, Rot und Blau. Es saß wie angegossen und Molly freute sich wie ein Kind.

Doch was in ihrer Wohnung auf mich wartete, war die allergrößte Überraschung meines Lebens. Molly zog einen Schlüsselbund mit einer Schwalbe aus Silber hervor, auf deren Brust sie »Lutfi« hatte eingravieren lassen.

»Das ist dein Schlüssel. Du liebst doch Schwalben, nicht wahr?«

Ich nickte.

»Ich lade dich zu mir ein«, fuhr sie fort. »Was hast du mir erzählt? Die Araber bewirten einen Fremden drei Tage lang, ohne ihm auch nur eine Frage zu stellen? Sie dürfen ihn erst nach drei Tagen fragen: Wohin des Weges? Sei mein Gast, auf lange Zeit.«

Ich war beeindruckt von so viel Vertrauen.

An einer der Zimmertüren klebte ein buntes Papierschild mit meinem Namen. Ich verstand, dass dies mein Zimmer sein sollte. Als ich die Tür öffnete, wäre ich fast vor Freude gestorben. So etwas konnte sich nur Molly einfallen lassen.

Auf einer wunderschönen Holztheke stand, um ein Werkbrett herum, die komplette Ausrüstung eines Goldschmieds. Es fehlte nichts. Wirklich nichts, von Draht- und Blechwalze über den Ringstock, Lötpistole, Würfelanker und hundert kleine Zangen, Polierbürsten, Hämmer, Flach- und Rundfeilen bis hin zu einer elektronischen Goldwaage war alles da. Zwar etwas alt und gebraucht, aber in bester Ordnung. Ich war sprachlos.

Molly hatte einen Kunden, der seit Jahren Samstag für Samstag kam und sich von ihr einen Roman empfehlen ließ. Sie nannte ihm jedes Mal ein Buch, das sie gelesen hatte, und der alte Mann kaufte es und las es bis zum darauf folgenden Samstag. Er war ihr dankbar, weil ihre Empfehlungen ihm immer wieder zu neuer Freude am Lesen verhalfen. Dieser Mann, ein alter wohlhabender Goldschmied, hatte noch seine komplette Werkstatt im Keller stehen. Als Molly ihm von mir erzählte, schenkte er sie ohne viel Aufhebens her.

»Vielleicht machst du ihm zum Dank ein Schmuckstück mit arabischen Ornamenten«, schlug sie mir vor.

Drei Tage feilte und werkelte ich an einem goldenen Schlüsselanhänger mit arabischer Kalligraphie. Der Mann war begeistert, als ich ihm mein Geschenk am nächsten Samstag auf dem Flohmarkt überreichte.

Von nun an lebte ich bei Molly. Du kannst in Deutschland auch ohne Ehe mit einer Frau zusammen wohnen. Bei uns würdest du dafür im Gefängnis landen.

Nun musst du wissen, wenn einer aus Arabien oder Afrika kommt, denken die Deutschen, sie müssten ihm alles erklären und sind völlig aus dem Häuschen, wenn er ihnen erzählt, dass er schon genauso wie sie als Kind ein Videogerät bedient hat. Auch Molly wunderte sich manchmal über das, was ich konnte und wusste, und dabei hatte sie doch einen Haufen Bücher über Arabien und Afrika gelesen. Sie hatte mir nicht viel zugetraut. Zum ersten Mal geschah das eine Woche nach meiner Ankunft. Und merkwürdigerweise, obwohl ich ihr alles über meinen Vater und Duke Ellington erzählt hatte. Lass mich dir die Geschichte erzählen.

Als ich noch in Damaskus war, hatte Molly ihrer Freundin Elisabeth so viel von mir vorgeschwärmt, dass die junge Frau uns nach meiner Ankunft zum Essen einlud. Wir fuhren also zu ihr und saßen gerade am Tisch, da erlebten wir einen Streit zwischen Mutter und Sohn, weil der Kleine mir lieber ein paar Zaubertricks vorführen wollte als Geige zu üben.

Die Mutter erinnerte ihn daran, dass sein Geigenlehrer schon zweimal hintereinander mit ihm unzufrieden gewesen war. Irgendwann mischte ich mich ein und Molly übersetzte für mich. Ich sagte ihm, die Violine sei ein wunderbares Instrument. Man könne viel mit ihr machen und vor allem solle er Noten lesen lernen, denn Noten seien eine geheimnisvolle Sprache, und obwohl ich kein Deutsch verstünde und aus einer dreitausend Kilometer entfernten Stadt käme, könne ich doch seine Musiknoten lesen und spielen. Der Junge hielt das für einen Witz, er lachte und seine Mutter auch. Molly war verlegen. Sie mahnte mich leise, nicht zu dick aufzutragen. Ich lächelte ihr nur zu und bat den Jungen, mir mal seine Geige und sein Übungsheft zu zeigen. Er rannte in sein Zimmer und holte beides. Ich tat wie ein dummer Schwarzer in alten Stummfilmen, glotzte das Heft mit großen Augen an, nahm die Geige erst einmal falsch herum in die Hand und dann richtig. Der Junge lachte. Dann blätterte ich scheinbar sinnlos im Heft hin und her, bis ich irgendwo anhielt. Es war das Liebeslied von Beethoven, ein leichtes und wunderschönes Stück. Und plötzlich spielte ich. Molly erstarrte.

»Du kannst Geige spielen?«, staunte sie.

»Mir fehlt die Übung, deshalb mach ich viele Fehler, aber das Stück ist leicht«, sagte ich. Jetzt wollte das Kind auch spielen. Genau wie ich gab auch der Junge erst eine kleine Clownerie zum Besten, dann spielte er wunderbar.

»Du wirst ein guter Geiger«, meinte ich zu ihm und Molly übersetzte. Der Junge strahlte übers ganze Gesicht.

Jahre ist es her, da teilte mir meine Mutter eines Morgens glückselig mit, sie habe zufällig den Geigenlehrer meines Vaters getroffen. Und sie habe ihm erzählt, dass sein Meisterschüler von damals einen Sohn hinterlassen habe und diesem seine edle Violine. Natürlich übertrieb sie dann wie in allem und schwärmte dem Lehrer von meiner musikalischen Begabung vor. Der Lehrer aber gab nur zur Antwort, er werde mich prüfen und sich dann überlegen, ob er mich nehme.

Ich war damals gerade acht Jahre alt geworden und sang gern, doch von Musik oder gar einem Instrument hatte ich keine Ahnung. Aber irgendwie reizte mich die Idee, den gleichen Weg wie mein Vater einzuschlagen und mithilfe seines Lehrers die Geige, die ihm gehört hatte, zum Tönen zu bringen.

Am ersten Tag schwitzte ich vor Aufregung und musste mich zweimal waschen. Meine Mutter steckte mich in meinen Sonntagsanzug. Ich nahm den Violinkasten in die Hand und schlenderte langsam durch die Gasse. Der Weg bis zur Wohnung des Musiklehrers war lang und beschwerlich. Unterwegs beschloss ich, in Zukunft das Fahrrad zu nehmen.

Meine Mutter hatte mich ermahnt, höflich zu dem Lehrer zu sein, weil er ein Fremder war und außerdem ein sehr feiner, aber auch sehr sensibler Mann.

Er hieß Alfred Meißner und wohnte in einer dieser schnell gebauten Mietskasernen, die bereits nach zehn Jahren abbruchreif sind. Der Eingang war so düster und vollgeschmiert, dass ich Angst bekam.

Wir leben ärmlich, aber im Licht. Dort, wo Meißner wohnte, waren die Gebäude graue Klötze in elender und stinkender Dunkelheit. Ich klopfte, weil alle Klingeln am Eingang und im Treppenhaus herausgerissen waren. Ein Mann im Morgenmantel, der eine Zigarette mit Mundstück in der Hand hielt, stand plötzlich in der Tür und musterte mich.

»Was willst du?«, murrte er in kaum verständlichem Arabisch, bevor ich auch nur »Guten Tag« sagen konnte. Er sah blass und übernächtigt aus, war aber sehr gepflegt und wirkte fast lächerlich in dieser Umgebung.

Ich grüßte ihn höflich, fast untertänig und stellte mich vor. Er nickte und machte stumm ein Zeichen mit dem Kopf, dass ich hereinkommen solle. Die Wohnung war karg eingerichtet, aber sauber. Überall standen und lagen Musikinstrumente herum, denn Herr Meißner unterrichtete Klavier, Gitarre, Violine und Kontrabass. Er beherrschte alle Instrumente mit einer Perfektion und Strenge, die etwas Amusisches hatte. Ich kann es nicht erklären, aber kein Mensch auf der Welt erregte bei mir so sehr den Verdacht, er übe den falschen Beruf aus, wie dieser Mann. Er war steif und immer schlecht gelaunt wie ein betagter und enttäuschter Unteroffizier. Ich erinnere mich nicht daran, dass er jemals gelacht hätte.

Alfred Meißner war Österreicher. Er lebte schon seit einer Ewigkeit in Damaskus und hatte in Österreich oder Deutschland irgendetwas ausgefressen. Er war uralt, aber noch ein sehr beschäftigter Mann. Viele Söhne aus wohlhabenden Familien nahmen bei ihm Unterricht. Aber auch erfahrene Musiker des Rundfunkorchesters suchten ihn immer wieder auf, um bei ihm ihre Fingerfertigkeit zu trainieren. Mein Vater war sein bester Schüler gewesen. Meine Mutter hatte nicht übertrieben. Der Meister sagte es mir bei jeder Gelegenheit.

Jede Woche sollte ich dreimal zum Unterricht kommen. Die Stunden bei ihm waren sehr teuer, aber meine Mutter musste für mich nur den halben Preis bezahlen. Er war eigentlich ausgebucht, nahm mich aber trotzdem an.

Ich ließ beim Schuster einen schönen Lederriemen für den Violinkasten machen, schnallte damit dreimal die Woche meine Geige wie ein Gewehr auf den Rücken und radelte weit durch die Stadt bis zu der Wohnung des Lehrers.

Der Unterricht ging gut voran. Und obwohl Meißner durch sein Nörgeln jede Freude über Fortschritte im Keim erstickte, hatte ich bald in der Musik etwas gefunden, was sich mit nichts in meinem Leben vergleichen ließ. Ich lernte Noten lesen. Musiknoten sind eine geniale Erfindung, eine Sprache, die rund um den Globus verstanden wird. Sie ist die einzige Sprache, die mit nur sieben Buchstaben auskommt. Du musst dir das so vorstellen: Die Musik der Welt wird von diesen wenigen Buchstaben, ihren Nuancen und Variationen ausgedrückt, und ein Japaner, ein Chinese oder ein Araber kann sie lesen und sie auf die gleiche Weise in Töne übersetzen wie ein Amerikaner oder ein Däne.

Damals war ich noch sehr jung und verstand vieles von den zauberhaften Zusammenhängen der Musik nicht, aber sie hatte mein Herz erobert. Und ich machte in kurzer Zeit so gewaltige Fortschritte, dass der Österreicher mich immer wieder bat, länger zu bleiben, denn er wollte mich seinen anderen Schülern vorführen, die ihm zwar viel mehr Geld einbrachten als ich, aber mit der Musik auf Kriegsfuß standen. Er lobte mich nie, doch er schien sehr zufrieden zu sein.

Aber er verachtete die arabische Musik. Sie hatte seiner Meinung nach nur arhythmisches Bauchgerumpel zu bieten und kannte keine Harmonien wie die europäische, die mit ihrer Klarheit und Logik eine reine Geburt des Verstandes sei. Deshalb durften auch seine Schüler bloß Europäisches üben. »Arabische Musik kannst du nur spielen, wenn du vom Teufel geritten wirst. Wer sonst sollte all diese Taktwechsel von $5/8$ zu $2/4$ oder $3/4$ nachvollziehen? Und nur Beelzebub vermag zwischen den schrägen Metren $7/16$ und $11/16$ zu wechseln. Der Verstand kann da nicht mehr mitzählen und ein Musiker kann es nur aus dem Bauch heraus oder gar nicht und das ist nichts für einen anständigen Europäer.«

Für Alfred Meißner bestand die Welt bloß aus Zahlen. Alles, was nicht multipliziert, addiert oder dividiert werden konnte, war für ihn im besten Fall Zauberei, im schlimmsten Fall Humbug oder Chaos, und Meißner liebte die Ordnung.

Ich lernte fleißig und übte zu Hause jeden Tag. Schon bald bewegten sich meine Finger elegant über die Saiten und der Bogen entlockte der Geige schöne klangvolle Melodien. So wurde ich über kurz oder lang Meißners Lieblingsschüler. Er war unglaublich korrekt, schon allein deshalb, weil er Zahlen vergötterte. Manchmal erzählte er mir etwas aus seinem Leben. Er sprach schlecht Arabisch und hatte einen furchtbaren Akzent. Wenn wir fertig waren, berechnete er meiner Mutter immer nur die Zeit für meinen Unterricht. Er addierte sorgfältig die Minuten und nahm das Geld ohne ein Wort des Dankes entgegen.

Mochte meine Mutter auch nicht den richtigen Riecher gehabt haben bei ihren Liebhabern, wenn es ums Überleben ging, konnte sie beeindruckende Fähigkeiten entwickeln. Als mich Alfred Meißner nach einem Jahr bei einer Benefizveranstaltung mit einem Stück von Mozart auftreten lassen wollte, wartete meine Mutter, bis die Plakate gedruckt waren, dann suchte sie ihn auf. Ich war entsetzt, wie kalt sie ihm erklärte, sie müsse mich aus der Musikstunde nehmen, da sie kein Geld mehr habe. Jahrzehntelang hielt sich Meißner schon in Damaskus auf und noch immer fiel er auf jemanden wie sie herein. Er war um seinen Starschüler besorgt, mit dem er bei der Veranstaltung angeben wollte. Unter den Konzertbesuchern würden viele Reiche aus Damaskus sein. Ihre Söhne wollte er mit meiner Hilfe als Schüler gewinnen.

Er versuchte meine Mutter zu besänftigen, die Zeiten würden sich bestimmt wieder bessern und sie könne ja später zahlen, doch meine Mutter blieb hart. Erst als Meißner seinen ohnehin kargen Stundenlohn noch einmal halbierte, ließ sie sich überreden, dass ich weiter Unterricht nahm.

Draußen lief sie mit mir eilig vom Haus weg, dann brach sie in schallendes Gelächter aus. »Und jetzt«, sagte sie, »gehen wir fürstlich speisen.«

Erst beim Eis verriet sie mir, dass sie natürlich keine Sekunde die Absicht gehabt hatte, mich mit dem Geigenspiel aufhören zu lassen, sondern nur Geld sparen wollte, und dazu war die Gelegenheit günstig gewesen. »Ich will mein Geld doch nicht diesem Idioten von einem Spieler in den Rachen schmeißen«, sagte sie. Das war das erste Mal, dass sie abfällig über Meißner sprach.

Meißner war ein süchtiger Glücksspieler. Woche für Woche nahmen ihn die Profis aus, sodass er sich manchmal nicht mal mehr Zigaretten kaufen konnte. Für solche Fälle hatte ich immer ein paar Liras in der Hosentasche. Ich lief dann schnell zum Tabakladen und holte ihm Nachschub, den er mit totem Gesicht entgegennahm.

Nie wieder in meinem Leben ist mir ein einsamerer Mensch als er begegnet. Hast du je einen Mann gesehen, an dessen Tür nur Leute klopfen, wenn sie ihm Geld bringen oder Geld von ihm verlangen? Drei Jahre lang war ich sein Schüler und in der ganzen Zeit sah ich nicht einen Freund, nicht eine Freundin bei ihm. Er sagte oft zu mir, er habe in seinem Leben nur einen einzigen treuen Freund gehabt.

Das war sein Schäferhund gewesen, den er mit zwölf verlor. Abgesehen von uns, seinen Schülern, klopften nur seine Gläubiger an die Tür. Es waren keine großen Haie, sondern eher hundert kleine Piranhas, die ihm den Tag verdarben und ihn häufig rücksichtslos vor uns demütigten.

Er schleppte mich zu jeder öffentlichen Veranstaltung und ich musste vorspielen. Man erwähnte nach jedem Stück, dass er mein Lehrer war. Aber irgendwie war es nicht mehr seine Zeit. Ein Instrument zu spielen und Musiknoten zu lernen war für die meisten Menschen nicht wichtig oder erstrebenswert. Das verbitterte ihn.

Nun musste ich, wie ich bereits erzählt habe, jedes Mal eine halbe Stunde mit dem Rad fahren, um zu ihm zu kommen. Es war eine schöne Strecke, die an der Mauer der Altstadt entlang verlief und dann über den Platz der Abbassiden zu seinem Viertel führte. Dreimal in der Woche raste ich, den Violinkasten auf den Rücken geschnallt, durch die Gegend. Oft hielten die Leute an und lachten über mich. Ich muss wirklich komisch ausgesehen haben – ein dunkelhäutiger Junge mitten in Damaskus mit einem Geigenkasten auf dem Rücken.

Im dritten Jahr beschwerte sich der Lehrer zunehmend über meine Hände, die schmutzig wurden und eine Hornhaut bekamen durch die Arbeit, die ich leisten musste, um Geld zu verdienen. »Schwielen, Hornhaut und Schmutz machen die Finger taub. Es geht um weniger als einen Mikrometer und schon wird aus dem richtigen Ton ein falscher, wird aus einem Mozartstück ein Tralala von Farid Alatrasch«, jammerte er immer wieder verzweifelt.

Eines Tages fuhr ich singend zu Meißner, da erkannte mich ein ehemaliger Mitschüler der verfluchten Grundschule wieder, der am Straßenrand stand. Er hatte den Spitznamen »Suleiman mit dem Schweinegesicht« gehabt, weil sein Gesicht rosarot war und Nase und Augen bei ihm wirklich an ein Schwein erinnerten. Jetzt rief er: »Sohn der

Hure!« Ich beachtete ihn nicht. Er warf einen Stein nach mir, doch er verfehlte mich. Ich hielt kurz an und blieb betont höflich. »Suleiman, warum wirfst du einen Stein nach mir?«, sagte ich vorwurfsvoll, doch der dickliche Junge mit dem Schweinegesicht lachte dreckig, griff sich an seine Hoden, schrie: »Hure!«, und verschwand im Gewirr der Häuser. Ich kümmerte mich nicht weiter um ihn und radelte zu meiner Geigenstunde.

Ich weiß nicht, wie ich dir das erklären kann. Wäre ich ein böser, ängstlicher oder misstrauischer Mensch gewesen, wäre mir die Katastrophe wahrscheinlich erspart geblieben, die zwei Tage später folgte. Ich hätte an dem Tag vielleicht einen anderen Weg zu meinem Lehrer nehmen sollen.

Aber ich war arglos und radelte den gleichen Weg wie immer. Da erblickte ich, leider zu spät, Suleiman, der diesmal mit einer ganzen Meute von Jugendlichen am Straßenrand saß und offensichtlich auf mich gewartet hatte. Ich grüßte ihn im Vorbeifahren, doch er antwortete nicht und schaute durch mich hindurch. Und in dem Augenblick, als ich genau mit ihm und der Meute auf gleicher Höhe war, standen die Jugendlichen erst träge, dann jedoch hastig auf. Ich ahnte Schreckliches und sah noch, dass Suleiman sich als Erster nach einem Stein bückte.

Atemlos trat ich in die Pedale und beugte mich über den Lenker, doch die Geschosse holten mich ein. Steine und Lehmklumpen. Sie trafen mich. »Sohn der Hure!«, hörte ich ein vielstimmiges Geschrei hinter mir.

Mehrere Steine trafen den Kasten und ich hörte, wie die Violine jeden Schlag als Echo wiedergab.

Entweder erwischte mich schließlich ein großer Stein an der Schulter oder ich trat vor lauter Panik ins Leere, jedenfalls stürzte ich und hörte ein fürchterliches Geräusch, als wäre die Violine zu Bruch gegangen. Es war ein schmerzvoller Schrei, dann ein Röcheln. Ich schaute den Kasten an, ein Riss klaffte in der Mitte wie eine Wunde und der rote Samt quoll heraus wie Blut. Die Meute hielt an. Sie warfen keinen Stein mehr. Ich schaute sie an, nahm den Kasten wieder auf meinen Rücken, sprang auf das Fahrrad und jagte dem Jungen mit dem Schweinegesicht nach.

Die Jugendlichen stoben schreiend und triumphierend davon. Ich weinte vor Wut und trat in die Pedale. Die Welt verschwamm im Nichts und ich sah nur dieses kleine, dicke Monster vor mir, das so plötzlich in meinem Leben aufgetaucht war und meinen Traum zerstört hatte. Bald holte ich den Schweinegesichtigen ein und fuhr ihn über den Haufen. Ich warf mich über ihn und prügelte los, bis Erwachsene mich von ihm wegzerrten. Ich schrie die ungebetenen Schlichter an, sie sollten die Polizei holen, weil er mich verletzt und meine wertvolle Geige zertrümmert hatte. Doch einige Männer kannten ihn und hinderten mich daran, ihn festzuhalten, als er davonlief.

Heute bin ich natürlich froh, dass ich den Jungen nicht umgebracht habe.

Ich fuhr weiter zu meinem Lehrer. Inzwischen kann ich darüber lachen, dass ich damals felsenfest überzeugt war: Egal was passiert, ich habe die Pflicht, bei ihm zu erscheinen. Aber genau das hatte er mir drei Jahre lang eingetrichtert. Als ich ankam, war er bereits sauer über meine Verspätung. Das ist etwas, was ich auch später in Deutschland beobachtet habe: Bei uns verspäten sich alle und deshalb fällt es niemandem auf. Anders die Deutschen. Ihnen ist es lieber, einer kommt als Leiche pünktlich als ausgeschlafen und gesund, doch verspätet. So war es auch bei Alfred Meißner. Ich war verletzt und zerschunden und er schaute nicht mich an, sondern seine Uhr.

»Eine Viertelstunde zu spät!«, sagte er nur.

»Man hat mich mit Steinen beworfen«, sagte ich und fing an zu weinen. Aber er hörte nicht zu. Er schaute den Violinkasten an und sein Gesicht verzerrte sich. Ich öffnete den

Kasten und war überzeugt, dass darin meine Geige zersplittert lag, doch welch ein Wunder: Sie war unversehrt. Nicht einmal einen Kratzer hatte sie abbekommen. Ich lachte vor Glück und umarmte die Geige. Sie gab einen merkwürdigen Ton von sich. Wahrscheinlich hatte ich eine Saite berührt und gedrückt, es klang wie ein tiefes Schnurren.

»G-Dur-Konzert von Wolfgang Amadeus Mozart.« Die Stimme des Lehrers riss mich unsanft aus meinen Gefühlen. Dieses verfluchte Stück verlangte er immer, wenn er einem Schüler Ärger machen wollte. Und an diesem Tag hätte ich mit meinen schmerzenden Fingern nicht mal das leichteste Violinkonzert spielen können.

Er quittierte meinen verzweifelten Versuch mit einer Ohrfeige.

»Barbar!«, hörte ich ihn schreien und dann knallte ein zweiter Schlag auf meinen Hals. Ich war wie benommen und hatte komischerweise keine Angst, sondern nur Mühe zu verstehen, was an diesem Tag mit mir oder besser gesagt mit der Welt los war.

»Verschwinde und geh zu deiner Negerin«, knurrte er. Das mit dem Verschwinden hatte er schon oft wiederholt, es war immer eine Redewendung ohne Folgen gewesen. Aber zum ersten Mal bezeichnete er meine Mutter als Negerin. Er hob seine Hand zum dritten Mal. Da hatte ich keine Lust mehr. Blitzschnell sprang ich einen Schritt zur Seite und ergriff sein Küchenmesser, das auf der Fensterbank lag.

»Fassen Sie mich nicht an, Sie gefühlloses Ungeheuer, sonst schneide ich Ihnen die Hoden ab!«

Ich war nicht mehr ich, irgendein stolzer Afrikaner sprach in diesem Augenblick aus mir. Seine Stimme war so voller Tatkraft und Frische, dass der Österreicher zusammenzuckte, seine Hoden mit der rechten Hand schützte und einen Schritt rückwärts ging.

»Und wenn Sie meine Mutter noch ein Mal beleidigen, bringe ich Sie um, kapiert?«

Er nickte stumm.

Ich legte das Messer neben mich, packte die Violine ein und verschwand blitzschnell. Nie wieder habe ich ihn danach gesehen und meine Mutter zahlte auch nicht für die letzten zehn Stunden. Von dem Geld ließ sie den Kasten reparieren und mit schwarzem Leder neu beziehen. Sie besitzt ihn noch heute.

Aber zurück zu Molly. Als sie bei ihrer Freundin erlebte, dass ich Geige spiele, entschuldigte sie sich bei mir, dass sie es mir nicht zugetraut hatte. Zwei Tage später kam sie nach Hause und brachte tatsächlich eine Geige mit. Seitdem übe ich immer wieder. Molly liebt Geigenmusik.

Wenn ich mit Molly herumreise, nehme ich immer die Violine mit. Häufig übernachten wir unterwegs, und wenn du ein Engel wärst, könntest du von oben auf irgendeinem Parkplatz an einer Autobahn einen kleinen Bus stehen sehen, neben ihm auf einem steinernen Tisch Speisen und Getränke und ein großes Windlicht. Du könntest eine vor Glück in sich versunkene Frau sehen und neben ihr mich, wie ich dastehe und ihr etwas auf der Violine vorspiele. Einmal war ich so gut, dass ich mich und meine Umgebung völlig vergaß, und als das Stück zu Ende war, erschraken wir, weil plötzlich Leute Beifall klatschten. Ungefähr zehn Menschen standen auf dem Parkplatz. Sie hatten still der Musik gelauscht, als sie aus ihren Wagen stiegen

Doch so sehr Molly sich über mich wunderte, so sehr überraschte sie mich auch. Sie kann fantastisch gut Tango tanzen, noch hundertmal besser als ich. Und sie tanzt immer dann am liebsten, wenn sie mir sagen will, dass sie mich liebt und ihr die Worte dafür nicht reichen. Dann steht sie auf, legt eine CD ein und kommt mit ausgebreiteten Armen auf mich zu und ich spüre mit jedem Schritt ihre Leidenschaft. Wir tanzen oft, manchmal mehrmals in der

Woche. Und wenn wir traurig sind, wischt am schnellsten ein Tango die Trauer weg.

Mein Leben mit Molly bei meinem zweiten Aufenthalt in Frankfurt war bestimmt ein Teil der für mich reservierten Zeit im Paradies. Ich glaube, Gott ist gerecht, deshalb wird er mir die Tage mit Molly im Jenseits abziehen.

Der Flohmarkt zu Babylon

Mein zweiter Aufenthalt in Deutschland entwickelte sich ganz anders als der erste. Das Chaos von damals gab es nicht mehr. Ich führte ein ziemlich geordnetes Leben. Die ganze Woche über werkelte ich an meinem Schmuck herum und abends spielte ich meistens ein bisschen Geige. Molly fuhr zu Kunden und kaufte Bibliotheken auf, besuchte aber auch Stadt- und Dorffeste im Umkreis von zweihundert Kilometern, wo sie ihre Bücher feilbot. Abends kehrte sie immer zu mir und meiner Geige zurück. Manchmal blieb sie auch den ganzen Tag zu Hause und war dann mit dem Einordnen, Sortieren und Packen der Bücher beschäftigt. Ab und zu begleitete ich sie, wenn sie mehrere Tage unterwegs sein musste, denn ich ertrug es nicht mehr, ohne sie zu schlafen.

Die größte Freude für mich war aber samstags der Flohmarkt in Frankfurt. In den ersten Wochen hatte ich noch eine Ecke von Mollys Stand belegt, doch da ich gut verkaufte und mein Warenangebot wuchs, mietete ich nach einer Weile den Platz neben ihr. Ich schmückte meinen Stand von Samstag zu Samstag immer weiter aus, bis er wie ein arabisches Zelt war, mit Teppichen, Kissen und einem niedrigen Tisch, an dem ich Tee anbot. Die Dekoration und meine Gastfreundschaft zogen viele Menschen an. Mehrere Araber boten mir Schmuck aus den verschiedensten Gegenden Arabiens an. Ich bestand auf Qualität und Stil, kaufte ihnen manches Unikat zu einem guten Preis ab und verkaufte es für mehr als das Doppelte wieder an die Flohmarktkunden. Bald verdiente ich richtig gut und war glücklich, weil sogar Liebhaber und Kenner großzügig meine Preise bezahlten und meine Ware lobten, da sie noch nie etwas Vergleichbares in der Hand gehalten hatten. Weißt du, es wirkte wie Balsam auf meine Seele, wenn ich fühlte, dass ich den Leuten eine Freude machte. Jedes Lachen war für mich eine Quelle neuer Energie.

Und dann eines Tages kam Fuad. Er war groß und stark. Es war sehr kalt. Er stand vor dem Eingang meines Standes und fror in seinen dünnen Kleidern. »Assalam Alaikum«, grüßte er mich schüchtern.

»Tritt ein, Bruder«, rief ich ihm entgegen und reichte ihm heißen Tee. Er nahm ihn dankbar an. Das Glas verschwand in seinen großen Händen und er war sichtlich froh über die wohltuende Wärme. Ich schaute ihn mir genau an. Er war keiner, der auch nur eine einzige Mark für Schmuck übrig hatte.

»Kann ich dir helfen, Bruder?«, fragte ich nach einer Weile und goss ihm Tee nach.

Er lächelte. »Das wollte ich dich fragen. Nun komm ich nicht mehr dazu.«

»Suchst du Arbeit?«, fragte ich. Er tat mir Leid.

»Jede Art von Arbeit«, antwortete er leise, fast bettelnd.

»Gut«, sagte ich, »trink deinen Tee zu Ende. Ich bin gleich wieder zurück.«

Molly hatte mir erzählt, dass ihr die schweren Bücherkartons zu schaffen machten. Sie klagte oft über Rückenschmerzen. Der Mann in meinem Zelt konnte ihr vielleicht beim Auf- und Abbau des Bücherstandes helfen, die Kisten aus dem Auto holen und wieder zurücktragen. Dazwischen konnte er mir am Stand helfen und in arabischen Kleidern Tee und Kaffee servieren. Es war für mich allein manchmal zu viel und ich verlor die Übersicht, wenn mehr als fünf Leute vor mir standen.

Nach kurzer Beratung mit Molly kehrte ich zurück und bot ihm die Arbeiten an.

Er war sofort einverstanden.

Schwer zu sagen, was Molly an mir findet. Sie spricht wenig darüber, aber wenn, dann betont sie an erster Stelle mein Lachen. Sie liebt das Lachen und hat es bei den Männern vor mir vermisst. Sie sagte mir eines Tages, ich hätte ihr erst wieder gezeigt, dass Liebe leicht macht. Vielleicht ist es auch mein süchtiges Verlangen zu schmusen, das ihr gefällt. Ich könnte sie einen ganzen Tag ohne Unterlass küssen. Und auch die Geschichten, die ich ihr erzähle, liebt sie.

Aber am Anfang war da noch etwas anderes. Molly erzählte es mir auf einer unserer späteren Fahrten. Sie hat durch meine Liebe eine Welt betreten, von der sie bis dahin keine Ahnung hatte. Sie hat durch mich und meine neuen Bekannten das Leben von Menschen aus mehr als dreißig Völkern kennen gelernt, und zwar aus nächster Nähe. Molly war schon durch die halbe Welt gereist und bildete sich ein, sie zu kennen. Aber sie hatte nur Lichter und Farben gesehen, als säße sie in einem rasenden Karussell. Nun war sie plötzlich Gast in einer libanesischen Familie, lernte wie ich deren Kinder kennen, auch den verrückten Onkel, und konnte sehen, wie die Familie mit ihm lebt und ihn nicht in die Psychiatrie abschiebt. Und inzwischen teilt sie die Sorgen und Freuden der Familie und kann tatsächlich sagen, sie kennt Libanesen.

Das Leben mit mir empfindet sie als spannend und voller Überraschungen. Doch Molly ist nicht blind wie viele europäische Frauen von Arabern, die von ihrem Ehepartner auf die anderen Araber schließen und alle toll finden. Chalid, den Marokkaner, konnte Molly noch nie ausstehen. Sein Stand liegt unserem schräg gegenüber. Er verkauft orientalische Gewürze und bunte Steine. Er ist fast fünfzig und der geborene Angsthase. Dauernd schaut er sich verstohlen um, als erwarte er seine Verhaftung. Er ist legal in Deutschland und lebt in dritter Ehe mit einer nonnenhaften deutschen Frau. Aber sobald die Sicht zwischen seinem und meinem Stand frei ist, kommt er mit seinen ängstlichen Ratschlägen. »Nicht so laut lachen, mein Sohn, das mögen die Deutschen nicht«, empfiehlt er mir immer.

Das mit »mein Sohn« ist seine Masche.

Er glaubt wirklich fest daran, dass Ausländer Ärger bekommen, wenn sie oft lachen. Seiner Meinung nach hätte ich geknickt die Straße entlangschlurfen müssen und weder gut angezogen sein noch eine Deutsche küssen dürfen, denn das würde verraten, dass es mir gut gehe, und so was könnten die Deutschen nicht vertragen.

So komisch es klingt, ausgerechnet dieser marokkanische Angsthase Chalid ist hochnäsig und verbirgt seine Verachtung gegenüber den Deutschen nur hinter einer Mauer aus Höflichkeit. Wenn man diese Mauer zertrümmert, baut er eine noch größere Wand aus lauter Witzen auf und spielt den Affen, bis ihn die anderen nett finden und in Ruhe lassen. Das Einzige, was er von seiner Frau verlangt, ist: Kein Deutscher darf seine Wohnung betreten. Aber sie hat sowieso kein Rückgrat. Sie läuft mit Kopftuch herum, gibt keinem ihrer Landsleute mehr die Hand, weil sie Christen, also unrein sind, und vermeidet es, mit Männern zu sprechen. Das Allerkomischste an diesem Paar ist aber, dass er immer, wenn Araber bei ihm am Stand sind, mit seiner Frau Arabisch spricht, obwohl sie dann kein Wort versteht. Doch was heißt, er spricht mir ihr. Er gibt ihr Befehle wie »Biete unserem Gast Tee an!« oder »Bring einen Aschenbecher!« und dergleichen, und sie erkennt am Klang der

Wörter und an der Bewegung seiner Hand, was er meint, und handelt danach. Er führt das den Arabern mit geschwollener Brust vor und weiß selbst am besten, dass alles nur Theater ist.

Aber jetzt habe ich den Faden verloren. Wovon wollte ich dir eigentlich berichten?

Ja, genau, von tragischen Schicksalen, und ich hatte mit der Geschichte von Fuad begonnen. Er kam nun jeden Samstag. Ich werde sein Gesicht nie vergessen. Gewaschen und gekämmt stand er am Eingang des Flohmarkts und wartete bereits um sechs Uhr morgens auf uns. Molly und ich kamen immer kurz nach sechs.

»Ich grüße dich, Esel«, rief ein Araber, der auf dem Rad vorbeifuhr, Fuad zu, als ich gerade mit ihm das Zelt aufspannte. Sie schienen einander zu kennen.

»Warum nennt er dich Esel?«, fragte ich.

»Weil ich früher, wenn ich Hunger hatte, jedem für eine Mark den Esel nachgemacht habe.«

»Kannst du so gut ›Iah‹ sagen?«, fragte ich.

Er verlor keine Zeit mit Erklärungen, sondern fing an zu schreien. So etwas hast du noch nie gehört. Es jagt einem eine Gänsehaut über den Rücken. Fuad schnaubte in Wellen und schrie, und der Araber, der inzwischen auf der Friedensbrücke angekommen war, drehte sich um und winkte.

Molly war begeistert von Fuads Tüchtigkeit, denn im Nu brachte er ihr jedes Mal alle Kartons mit den Büchern an den Stand. Doch sie mochte seine Eselschreie nicht. Sie fand das albern.

Fuad kochte Tee und zog die arabischen Kleider an, die ich ihm besorgt hatte, und auf einmal sah er so edel aus wie ein Prinz aus der Wüste. Und bis die Leute zum Flohmarkt kamen, erzählte er mir von seinem Schicksal. Ich bezweifelte lange, dass seine Geschichten wahr seien, doch

Fuads tragisches Ende zeigte mir, dass er keineswegs gelogen hatte.

Sein Vater war ein anerkannter Scheich in Jordanien. Die Gegend, aus der er kam, ist berühmt für ihre Trockenheit, süße Kaktusfeigen und schöne Frauen.

Eines Tages kam ein blonder Deutscher zu ihnen. Er sprach gebrochen Arabisch, doch was er sagte, verstanden alle, denn er wollte mitten in der Wüste Wasser für die Beduinen finden, und ein Durstiger versteht das Wort Wasser in allen Sprachen.

Bald sah man den Blonden unter der sengenden Sonne suchen. Und als er nicht fündig wurde, lachten die Leute in ihren verfallenen Hütten und Zelten über ihn und sagten, die Sonne habe ihm das Hirn verdampft.

Doch der Deutsche hörte nicht auf zu bohren, zu messen und alles aufzuschreiben. Überall fanden die Kinder bunte Kugelschreiber, die er hatte liegen lassen, und manchmal fanden sie auch kleine Kartons mit Zigaretten, Bonbons und Kaugummis.

Wie lange der Deutsche schon nach Wasser suchte, wusste nach einer Weile niemand mehr genau. Ab und zu fiel ein Kind in eine seiner Gruben, doch ansonsten störte der Deutsche niemanden. Im Gegenteil. Er war ein gutes Gesprächsthema, wenn die Sippe keine Geschichten mehr fand.

Doch eines Morgens erwachte das kleine Dorf von einem seltenen Geräusch: Das begehrte Wasser strömte aus großen Messinghähnen auf die Erde.

Über Nacht war der Deutsche im tiefsten Brunnen auf Wasser gestoßen und hatte Rohre zur Erdoberfläche gelegt. Dort konnten die Leute an drei Zapfhähnen sauberes Wasser holen, so viel sie wollten. Jubel brach aus. Und die Leute spritzten sich den ganzen Tag gegenseitig nass. Der Deutsche saß ein wenig abseits, erschöpft und glücklich ganz für sich allein. Er wollte keine Einladung annehmen.

In der nächsten Nacht verschwand er und mit ihm Schagra, die Tochter des Scheichs, Fuads Schwester. Der Deutsche hatte sie längst verzaubert und nicht erst in dieser Nacht zur Flucht überredet. Schon kurz nach seiner Ankunft hatte er sich in Schagra verliebt und sie mit Geschenken verführt, die nur sie finden konnte. Sie war die Klügste unter den jungen Frauen. Das Verlieren von Kugelschreibern, Zigaretten und all dem anderen Kleinkram war nichts anderes als ein kluges Ablenkungsmanöver gewesen, um die geheime Liebe nicht zu gefährden.

Schagra war dem Deutschen völlig ausgeliefert: Er erschien ihr in Gestalt eines Stiers und sie fühlte sich zu ihm hingezogen wie eine Kuh. Dann wurde er zu einem Pferd und sie bestieg seinen Rücken und das Pferd trabte auf das Meer zu. Und als seine Hufe das Meerwasser bei Aqaba berührten, wurde das Pferd zu einem Boot und sie fühlte sich wie eine Schiffbrüchige von ihm aufgenommen.

Fuads Vater tobte – nicht laut, denn seine Ehre war zwar verletzt worden, aber nicht von irgendeinem hergelaufenen Schurken, sondern von einem hoch angesehenen Deutschen, der der ganzen Sippe Wasser geschenkt hatte. Ja, es fehlte nicht viel und der Scheich hätte sich im Kreis der Ältesten als Märtyrer ausgegeben, der seine Tochter geopfert hatte, um Wasser für sein Volk zu erhalten. Der Vater war ein gerissener Herrscher. Er sagte nicht, der Deutsche habe das Geheimnis des Wassers gekannt und im Gegenzug dafür um die Hand der Tochter angehalten. Nein, aus Vorsicht beließ er es nur bei Andeutungen.

Seine Vorsicht hätte nicht groß genug sein können. Eine Woche nach dem Verschwinden des Deutschen rückten die Männer vom Wasserwerk aus der nächsten Stadt an und klärten in Anwesenheit einer Polizeitruppe die Sippe und deren Oberhaupt über den wahren Sachverhalt auf. Der Deutsche hatte gar keine Quelle gefunden, sondern die Hauptleitung der Stadt angezapft.

Die Blamage konnte nicht größer sein. Die Beamten wollten weder etwas von arabischer Großzügigkeit und Gastfreundschaft hören noch Erbarmen mit dem Scheich und den seinen haben. Sie buddelten die Zapfstellen aus, versiegelten sie und schätzten, wie viel Wasser in den vergangenen Tagen verbraucht worden war. Die Sippe musste eine hohe Pauschale und dazu noch eine saftige Strafe bezahlen.

Der Vater zahlte. Dann rief er seinen einzigen Sohn, Fuad, zu sich und befahl ihm vor versammelter Sippe, nach Deutschland zu fahren, den Deutschen umzubringen und die Tochter an den Haaren zurück nach Jordanien zu bringen. Fuad bekam feierlich die Pistole des Vaters überreicht. Seine Mutter hängte ihm einen Talisman um den Hals, der ihn vor den Kugeln seiner Feinde schützen sollte.

Und Fuad suchte fünf Jahre nach seiner Schwester. Vergeblich.

Nach Hause konnte er nicht mehr zurück und in Deutschland galten seine Papiere nach einer Weile nicht mehr. Also lebte er illegal im Land.

Die Pistole hatte er längst verscherbelt und den Talisman in den Fluss geworfen, weil er nach Ziegenbock stank.

Doch er suchte weiter nach seiner Schwester, weil er sie liebte. Sie war drei Jahre älter als er und hatte ihn immer beschützt.

»Wenn wir als Kinder durstig waren«, erzählte er mir, »und nur noch ein winziger Schluck Wasser übrig war, überließ sie ihn mir mit einem Lachen und drehte sich dann um, damit sie mich nicht beim Trinken neidisch anschaute.«

Einiges spräche dafür, dass seine Schwester in Frankfurt lebe, fuhr er fort. Er verschwieg mir aber, dass er die Schwester längst getroffen hatte. Warum ich es trotzdem weiß, wirst du noch später erfahren.

Fuad war zuverlässiger als eine Schweizer Uhr. Ich mochte ihn sehr, er mich auch. Und er war es, der mich in die Welt der Asylanten führte. Auch davon werde ich dir noch erzählen. Und sollte ich es vergessen, musst du mich mit dem Stichwort »Auf Arabisch leben und auf Deutsch sterben« dran erinnern.

Ich habe dir schon gesagt, dass auch Nadime sich manchmal irrt. Sie riet mir, wenn ich an einem Ort Freude erlebt hätte, solle ich dort nicht noch einmal hingehen, denn der zweite Besuch würde mich nur enttäuschen. Der Flohmarkt jedenfalls bewies mir das Gegenteil und wurde mir Samstag für Samstag von neuem zum Paradies auf Erden.

Ich verkaufte viel und wanderte zwischendurch die Wege des Flohmarkts entlang. Alle Erdteile und einige Jahrhunderte sind auf dieser Meile vertreten. Von Mal zu Mal lernte ich den Flohmarkt besser kennen. Ein Universum. Es gibt ein paar Verrückte auf dem Flohmarkt, Leute, die wirklich eine Schraube locker haben oder von einem anderen Planeten stammen und nun darauf warten, durch ein Kommando aus ihrer Galaxie wieder abgeholt zu werden. Einer der Seltsamsten ist Heinrich, ein kleiner rothaariger Mann. Er behauptet von sich, ein Verleger zu sein, und da er angeblich alle Romane der Welt schon gelesen hat, verlor er die Lust an seiner Arbeit, weil ja alles bereits geschrieben sei und er sich nichts Neues mehr erwartete. Molly amüsiert sich über ihn und nennt ihn einen eingebildeten Affen mit Brille und rotem Schopf. Er verkauft Uhren, geschmuggelte Imitationen von Weltmarken, alles von Rolex und Omega bis Swatch. Mag er auch ein Aufschneider sein, aber man kann ihm ein Wort sagen und nach einer Viertelstunde erzählt er einem eine Geschichte, in der dieses Wort eine zentrale Rolle spielt. Es sind immer kleine Romane. Eines Tages wirkte er geknickt. Seine Frau war mit seinem besten Freund abgehauen. Darüber wollte er aber nicht sprechen. »Ich kann mir keinen Reim darauf machen«, sagte er verbittert.

Manche kommen, kaufen und gehen wieder, ohne verstanden zu haben, was an einem Flohmarkt so besonders ist, dass einer am liebsten sein ganzes Leben an den Ständen verbringt und dass ihn weder schönes Wetter im Sommer weglocken noch klirrende Kälte im Winter vertreiben kann. Wenn du in Deutschland den einsamsten und hässlichsten Platz wählen müsstest, fiele deine Wahl mit Sicherheit auf den Parkplatz eines Einkaufszentrums. Aber all seine kahle Hässlichkeit ist wie weggezaubert, sobald an irgendeinem Wochenende ein Flohmarkt dort Einzug hält. Klar, auch wenn ein Südländer nichts kauft oder verkauft, genießt er das Feilschen auf dem Flohmarkt, das ihm im Blut liegt. Die Deutschen kennen diese Sucht nach dem Feilschen nicht, für uns ist es die höchste Kunst, aus einer Sackgasse eine Kreuzung zu zaubern.

Der Flohmarkt in Frankfurt liegt am Ufer eines Flusses, des Mains, und ist ewig lang, aber schmal. Es gibt eine oder zwei Reihen von Ständen. Nur selten bilden die Stände ein Rondell um einen kleinen Platz. Er erinnert an die Pflanzen in der arabischen Wüste, die ausgetrocknet herumrollen oder ausgedörrt wie bleiche Gerippe mit dem Wind pfeifen, bis es regnet und in ihnen das Leben wieder erwacht. Die Pflanze weiß, dass sie nicht viel Zeit hat. Sie wächst und blüht, zieht Insekten an und erstarrt wieder, nachdem sie in alle Windrichtungen Samen gestreut hat, die wie sie geduldig auf den nächsten Tropfen Regen warten. So ist auch der Flohmarkt.

Und er ist eine Insel, die einmal in der Woche aus dem Ozean der Stadt auftaucht, für ein paar Stunden viele Liebhaber anzieht und dann wieder untertaucht. Die Menschen dort bilden sich ein, Deutsche, Araber oder Afrikaner zu sein, aber sie sind Insulaner. Auf dem Flohmarkt feilscht plötzlich sogar der Deutsche und hat Zeit, während er sich ein paar Meter außerhalb gleich wieder gehetzt fühlt und aufhört zu lachen. Du musst wissen, die Deutschen sind ein sehr ernstes Volk, sie lachen kaum, freuen sich ihres Paradieses nicht und erwarten jeden Morgen beim Aufstehen eine Katastrophe. Auf dem Flohmarkt sind sie plötzlich wie verwandelt. Sie werden gesprächig, lachen und amüsieren sich über jede Lüge, die ein Händler erzählt. Und da wir gerade beim Thema sind, will ich dir noch etwas verraten: Der Flohmarkt ist der Ort, wo die Lüge belohnt wird. Wer nicht lügt, wird sich nicht lange an seinem Stand halten. Auch ich habe dort gelernt, meisterhaft zu lügen. Allerdings ganz anders als früher in der verfluchten Grundschule.

Der Marokkaner Chalid, von dem ich dir bereits erzählt habe, nennt die Deutschen seine Flohmarkt-Geschwister. Denn die, sagt er, die ihn dort umarmen und nach Familie und Gesundheit fragen, täten so etwas nur auf dem Flohmarkt, wo sie ihre Angst vor ihm verlören. Wenn er sie unter der Woche auf der Straße oder im Café treffe, drehten sie sich um oder schauten ihn mit leerem Blick an, als hätten sie ihn noch nie gesehen.

Möglicherweise stimmt die Geschichte, dass der Flohmarkt der einzige Ort ist, wo sich die Kinder Babylons treffen und einander verstehen. Doch sobald sie den Ort verlassen, verfolgt sie der göttliche Fluch und sie sind einander wieder fremd.

Die Babylon-Tage mit Molly waren immer wieder ein Traum. Sie ist das absolute Gegenteil von Samira. Sie langweilt sich nie und wird durch die kleinste Freude glücklich. Molly liebt das Leben. Und außerdem liest sie wie verrückt. Das ist das Einzige, was mich immer noch eifersüchtig macht. Für ein gutes Buch vergisst sie die Welt und auch mich. Sie entschwindet in ein fernes Reich und nimmt nichts mehr wahr. Nicht einmal Hunger und Durst.

Im Gegensatz zu mir wandert sie nie auf dem Flohmarkt herum. Sie bleibt an ihrem Stand und bei ihren Büchern, und wenn keine Kunden da sind, liest sie. Manchmal sitzt sie in der klirrenden Kälte da, eingemummelt in ihren Mantel, und vertieft in ein Buch. Ihr Atem steigt durch den Schal, den sie sich vor den Mund gezogen hat. Ein wunderschöner Anblick.

Zu dieser Zeit habe ich auch, wie du schon weißt, Micha kennen gelernt, der schnell mein Freund wurde.

Er war es, der mir half, die Medikamente, die ich für Nadime in großen Mengen benötigte, zu einem günstigeren Preis zu bekommen. Das lief über einen Apotheker, dem er immer wieder kostenlos den Computer auf Vordermann brachte. Er arrangierte die Sache mit den Tabletten, ohne dass ich ihn danach gefragt hätte. Micha handelte einfach, als ich einmal in einem Nebensatz meinen Kummer über Nadimes Krankheit erwähnte. Er fragte auch nicht, ob es erlaubt sei, Herzmedikamente ohne ärztliche Verschreibung zu besorgen. Er tat es.

Was Micha denkt und fühlt, sagt er ohne Angst vor Niederlagen oder Blamagen.

Eines Tages feierte die Familie den fünfzigsten Geburtstag seines Vaters, und zwar ziemlich bombastisch in einem großen Restaurant. Micha bestand darauf, auch mich einzuladen. Seine Eltern wollten wahrscheinlich ihrem einzigen Kind nicht den Spaß am Fest verderben, deshalb willigten sie ein.

Ich zog mich gut an und ging hin. An der Tür standen zwei kräftige Männer und kontrollierten alle, die eingelassen werden wollten. Die Gäste zeigten die schriftliche Einladung vor und Michas Vater, der in der Nähe stand, gab den Wächtern dezent ein Zeichen, wenn er die Leute kannte.

Wir, Micha und ich, die wir damals schon fast siebzehn waren, wurden mit anderen Kindern und Jugendlichen an einen Tisch gesetzt, aber die waren irgendwie alle zu jung für uns. Micha kannte sie, konnte mit ihnen jedoch nichts anfangen.

»Hier ist es langweilig. Hast du Lust, an der Bar mit zu bedienen?«

Ich fand die Idee nicht schlecht, also halfen wir hinter der Theke und es war in der Tat unterhaltsamer, als am Tisch zu sitzen. Von der Bar aus sah ich, wie Michas Vater immer wieder voller Unruhe zur Tür ging und die beiden Wächter ermahnte, aufmerksam zu bleiben. Im Jahr davor hatten Skinheads eine jüdische Familie beim Feiern überfallen und alles kurz und klein geschlagen.

»Was machst du, wenn sie kommen?«, fragte mich Micha.

Ich zeigte ihm eine Eisenstange, die unter der Theke lag, und sagte, damit würde ich auf die Skins einschlagen.

»Du bist verrückt. Ich würde links hinten durchs Fenster springen und abhauen.«

In diesem einen Punkt war er vielleicht feige. Er ist körperliche Gewalt nicht so gewöhnt wie wir. Ich glaube, er hat in seinem ganzen Leben noch nie eine Ohrfeige bekommen.

Und Micha vergisst nie, dass er halb blind ist, und weiß, dass er keine Chance hat, sobald man ihm die Brille von der Nase schlägt. Aber wenn von ihm nicht körperlicher Einsatz verlangt wird, dann ist er ein Tiger. Er hat seine Freundschaft mit mir nicht einmal den allerschlimmsten Araberfeinden unter seinen Verwandten verschwiegen.

Eines Tages musste er seine Großmutter besuchen. Er mag sie nicht. Deshalb rief er mich an und fragte, ob ich ihn nach Köln begleiten könne. Ich hatte nichts zu tun, also fuhr ich mit.

Es war Winter und seit Wochen hatte es unaufhörlich geregnet. Wir fuhren mit der Bahn nach Köln. Die Stadt war überschwemmt.

Die Großmutter ist ziemlich reich und dumm. Sie kapierte einfach nicht, dass ich bei ihr zu Gast war. Anfangs wollte sie allen Ernstes, dass ich im Korridor auf Micha wartete. Ich überhörte ihren Hinweis und nahm im Wohnzimmer neben Micha auf dem Sofa Platz. Die Großmutter mag auch Micha nicht, weil er ganz nach seinem Vater geraten ist. Sie ist ungeheuer geizig. Leise bot sie Micha etwas zu essen an und er rief begeistert: »Ja, genau, mein Freund Lutfi und ich haben einen Mordshunger.«

Die Großmutter wollte mir die Reste vom Vortag geben. Ich lehnte dankend ab, blieb aber höflich. Micha nicht. »Wozu stellst du ihm das hin? Er hat doch keinen Hund dabei.« Er gab mir die Hälfte vom Brot, von der Butter und der Marmelade, von allem, was ihm die Großmutter schweren Herzens hergerichtet hatte.

Ja, das ist Micha. Einen besseren Freund kannst du nicht finden.

Auf dem Rückweg holte Micha aus seinem Rucksack ein paar Leckereien, die er der Großmutter geklaut hatte: Schokolade, Marzipan und Bonbons. Als er seine Beute aber brüderlich teilen wollte, mussten wir laut lachen. Er hatte, weil er so kurzsichtig war, eine Schachtel Tabletten für eine besonders edle Sorte Bonbons gehalten und mitgenommen. Es waren diese blauweißen Brausedinger, mit denen man ein künstliches Gebiss reinigt.

Aber jetzt bin ich wieder vom Thema abgekommen.

Etwa drei Monate nach meiner zweiten Einreise baute ich die ersten Verbindungslinien nach Damaskus auf. Es waren Syrer und andere Araber, die Autos, vor allem teure Limousinen und Lastwagen, kauften und sie nach Syrien brachten.

Immer wieder gab es welche, die bereit waren, jede Ware, solange die Einfuhr nicht verboten war, für mich in die Heimat mitzunehmen. Dafür betreute ich die Männer gewissenhaft und ohne Bezahlung in Frankfurt, was ihnen eine Stange Geld und vor allem viel Zeit sparte. In der Regel konnte keiner von ihnen Deutsch. Deshalb wurden sie auf den Behörden schlecht behandelt. Ich übersetzte für sie und sie bekamen schneller die notwendigen Stempel. Irgendwann kannten mich die Beamten und wurden freundlicher zu mir. Denn immer, wenn ich dabei war, ging es um saubere Geschäfte. Nicht einmal gab es irgendwelche zweifelhafte Waren zu beanstanden. Und ob du es glaubst oder nicht, nie wurde auf einer Behörde mein Pass verlangt. Hier bei uns im Orient kannst du keinen Beamten begrüßen, ohne dass du dich ausweisen musst.

Durch die neuen Verbindungen konnte ich meiner Mutter Geräte schicken, die ihr das Leben angenehm machen und die Arbeit im Haushalt erleichtern. Inzwischen hat sie alles, sogar eine Satellitenschüssel. Auch die Bestellungen ihrer Nachbarn und Verwandten wurden auf diesem Weg erledigt. Die Lastwagenfahrer lieferten schnell und direkt bis vor die Haustür.

Aber leider gab es nicht nur diese erfreulichen Zeiten.

Ich habe dir ja erzählt, dass ich immer wieder aus Deutschland ausgewiesen wurde. Und das war in der Tat jedes Mal schrecklich. Denn es bedeutete nicht nur die Zerstörung vieler Pläne, sondern auch die Trennung vom Frankfurter Flohmarkt, ohne den ich nicht mehr leben konnte, und den Abschied von meiner Molly.

Ich habe wirklich viele Verhaftungen durchgemacht und ich vergesse keine einzige davon, aber die erste Verhaftung ist mir am allertiefsten im Gedächtnis geblieben. Das ist schon fast drei Jahre her. Ich weiß noch ganz genau, dass ein Zwischenfall am Bahnhof die Jagd auf mich auslöste.

Du musst nicht an unsere schäbigen Bahnhöfe denken. Der Bahnhof in Frankfurt ist eine kleine Stadt für sich. Fuad nahm mich immer mit dorthin, wenn er andere junge Leute aus Arabien treffen wollte. Ich habe dir ja erzählt, dass er mich in die Asylantenszene einführte. Und die traf sich immer morgens am Frankfurter Hauptbahnhof.

Viele junge Ausländer waren dort. Sie alle litten unter einer nagenden Einsamkeit, auch die, die wie ich eine

Freundin hatten. Aber zusammen fühlten wir uns unschlagbar. Den Libanesen Schihab akzeptierten wir als Anführer. Was er sagte, wurde gemacht. Er war im libanesischen Bürgerkrieg so hart geworden, dass er inzwischen zu jedem Mord bereit gewesen wäre.

Wir hatten mit der Zeit ein paar Grundregeln vereinbart: Keiner fragt den andern. Einer für alle, alle für einen. Keiner darf Not leiden und keiner den andern im Stich lassen. Wir bleiben einander treu, auch wenn es uns das Leben kostet.

Das gefiel mir und ich gab öfter mal eine Runde Sandwiches oder Limonade aus. Die Jungs nahmen mich auf. Ich fühlte mich irgendwann am Bahnhof mehr anerkannt als daheim in Syrien.

Was aber völlig anders war als bei meiner Clique in Damaskus: Jeder misstraute hier jedem und zugleich war jeder gezwungen, mit den andern zusammenzubleiben. Denn draußen lauerten Skins, Polizei und die Ausländerbehörde. Die Angst vor den gemeinsamen Feinden schmiedete uns zusammen. Erst wenn es längere Zeit ruhig war, machte sich wieder das Misstrauen breit. Ohnehin musstest du jeden, der dir etwas anbot, genau abschätzen, denn häufig schlichen sich Dealer und Spitzel in eine Clique ein, machten sich mit harten Sprüchen und kleinen Gefälligkeiten beliebt und lieferten ihre Opfer dann später ans Messer.

Vor allem der Tunesier Taha machte mir Angst. Er hatte einen irren Blick, düster und böse, und beschuldigte mich, Agent der CIA zu sein.

Er behauptete, er hätte gelesen, der amerikanische Geheimdienst habe ein gefährliches Dreieck zwischen Frankfurt, Tel Aviv und Damaskus aufgebaut. Dauernd verdächtigte mich Taha, mit diesem Spionagering in Verbindung zu stehen.

Als er eines Tages erfuhr, dass Micha, mein Freund, Jude ist, drehte er durch. Er fing an, hysterisch zu lachen, und wurde laut. Er hielt Passanten an und fragte sie auf Deutsch, ob sie nicht auch der Meinung seien, dass ein Araber ein Verräter sein müsse, wenn er Juden zu seinen Freunden zähle. Ich hatte Angst, furchtbare Angst. Auch die anderen Jungen erstarrten.

Ich schrie ihn an: »Verpiss dich! Weißt du etwa nicht, dass wir seit Jahrhunderten in Damaskus, Beirut, Bagdad, Kairo oder Jerusalem mit Juden zusammenleben?«

»Bei mir im Dorf lebt kein Jude«, triumphierte er.

»Die Juden müssen ja auch nicht überall da sein, wo zwei Kühe und drei Esel leben, nur damit du Blödmann sie registrierst«, herrschte ihn Schihab an. Er packte ihn am Kragen und fauchte leise: »Hör auf, so ein Theater zu machen. Lutfi ist mein Freund.«

Für diesen Tag genügte das, aber Taha blieb argwöhnisch.

Er war ein Dummkopf, zerfressen von krankhaftem Misstrauen und deshalb gefährlich. Anders Schihab, der hatte erkannt, dass ich völlig friedlich war. Meine Familie und ich hatten schon immer im alten Stadtviertel Mauer an Mauer, Fenster an Fenster mit Juden zusammengelebt. Ich hatte täglich mit jüdischen Kindern gespielt und oft an den Samstagen bei Juden Geld verdient, indem ich für sie kleinere Arbeiten erledigte, die sie am Sabbat nicht machen durften.

In unserem Viertel gingen dauernd die Sicherungen kaputt. Da musste nur mal einer an seinem Radio basteln oder sein Bügeleisen reparieren, schon hatte man einen Kurzschluss. Was sollten die Juden dann machen? Im Dunkeln sitzen? Mit ansehen, wie bei der Höllenhitze im August in ihrer Tiefkühltruhe alles auftaute? Nein, sie baten uns Christen um Hilfe. Manche waren dabei sehr großzügig und so verdiente ich samstags noch ein paar zusätzliche Piaster.

Der Tunesier Taha aber blieb mir gegenüber feindselig.

Und immer wenn ich lachte, wurde er noch misstrauischer. Er konnte auch nicht verstehen, dass ich Araber und zugleich Christ bin, dass ich mich illegal in Deutschland aufhielt und trotzdem lachen konnte.

Nur in einem war auch er mit mir und den anderen einig: Zu Dealern zogen wir eine strenge Grenze, denn unter denen gab es auch einige Araber, die einen angrinsten und auf einmal war man dran. Polizeispitzel waren das und sie warteten nur auf ihre Chance.

Wir trafen uns im Hauptbahnhof immer neben dem Tabakladen. Nur selten blieben wir aber dort. Frankfurt ist groß.

Molly lebt, wie gesagt, in einem kleinen Dorf südlich von Frankfurt. Die Fahrt zum Hauptbahnhof dauert höchstens zwanzig Minuten.

Wenn ich also nicht an meinem Schmuck werkelte und Molly mit ihren Büchern beschäftigt war, fuhr ich mit dem Zug nach Frankfurt. Doch die Mitglieder meiner Clique waren dort nicht zu jeder Zeit erreichbar. Morgens zwischen neun und zehn Uhr war die Chance am größten, sie komplett anzutreffen, denn oft zogen sie kurz danach los. Deshalb fuhr ich stets mit demselben Zug. Ich stieg auch immer in denselben dritten Wagen und setzte mich, wenn es ging, auf denselben Fensterplatz. Mir gegenüber saß im Zug oft ein türkischer Junge. Er war vierzehn oder sechzehn Jahre alt. Sein Blick war traurig, sein Gesicht hatte asiatische Züge, die mich daran erinnerten, dass die Mongolen den Orient zweimal erobert und zerstört haben. Er grüßte mich leise und schaute bis Frankfurt schweigsam zum Fenster hinaus.

Uns schräg gegenüber saß jeden Tag eine vielleicht fünfzigjährige Frau und lächelte uns über den trennenden Gang hinweg an. Nach drei, vier Malen grüßten wir einander, aber jeder versank danach wieder in Schweigen.

Dann kamen ein paar Tage, an denen ich nicht mitfuhr, weil ich Molly beim Transport einer ganzen Bibliothek helfen musste. Als ich das nächste Mal fuhr, traf ich wieder den türkischen Jungen und die Frau, die nun aber nebeneinander saßen. Sie grüßten mich freundlich und waren fröhlich. Ich setzte mich auf meinen Platz ihnen schräg gegenüber, und als der Zug losfuhr, sah ich, dass sie nicht nur verliebt Händchen hielten, sondern sich bis zur nächsten Station in einen langen Kuss vertieften. Erst als der Zug bremste, lösten sie sich voneinander. Die Frau lachte fast atemlos, aber beglückt über die Leidenschaft des Jungen, der so unglaublich zärtlich mit ihr war. Er streichelte ihr die Stirn, kitzelte sie, zeigte ihr Fingerspielchen, die sie belustigten, und küsste sie aufs Ohrläppchen, wenn sie nicht aufgepasst hatte. Tag für Tag erlebte ich diese Zärtlichkeit zwischen den beiden. Am Bahnhof in Frankfurt blieb ich hinter ihnen und sah, wie sie Hand in Hand bis zum Ausgang schlenderten. Sie musste dann eine Straßenbahn nehmen und er ging zu Fuß weiter.

Drei oder vier Monate lang war ich beinahe täglich Zeuge dieser Romanze. Sie wurde zu einem festen Bestandteil meiner Fahrt. Immer saßen die beiden auf ihrem Platz. Ich merkte, wie sich beide mit der Zeit veränderten. Der Junge war neu eingekleidet. Er sah jetzt viel seriöser aus, älter, eleganter, alles war Ton in Ton. Er wirkte auf einmal wie ein Mann Ende zwanzig. Sie dagegen wurde bunter, jugendlicher, fast orientalisch grell und verjüngte sich dadurch um zehn Jahre. Ich hörte, wie sie sich bemühte, türkische Wörter zu lernen, und der Junge sich anstrengte, sein Deutsch zu verbessern.

»Seni seviyorum«, sagte sie hin und wieder zu ihm – ich liebe dich. Und er erwiderte: »Bende seni seviyorum« – ich liebe dich auch.

Eines Tages – ich blätterte gerade in einem Magazin, das irgendein Fahrgast liegen gelassen hatte – wurde plötzlich an einer Station die Waggontür aufgerissen. Vier Männer stürmten herein. Es waren erwachsene Türken. Sie gingen sofort auf den Jungen los. Er kannte sie und sprach demütig, wie um Entschuldigung bittend. Ich verstand kein Wort, aber ich ahnte den Inhalt. Zwei der Männer schrien ihn an. Sie zerrten ihn aus den Armen der Frau und schubsten ihn vor sich her Richtung Tür. Auf einmal war er ein kleiner Junge. Die Frau war zu Tode erschrocken. Sie brachte keinen Laut heraus. Die beiden Männer, die bisher geschwiegen hatten, bauten sich zu einer Mauer zwischen der Frau und dem Gang auf, während die beiden anderen den Versuch des Jungen vereitelten, zu seiner Geliebten zurück zu gelangen. Sie packten ihn und drehten ihm den Arm auf den Rücken. Er schrie vor Schmerz und versuchte mit einer Hand, seinen Kopf vor ihren Schlägen zu schützen. Doch sie prasselten, von lauten Beschimpfungen begleitet, unentwegt auf ihn herab. Nur ein Wort erkannte ich: Eschek, Esel.

Plötzlich hatte ich keine Angst mehr. »He, was machen Sie da mit dem Jungen?«, rief ich und sprang hinter den beiden her. »Hilfe«, brüllte ich laut. Doch zu mehr kam ich nicht. Einer der beiden schweigsamen Männer, die bis dahin bei der Frau gestanden hatten, versetzte mir einen Schlag gegen die Brust, dass ich rücklings auf den Sitz fiel. Er beugte sich zu mir herab. »Du nix einmischen. Das hier Familie. Verstehen? Vater und Sohn. Verstehen?«, zischte er mir ins Gesicht. Der Zug hielt an der nächsten Station. Alle vier stiegen mit dem Jungen aus und der Zug fuhr weiter.

Die Frau fing an zu weinen. »Was machen sie mit ihm? Mein armer Nazmi. Nazmi!« Ein Schluchzen schüttelte sie. Ich half ihr am Bahnhof beim Aussteigen und sie lief verwirrt zu ihrer Straßenbahn. Als ich sie fragte, ob ich sie begleiten solle, antwortete sie nicht.

Zwei Tage später sah ich sie auf ihrem Platz am Fenster

sitzen. Sie sah so alt und gebrochen aus, als wäre sie ihre eigene Großmutter. Doch an jeder Station flackerte Hoffnung in ihren Augen auf, sie erhob sich kurz und schaute zur Tür hinaus. Dann fiel sie wieder in ihre Traurigkeit zurück.

Der junge Türke erschien nie wieder.

Diese traurige Romanze hat mich aber leider schon wieder von der Geschichte meiner ersten Verhaftung abgelenkt, die ich dir versprochen hatte. Verzeih. Wenn ich erzähle, fallen mir immer so viele Geschichten ein.

Aber hier ist sie jetzt. Es begann eines Donnerstags. Ich hatte die letzten Tage an einem bestellten Schmuckstück gearbeitet. Nun war es fertig und ich wollte Fuad, Schihab und die anderen Jungs am Bahnhof treffen. Molly war verreist. Der Palästinenser Jusuf brachte immer seinen monströsen Kassettenrecorder mit, sodass wir den ganzen Tag arabische Lieder hören konnten. Auf diese Weise wurden wir in Frankfurt ein bisschen heimisch.

Wir machten uns über einen verliebten Ägypter lustig, der wie hypnotisiert hinter einer Frau her war, die am Bahnhof Süßigkeiten verkaufte. Die Frau beachtete ihn überhaupt nicht, und immer wenn sie einem Kunden zulächelte, flüsterte der Ägypter: »Siehst du? Sie hat mir ein bisschen zugelächelt, aber sie darf es nicht zeigen.«

Ich merkte nicht, dass uns zu dieser Zeit bereits zwei Polizisten beobachteten. Plötzlich spürte ich eine Hand auf meiner Schulter. Und da blickten wir uns zum ersten Mal in die Augen: der Polizist Jens Schlender und ich.

»Ihren Pass, bitte«, sagte er, während sein Kollege einen anderen von uns um die Papiere bat. Meine Freunde standen locker da und ich wusste genau, dass außer mir und Fuad alle gültige Ausweise hatten. Fuad besaß gar keine Papiere und ich hatte blödsinnigerweise an dem Tag meinen meisterlich gefälschten Pass nicht dabei. Den Polizisten zu verraten, wo wir wohnten, wäre tödlich gewesen. Also nahmen wir Reißaus und die Polizisten riefen: »Halt!«, doch sie hatten im Gewühl auf dem Bahnhof keine Chance. Draußen verschwand ich schließlich in einem Kaufhaus und war in Sicherheit. Niemand durfte von meinem Unterschlupf bei Molly erfahren. Auch Fuad durfte sein Versteck nicht preisgeben. Auf keinen Fall.

Von da an hatte ich meinen Pass immer bei mir, und merkwürdig: Ich wurde jeden zweiten Tag einmal in irgendeiner U-Bahn oder auf der Straße angehalten und kontrolliert. Ich blieb ruhig und zeigte lässig meinen Pass. Der Blick auf all die Stempel beruhigte die Polizisten. Es wurde zur reinen Routine für mich.

Nicht jedoch für Jens Schlender. Er wurde zu meinem Jäger. Und zwei Wochen nach unserem ersten Zusammentreffen auf dem Bahnhof erwischte er mich wieder.

Das war samstags auf dem Flohmarkt. Ich richtete gerade meinen Stand her und war guter Dinge. Gegen zehn Uhr bekam ich Hunger und schlenderte zum türkischen Dönerstand. Drei Leute standen vor mir und ich flachste mit Emine, der Verkäuferin, die ich inzwischen gut kannte. Plötzlich wurde ich von hinten festgehalten und gegen einen Baum gedrückt. Dann hörte ich eine kalte Stimme im Nacken. »Diesmal entkommst du mir nicht«, fauchte sie mich an. Mein Arm tat mir weh. Und ehe ich richtig nachdenken konnte, spürte ich die kalten Handschellen, die sich um meine Handgelenke legten.

»Ist ja gut«, sagte ich verzweifelt. »Ich flüchte nicht. Lassen Sie mich nur bitte meiner Freundin Bescheid sagen. Sie ist da drüben am Stand.« Ich zeigte mit dem Kopf in Mollys Richtung. Mir war elend zu Mute.

Der Polizist schaute mich verwundert an. Aber er reagierte nicht auf meine Bitte. Er rief über Funk nach einem Kollegen. Irgendjemand musste auch Molly schon unterrichtet haben. Sie kam angerannt und erschrak fast zu Tode.

»Mach dir keine Sorgen. Ich komme wieder«, tröstete ich sie und hatte wirklich keine Angst mehr. Aber Molly fing an zu weinen. Nicht laut, wie wir im Orient weinen. Ganz still stand sie da und die Tränen tropften aus ihren wunderschönen Augen. Freiwillig, weil ich ihre Tränen nicht mehr ertrug, wandte ich mich um und ging los, der Polizist an meiner Seite. Der Triumph strahlte aus Schlenders Gesicht.

Im Polizeiwagen, der am Ende des Flohmarkts geparkt stand, fragte er mich, ob ich einen Pass hätte. Ich verneinte, denn Meisterfälscher Ali hatte mir mehr als einmal eingeschärft, bei einer Verhaftung niemals die Papiere herauszurücken. Das bringt nur Unheil, sagte er. Der Polizist fuhr mich nicht zum Revier, sondern brachte mich gleich in Gewahrsam – in ein altes, scheußliches Gebäude namens Klapperfeld, ein Gefängnis wie aus einem amerikanischen Krimi.

Man geht durch zwei Türen und kommt in einen langen Gang, an dem rechts und links die Zellen liegen. Die Fenster in den großen Räumen sind sehr klein, liegen hoch, fast an der Decke, und sind natürlich vergittert.

Sobald ein Illegaler verhaftet wird, geht eine Prozedur los, bei der Ausländerbehörden, Polizei und Haftrichter zusammenwirken, um den Illegalen am Ende abzuschieben. Natürlich drohen sie, einen schmoren zu lassen, wenn man seinen Schleichweg nach Deutschland nicht verrät. Doch ich verweigerte jede Aussage. Sie ärgerten sich, aber sie wurden nicht grob. Ich hörte von anderen Ausländern, sie seien verprügelt worden, aber mich hat man kein einziges Mal geschlagen. Jedes Mal beim Verhör versuchten sie mit allen sonst zur Verfügung stehenden Mitteln herauszufinden, wie ich nach Deutschland eingereist war. Ich sagte ihnen, dass sie in meinem Fall weder an eine Schlepperbande noch an die Mafia herankämen, denn sie hätten es mit einer Schwalbe zu tun. Aber der Richter verstand nicht, was ich ihm damit erklären wollte.

Molly durfte mich immer wieder besuchen. Ich beruhigte sie, dass uns keine Macht der Welt wirklich trennen könne.

Auch Micha kam. Er war nicht mehr lustig. Er schaute mich an und streichelte mir das Gesicht und er war so charmant zu den Wärtern, dass er jedes Mal lange bleiben durfte. Molly nicht. Sie schaffte es einfach nicht, auch nur ein einziges freundliches Wort zu den Beamten zu sagen. Darum behandelten sie sie auch kalt.

Natürlich flüstern einem dauernd irgendwelche Leute zu, wie man als Ausländer seinen Aufenthalt in Deutschland ganz legal verlängern kann, aber ich wollte diesen Weg nicht gehen.

Um jemanden abzuschieben, muss sich ein Land bereit erklären, ihn aufzunehmen. Sagt er ihnen nicht seinen wahren Namen und die richtige Staatsangehörigkeit, kann es mit der Abschiebung lange dauern. Damals steckten sie die illegalen Einwanderer in eines der scheußlichsten Gefängnisse der Welt in Preungesheim, einem Stadtteil von Frankfurt. Ein Mitgefangener erzählte mir, der Architekt, der das Gebäude entworfen hatte, sei eines Tages wegen irgendeiner Sache verhaftet und selbst dort eingesperrt worden. Er habe seinen eigenen Bau nicht länger als drei Tage ertragen und sich am vierten Tag in seiner Zelle erhängt. Ein anderer Gefangener, der die Geschichte hörte, sagte, das sei eine Legende, ein Lügenmärchen. Mag sein, aber es sagt die Wahrheit über den Bau.

Man hört die Schreie der Gefangenen sogar außerhalb der Mauern. Der Innenhof ist eine einzige Müllhalde. Sie besteht überwiegend aus Schwarzbrotrinden, deren Inneres die Tauben herausgefressen haben. Überall liegt Taubenscheiße.

Gewaltverbrecher sind dort zusammen mit harmlosen Illegalen eingesperrt und man muss aufpassen, dass man nicht verstümmelt oder gar als Leiche abgeschoben wird.

Ich saß in meiner Zelle und wollte niemanden sprechen. Ich hockte mich hin, schloss die Augen und plötzlich dachte ich, dass die Fremde ein Kokon ist. Man begibt sich hinein, löst sich auf und mit der Zeit wird aus den alten Bestandteilen ein Schmetterling.

Du hast zu mir gesagt, sobald du hier in Tunbaki nicht mehr dringend von deinen Eltern gebraucht wirst, willst du nach Australien auswandern. Da kann ich dir nur raten, wenn du deine Heimat einmal verlassen hast, kehr nicht mehr zurück. Quäl dich keine Sekunde lang mit dem Gedanken an eine Wiederkehr. Liebe deine Erinnerungen an die Heimat, pflege sie, damit sie wachsen und gedeihen, aber denk nicht an Rückkehr. Dein Bett hat ein Fremder belegt, dein Zimmer ist nicht mehr deins. Und dein Schatten findet seinen Platz nicht mehr, wenn du über die Straße gehst. Das Brot ist neu verteilt worden, als du nicht dabei warst, jetzt kommst du als lästiger Gast.

Die Rückkehr in die Heimat verstehen viele der Abschiebehäftlinge in Preungesheim auch als Schmach vor den Daheimgebliebenen. Deshalb zittern alle vor dem Augenblick, an dem die Gefängnistore aufgehen, zwei durchtrainierte Beamte mit Handschellen erscheinen und sie ins Flugzeug schleppen. Als ich das erste Mal im Preungesheimer Gefängnis saß, erschien mir die ferne Heimat wie ein Ungeheuer, das den Rachen aufsperrt, um die glücklosen Heimkehrer zu verschlingen.

Gott sei Dank musste ich nie lange auf meine Abschiebung warten. Manchmal dauert es bei anderen Gefangenen über ein Jahr. Doch Damaskus erklärte sich jedes Mal sofort nach Überprüfung meiner Daten bereit, mich wieder aufzunehmen.

Am Flughafen in Damaskus gab es zum Empfang Beschimpfungen, Ohrfeigen und ein paar Tage Haft.

Und damit sind wir mit dieser Geschichte beinahe am Ende. Ich habe dir noch zu erzählen vergessen, was ich dem

Polizisten Jens Schlender sagte, als er mich am Eingang des Gefängnisses den Beamten übergab. Ich drehte mich plötzlich um und knurrte ihn an: »Sie können Gift darauf nehmen, ich komme wieder.«

Er lächelte. »Und du kannst Gift darauf nehmen, dass ich dich hier empfangen werde.«

Von dieser Antwort an war ich mir sicher, er würde mich genauso wenig vergessen wie ich ihn. Alle anderen Polizisten von Frankfurt betrachtete ich als Passanten, die eine bestimmte Uniform trugen. Aber bei diesem Mann roch ich den Schweiß des Jägers und in mir erwachte das Blut meiner Vorfahren, die wie ich immer auf der Flucht vor ihren Jägern waren.

Der Esel und andere Freunde in der Fremde

Genau sechs Wochen nach meiner ersten Abschiebung landete ich von neuem in Frankfurt, diesmal als Student, und hatte eine provisorische Aufenthaltserlaubnis von drei Monaten.

Ich hieß nun Kamal Aschkar.

Molly, die ich am Tag zuvor von Damaskus aus angerufen hatte, stand mit einer Rose in der Hand am Flughafen. Als sie mich sah, lief sie auf mich zu und ich wirbelte sie herum. Und als ich sie wieder absetzte, lachte sie mit Tränen in den Augen.

»Ich habe nicht geglaubt, dass du jemals zurückkommst«, sagte sie.

»Ich werde immer wiederkommen. Du und der Flohmarkt, ihr seid meine Heimat«, erwiderte ich und küsste ihre salzigen Lippen.

Für den Samstag hatte Molly vorsorglich auf dem Flohmarkt den Stand neben ihrem wieder dazugemietet, aber sie meinte, ich solle nicht selbst dort erscheinen. Jens Schlender war jeden Samstag bei ihr aufgetaucht. Er war höflich gewesen, hatte gegrüßt und nie nach mir gefragt. Er beachtete auch Fuad nicht, der Molly die ganze Zeit wie ein Bruder zur Seite gestanden hatte.

Ich aber war wild entschlossen, auf den Flohmarkt zu gehen. Um nichts zu riskieren, suchte ich Schihab und Jusuf von der Bahnhofsclique auf. Sie sollten Wache schieben und mich bei Gefahr mit ihrem Gesang aus der Ferne unauffällig warnen. Die deutsche Freundin von Schihab, Marlene, sollte mir gegen Lohn wie Fuad am Stand helfen und für den Fall, dass ich verschwinden musste, weiter verkaufen. Am Ende würde dann Molly mit ihr abrechnen. Fuad konnte kaum Deutsch und schon gar nicht verkaufen. Marlene aber war mit allen Wassern gewaschen. Und sie fand Gefallen an der Arbeit.

So konnte ich mich am Samstag in aller Ruhe am Stand aufhalten. Wir hatten viele Kunden und Marlene war eine tüchtige und zuverlässige Helferin. Ich arbeitete, so gut ich konnte, und hielt die Ohren offen. Als ich den vereinbarten Ruf: »Ja Laili, ja Aini« – oh, meine Nacht, oh, meine Augen – hörte, verschwand ich. Vermummt stand ich abseits und blickte in den Menschenstrom, da tauchte Jens Schlender auf. Gemessenen Schrittes ging er über den Flohmarkt, er schaute sich nur flüchtig um. Erst als er meinen Stand erreichte, hielt er an und fragte Marlene etwas. Sie antwortete gelassen. Der Polizist ging weiter, stieg schließlich in seinen Streifenwagen und fuhr wieder weg. Trotzdem bat ich Schihab und Jusuf, wachsam zu bleiben. Am Ende des Tages hatte ich gute Geschäfte gemacht und konnte all meine Helfer und Späher bezahlen.

Doch ich wusste nun, dass Jens Schlender eine einmalige Spürnase hatte. Zu Marlene hatte er gesagt: »Teilen Sie ihm mit, ich weiß, dass er da ist.« Das hatte er in den sechs Wochen vorher Molly kein einziges Mal gesteckt. Molly versuchte dennoch mich zu beruhigen, denn sie spürte, wie nervös ich plötzlich war.

Am nächsten Samstag tauchte er wieder auf. Durch die Rufe gewarnt, hielt ich mich an einem Nachbarstand auf, verdeckt von vielen Kleidern und Mänteln. Jens Schlender ging diesmal zu Molly, blätterte in einem Buch und fragte sie schließlich: »Wie geht es unserem gemeinsamen Freund?«

Molly gefror das Blut in den Adern, doch sie fing sich schnell wieder.

»Wir haben keine gemeinsamen Freunde. Und meinem Freund in Damaskus geht es prächtig«, erwiderte sie und zwang sich zu einem Lächeln.

»Er ist nicht in Damaskus. Er ist hier. Ich weiß es«, sagte Schlender, lächelte ebenfalls und ging.

Molly ordnete immer noch nervös die Bücher, als ich aus meinem Versteck zurückkam und sie von hinten umarmte. »Er hat es auf dich abgesehen«, sagte sie und ihre Stimme bebte vor Sorge.

»Keine Angst, irgendwann wird auch ein Jäger müde. Das ist die beste Waffe der Gejagten.«

Von da an kam er jeden Samstag und versicherte mal dem, mal jenem meiner Freunde am Stand in ruhigem Ton, dass er mir auf den Fersen sei. Er blieb immer höflich. Danach ging er stets seiner Wege, ohne auch nur ein Mal nach hinten zu schauen. Die Deutschen blicken nie zurück. Sie treiben immer vorwärts und vergessen schnell. Wir schauen immer nach hinten, vergessen nichts und stolpern oft, weil wir nicht sehen, was vor unserer Nase liegt.

Eines Donnerstags rief mich Schihab abends an: schlechte Nachrichten. Jusuf sei wegen einer Schlägerei am Bahnhof verhaftet worden und er, Schihab, sei krank und könne deshalb am Samstag nicht kommen. Wenn ich aber wolle, könnte er mir die beiden Söhne einer libanesischen Asylantenfamilie empfehlen, die sehr aufmerksam seien. Wir vereinbarten ein Treffen bei ihm im Heim.

Ich nahm für den kranken Schihab ein paar Kleinigkeiten als Geschenk mit. Als ich in seine Bude kam, saßen schon Butros und Bulos, die beiden Jungen, bei ihm. Sie waren dreizehn und vierzehn Jahre alt und freuten sich auf die Arbeit.

Schihab ging es wirklich schlecht. Die Krankheit hatte aus dem lebendigen, schönen Jungen ein klappriges Gerippe gemacht. Fuad pflegte ihn fürsorglich, aber unbeholfen.

»Mach mir den Esel, aber ich kann dir nichts zahlen«, sagte Schihab mit schwacher Stimme. Und Fuad legte los und erschreckte mich und die beiden Jungen, die in Schihabs Zimmer saßen. Schihab lächelte.

Beim Hinausgehen gab ich Fuad fünfzig Mark, damit er sich in den nächsten Tagen um Schihab kümmerte.

Ich nahm die beiden Jungen mit und wir fuhren bis zur Hans-Thoma-Straße, wo das für den Flohmarkt zuständige Polizeirevier 9 liegt. Es war Nachmittag. Wir hatten Glück: Schon aus der Ferne sah ich ihn. Er saß an seinem Arbeitsplatz am Fenster. Kollegen kamen ins Zimmer, traten zu Schlender und gingen wieder fort. Er war beschäftigt und sah nicht hinaus. Bulos, der jüngere der beiden Libanesen, ist der Schlauere. Er verstand sofort, wen ich meinte. Butros braucht zu allem etwas länger. Er ist der ältere, aber ein bisschen verträumt, und er war gerade verliebt. Ich blieb am Ende der Straße stehen und schickte die beiden los. Sie sollten mal auf diesem, mal auf jenem Bürgersteig entlanggehen, Jens Schlender am ersten Fenster links im ersten Stock ins Auge fassen und ihn mir dann beschreiben.

Die beiden Späher gingen unauffällig am Gebäude vorbei, schauten verstohlen in den ersten Stock, setzten ihren Weg bis zur Dürerstraße fort und kamen auf der anderen Straßenseite zurück.

»Wir haben ihn gesehen«, sagte Butros aufgeregt. Bulos war immer der coolere Typ. Beide beschrieben mir Jens Schlender genau. Als Nächstes machten wir uns auf den Weg zum nahen Mainufer und ich zeigte ihnen, wo am Samstag mein Stand sein würde, wo sie stehen und wie sie mich alarmieren sollten.

»Dann bis Samstag um sieben«, sagte ich beim Abschied und fuhr mit dem Zug zu Molly zurück.

Bulos und Butros machten ihre Arbeit perfekt und waren mit Freude dabei. Gegen elf kam Jens Schlender. Ich hörte den Ruf der beiden und bald sah ich Bulos, der angerannt kam, um sicherzugehen, dass ich ihn gehört hatte. Ich beruhigte ihn und bat, er solle sich hinter dem Polizisten halten, solange bis Schlender in sein Auto stieg und davonfuhr. Erst dann sollte er zu mir kommen. Ich saß vermummt bei einem Münzhändler.

Als Bulos zu mir kam und mir versicherte, der Polizist sei weg, beruhigte mich das nicht, denn Jens Schlender war diesmal nicht zu Mollys Stand gekommen. Ich schickte Bulos wieder los und ermahnte ihn, aufmerksam zu bleiben, denn ich misstraute dem Frieden. Marlene und Fuad hielten die Stellung bei meinem Schmuck, ich aber wanderte, gut vermummt und mit einer Sonnenbrille getarnt, von Stand zu Stand, weil ich beim Sitzen verrückt wurde. Warum? Ich wusste es damals nicht. Eine innere Stimme sagte mir, ich solle an diesem Tag besonders gut aufpassen.

Es war ein eiskalter Tag, obwohl die Sonne schien. Einem Stand mit Holzartikeln aus Peru folgte einer mit Musikkassetten. Rap, HipHop und Reggae dröhnten abwechselnd übers Flohmarktgelände. Dann kam ein Teppichstand mit einem Mann, dessen Gesicht mich sehr an Onkel Malik erinnerte. Er war ein Perser, von dem erzählt wurde, dass er Multimillionär sei und mehrere Teppichgeschäfte in Deutschland und Holland besitze. Trotzdem versäume er keinen einzigen Samstag in Frankfurt. Ein paar Meter weiter folgte mein Lieblingsstand. Der Mann dort war ein sympathischer Chaot. Er hatte gebrauchte Lampen, Waschmaschinen, Brillen im Angebot und das Allerverrückteste: Zahnbürsten. Wer kauft denn Secondhand-Zahnbürsten?

Es folgten Stände mit Elektrogeräten, Kameras, russischen Filmen in russischer Sprache. Die Videos waren noch mit den Originalaufklebern versehen. Es gab Kupfergefäße und einen Stand nur mit Computerprogrammen. Ein anderer war wie ein Wohnzimmer eingerichtet, als sollte er die Leute zu einer Runde Kräutertee bei Kerzenlicht einladen. Der Mann dort sah ziemlich schläfrig aus, auch dann, wenn ein Kunde kam und ein paar Kerzen kaufen wollte. Er bot auch Ringe, Natursteine, Muscheln in allen Größen, Fossilien und Vogelspinnen an.

Als Nächstes folgte ein Stand, bei dem man den Eindruck hatte, der Mann dort habe die Sanitäranlagen in seinem Angebot bei einem Einbruch mitgehen lassen. Unmittelbar neben den Waschbecken und Kloschüsseln war ein Stand, an dem nur Schrott angeboten wurde. Ich wartete aus Neugier eine Weile, ob jemand etwas kaufen würde. Kein Mensch bückte sich zu den rostigen Nägeln und zerbeulten Rädern. Nebenan verkaufte eine Frau feinste Figuren und Vasen aus Muranoglas.

Münzen folgten auf Briefmarken und danach kamen teure alte Bücher. Ein Mann verkaufte nur Bilder von John F. Kennedy in allen Farben und Größen. Eines der Bilder war besonders lustig: der ehemalige amerikanische Präsident in der Pose eines Heiligen. Er saß mit gefalteten Händen da, den Blick schräg gen Himmel gerichtet, als erhielte er gerade die frohe Botschaft seiner Seligsprechung. Der Verkäufer war ein verrückter Typ. Er sei sicher, sagte er, dass Kennedy vom CIA erschossen wurde, weil er zu gut für die Menschheit war.

Immer wieder wurde ich daran erinnert, dass der Markt von babylonischen Wanderern bevölkert wird. Ein riesiges Sprachengewirr herrschte: Serbokroatisch, Russisch, Türkisch, Japanisch, Persisch, Hebräisch, Französisch, Arabisch, Griechisch, Italienisch, Spanisch, Chinesisch, Englisch und noch andere Sprachen, die ich nicht kannte. Manchmal unterhielten sich die Menschen auch auf Deutsch.

Ich lief weiter, schaute mich um, dann traf ich Abdallah, einen Bekannten aus Syrien, der mir auch schon auf dem Frankfurter Bahnhof begegnet war. Er hat einen merkwürdigen Stand, der mich an einen Krämerladen in meiner Damaszener Gasse erinnert, wo man Talismane, Gewürze, arabische Bücher und gerahmte Koransprüche kaufen kann, mit einem Wort: alles, was sich irgendwie absetzen lässt. Mehrere Schilder hängen an Abdallahs Stand und weisen darauf hin, dass man hier Stempel, Adressen und Etiketten anfertigen lassen kann. Ein weiteres Schild bietet Übersetzungen aus dem Arabischen ins Deutsche und umgekehrt an. Von Abdallah muss ich dir ein unglaubliches Abenteuer erzählen, dessen Zeuge ich war.

Er war ein vereidigter, aber glückloser Dolmetscher und Übersetzer, der sich schon seit über zwanzig Jahren legal in Deutschland aufhielt, aber seit mehr als zehn Jahren keine Wohnung mehr hatte. Abdallah stammte von Nomaden ab und konnte sich mit dem Gedanken an eine dauernde Bleibe nicht anfreunden. Ich wollte ihm das erst nicht glauben. Eines Tages aber lernte ich ihn näher kennen. Wir standen gerade am Bahnhof, als er kam. Er kannte Schihab, den Boss unserer Clique.

»Ich brauche dringend eine Wohnung zum Arbeiten«, sagte er. »Ich habe einen guten Auftrag und weiß nicht wohin.«

»Gut«, erwiderte Schihab, wandte sich zu mir und hielt mir einen Schlüssel entgegen. »Lutfi, nimm den hier und begleite Abdallah zu Marlenes Wohnung. Sei so lieb. Er findet nicht allein hin.«

»Und was machen wir mit dem Schlüssel, wenn Abdallah fertig ist?«, fragte ich.

»Den legt ihr auf den Küchentisch. Marlene hat einen zweiten. Und sie kommt heute Nacht nach der Arbeit zu mir.«

»Und was verlangst du?«, fragte Abdallah routiniert.

»Einen Zwanziger«, erwiderte Schihab kalt und streckte ihm die Hand hin. Abdallah nestelte umständlich den Geldschein aus seiner Tasche. Dann begleitete ich ihn.

»Erst holen wir den Computer und den Drucker«, sagte er. Und als wäre es das Selbstverständlichste von der Welt, ging er auf die Schließfächer zu, sperrte ein großes auf und zog einen PC und einen Drucker heraus.

Ich half ihm tragen und wir fuhren mit der Straßenbahn zu Marlenes Wohnung, die in einer grauen, heruntergekommenen Gegend liegt und von der Stadt kostenlos an Arme vergeben wird. Marlene hat zwei kleine Kinder, die die meiste Zeit bei den Großeltern verbringen. Ich war schon zwei- oder dreimal mit Schihab bei ihr zu Besuch gewesen.

Das Gebäude hatte ein Treppenhaus, dessen Belag bis auf den Beton abgetreten war. Wir gingen in die Wohnung. Abdallah bat mich, ihn nicht allein zu lassen, weil er fürchtete, jemand könnte ihn überfallen. Also setzte ich mich im Wohnzimmer zwischen alte Socken und Unterhosen und schaltete das einzig tadellose Stück, einen Fernseher, an.

Während er lief, hörte ich Abdallah abwechselnd tippen und fluchen und ausdrucken und irgendwann, nach einem Krimi, einem Tierfilm und zwei Talkshows, war er mit der Arbeit fertig. Es war kurz nach Mitternacht. Er war zufrieden und bat mich, ihn wieder zum Bahnhof zurück zu begleiten.

Abdallah überprüfte noch einmal alles, packte den Stapel fertiger Papiere und den PC ein und ich trug den schweren Drucker. Wir ließen den Schlüssel wie abgemacht auf dem Küchentisch und schlugen die Wohnungstür hinter uns zu.

Die böse Überraschung wartete unten an der Haustür auf uns. Sie war zu.

Wir standen im Treppenhaus: ein Mann, Mitte vierzig, mit dickem Schnurrbart und zwei Narben im Gesicht, einen Computer und mehrere Plastiktüten, voll gestopft mit Papier, vor dem Bauch und ein schwarzer Jugendlicher mit einem Drucker. Man brauchte nicht viel Fantasie, um uns für Diebe zu halten. Die Lage war bedrohlich und alle

Fluchtwege versperrt. Kein Fenster, keine Kellertür war aufzukriegen.

Was tun?

In die Wohnung von Marlene einbrechen, die Schlüssel holen und nichts wie weg – das war Abdallahs Idee. Ich aber kannte Marlene und ihre Angst, auf der Straße zu landen.

»Das ist unfair«, sagte ich.

Wir stritten uns. Abdallah war der Meinung, er habe zwanzig Mark bezahlt, also stehe ihm alles zu. Wir gerieten uns immer mehr in die Haare.

Plötzlich hörten wir aus einer der Wohnungen im Erdgeschoss ein lautes Gespräch auf Türkisch, womöglich einen Streit. Wir verstanden kein Wort, doch die fremde Sprache war unser Rettungsring. Wir mussten alles riskieren, denn im Haus, das wusste ich von Marlene, wohnten zwei üble Deutsche. Wenn die uns im Treppenhaus erwischten, wäre Feierabend. Wir würden beide im Krankenhaus landen. Ich klopfte an die Tür.

Stille.

Die Tür ging einen Spaltbreit auf. Ein Mann, klein und gedrungen, mit nacktem, behaartem Oberkörper und Boxershorts, beäugte uns misstrauisch.

»Salam Alaikum, Bruder«, sagte ich.

Der Türke erwiderte leise den Gruß.

»Bruder, wir müssen hier raus. Wir waren oben ... und haben den Schlüssel ...« Mitten im Satz hörte ich auf, denn der Mann verstand kein Wort. Er schaute nach oben, dann ängstlich auf den Computer.

»Ich nix Polizei tun«, sagte er mit zusammengeschnürter Kehle.

Abdallah besänftigte ihn im Namen Allahs, mit dem Islam und mit allem, was dazugehört, aber der Mann stand da wie gelähmt. Mir schien, er hatte in seiner Verwirrung vergessen, dass er ein Muslim war. Doch tief saß bei ihm wie bei jedem Orientalen die Hemmung, einen Fremden von seiner Schwelle zu weisen.

Als ich das begriff, stellte ich den Drucker auf den Boden, ging auf den Mann zu, nahm ihn an der Hand und zeigte auf die eiserne Haustür. »Aufmachen«, sagte ich flehend und machte mit der Hand eine Bewegung, als steckte ich einen unsichtbaren Schlüssel in ein Schloss und drehte ihn.

Langsam, ganz langsam kam der Mann zu sich, ging in die Wohnung zurück, nahm seinen Schlüsselbund vom Haken und lief, immer noch ganz benommen vor Angst, zur Haustür, machte sie auf und fragte leise: »Computer, wohin?«

»Nach Hause«, sagte ich, klopfte dem guten Mann auf die Schulter, hob den Drucker hoch und ging hinaus. Seit diesem Tag grüßen wir, Abdallah und ich, uns immer mit dem Satz: »Computer, wohin?«

Abdallah wollte sein Leben lang Nomade bleiben. Seine Sachen stopfte er in Kartons, die er bei Bekannten oder in seinem kleinen Auto deponierte. Und was dann noch übrig blieb, verstaute er in einem Schließfach, das ihn monatlich etwa hundert Mark kostete.

Ein seltsamer Kerl, der seine Mutter dauernd damit zu trösten versuchte, dass er immer noch traditionsbewusst nach Nomadenart lebe und mindestens einmal in der Woche gebratene Tauben in Knoblauch und Koriander und mit einem Spritzer Zitrone esse. Das mit den Tauben war nicht gelogen. Er jagte sie mit einer Zwille in der Nähe vom Bahnhof, wo sie sich wie eine Plage vermehren. Die Stadt Frankfurt gibt Millionen aus, um die Tauben und den von ihnen angerichteten Schaden in Grenzen zu halten.

So viel zu dieser Geschichte. Wie gesagt, ich traf Abdallah an seinem Stand am unteren Ende des Flohmarkts wieder. Er regte sich gerade fürchterlich auf.

»Wir sind nicht gleich und werden auch nie gleich werden«, fauchte er einen jungen Mann an, der vor seinem Stand Flugblätter verteilte. Er wandte sich fast angewidert ab und blickte in meine Richtung. Als er mich erkannte, lächelte er kurz und sagte dann laut auf Deutsch, als wollte er, dass ihn auch alle anderen hören konnten: »Du solltest jedem misstrauen, der dich, mit welchen Hintergedanken auch immer, davon überzeugen will, dass die Menschen gleich sind. Nicht einmal bei der Kacke einer Taube reagieren die Menschen gleich«, sagte er.

Ich musste lachen. Er ernährte sich nur von Tauben und selbst in einer Diskussion über Erziehung brachte er als Beispiel Tauben, die lernen, wenn sie bei jeder richtigen Antwort mit einem Korn belohnt werden. Sein Misstrauen gegenüber dem Frieden führte er auf die Wahl der Taube als Friedenssymbol zurück, weil die Taube alles andere als friedlich sei. Und nun musste ihm selbst die Kacke der Taube noch als Beweis für die Ungleichheit der Kulturen dienen!

»Nehmt einmal an«, rief er den Versammelten wie ein Prediger zu, »eine Taube bombardiert beim Vorüberfliegen mit ihrer Kacke die Schulter eines Passanten. Das tun diese Viecher tausendmal am Tag. Was meint ihr, wie die Menschen reagieren?«

Ich wusste keine Antwort. Auch die andern schauten einander verlegen an. Abdallah aber ließ nicht locker.

»Ein ungläubiger Araber«, fuhr er fort, »verflucht sein Unglück und alle Tauben.

Ein gläubiger Araber lobt die Weisheit Gottes, weil er den Kühen keine Flügel gab.

›Taubendrück bringt Glück‹, reimt ein Türke.

Ein Engländer fragt seine Frau: ›Oh, my love, ist das wirklich eine Taube oder eine Nachtigall?‹

Ein Deutscher« – Abdallah musste eine Pause einlegen, weil die Leute so laut lachten, dass man ihn nicht mehr verstehen konnte –, »ein Deutscher ruft bekümmert: ›Elfriede, ist mein Anzug versichert?‹

Ein Ägypter schwärmt: ›Tauben in Knoblauch und Olivenöl, Allahu Akbar!‹

Ein Syrer schaut die Kacke an und sagt: ›So viel? Lass uns handeln!‹

Ein Russe ruft entsetzt: ›Das ist eine amerikanische Luft-Boden-Rakete! Andrej, gib mir einen Wodka!‹

Ein Spanier rennt wie ein Verrückter davon, um seine Pistole zu holen. Und wenn er zurückkommt, ist die Taube weg, aber der Spanier schießt in die Luft und brüllt dabei: ›Caramba!‹

Ein Italiener verflucht den Himmel: ›Mamma mia, Pizza à la Kacke auf dem Sonntagsanzug.‹

Ein Amerikaner ruft: ›Oh, shit!‹, und bombardiert das ganze Viertel. Aber die Taube trifft er trotzdem nicht.«

Abdallah lachte und die Versammelten, inzwischen über dreißig Leute, spendeten herzlich Beifall. Er zeigte verächtlich auf den jungen Mann, der die Flugblätter verteilt hatte, und fügte hinzu: »Und dieser Typ hier will mir sagen, dass alle gleich sind.« Dann zog er mich beiseite und fragte, ob ich Tee trinken wolle und ich sagte Ja.

Noch keine fünf Minuten hatte ich bei ihm gesessen, da sah ich wieder den Polizisten Jens Schlender. Ich wurde steif vor Schreck. Er parkte seinen Wagen nicht einmal fünf Meter von uns entfernt und schlich dann unauffällig, aber zielstrebig über den Flohmarkt.

Ob er bereits an diesem Tag wusste, dass zwei Wächter mich vor ihm warnten? Er war vom anderen Ende des Flohmarkts weggefahren und musste wohl einen Schlenker durch die Stadt gemacht haben, um dann nach einer guten Stunde wieder am unteren Ende des Flohmarkts anzukommen.

Abdallah sah an jenem Tag sehr schlecht aus. Und ich hatte noch nicht den ersten Schluck seines köstlichen Tees getrunken, als er mir schon von seinem Albtraum erzählte, in der Fremde sterben zu müssen, denn bei all seiner Liebe zum Nomadentum träumte er doch von einem ruhigen Lebensabend in einem Dorf südlich von Damaskus.

»Das schaffst du bestimmt«, heuchelte ich, um ihm Mut zu machen. Aber davon ließ sich der pessimistische Mann nicht beeindrucken.

»Ich habe Angst, wie Suleiman zu enden, der sein Leben mit dem Schuften für Möbel und Häuser ruiniert hat.«

»Welcher Suleiman?«, fragte ich nicht besonders interessiert.

»Suleiman war in Damaskus ein Nachbar von uns. Meine Eltern hatten sich ja nach ihrer Heirat am östlichen Rand von Damaskus niedergelassen. Zwei Häuser weiter wohnte Suleiman. Seine Rückkehr aus den Golfstaaten war in jeder Hinsicht ein Ereignis. Wenn irgendjemand im Viertel als Personifizierung der Dummheit galt, dann er. Er wurde ›Suleiman mit dem Spatzenhirn‹ genannt. Seine Augen waren wässrig und blickten unbeteiligt drein, was immer man ihm auch erzählte, und er brachte es innerhalb von fünfzehn Jahren zu zwanzig Berufen, aber zu keinerlei Wohlstand. Sein Glück war nur, dass er das winzige Haus seiner Mutter geerbt hatte und seine Frau aus einer einigermaßen wohlhabenden Bauernfamilie stammte. So mussten die vier Kinder trotz der Unfähigkeit ihres Vaters nicht leiden. Die beiden Mädchen waren bildhübsch wie die Mutter, und die beiden Jungen galten in der Gasse als die perfekt geratene, unglückliche Kopie des Vaters.

Plötzlich verschwand Suleiman. Es hieß, er hätte eine Stelle in Saudi-Arabien bekommen. Damals beschäftigten die Saudis noch Araber. Sie hatten die Inder, Pakistani und Südkoreaner noch nicht entdeckt.

Suleimans Abwesenheit dauerte zehn Jahre. Seine Frau fing an, sich die grauen Haare zu färben. Sie war eine der schönsten Frauen des Viertels. Man sprach viel über ihre Liebhaber und übertrieb dabei nur wenig.

Ohne Ankündigung war Suleiman plötzlich wieder da, in der Fremde um das Doppelte seiner Jahre gealtert. Und doch stolzierte er am Tag seiner Rückkehr wie ein Großmogul durch das Viertel, breitbeinig mit erhobenem Haupt und einer gewaltigen goldenen Armbanduhr. Das war aber noch nicht alles. Verärgert blieb er nach einer Weile mitten in der Gasse stehen und rief dem Schneider Hakim so laut zu, als wäre der schwerhörig: ›Zehn Jahre fährt man weg und was findet man bei der Rückkehr? Die Gasse ist noch genauso eng wie früher und die Leute werfen noch immer ihren Dreck auf die Köpfe der Passanten.‹

Sein Auto, in dem er die unendlich lange Reise von Saudi-Arabien nach Damaskus ertragen hatte, sein Auto, mit dem er genüsslich vor der Tür parken und aus dem er elegant aussteigen wollte, war viel zu breit und passte nicht in die Gasse hinein. Er hatte es fünf Straßen weiter abstellen müssen. Bald schon schwärmten einige Nachbarn von dem Auto, zu dessen Besichtigung Suleiman sie eingeladen hatte. Es war eine zwar gebrauchte, aber majestätische Limousine mit allen Schikanen. Sogar einen Minikühlschrank gab es im Handschuhfach. Suleiman hatte den Männern auch vorgeführt, wie er Fenster und Schiebedach von seinem Sitz aus elektrisch öffnen und schließen konnte.

›Und ein großer Lastwagen, voll gestopft mit modernen Möbeln, folgt in ein paar Tagen‹, erzählte mir unsere Nachbarin neidisch.

Mein Vater schien an jenem Tag der größte Verlierer zu sein. Er hatte nie etwas von Suleiman gehalten. Er hörte sich stumm die Berichte über den Neureichen aus Saudi-Arabien an, der sich zu rächen schien. Wenn er das kleine Café betrat, rief Suleiman: ›Eine Runde für die Männer, auf meine Kosten‹, und der Wirt freute sich. Und viele, die früher hochnäsig auf Suleiman herabgeblickt hatten, blieben nun stehen, wenn er an ihnen vorüberging, und grüßten ihn untertänig.

Dann kam der Lastwagen mit Möbeln, wie sie bis dahin noch keiner in unserem Viertel gesehen hatte: eine gewaltige Schrankwand und ein kreisrundes Doppelbett, das eher wie eine kleine Bühne aussah. Auch die elektrischen Geräte waren von erstaunlicher Bauart: ein dreistöckiger Kühlschrank, eine monströse Waschmaschine und eine Tiefkühltruhe, die die Hammelkeulen einer ganzen Herde hätte aufnehmen können. Die sechs starken Lastenträger stöhnten auf dem Weg vom weit entfernten Parkplatz bis zum Haus. Dort aber war die Reise zu Ende. Kein einziges Stück konnte ins Haus hineingebracht werden. Die Haustür, die verwinkelten Gänge, die steilen Treppen und die winzigen Fenster zur Straße erlaubten keinen technischen Trick. Spät am Abend mussten die sperrigen Dinger, die sich mitten in der Gasse türmten, Stück für Stück in den Lastwagen zurückgetragen werden.

Zwei Tage später zog die Familie aus unserer Gasse weg. Das Haus wurde verkauft, zwar unter seinem Preis, aber für das Geld konnte Suleiman ein Haus in der Neustadt erwerben, das ein anderer Emigrant nicht mehr hatte zu Ende bauen können.

Suleiman soll wegen seiner Stelle in Saudi-Arabien von der Bank eine halbe Million Dollar Kredit erhalten haben, um das Haus fertig zu stellen, in das nun all seine mitgebrachten Dinge passten. ›Eine gewaltige Bauruine‹, kommentierte mein Vater, der den früheren Besitzer kannte.

Bald fuhr Suleiman nach Saudi-Arabien zurück, um dort für die Abzahlung des Kredits zu arbeiten. Ehrgeizige Pläne hatte er. Das vierstöckige Haus wollte er modern ausbauen, dann drei Stockwerke vermieten und das Leben eines alten Paschas genießen.

Doch daraus wurde nichts. Fünf Jahre später musste seine Frau mit den Kindern zu ihren Eltern aufs Land ziehen, aber Suleiman schrieb ihr immer wieder, dass er bald genug Geld gespart haben würde, um seine Schulden abzubezahlen.

Aber das war im Lied der Emigranten ein beliebter Refrain. Und ich träume immer wieder denselben Traum: Suleiman sitzt auf dem Flohmarkt mir gegenüber und bietet den Passanten Sand an und wundert sich, dass keiner ihn kaufen will. Verstehst du, Lutfi, und da denke ich, ich sollte doch Nomade bleiben«, schloss Abdallah seine Geschichte und ich hielt mich weiter bei ihm versteckt, bis Jens Schlender verärgert in sein Auto stieg und losbrauste. Erst da traute ich mich wieder hinaus. Ich wusste, er würde an diesem Tag nicht mehr kommen.

Vor lauter Geschichten von Abdallah hab ich jetzt meinen kranken Freund Schihab ganz vergessen. Erinnerst du dich noch an ihn? Er war der Anführer unserer Clique am Bahnhof gewesen und hatte als Erster – zusammen mit Jusuf – für mich den Späher gemacht, um mich vor Jens Schlender zu warnen. Aber dann war er schwer krank geworden. Du weißt Bescheid? Gut.

Schihab wurde jedenfalls immer blasser und komischerweise träumte ich eines Nachts, dass er in eine deutsche Fahne gewickelt und hoch über den Köpfen zum Friedhof getragen wurde. Sechs Männer ballerten mit ihren Kalaschnikows herum, wie das im Orient beim Begräbnis eines im Krieg Gefallenen üblich ist. Ich habe das nie verstanden, aber die Böller sollen ja Ausdruck der Trauer sein. Auch im Traum zuckte ich bei jedem Schuss zusammen und plötzlich streckte Schihab seinen Kopf aus der Fahne heraus und sagte fast entschuldigend zu mir: »Die Jungs wollen, dass ich auf Arabisch sterbe.« Und er lachte und wickelte seinen Kopf wieder in die Fahne.

Aber Schihab war fast ein halbes Jahr krank. Auch im Krankenhaus, wohin er schließlich gebracht wurde, konnten sie ihm nicht helfen.

Niemand wusste, was er hatte, nur die Medikamente, die er bekam, wurden mit der Zeit immer stärker. Wahrscheinlich ahnte er, wie nahe er dem Tod war. Eines Tages bat er Fuad, ihn aus dem Krankenhaus wieder ins Heim zu schmuggeln, denn er wollte nicht im Krankenhaus sterben. Fuad erfüllte ihm seinen Wunsch wie jeden anderen bisher auch. Er vergötterte Schihab.

Sogar eine Kalbshälfte stahl er am Ende für ihn, aber das durfte außer mir keiner wissen. Schihab hatte ihm den Auftrag gegeben, aus dem Kühlwagen, der jeden Morgen den Supermarkt belieferte, das Fleisch zu holen und auf dem großen Tisch der Gemeinschaftsküche im Asylantenheim zu deponieren. Alles Weitere sollte er Fadi überlassen.

Fadi, ein Palästinenser, der angeblich von seinen eigenen Landsleuten verfolgt wurde, war im Asylantenheim geachtet und konnte am besten von uns allen Deutsch. Schihab rief also Fadi zu sich und übergab ihm einen Brief. Er sollte die Asylanten in der Küche versammeln und ihnen den Inhalt übersetzen. Fadi wartete nicht lange. Er riss den Briefumschlag auf. Es stand nicht viel drin außer: »Ich habe wie ein Araber gelebt und möchte wie ein Deutscher sterben. Die Kalbshälfte in der Küche sollt ihr feierlich essen und an mich denken. Ich bitte Fadi darum, auch Lutfi, Fuad und die Bahnhofsclique einzuladen.«

Leider war ich zu der Zeit mit Molly verreist, deshalb musste ich mir das Ganze später erzählen lassen.

Aber als Fadi in die Küche ging, fand er tatsächlich, wie in dem Brief beschrieben, eine mächtige, saftige Kalbshälfte. Um sie herum saßen etwa zehn Ausländer, denen schon das Wasser im Mund zusammenlief und die ihre Vermutungen darüber anstellten, was es mit dem Fleisch auf sich haben mochte. »Das ist eine Falle«, sagte ein Koreaner halb auf Englisch, ein bisschen auf Deutsch und ein bisschen mit Händen und Füßen. »Das ist mit Rinderwahn verseucht!« Und er verdrehte die Augen wie eine vom BSE-Virus befallene Kuh und sabberte zuckend vor sich hin, um sich verständlich zu machen.

»Quatsch«, rief Fadi. »Das Kalb hat gerade mein Freund Schihab liefern lassen, damit wir feiern. Er liegt im Sterben und hat den Wunsch, dass wir lachen, trinken und essen, weil er wie die Deutschen sterben will.« Und Fadi erzählte ihnen alles über den deutschen Leichenschmaus.

Was ein Leichenschmaus ist? Ja, das ist wieder so eine Geschichte. Zunächst möchte man sagen, die Deutschen seien Barbaren, doch beim genaueren Hinschauen muss man zugeben, dass sie sehr zivilisiert mit dem Tod umgehen. Wir Araber betrauern einen Toten mit Weinen und lautem Schluchzen und dem bis zum Selbstmord reichenden Versuch, den Schmerz, der unser Herz zerreißt, aus uns hinauszutreiben, nicht wahr? Und wenn wir dabei scheitern, laden wir Klageweiber ein. Sie sollen gegen Bezahlung so lange auf die Saiten unserer Seele schlagen, bis sie endgültig weint. Es gibt in Damaskus, das erzählte mir die Hebamme Nadime, zwei Sorten von Klageweibern: Die einen, die dummen, rufen höchstens Gelächter hervor, weil sie alles übertreiben und zu ihrem Unglück auch noch schlechte Gesangs- und Heulstimmen haben. Und die anderen, die von Gott Begnadeten, loben den Toten und klagen den Tod so gekonnt an, dass selbst die härtesten Männer wie verwaiste Kinder schluchzen.

Die Deutschen gehen nach der Beerdigung essen und trinken und sie lachen und stoßen miteinander an, als wären sie auf einer Hochzeit. In manchen Gebieten spielen sie Musik und singen, dann reden sie über alles Mögliche und erreichen vor allem eins dabei: Sie holen die Trauernden ins Leben zurück und vertreiben den Schmerz, der die Herzen erdrückt. Das ist nicht schlecht, vor allem bei einem Volk, das nicht viel über Schmerzen spricht.

Als die zehn Ausländer, die in der Küche des Asylantenheims um die Kalbshälfte saßen, von Fadi ungefähr das über den Leichenschmaus erfuhren, was ich dir jetzt gerade mit meinen Worten darüber erzählt habe, rannten sie zu

Schihab. Er lag tot im Bett. Mahmud Gabir, ein strenger Muslim aus Algerien, sprach ein kurzes Gebet über die Seele des Toten. Und die Asylanten standen dicht gedrängt um ihn herum, mindestens fünf Religionen waren vertreten und jedem ging ein Flüstern über die Lippen. Jeder sprach für den toten Libanesen ein Gebet in seiner Muttersprache und zu seinem Gott.

Einer von ihnen, ein Pole, war in seiner Heimat Metzger gewesen. Jetzt zerlegte er in der Küche das halbe Kalb. Es gab über zehn Beilagen aus zehn verschiedenen Ländern. Salat, Reis, Nudeln, Kartoffeln, Zucchini und Auberginen wurden herbeigeschafft. Zwei Nächte lang brieten, grillten und kochten die Leute im Asylantenheim. Sie luden all ihre Freunde, Deutsche und Ausländer, zu dem Fest ein und die Deutschen verstanden nicht, warum ausgerechnet die Asylanten einen Leichenschmaus feiern wollten. Die Ausländer aber, meist Südländer, übertrieben in ihrer Freude und in der Ehre für den Toten. Lachen und Musik tönten so laut, dass am zweiten Abend von Nachbarn die Polizei alarmiert wurde. Sie rückte an und befragte die Anwesenden nach der Herkunft des Fleisches. Fadi war es, der den Polizisten verriet, es handle sich um eine geklaute Kalbshälfte und der Dieb hätte den Wunsch geäußert, man solle zwei Tage für seine Seele feiern, weil er im Leben ein unglücklicher Araber gewesen sei und nun als Toter auf Deutsch glücklich sein wolle. Und da im Süden der Wunsch des Sterbenden heilig sei, hätten sich die Asylanten gezwungen gesehen, ihn zu erfüllen.

Lach ruhig, aber kannst du dir vorstellen, vor welch heikler Aufgaben die deutsche Polizei plötzlich stand? Der Polizist glaubte Fadi anfangs natürlich kein Wort und fragte nur der Form halber, wo denn der Tote sei. Schließlich ging er, immer noch ungläubig und eher aus Verlegenheit, hinter Fadi her über den dunklen Korridor und dann die Treppe hinauf.

Alle anderen folgten ihnen. Der Polizist wäre fast gestorben vor Schreck, als er ins Zimmer trat und den Toten auf dem Bett liegen sah.

»Warum liegt er seit Tagen da?«, fragte der Polizist, bleich im Gesicht.

»Weil wir nicht wissen, was zu tun ist«, lautete die nüchterne Antwort von einem Inder, der merkwürdigerweise auf einmal perfekt Deutsch sprach.

Die Antwort mag dir seltsam erscheinen. Aber das Sterben in der Fremde ist komplizierter als das Leben. Schihab hatte in seinem Testament ausdrücklich darum gebeten, im Libanon begraben zu werden. Es ging ihm so wie Abdallah und vielen anderen, die in der Fremde leben: Sie wollen unbedingt zu Hause begraben werden und hinterlassen nur diesen einen sentimentalen Wunsch. Als hätten sie eine besondere Liebe zum heimatlichen Gewürm. Und du musst wissen, eine Leiche zu überführen, ist ziemlich kompliziert und vor allem sehr teuer. Als Fadi die Eltern des Toten endlich in Beirut benachrichtigen konnte, wollten sie von der Leiche nichts wissen.

»Sie können sich kaum ernähren und ich sollte ihnen lieber Lebensmittel als eine Leiche aus Deutschland schicken«, erzählte er mir.

Also wurde Schihab nach Berlin überführt, wo es einen Friedhof für Muslime gibt.

Schihabs Tod veränderte Fuad vollkommen. Er magerte ab, war oft geistesabwesend und blass. Dann eines Samstags kam er morgens nicht zum Flohmarkt.

Molly ahnte nichts Gutes. »Es ist ihm etwas zugestoßen«, sagte sie und behielt Recht.

In der Nacht davor hatte sich Fuad umgebracht. Erst später erfuhren wir, dass er sich in seiner Verzweiflung und Verlassenheit vor einen Zug geworfen hatte.

Der Palästinenser Fadi übernahm seine Stelle bei mir

und half auch bei Molly, aber Fadi konnte man auf Dauer nicht mögen. Er war der geborene Diplomat, glatt und geölt.

Eine Woche später kam eine Frau zu mir an den Stand. Sie war wunderschön und sprach ein herrlich tönendes Arabisch. Ihr Gesicht war tätowiert nach Art der Beduinen. Aber sie war europäisch gekleidet.

»Du bist Lutfi«, sagte sie und lächelte, »Fuad hat dich sehr geliebt.«

In diesem Augenblick wusste ich Bescheid. Das war Schagra, Fuads geliebte Schwester, die mit dem Wasseringenieur durchgebrannt war.

»Wie? Du bist ...«, stammelte ich.

»Schagra«, flüsterte sie.

»Und Fuad wusste, wo du bist?«

»Er ist ein halbes Jahr nach seiner Ankunft durch die Kaiserstraße in Frankfurt gelaufen und hat wie ein Esel geschrien. Es gab nur einen auf dieser Welt, der so schreien konnte. Und ich habe zu den anderen Mädchen gesagt: ›Geht hinaus, packt den Mann und holt ihn herein. Er ist mein Bruder.‹«

»Und du bist dort ...« Ich genierte mich, den Satz zu Ende zu sprechen.

»Animierdame«, sagte sie auf Deutsch, »und das war der Grund, warum die Wiedersehensfreude bei Fuad schnell verflog und er sich meiner schämte.«

Schagra hatte aus Liebe zu dem Deutschen alles gewagt, er aber war ihrer nicht würdig gewesen. Er hatte sie im Stich gelassen und alles vergessen, was sie für ihn getan und aufgegeben hatte.

Auch Molly hatte als Mädchen davon geträumt, dass das Leben durch die Liebe leichter würde, und musste dann doch feststellen, dass es mit den Männern erst recht kompliziert war, sobald Liebe ins Spiel kam. Erst mit mir sei ihr

Leben einfacher geworden, behauptete sie lachend, was nicht ganz stimmt bei all der Angst, die sie um mich hat ausstehen müssen. Aber sie meinte zu mir, ich sei das Glück, das sie gesucht habe. Sie wolle weder reich noch berühmt werden, sondern nur jede Minute genießen. Manchmal zweifle ich, dass sie es wirklich genießen kann, auch deshalb, weil wir uns immer wieder streiten. Einmal hatten wir einen so großen Krach, dass wir uns sogar trennten.

Warum? Weil wir in vieler Hinsicht verschieden sind. Auch in den einfachsten Dingen. Sie liest. Ich finde Bücher langweilig und bin für Tratsch und Lachgespräche. Für mich gibt es nichts Schöneres auf der Welt als ein Gespräch bei einer Kanne Tee und ein paar Erdnüssen. Molly verkriecht sich in jeder freien Minute hinter ihren Büchern. Das sind nur Äußerlichkeiten, aber sie zehren an dir, wenn alles um dich herum fremd und anders ist und du immer auf der Hut lebst.

Wir haben uns häufig gestritten. Und mitten im schönsten Streit sagte ich einmal wütend zu ihr: »Willst du vielleicht mit so einem höflichen Menschen wie Fadi leben?« Sie lachte und sagte, dass Männer wie er, die keine Kanten haben, sie überhaupt nicht interessierten. Ich aber bestünde nur aus Kanten und Spitzen wie ein Seeigel und das sei ihr manchmal zu viel. Und sie lachte wieder. Ich hätte die Welt umarmen mögen, deshalb habe ich Molly umarmt, denn in dem Augenblick war sie so groß und so schön wie die Welt. »Siehst du«, sagte sie glücklich, »so einfach ist die Versöhnung mit dir. Deshalb macht es sogar Spaß, mit dir zu streiten.«

Molly ist zwar ein paar Jahre älter als ich, doch wenn sie schläft, sieht sie aus wie ein Engel. Ich könnte manchmal stundenlang ihr Gesicht anschauen, und wenn sie die Augen aufschlägt und lächelt, ist sie ein freches fünfzehnjähriges Mädchen. Vor allem aber liebe ich ihre Stimme, ihr Lachen und ihren Geruch. Sie riecht so ähnlich wie Basilikum, deshalb nenne ich sie Rihane, Basilikum, und sie lacht dann immer, als hätte sie das Wort gekitzelt. Und das Wichtigste für mich ist: Molly kann ich alles erzählen. Sie hört ruhig zu und versucht, mich zu verstehen und nicht gleich zu verurteilen. Denn wer in der Fremde lebt, macht große Fehler. Er ist wie ein Blinder im Porzellanladen und selten nimmt einer ihn an der Hand und bringt ihn in Sicherheit.

Doch einmal hat der Streit mit ihr keinen Spaß mehr gemacht. Aber davon erzähle ich dir morgen.

Ein Schimmel und zwei Träume
in Tunbaki

»Stell dir vor«, begann Lutfi, als er zu später Stunde mit Barakat in der Bäckerei saß, »heute hatte ich während der Siesta wieder einmal denselben Albtraum, den ich bei meiner zweiten Abschiebehaft mehrere Nächte hintereinander träumte. Ich fürchte, ich habe mit meinem Erzählen die Chimäre wieder aufgerüttelt. Soll ich dir meinen Traum erzählen?«

Barakat nickte begierig und sagte nach einem Räuspern: »Ja, bitte.«

»Ein wunderschöner Schimmel ist an einen Baum gebunden. Es ist neblig und man hört Wölfe heulen. Das Pferd versucht sich loszureißen, rennt hin und her, wiehert und schlägt verzweifelt aus. Plötzlich erscheint ein furchtbar großer, knurrender Wolf. Ich sehe sein Maul aus nächster Nähe. Der Wolf kommt immer näher und näher, ich wache schweißgebadet auf und schreie: ›Molly!‹

Danach wollte ich nicht mehr einschlafen und stand lieber auf, um dich zu suchen.

Damals hat mir der Traum auch den Schlaf geraubt. Ich hatte jede Nacht Angst, die Augen zu schließen und wieder diesen verzweifelten Schimmel zu sehen.«

»Merkwürdig, dass auch ich gerade heute und zudem in der Siesta von einem Schimmel geträumt habe«, sagte Barakat. »Mein Traum war allerdings eher zum Lachen. Aber wer weiß, vielleicht ist der Schimmel aus deinem Traum vor den Wölfen geflüchtet und hat sich in meinem Traum versteckt. Ich jedenfalls bin lachend aufgewacht.« Barakat zündete den kleinen Gaskocher an, dann redete er weiter. »Hätte ich gewusst, dass du auch schon wach bist, wäre ich herübergekommen und hätte dir meinen komischen Traum erzählt. Aber da war dann auch schon meine Mutter bei mir und fing an zu jammern.«

»Aber du kannst ihn doch jetzt erzählen«, schlug Lutfi vor.

»Gleißendes Licht«, sagte Barakat theatralisch und stellte den Wasserkessel auf den Kocher. »Ich, in weißem Gewand und mit Kopftuch, reite auf einem Schimmel. Ich führe ein Schwert und schreie: ›Wartet, ihr Halunken!‹

Denn ich weiß im Traum, dass meine Schwester Nasibe von Kriminellen entführt wurde. Plötzlich sehe ich sie. Sie ist an einen Baum gebunden und schreit um Hilfe. Ich wundere mich, dass an einem zweiten Baum Farid lehnt, ihr ehemaliger Freund, er ist auch gefesselt, aber er schreit nicht. Ich erreiche die beiden und rufe: ›Wo seid ihr, Halunken?‹

›Hier!‹, rufen die Ganoven, die mich unbemerkt umzingelt haben. Es sind sieben Männer und jetzt kommt das Erstaunliche: Alle sieben sehen aus wie Ramsi Hasbani, der Bräutigam. Alle tragen dunkle Anzüge, Sonnenbrillen und Hüte und halten Maschinengewehre in den Händen. Ein Verschnitt aus einem drittklassigen Mafiafilm.

›Ha!‹, rufe ich, ›jetzt werde ich meine geheime Waffe einsetzen.‹

Die sieben rufen: ›Du bluffst, du bluffst!‹

›Nein‹, ruft Farid, der nun anfängt zu lachen. ›Das ist Barakats gefürchtete Mundgeruchskanone.‹

Die Ganoven lachen, aber sie entsichern geräuschvoll ihre Maschinengewehre und rücken näher. Ich steige vom Pferd und rülpse die Ganoven der Reihe nach an. Sie werfen die Waffen schreiend zu Boden, halten die Hand vor die Nase und suchen das Weite.

Dann bin ich aufgewacht, und ob du es glaubst oder nicht: Ich habe in meine Handfläche gehaucht und daran gerochen. Und dann musste ich lachen.

Mir ist das Lachen aber gleich wieder vergangen. Meine Mutter stand in der Tür und tat so, als müssten die Gäste Hungers sterben, wenn ich sie nicht rette. Mais, Zucker, Fleisch, Butter, Oliven und Zigaretten sollte ich in großen Mengen aus Latakia besorgen. Der alte Hasbani hatte ihr das Geld ausgehändigt und ihr aufgetragen, mich loszuschicken. Ein Fahrer stand schon mit seinem Lastwagen bereit. Stell dir vor, mitten in der größten Hitze in diesem Dieselofen zu sitzen bei einem Fahrer, der dauernd raucht und so angibt, dass fast die Reifen platzen! Und das Ärgerlichste war: Man hätte natürlich auch alles innerhalb einer Stunde auf dem Markt kaufen können, aber Herr Hasbani hatte meiner Mutter zusammen mit dem Geld auch die Adressen der Händler gegeben, bei denen er Prozente bekommt. Es war die reinste Schikane. Der eine Laden im Norden der Stadt, der andere im Süden und der dritte im Zentrum, und immer wieder steckten wir im Stau. Alles nur, um am Ende ein paar Piaster zu sparen. Dafür aber mussten wir vier Stunden in Hitze und Gestank verbringen. Und was hast du heute Nachmittag so gemacht?« Barakat nahm jetzt den Kessel mit dem kochenden Wasser vom Feuer.

»Als ich von der Siesta aufwachte, suchte ich dich, aber du warst schon weg«, sagte Lutfi und sein Blick folgte Barakat, der den Tee zubereitete. »Ich habe mich mit einer Dusche erfrischt und bin dann zur Hochzeitsfeier gegangen. Dort habe ich von deiner Mutter erfahren, dass dich der alte

Hasbani zusammen mit einem Fahrer in einem Lastwagen nach Latakia geschickt hat, um Nachschub für das Fest zu holen. Ich kam mir verloren vor.

Nur etwa zehn Gäste waren da. Die anderen schliefen noch. Man servierte starken Kaffee, dazu Pistazienrollen und Kekse. Deine Schwester und dein Schwager bemerkten wohl meinen Unmut, sie riefen mich zu sich und unterhielten mich eine Stunde. Seltsamerweise war deine Schwester bester Laune, während der Bräutigam Ramsi kraft- und saftlos aussah und sich sehr diplomatisch immer wieder um ein Lachen bemühte. Deiner Schwester sprudelten die Fragen nach meinem Leben in Frankfurt nur so aus dem Mund und sie wollte vieles über Deutschland wissen.

›Sag ihm, er soll mich lieber nach Deutschland mitnehmen statt nach Saudi-Arabien‹, scherzte sie. Dein Schwager jammerte irgendwas vor sich hin, was aber nicht zu verstehen war.

›Deutschland ist viel schöner als Saudi-Arabien. Das weiß ich aus dem Fernsehen‹, rief sie wieder und kniff ihn in die Wange.

›Und was sollen wir in Deutschland arbeiten? Vielleicht ein Restaurant eröffnen oder bauchtanzen?‹, fragte der Bräutigam abfällig.

›Warum nicht?‹, erwiderte deine Schwester. ›Du kochst und ich serviere. Das mit dem Bauchtanz ist auch nicht schlecht. Du trommelst und ich schwinge meine Hüften‹, sagte sie leichthin.

Wir lachten viel, deine Schwester und ich.«

»Und ich habe mich abgehetzt«, sagte Barakat, »weil ich Angst hatte, du langweilst dich zu Tode.«

»Na, hör mal, ich bin in Deutschland mit gemeingefährlichen Verrückten fertig geworden. Da lasse ich mich doch nicht von einer harmlosen Hochzeitsgesellschaft ins Bockshorn jagen«, erwiderte Lutfi lachend, »obwohl ...«

Plötzlich wurde er still, als drücke ihm eine Erinnerung

bleiern aufs Herz. »Einmal wurde es in Deutschland allerdings ziemlich eng und es ist nur ganz knapp noch mal gut gegangen. Ehrlich gesagt, bin ich froh, dass ich mit dem Leben davongekommen bin.«

Hörst du das Meer?

In Frankfurt hatte ich immer wieder beiläufig etwas von einem Verrückten gehört. Er soll ein Offizier gewesen sein und in irgendeinem Nachtmanöver einen fürchterlichen Schock erlebt haben, sodass sein Verstand sich ins Nichts verflüchtigte. Wie er nach Deutschland gekommen war und was er da suchte, weiß ich bis heute nicht. Er tauchte plötzlich bei mir am Stand auf und stellte mir Fragen, die ich völlig abwegig fand: »Kennst du den ägyptischen Geheimdienstchef Hassan Abu Samer? Nein? Dann kennst du bestimmt den CIA-Verbindungsmann für den Orient, Jackson. Auch nicht? Warum nicht? Den kennt doch jedes Kind. Oder hast du Angst vor mir? Du brauchst keine Angst zu haben, ich beschütze dich. Sag denen, die dich bedrohen, du seist der Freund von Habib, und du wirst sehen, sie suchen das Weite.«

Mein Gott, dachte ich, der hat sein Oberstübchen vermietet. Und solche Verrückte gibt es in der Fremde zuhauf. Habib ging erst einmal weiter. Er kam nach einer Weile zurück und fragte mich mit vor Entsetzen geweiteten Augen, warum ich ihm nicht erzählt hätte, dass ich den oder den kenne. Ich kannte die Leute nicht, die er mir nannte, aber das half mir wenig.

Von da an gab es jeden Samstag das gleiche Theater. Fünf Minuten lang, dann verschwand der verrückte Habib genauso schnell wieder, wie er aufgetaucht war.

Eines Samstags wollte ich nach dem Flohmarkt kurz zum Bahnhof fahren. Ich stand an der Straßenbahnhaltestelle und war in meinen Gedanken bei Molly, als ich etwas Hartes in meinem Rücken spürte. Ich wollte mich umdrehen, da fauchte mich Habib mit heiserer Stimme an: »Eine Dummheit und du bist erledigt. Geh weiter.«

Ich ging weiter. Er führte mich zum Fluss und blieb hinter mir, eine Hand mit der Pistole in der Jackentasche. »Ich muss mit dir reden, sonst bringe ich dich gleich um. Ich halte es nicht mehr aus. Die Feinde umzingeln mich und sie werden mich so oder so auf die Seite schaffen.«

Ich kann dir heute nicht mehr die Angst beschreiben, die mich plötzlich lähmte. Der Mann war vollkommen fertig. Er zitterte vor Angst, die Pistole aber war eine echte Beretta. Es gab keinen Zweifel, dass er schießen würde, wenn ich eine Dummheit beging. Ich flehte ihn an, ich schwor ihm bei allen Heiligen, dass ich mit diesem Agentenring, der ihm das Leben schwer machte, nichts, aber auch gar nichts zu tun hatte. Es half nichts, er steigerte sich immer weiter hinein.

Wir waren allein am Fluss. Er führte mich unter eine Brücke, wo man einen Elefanten hätte umbringen können und es hätte wegen des donnernden Verkehrs über uns niemand gehört. Er war überzeugt, ich sei nach Frankfurt gekommen, um den Ring seiner Verfolger zu koordinieren. Und er behauptete felsenfest, ich sei damals bei irgendeinem Manöver dabei gewesen und hätte auf ihn geschossen, damit er Angst bekam und in Unehren aus der Armee entlassen wurde. Die Amerikaner, erklärte er mir, fürchteten ihn, weil sie wüssten, dass er über Pläne verfüge, wie die Araber nicht nur Israel, sondern sogar Amerika besiegen konnten. Deshalb wollten sie und all ihre Freunde in Syrien und Israel, ihn, Habib, in die Psychiatrie bringen. Denn wenn sie ihn töteten, sagte er weiter, wäre er ein Märtyrer und in ganz Arabien würde ein Aufstand ausbrechen. Aber nach einem Verrückten frage ja keiner.

Kannst du dir das vorstellen? Fünf Stunden hielt er mich fest. Ich war hungrig und durstig und stand Todesangst aus. Ich beantwortete seine sämtlichen Fragen, dann plötzlich ging alles wieder von vorn los. Wie ich hieße und warum ich schwarz sei und was ich in Deutschland zu suchen hätte. Irgendwann aber musste er pinkeln, und da er sich genierte, drehte er sich für zwei Sekunden um. Er drohte, er würde mich erschießen, sollte ich zu fliehen versuchen, doch ich konnte nicht anders. Ich rannte und rannte und hörte ihn fluchen, aber es fiel nicht ein einziger Schuss. Erst in der Sicherheit von Mollys Haus hörte ich auf zu rennen. Ich war am Ende.

Zwei Tage später erschoss er einen Libanesen, weil der ihn angeblich seit Jahren verfolgt hatte. Habib wurde nach kurzer Haft und einer Untersuchung durch einen Nervenarzt an Syrien ausgeliefert. Da landete er bestimmt in der Psychiatrie und erlebte all das wirklich, wovor er in seinem Wahn immer einen solchen Horror gehabt hatte.

Das habe ich dir erzählt, damit du siehst, wie klein und unbeholfen ein Mensch in der Fremde ist.

Wo war ich gestern stehen geblieben?

Genau, ich wollte weiter von meinem Leben mit Molly erzählen und wie es zum ganz großen Krach kam.

Molly wollte im Mai zu ihren fünfundzwanzigsten Geburtstag ein Fest feiern. Wir schufteten eine Woche lang, bis die Wohnung so weit war, dass man darin etwa zwanzig bis dreißig Leute empfangen konnte. Ich lud nur Micha ein. Wen Molly eingeladen hatte, wollte sie mir nicht verraten. Es sollte eine Überraschung sein – und es wurde eine!

Ich war bis zu dem Tag nie besonders neugierig gewesen,

wie Molly vor meiner Zeit gelebt hatte. Viele Araber verhören erst einmal ihre Frauen und wollen wissen, ob sie jemals solch einen tollen Hecht hatten wie den, für den sie sich selber halten. Und sie sind beleidigt, wenn sie dann plötzlich die Wahrheit erfahren. Deshalb ziehen bei uns so viele Frauen die Lüge vor.

In Deutschland erzählen sich Männer wie Frauen derart nüchtern von ihren früheren Erlebnissen, als sprächen sie von Kinobesuchen. Ich kenne meine Eifersucht und deshalb hatte ich bei Molly nie nachgefragt. Allein der Gedanke, etwas Unliebsames zu erfahren, machte mich schon nervös. Deshalb hatte ich kein Interesse an irgendwelchen Details. Das hatte ich Molly auch immer gesagt. Ab und zu erwähnte Molly einen Wolfgang, einen Gerd, einen Dieter oder Thomas, doch ich wollte nicht wissen, wer sie waren. Die Namen blieben blass und ohne Inhalt.

Eines Tages entdeckte ich in einer Ecke von Mollys Schlafzimmer eine Nische mit Fotos von Molly und einem Mann. Es waren Strand-, Boots- und Unterwasserbilder. Nicht, dass die Nische versteckt gewesen wäre, trotzdem stieß ich erst nach einer ganzen Weile und eher zufällig auf sie. Die Bilder hingen schon lange dort. Sie zeigten ein und denselben Mann, mal beim Fischgrillen am Strand, mal im Taucheranzug und mal in einem Zelt, mal sonnengebräunt und mal käseweiß.

»Das ist Robert«, sagte Molly, »ein feiner Kerl. Leider ist er aber ein unzuverlässiger Mann, wie viele Tauch- und Skilehrer.«

Es klang Bedauern in ihrer Stimme mit oder ich bildete es mir zumindest ein.

In der Küche hingen Sachen von Heinz, im Bad die von Wilhelm, der winzige Balkon war voll gestopft mit kuriosen Blumentöpfen, die Salvatore mit ungeschickten Händen geformt hatte. Sogar im Eingang baumelten getrocknete staubige Rosen und Kräuter von der Decke, die Hannes zu bestimmten Anlässen Molly geschenkt hatte. Und an den Wänden hingen gerahmte indische Weisheiten von Mehdi, einem promovierten indischen Philosophen, der ein Jahr lang Molly geliebt hatte. All diese Dinge waren von meinem ersten Tag an da gewesen, doch sie fielen mir erst nun im Zusammenhang auf. Plötzlich kam mir die Wohnung von Molly wie ein Tempel vor und sie wie die Priesterin, die diese Götteraltare pflegte, deren Namen ich durcheinander brachte und deren Gesichter ich – abgesehen von dem dieses Robert – nicht kannte.

Nun magst du denken, ich übertreibe, gejagt vom Fieber meiner Eifersucht, aber so ist es nicht. Molly ist nicht besonders ordentlich. Sie erstickt in den Bücherbergen, die ihre Wohnung verstellen. Ihr fantastisches Gedächtnis hält dem Chaos stand. Und sie ist und war noch nie besonders aufmerksam. Manchmal stellte ich ihr frische Blumen auf den Tisch und sie bemerkte sie erst, wenn sie welk wurden, und warf sie in die Mülltonne.

Aber wenn du eine Kleinigkeit an den Altären ihrer früheren Männer verändert hättest, wäre ihr das sofort aufgefallen und sie hätte gleich wieder alles zurechtgerückt. Erst fand ich das lustig, doch dann ärgerte es mich immer mehr. Sie schien viel in der Vergangenheit zu leben.

Als wir die Wohnung für die Party herrichteten, stritten wir immer wieder über diese Relikte. Sie gehörten zu ihrem Leben, sagte sie, und wenn ich sie, Molly, wirklich lieben würde, könnte ich sie so akzeptieren, wie sie sei, einschließlich ihrer Vergangenheit. Wir steigerten uns immer weiter hinein. Ich sagte, ihr Tempel ersticke mich, es rieche nach Weihrauch und Leichen. Wenn sie mich richtig lieben würde, könnte sie die Reliquien hinausbefördern und Farbe und frische Luft in die staubige Wohnung lassen. Schließlich beruhigten wir uns aber wieder und bereiteten weiter die Feier zu ihrem Geburtstag vor.

Molly war damals immerhin ein Vierteljahrhundert auf

der Erde und das sollte besonders gefeiert werden. Sie wünschte sich von mir, dass ich für etwa zwanzig Leute kochte.

Zwei Tage stand ich in der Küche. Ich machte Kebbeh, Falafel, gefüllte Weinblätter, gebratene Auberginen, Hummos, Kebab, Hühnerfleisch in Knoblauch und Koriander, Tabbuleh, Muttaball, gefüllte Teigtaschen mit Spinat, Fleisch und Schafskäse und noch einiges mehr. Über zwanzig Schalen kamen noch dazu mit eingelegten Artischocken, diversen Oliven, Schafskäse, Pasturma, eingelegten Tomaten, Krabben in Knoblauch und über zehn Sorten Käse. Ich fand sogar unseren seltenen syrischen Zopfkäse in einer Frankfurter Markthalle. Dazu kaufte ich Fladenbrot.

Es gibt auf der ganzen Welt keine größere Freude für mich, als für Molly zu kochen. Unsere Männer kennen diese Freude nicht, einem geliebten Menschen gegenüberzusitzen und zu beobachten, wie er das liebevoll zubereitete Essen genießt. Molly hielt sich nie zurück. Sie ist eine absolute Genießerin und wenn sie schlürft vor Gier und doch jedes einzelne Weinblattröllchen sorgfältig geschnitten in den Mund führt, könnte ich sterben vor Glück. Sie besitzt diese Gabe, zugleich gierig und kultiviert zu sein. Ich bin ein Wilder. Ich esse wie ein Mähdrescher und könnte dafür ins Guinnessbuch der Rekorde aufgenommen werden.

Punkt sieben kamen die ersten Besucher, kurz vor halb acht waren sie vollzählig da: sechs Paare, fünf oder sechs allein stehende Männer und auch drei Freundinnen von Molly ohne Begleitung.

Micha kam fröhlich wie immer, aber mit zerzausten Haaren und leeren Händen, da er erst in allerletzter Minute aus dem Internet ausgestiegen war.

Molly wollte mir helfen, aber ich bestand darauf, dass sie wie eine Königin an der Tafel bedient wurde. Ich servierte und beglückte die Gäste mit meinen Leckereien und sie sparten nicht mit Lob. Immer wieder setzte ich mich auf den freien Platz neben Molly, küsste sie und lachte mit ihr. Immer wieder schaute ich, dass die Teller und Gläser der Gäste gefüllt waren.

Eine Weile war es ein lustiges Fest und die Stimmung sehr ausgelassen. Das Unheil nahm in einem merkwürdigen Augenblick seinen Anfang, als plötzlich, mitten im Lachen, bei mir der Verdacht wuchs, dass all die anwesenden Männer außer Micha ein Verhältnis mit Molly gehabt haben mussten. Kennst du das, wenn du plötzlich scheinbar grundlos einen Schweißausbruch bekommst und dir fast übel wird? Keine Ahnung, wie ich darauf kam, aber in jenem Augenblick war ich mir hundertprozentig sicher, dass mein Verdacht stimmte, und ich schwankte zwischen Ohnmacht und blinder Wut.

In meine wirren Gedanken versunken, ordnete ich in der Küche die Platten, als einer der Männer zu mir kam. Er fragte mich, ob ich einen Schnaps hätte. Ich gab ihm ein Gläschen Arrak und fragte ihn beiläufig, woher er Molly kenne. Er sei ein früherer Freund von ihr, gab er zur Antwort, und sie sei eine tolle Frau. Dann klopfte er mir auf die Schulter. »Gratuliere, Junge, du hast ein gutes Los gezogen.« Er lachte und ging ins Wohnzimmer zurück.

Der Zweite, Robert, kam in die Küche und wollte Salz, da er Rotwein auf seine Hose geschüttet hatte. Er war der Einzige, den ich vom Foto her kannte. Auch er war ein Jahr mit Molly zusammen gewesen. Als er das Salz über den Rotweinfleck streute, fing er plötzlich an, mir gute Ratschläge zu geben, wie man mit Molly umgehen müsse. Ich wurde zum ersten Mal unhöflich und ließ ihn in der Küche stehen, obwohl er noch sprach.

Als ich ins Wohnzimmer kam, fiel mir auf, dass Molly langsam nervös wurde. Die Männer tranken zu viel, wurden immer lauter und fragten einander ungeniert, in welcher Reihenfolge sie Molly gehabt hatten.

»Hilfe«, flüsterte mir Molly halb im Spaß zu, als ich an

ihr vorüberging, und beäugte den Männerpulk, der in der Ecke lärmte. Ich spürte, dass sie sich ärgerte, weil ihr das Vorhaben, sich vornehm und nicht ohne Stolz von ihrem vergangenen Leben zu verabschieden, aus der Hand glitt. Die Kommentare der Männer wurden immer übler. Sicher, die Sprüche waren getarnt mit Gelächter, aber man merkte, dass die Männer immer eindeutiger über Molly sprachen. Ihre Frauen saßen steif da wie Gipsfiguren, mit jeweils einem leeren Stuhl als Tischpartner.

Micha hatte sich mit Hannes, einem von Mollys Verflossenen, in eine Ecke zurückgezogen und interessierte sich nicht mehr für den Rest der Feier. Wahrscheinlich war Hannes auch ein Computerfreak. Ich aber fühlte mich allein und einsam mitten unter dieser feindlichen Meute.

Ich bediente niemanden mehr, aber sie merkten es gar nicht, denn sie fühlten sich wie zu Hause und versorgten sich selbst.

Als es unerträglich wurde, bat Molly ihre Gäste, zum Tisch zurückzukommen, weil sie ihnen etwas sagen wolle. Doch die Männer hörten nicht auf sie.

Ich stand in der Küche und machte mir gerade einen arabischen Mokka, als Molly zu mir kam. Sie war jetzt wütend.

»Verdammt! Alles ist schief gelaufen. Bitte versteh mich nicht falsch. Ich liebe dich wie kein Wesen auf dieser Erde«, sagte sie. Und mit diesem Wort der Liebe war ich plötzlich so mutig wie ein afrikanischer Löwe. Ich hegte nicht mehr den geringsten Groll gegen Molly.

Ich sagte ihr, sie solle sich wieder ins Wohnzimmer setzen. Ich würde ihr folgen, mich für den Besuch bedanken und dann allen Gästen einen schönen Nachhauseweg wünschen.

Doch es kam anders.

Als ich fünf Minuten später ins Wohnzimmer kam, saß Robert neben Molly. Er legte ihr aufdringlich seinen Arm um ihre Schultern und flüsterte ihr ins Ohr, als wäre sie seine Geliebte. Molly war es sichtlich unangenehm. Sie versuchte höflich ihn abzuwehren. Ich stellte meinen Mokka zur Seite und ging auf Molly zu.

»Nimm deine Pfoten von meiner Freundin«, rief ich.

Er lachte. »Ach, komm, Junge, wir wollen feiern und nicht Eifersucht spielen. Setz dich zu Daniela. Sie mag dich«, rief er laut. Daniela, seiner Frau, war es peinlich.

»Nimm deine Pfoten weg und scher dich zum Teufel«, rief ich noch einmal und schlug ihm mit der Faust ins Gesicht. Er war erschrocken und fiel vom Stuhl. Doch er rappelte sich schnell wieder auf, schnappte sich den Stuhl vom Boden und wollte damit auf mich einschlagen. Ich war aber schneller und trat ihm in den Bauch. Er kippte seitlich auf den Tisch. Molly schrie: »Aufhören! Nein!«

»Dreckiger Araber, verfluchter«, brüllte Robert jetzt.

Ich war nicht mehr ich, sondern irgendein Räuber aus Arabien. Ich schob Molly zur Seite.

»Sag das noch einmal!«, fauchte ich ihn an.

»Dreckiger...«, rief er und trat mich. Doch meine Faust stoppte ihn. Er blutete aus Mund und Nase. Ein Tumult brach los.

Plötzlich griff Micha ein. Er beschimpfte Robert als Schwein. Einer der anderen Männer wollte Robert verteidigen und meinte, er habe die Worte doch nicht so gemeint. Micha erwiderte gnadenlos: »Du bist besoffen, Mann. Oder hast du Tomaten in den Ohren? Hat er dreckiger Araber gesagt oder nicht? Und so einen verteidigst du?«

Das war Micha.

Endlich zogen sie alle ab. Die Männer verabschiedeten sich nur von Molly. Die Frauen aber, außer der verängstigten Daniela, drückten mir herzlich die Hand.

Micha umarmte mich beim Abschied. »Keine Sorge, ich bin da«, sagte er, streichelte Molly den Kopf und flüsterte mir zu: »Sei lieb zu ihr, wilder Araber!« Er ging als Letzter hinaus und schloss leise hinter sich die Tür. Ich wollte wirklich zärtlich zu Molly sein, aber alles ging an diesem Abend schief.

In sich versunken saß Molly am Tisch. »Ich wollte ihnen allen zeigen, wie glücklich ich bin«, schluchzte sie.

Wir stritten lange, denn ich war nicht weniger verbittert, weil sie ihre Vergangenheit nicht einmal mit der Kraft der Liebe in den Griff bekommen hatte, sondern sich auch noch verpflichtet fühlte, sie zu hegen und zu pflegen. Ich sei ein Esel, erwiderte sie auf meine Vorwürfe, und verstünde nicht, was sie mit dem Fest ihren früheren Männern habe sagen wollen. Ich schrie zurück, sie solle sich doch mit den Männern zum Teufel scheren, denn wenn sie ihr wirklich egal wären, hätte sie keinen Einzigen eingeladen, sondern nur mit mir diesen Geburtstag gefeiert. »Jawohl, mit mir allein. Alles andere ist Käse.«

In dieser Nacht waren wir zwar noch in derselben Wohnung, aber schon getrennt. Ich schlief schlecht und am frühen Morgen packte ich meinen Koffer. Es war Samstag und Molly ging ihren Tätigkeiten nach, als wäre nichts passiert. Sie pfiff, sang, packte ihre Bücherkartons und tat so, als wäre ich gar nicht da. Ich war noch im Bad, als sie losfuhr, ohne mich zu fragen, ob ich mit wollte. Ich nahm meinen Koffer und die kleine Aktentasche mit dem Schmuck und fuhr auch zum Flohmarkt.

Als ich dort ankam, warteten die beiden jungen Libanesen bereits auf mich. Sie hatten sich Sorgen gemacht, als Molly allein erschienen war. Wir redeten ein bisschen und plötzlich fragte ich sie, ob ich bei ihnen übernachten könnte.

»Na klar«, antworteten sie wie aus einem Munde.

Auch an diesem Tag kam der Polizist und ich beobachtete ihn aus der Ferne. Als er Molly nach mir fragte, brüllte sie ihn an, sie sei nicht meine Mutter und er solle sie verschonen, sonst würde sie Beschwerde gegen ihn einlegen. Das hörte ich aus einer Entfernung von nicht mal vier Metern und mir erstarrte das Blut in den Adern, als dieser hartnäckige Kerl sagte, sie könne so viel brüllen, wie sie wolle, und für eine Beschwerde würde er ihr gern das Papier schenken. Er tue nur seine Pflicht und wisse, dass ich da sei, und dann rief er noch einmal: »Ich / weiß / es!« Jedes Wort war ein Granitblock, hart und abgehackt sprach er es aus.

Als die Luft wieder rein war, kam ich zurück. Von Molly kam keine Reaktion. Ich schickte Bulos nach Hause. Er sollte seine Eltern fragen, ob ich gegen Bezahlung bei ihnen wohnen könne. Ich sei aber illegal hier, das sollten sie wissen, und wenn sie Angst vor Scherereien hätten, könnten sie ruhig Nein sagen.

Micha wollte natürlich, dass ich zu ihm zog, und er war sauer, als ich mich für die Libanesen entschied. Aber bei Micha zu Hause ist alles ein paar Stockwerke feiner, als ich es ertragen kann. Und ich fühlte, dass sich seine Mutter mir gegenüber zwar freundlich gab, aber es war ihr doch nie ganz wohl in ihrer Haut, wenn ich zu ihnen zu Besuch kam.

Micha hatte natürlich einen separaten Eingang zu seinem Zimmer und er erklärte sich sogar bereit, das Essen auf seine Bude zu tragen, damit wir, ungestört von den guten Manieren seiner Mutter, mit Spaß am Tisch sitzen könnten. Er wollte mir sein Bett überlassen und dafür auf dem Sofa schlafen. Was sollte ich da noch sagen? Du denkst, du bist bei einem großartigen Beduinen gelandet, dessen Gastfreundschaft die Grenzen der Selbstaufgabe erreicht, dabei ist Micha ein Deutscher.

Ich sagte ihm trotzdem ab. Er war traurig.

Eine Stunde später kam Bulos mit seiner Mutter zurück. »Legal oder nicht, das spielt keine Rolle. Du bist ein tapferer und großzügiger Junge und hast unseren Söhnen Arbeit gegeben«, sagte die korpulente Frau atemlos. »Du kannst so lange bei uns wohnen, wie du willst, und wenn eine Kontrolle kommt, sehen wir weiter. Gott wird uns helfen.«

Als ich sie zweimal unbeholfen »Mutter« nannte, protestierte sie: »Ich heiße Asma und bitte dich, mich so zu nennen. Sonst komme ich mir zu alt vor, wenn du Mama zu mir sagst.«

Ich ging vom Flohmarkt weg, ohne mich von Molly zu verabschieden.

Bei Asmas Familie geht es zu wie im Irrenhaus. Das muss ich dir erzählen, denn so etwas findest du in Arabien nicht.

Die Leute stammen aus Beirut und haben die Hölle des Bürgerkriegs überlebt. Meine Wächter Bulos und Butros waren noch nicht einmal vier, als die Familie einem Mordanschlag entkam und auf abenteuerlichen Wegen nach Frankfurt gelangte. Sie kamen 1984 nach Deutschland, wo ihnen nach einem zermürbenden Verfahren Asyl gewährt wurde.

Seither leben sie in einer winzigen Wohnung. Der Vater ist Koch in einem Restaurant. Asma hat genug mit den vier Kindern zu tun. Außer den beiden Jungen gab es noch ein kleines dreijähriges krankes Mädchen und einen quirligen fünfjährigen Jungen.

Ich war überrascht, wie völlig anders meine beiden Helfer von ihrer Familie eingeschätzt wurden als von mir. Den tüchtigen, kühlen und starken Bulos hänselten sie zu Hause und behandelten ihn grob, während sie den verträumten Butros nur mit Samthandschuhen anfassten und ihm größte Zuneigung entgegenbrachten. Bereits am ersten Abend schwärmte mir die Mutter von seiner Klugheit vor, denn sie sah ihn bereits als Doktor, während sie die Gier und Kälte von Bulos beklagte. Der winselte beschämt, die Mutter solle ihn vor seinem Arbeitgeber nicht schlecht machen. Als die Mutter kurz in die Küche ging, um Kaffee zu kochen, beruhigte ich ihn und versicherte, dass ich die Klagen seiner Mutter nicht ernst nähme. Er war erleichtert und verriet mir, die Mutter habe ihre besonderen Lieblinge in der Familie, nämlich Butros und das Mädchen Amira. Er und sein Bruder Nabil schlügen dem Vater nach und sie möge sie beide nicht, weil sie im Libanon viel unter ihrem Mann und seiner Familie gelitten habe.

»Und dein Vater?«, fragte ich. »Mag er dich mehr, weil du ihm ähnelst?«

»Mein armer Vater mag niemanden, nicht einmal sich selbst«, antwortete er.

Die Mutter kam zurück und redete ununterbrochen. Sie sprach, um zu vergessen, dass sie als Mädchen ein kleines Paradies für sich gehabt hatte und dazu tausend Pläne und dass es mit all dem nach einem Fest zu Ende gewesen war, als sie sich auf ein Verhältnis mit ihrem späteren Mann eingelassen hatte. Sie war schwanger geworden und hatte ihn sofort heiraten müssen, wenn ihr das Leben lieb war. Von da an war sie für die Familie des Mannes nichts als eine Hure gewesen, die ihren braven Sohn verführt hatte.

Asma verriet mir später, dass sie, obwohl im Libanon inzwischen Frieden herrscht, nicht dorthin zurückkehren will. »Die Deutschen misshandeln uns manchmal, aber ihre Misshandlungen sind das reine Vergnügen im Vergleich zu der Hölle, die ich Tag für Tag bei meinen Schwiegereltern zu ertragen hatte. Sie sind zwei Verbrecher und haben leider beide den Bürgerkrieg überlebt. So ungerecht kann die Welt sein. Kinder wie Orangenblüten hat der Krieg dahingerafft, schöne Mädchen und junge Männer hat dieses Ungeheuer verschlungen, aber diese beiden Monster hat er mir aufgespart.«

»Und dein Mann, der ist doch ganz brav, warum verteidigt er dich nicht?«

»Er ist, wie du siehst, ein blindes Lamm. Ich könnte ihm Spülmittel statt Wein servieren und er würde es trinken. Sobald er aber seine Mutter sieht, verwandelt er sich in eine Bestie. Er schlägt mich, sooft sie will, und beleidigt mich vor allen Leuten, wann immer die Schlange es wünscht.«

»Und deine Familie? Warum nimmt sie dich nicht in Schutz?«, fragte ich ungläubig.

»Ach Gott, meine Familie«, seufzte sie. »Mein liebster Bruder braucht selbst Hilfe. Meine beiden anderen Brüder sind in Saudi-Arabien und interessieren sich kaum noch für uns. Familie? Ich habe seit dem Tod meiner Mutter keine Familie mehr«, schluchzte sie. »Und die haben diese Schweine von Schwiegereltern auf dem Gewissen. Sie haben mich gequält und meiner Mutter damit das Herz gebrochen. Sie hat mit mir gelitten und war unendlich traurig, weil uns niemand vor dieser gewalttätigen Familie verteidigt hat.«

Erst durch den Bürgerkrieg entkam Asma den beiden. In Beirut hatte ihr Mann zwar mit viel Erfolg ein Restaurant geführt und ein eigenes Auto besessen, doch davon hatte sie nichts gehabt. Sie war die Sklavin seiner Eltern gewesen.

Du kannst dir nicht vorstellen, wie die Fremde den Menschen verändert. Asma lebte in Deutschland in einer Hölle und doch wollte sie die nicht gegen ihre Heimat eintauschen. Sie konnte kaum einen Satz Deutsch und musste mit vier Kindern und einem vor Angst fast verrückt gewordenen Mann in einer winzigen Wohnung leben, die sie so gut wie nie verließ.

Ach ja, und mit ihrem Lieblingsbruder, den hätte ich beinahe vergessen. Als ich zum ersten Mal bei ihnen zu Hause ankam, saß er auf dem winzigen Sofa unter dem großen Bild der heiligen Maria und hörte arabische Nachrichten. Er nahm mich nicht wahr. Auch als ich ihn grüßte, antwortete er nicht. Bulos tippte sich an die Stirn, um mir zu zeigen, dass der Mann nicht ganz richtig im Kopf war. In der Ecke lief der Fernseher, er lief den ganzen Tag. Der kleine Nabil und die winzige blasse Amira klebten am flimmernden Schirm. Sie aßen dort und blieben von früh bis spät vor dem Gerät sitzen. Der kleine Fünfjährige konnte das Videogerät betätigen und Kassetten mit Zeichentrickfilmen einschieben, wenn ihm das Fernsehprogramm für eine Weile nicht mehr gefiel. Er liebte Krimis und Western, konnte aber selber kaum einen Satz sprechen, weder auf Arabisch noch auf Deutsch. Wir saßen wie in einer Kneipe um den kleinen Tisch herum. Es war unglaublich laut, das Radio plärrte Nachrichten und knatterte fürchterlich, da die Sender nicht ganz sauber anzupeilen waren, der Fernseher dröhnte mit voller Lautstärke, die Mutter schrie beim Erzählen und in der Wohnung über uns schlug ein Mann immer wieder seine Kinder oder seine Frau. Die Mutter unterbrach sich dann für eine Sekunde, zeigte mit dem Finger nach oben und stieß abfällig hervor: »Deutschrussen, keine Kultur! Sie kochen schlecht. Sie benehmen sich schlecht im Treppenhaus. Eine Hand wechselt die andere ab beim Ohrfeigen der Kinder.«

Ich dachte, jetzt bin ich in einer Irrenanstalt. Aber ich schwöre dir, keine Sekunde dachte ich daran wegzugehen. Diese Familie hat etwas Warmherziges, das ich so noch nie erlebt habe. Ich wurde mit der Mutter schnell handelseinig. All ihren Beteuerungen zum Trotz, dass es ihr nichts ausmachen würde, auch wenn ich drei Jahre bei ihnen wohnen wollte, bestand ich darauf, pro Tag zwanzig Mark zu zahlen. Sie versuchte tatsächlich, mein Angebot abzuwehren, war aber dann doch dankbar für meine Hartnäckigkeit. Ich zahlte ihr für eine Woche im Voraus. Das Geld war nichts im Vergleich zu all der Wärme und köstlichen Bewirtung.

Ich hatte bis zu diesem Tag gedacht, meine Familie sei ein chaotischer Haufen und man könne bei uns zu Hause unmöglich ein vernünftiges Gespräch führen. Aber die Wohnung meiner Mutter ist ein Kloster eines Schweigeordens im Vergleich zur Behausung dieser Familie. Die Wände waren überklebt mit Bildern und Plakaten aus dem ehemals glücklichen Libanon. Auch ein Bild des Bergs von Harissa war da mit der Madonna. Das Wort Harissa hatte ich bereits als Kind gehört, weil Duke Ellington nach einem Ausflug mit meinem Vater ein Musikstück komponiert und »Mount Harissa« genannt hatte.

Der verrückte Onkel bildete sich ein, mit seiner vermeintlichen Geliebten zu telefonieren. Er ging dabei auf und ab und hielt eine Riesenmuschel ans Ohr. Der Fernseher lief, die Kinder lärmten, das Telefon klingelte ununterbrochen, das Radio plärrte wie immer, die Mutter sprach mit irgendjemandem laut an der Haustür und Butros setzte sich mit mir mitten in dieses akustische Durcheinander.

»Weißt du, warum Jesus hundertprozentig ein Orientale gewesen ist?«, fragte er mich.

Ich war wie benommen. Seine kleine Schwester richtete gerade in diesem Augenblick ihre Wasserpistole auf mich, schoss zweimal und traf mich im Gesicht und auf der Brust. Dann lachte sie und rannte davon, weil Bulos, mein zweiter Helfer, versuchte, das kleine Biest zu entwaffnen.

»Hast du 'ne Mark für mich?«, fragte mich da schon wieder der kleine Bruder Nabil. Das war sein einziger kompletter Satz, den er zu jedem Erwachsenen auf Deutsch sagte. Ich händigte ihm eine Mark aus und eröffnete damit einen Kampf zwischen ihm und der inzwischen entwaffneten Schwester. Sie wollte die Mark haben, um aus dem Automaten unten an der Ecke irgendwelche Kaugummis zu holen. Doch sie erntete eine Ohrfeige und fing fürchterlich an zu heulen.

»Jesus ist mit Sicherheit ein Orientale gewesen«, fuhr Butros ungerührt fort, »weil er erstens bis zu seinem dreißigsten Lebensjahr bei seiner Mutter gelebt hat. Und zweitens hat ihn seine Mutter für einen Gott gehalten.« Er lachte. Ich gab dem kleinen Mädchen auch eine Mark und sie hörte auf zu weinen, so plötzlich, wie man ein Radio abstellt. »Und drittens«, setzte Butros seinen Witz fort, »hat Jesus seine Mutter bis zum letzten Tag seines Lebens für eine Jungfrau gehalten.«

Das Erstaunlichste an dem Chaos in der Wohnung war:

Der Vater nahm von all dem nichts wahr. Als er spät nachts nach Hause kam, grüßte er mich so gleichgültig, wie er auch all den anderen fast geistesabwesend die schlaffe, abgearbeitete Hand gab. Dann setzte er sich hin und ließ sich von seiner Frau bedienen. Er hatte zwar schon im Restaurant gegessen, aber die Mutter setzte ihm ein Gläschen Arrak und einen kleinen Teller mit Erdnüssen und Kürbiskernen vor und der Vater trank schweigend seine fünf, sechs Gläser, stierte den Fernseher an, ohne zu begreifen, was lief, dann torkelte er ins Bett.

Bulos, die beiden jüngeren Kinder und der kranke Onkel teilten sich ein Zimmer, die Eltern schliefen auf einem ausziehbaren Sofa in der Küche.

Und das Zimmer von Butros? Es war nur ein winziger Verschlag, wie ihn die Deutschen als Abstellkammer für Besen, Eimer und Vorräte kennen. Butros hatte darin sein Reich errichtet und zeigte es mir voller Stolz. In diesen winzigen Raum zauberte Asma eine weitere kleine Matratze und ich war der glücklichste Gast auf Erden. Irgendwie gab mir diese Kammer das Gefühl, dass mir bei dieser Familie nichts passieren konnte.

In jener ersten Nacht erzählte mir Butros mit ruhiger Stimme, wie sein Vater um ein Haar bei einer Straßensperre in Beirut ums Leben gekommen wäre, hätte er nicht seinen Ausweis dabeigehabt. Man hatte ihn für einen Muslim gehalten und wollte ihn erschießen. Doch als er seinen Ausweis vorzeigte, beruhigten sich die christlichen Milizen und ihr Anführer ließ ihn laufen. Seit diesem Tag geht der Vater sogar mit Ausweis ins Bett.

Ich konnte nicht einschlafen. Butros und ich sprachen ganz leise, um die anderen nicht zu stören, und ich entdeckte einen anderen Butros, einen klugen, sensiblen Träumer. Er flüchtet noch heute oft vor dem Rummel seiner Familie in sein eigenes Reich. Keinem der Geschwister erlaubt er, in seine Kammer zu gehen. Dort legt er sich auf seine Matratze, hört mit dem Walkman arabische Musik und träumt vor sich hin.

»Und was ist mit deinem Onkel?«, fragte ich ihn irgendwann in der Nacht.

»Er ist ein harmloser Verrückter.« Doch da irrte sich Butros. Mag sein, dass der Mann verrückt geworden ist oder verrückt spielt, aber harmlos ist er nie gewesen. Die Mutter erzählte mir immer wieder, wie ungeheuer mutig er gewesen war, als er in einem früheren Bürgerkrieg das ganze Dorf beschützt hatte. Und sie wurde nicht müde, von seinen Heldentaten in den Bergen zu erzählen. Butros und Bulos kicherten dann. Der Onkel blieb immer still und unberührt von seinem vergangenen Ruhm.

Und wenn er nicht gerade Nachrichten hörte, zog er sich traurig in eine Ecke zurück, hockte dort und legte die handgroße Muschel an sein Ohr. Dann lauschte er mit verklärtem Gesicht, sprach und gestikulierte mal ernst, mal heiter. Nach einer Weile stand er erleichtert auf, versteckte die Muschel und saß wieder teilnahmslos in der Runde oder suchte Nachrichten im Radio.

»Was hört er denn?«, fragte ich, als er wieder einmal die Muschel ans Ohr hielt.

»Das ist sein Handy. Er telefoniert mit seiner Geliebten«, antwortete Bulos und kicherte wieder. Und merkwürdig, wie der Onkel war, fasste er nur zu Bulos Vertrauen und wollte mit keinem anderen als ausgerechnet ihm in die Stadt gehen. Bulos nahm ihn oft zu einer Tour durch die Kaufhäuser mit und führte ihn wie ein Kleinkind umher, fürsorglich, aber bestimmend. Oft musste Bulos den Onkel vor dem Spott anderer Jugendlicher in Schutz nehmen, doch tat er das nicht aus Liebe oder Mitleid, sondern aus einer Art Familienehre. Er fühlte sich selbst beleidigt, wenn sein Schützling ausgelacht wurde. Er aber war der, der den Onkel am meisten verspottete.

Butros, der Verträumte, konnte mit dem Onkel nichts anfangen. Er ließ ihn links liegen. »Was soll man schon dazu sagen«, erklärte er. »Meine Familie hat einen Hang zum Wahnsinn. Seine Geliebte ist bei einem Ausflug im Meer ertrunken und er, dem zwei Bürgerkriege nichts anhaben konnten, wurde am nächsten Morgen wahnsinnig. Seitdem telefoniert er mit ihr mit einer Muschel, wenn er nicht gerade Nachrichten hört. Und weißt du, warum er Nachrichten hört? Weil er auf eine verschlüsselte Botschaft vom CIA wartet, auf die Mitteilung, dass die Mörder seiner Geliebten gefasst wurden. Er liebt die Amerikaner und glaubt, dass nur der CIA die Mörder fassen kann.«

Auch als Butros längst eingeschlafen war, konnte ich nicht zur Ruhe kommen. Butros atmete leise und rhythmisch und ich ließ meine Gedanken zu Molly schweifen. Meine Wut war nur noch Glut unter kühler Asche und ich dachte an all das, was Molly in mir geweckt hatte. Sie hat ein Gespür für Menschen und Situationen, wie ich es sonst nur noch bei Nadime erlebt habe. Molly weiß meistens schon im Voraus, ob etwas gelingen wird oder nicht. Darin ist sie das genaue Gegenteil von mir. Sie ist bei allem skeptisch und mag kein Risiko. Mich dagegen kitzelt das Abenteuer und so ergänzen wir uns. Und wenn ich der Motor bin, der sie antreibt, dann ist Molly nicht etwa die Bremse, sondern der Kompass, der die Richtung zeigt.

Nur streiten kann sie nicht. Sie geht jedem auf der Welt lächelnd aus dem Weg, um keine Scherereien zu bekommen. Aber mit mir legt sie sich wegen jeder Kleinigkeit an. Ich habe ihr das schon oft vorgehalten.

»Ja, weil die anderen mich nicht interessieren. Dich aber liebe ich, und wen ich liebe, den möchte ich aus der Nähe sehen und erleben, dem will ich nicht aus dem Weg gehen«, sagte sie.

In jener Nacht dachte ich an ihre kleinen Hände, die sie gern in meine große, schaufelähnliche legte. Und ich malte mir aus, wie mich Molly umarmt hatte und ich mir spröde und hölzern vorgekommen war wie ein Dattelkern.

Und ich haderte mit mir. Ich liebte doch Molly und ausgerechnet sie traf ich mit meinen Kanten und Stacheln. Aber warum?

Am nächsten Tag nahm mich der Onkel zum ersten Mal wahr. Er fragte seine Schwester am Frühstückstisch: »Ist er einer von uns?«

»Ja, Lutfi ist einer von uns«, bestätigte Asma und meinte, dass ich Christ sei.

Er staunte mich an und fragte zögernd: »Amerikaner?«

»Nein, ein Araber aus Afrika«, erwiderte ich. Er winkte mich zu sich, drückte die Muschel in meine Hand und bedeutete mir, ich solle sie ans Ohr legen. Es war eine große, herrliche Muschel mit Windungen. Ich legte sie an mein Ohr und lauschte dem Rauschen.

»Hörst du das Meer?«, fragte er gespannt.

Ich nickte.

»Und hörst du Alia?«

Ich wusste nicht, was ich sagen sollte. Bulos stand mir gegenüber. Er half mir mit einem Kopfnicken.

»Ja, ich höre sie nach dir rufen«, antwortete ich und gab dem Onkel die Muschel beschämt zurück.

»Hallo, Alia, bist du das?«, fing er sein Gespräch mit der anderen Welt an und war bald völlig in sie versunken.

Asma versuchte immer wieder verzweifelt, ihren Bruder ins wirkliche Leben zurückzuholen. Sie nahm ihn an der Hand, setzte sich mit ihm vor den Fernseher und gemeinsam schauten sie sich die Filme und Serien an. Da sie aber kaum Deutsch und kein Wort Englisch oder Französisch verstand, erzählte sie ihm ihre eigenen Geschichten anhand der gespielten Szenen, einschließlich ganzer Dialoge, Streitereien und deren Schlichtung. Irrsinnige Geschichten waren das, die mit dem Film, der gerade lief, nichts zu tun hatten. Aber irgendwie passten sie doch immer zu den Bildern.

Manchmal wunderte sich der Onkel laut, wenn Asma ihm gerade gesagt hatte, die beiden Männer im Film seien miteinander befreundet, und dann der eine den anderen erschoss. Aber denkst du, das hätte die Mutter aus dem Konzept gebracht? Sie wurde nur noch lauter: »Freunde? Was sagt das schon in unserer Zeit. Natürlich stimmt das, was ich dir übersetzt habe, aber so ist das Leben. Die Menschen betrügen und erschießen am liebsten ihre besten Freunde.« Und der Onkel nickte.

Butros und Bulos sprachen perfekt Deutsch, doch sie fielen ihrer Mutter nie ins Wort.

Die Jungen mussten in die Schule, deshalb streunte ich den Tag über einsam in Frankfurt herum. Abends kehrte ich erschöpft zu der Familie zurück. Die Mutter und die Kinder behandelten mich so liebevoll, als wäre ich ein Cousin. Nach einer Weile gewöhnte ich mich auch an den Onkel mit seiner Muschel und sogar an die Gleichgültigkeit des Vaters und an seine nächtlichen Schreie, wenn ihn wieder Albträume heimsuchten. Und ich lag im Dunkel der Kammer auf der Matratze und hörte Butros zu, der sehr gesprächig wurde, sobald es draußen in der Wohnung still war.

Wir waren weniger als drei Jahre auseinander. Er erzählte mir von seiner Freundin Eva, mit der er die Schulbank teilte. Er träumte mit offenen Augen, dass er Eva vor Angreifern rettete, und dabei war er eine merkwürdige Mischung aus Tarzan und Superman, Batman und Asterix zugleich.

Ich lernte sie kurz darauf selber kennen. Mir schien, wenn einer der beiden je den anderen retten könnte, so wäre es sie. Sie ist zierlich und kurzsichtig, doch sie hat das Herz einer Löwin und sie liebt Butros und küsst ihn zu seinem Ärger ab, wo immer sie ihn erwischt. Er ziert sich dabei wie ein schüchternes Mädchen.

Butros hatte Eva mit nach Hause gebracht und Asma bestand darauf, dass sie bei ihnen zu Abend essen sollte. Der Vater hatte an dem Tag frei.

Bulos, Butros, Eva und ich saßen vor dem Essen in der kleinen Kammer und lachten viel. Aber an jenem Abend war der Onkel unglaublich nervös. Er ging rastlos durch die Wohnung. Eva, die mit dem Onkel vertraut war, versuchte ihn zu beruhigen, doch der Onkel war außer sich vor Aufregung.

Der Vater schaute ihn ängstlich an. »Was hat er denn heute?«, fragte er immer wieder unbeholfen.

»Die Kämpfe im Süden sind wieder aufgeflammt. Israelis und Hisbollah-Milizen sind wieder aneinander geraten«, sagte die Mutter knapp und war in Sorge um ihren Bruder.

Er war der Einzige, der an jenem Abend nichts aß. Stattdessen kramte er in der Küche herum und setzte immer wieder Schüsseln und kleine Töpfe ans Ohr. Schließlich erklärte Asma, dass er seine Muschel verloren hätte, aber niemand beachtete ihn.

In der Nacht verschwand der Onkel.

Asma entdeckte es am frühen Morgen und schlug Alarm. Wir suchten die Umgebung des Hauses ab, aber es fehlte jede Spur von ihm. Bulos und Butros mussten in die Schule. Nach einer kleinen Ewigkeit verriet uns der Fünfjährige, dass er die Muschel am Vortag versteckt hatte. Ich riss sie an mich und eilte in die Stadt. Plötzlich entdeckte ich den Onkel. Er saß in sich versunken auf einer Bank im Park. Ich hob die Muschel in die Höhe und ging auf ihn zu. Er schaute zu mir her und stand auf wie hypnotisiert. Er war so überwältigt von der Überraschung, dass er wie festgenagelt mit ausgestreckten Armen stehen blieb.

Und sofort, als ich bei ihm war, legte er die Muschel an sein Ohr und ging an meiner Seite friedlich nach Hause. Zu Hause umarmte mich Asma und weinte vor Rührung und Erleichterung. Und mag es Zufall gewesen sein oder nicht, den Vater erschütterte in jener Nacht ein furchtbarer Traum.

»Ein Lastwagen fährt über eine staubige, unebene Straße«, erzählte er uns allen am nächsten Abend. »Auf der Ladefläche stehen eng gedrängt viele Menschen. Ich stehe neben Asmas Bruder, der die Muschel ans Ohr hält und flüstert: ›Das Meer ist nah. Meine Geliebte wartet auf mich.‹

Plötzlich überholt ein Jeep den Lastwagen und stellt sich quer. Männer mit Maschinenpistolen springen heraus.

›Alle Männer aussteigen!‹, ruft ihr Anführer auf Deutsch. Ich stehe zitternd neben dem Onkel, der immer noch unbeeindruckt dem Rauschen in der Muschel lauscht. Die bewaffneten Männer sind christliche Falangisten. Außer ihrem Anführer sind alle mit schwarzen Kapuzen vermummt und tragen ein großes Kreuz auf der Brust.

›Alle Muslime vortreten!‹, brüllt der Anführer. Ein alter Mann tritt vor. Er wird abgeführt und wir hören Schüsse. Der Anführer nähert sich dem Onkel. Er schreit ihn an: ›Und du Schweinehund, du mit dieser Fratze willst ein Christ sein? Zieh deine Hose aus, und wehe dir, du bist beschnitten!‹

Der Onkel zeigt auf die Muschel und will etwas erklären, doch der Anführer schlägt sie ihm aus der Hand und ruft: ›Hose runter! Alle!‹

Zwei Männer werden abgeführt und der eine bettelt um Gnade, er sei Christ, aber man habe ihn als Kind operieren müssen, weil seine Vorhaut zu eng gewesen sei.

Man hört wieder Schüsse und nun kommt der Anführer zu mir. Ich lächle erleichtert und sage: ›Ich bin katholisch und wie du siehst nicht beschnitten!‹

Der Anführer aber lacht höhnisch, zeigt auf mich und brüllt: ›Kommt mal alle her! Schaut euch das an!‹ Dann dreht er sich zu mir und sagt: ›Welcher Konfession gehörst denn du an? Du hast da unten ja gar nichts!‹

Ich schaue und tatsächlich ist da unten nur glatte Haut. Schrecklich!«

Ich kann dir gar nicht alles erzählen. Ich war vielleicht fünf oder sechs Tage bei der Familie, doch ich habe so viel mit ihnen erlebt, dass mir nicht einmal fünfzehn Tage reichen würden, um alles der Reihe nach wiederzugeben.

Auch ich hatte eines Nachts einen fürchterlichen Traum. Mag sein, weil wir nächtelang über den Bürgerkrieg gesprochen hatten, mag sein, weil ich Angst um Molly hatte, ich weiß es nicht.

Ich hielt im Traum eine Fahne in der rechten Hand und klammerte mich – hinter dem Fahrer im offenen Jeep stehend – an einer Stange fest. Der Beifahrer hatte mit beiden Händen das schwere Maschinengewehr fest im Griff. Aufmerksam und misstrauisch musterte er die Straßenecken und Balkons auf der Suche nach Scharfschützen. Das Auto raste an zerschossenen Häuserfassaden und Ruinen vorbei.

Die Geschwindigkeit des Jeeps war atemberaubend. »Langsamer«, rief ich, weil das Auto anfing zu schlingern, doch der Fahrer antwortete nicht. Ich beugte mich zu ihm hinunter und erschrak: Der Mann war tot.

»Hab keine Angst, das Auto kennt den Weg wie mein alter Esel von alleine. Es fährt ihn zum hundertsten Mal«, brüllte der Mann mit dem Maschinengewehr und prustete vor Lachen. Dann schwieg er wieder, schaute misstrauisch um sich und richtete seine Waffe gegen die hohen Balkons. Eine Frau hängte gerade ihre Wäsche auf.

Ich sah plötzlich Molly am Straßenrand, die bis zu den Knien im Schlamm steckte. Sie winkte und ich schrie: »Halt! Halt!«, doch das Auto raste weiter. Plötzlich ratterte das Maschinengewehr und ich sah die Einschläge der Kugeln oben auf dem Balkon neben der Frau, die Wäsche aufhängte. Sie hielt eine Weile still, bis sich die Staubwolke aus zerbröseltem Putz gesenkt hatte, und hängte dann weiter Wäsche auf. Und in dem Augenblick entdeckte ich vor uns einen Abgrund, auf den der Jeep zuraste. Ich wollte abspringen. Doch nun klebte meine Hand an der Stange fest. Ich fiel in die Tiefe und wachte erschrocken auf.

In der Wohnung war es ruhig. Ich dachte, sie wären alle unterwegs. Aber als ich aus der Kammer trat, sah ich die beiden Kleinen vor dem Fernsehgerät. Amira bemerkte mich als Erste. »Jetzt können wir laut stellen«, sagte sie erleichtert zu ihrem Bruder Nabil. Die Mutter hatte sie ermahnt, leise zu sein, bis ich aufwachte. Sie war mit ihrem kranken Bruder in der Stadt und Butros und Bulos waren in der Schule. Der Vater arbeitete bereits im Restaurant.

Draußen war es eiskalt. Als ich mich laut darüber wunderte, dass Asma ihre kleinen Kinder allein gelassen hatte, erwiderte Amira, ohne die Augen vom Fernseher zu wenden: »Wir wollen nicht einkaufen gehen. Immer wenn der Onkel mitgeht, ist es langweilig.« Dann versank sie wieder in dem amerikanischen Krimi. Ich ging in die Küche und kochte mir einen Mokka. Ich dachte an Molly und fand in meiner Traurigkeit keinen Weg zu ihr. Nadimes Wort, Liebe und Stolz seien Urfeinde, klangen in meinen Ohren.

Bitterkeit überfiel mich. Alle Welt reitet auf den Fremden herum, dachte ich. Es muss doch einen Ort geben, nicht mehr als vier Wände und ein Dach drauf, wo der Fremde nicht beleidigt werden darf. Wo er gnadenlos alle Feinde abschüttelt, ohne dass er vom liebsten Menschen im Stich gelassen wird. Das wollte ich Molly bei unserer nächsten Begegnung sagen.

Plötzlich sah ich, wie Amira in die Küche kam, einen Stuhl zur Spüle schleppte, hinaufstieg und, noch bevor ich etwas sagen konnte, schon im Spülbecken stand.

»Was machst du da?«, fragte ich besorgt. Sie erschrak, weil sie nicht daran gewöhnt war, dass sich jemand um sie kümmerte.

»Ich mache das Schiff für den Jungen«, sagte sie und zeigte auf das große Fenster über der Spüle, das immer in der kalten Jahreszeit beschlagen war. Ich verstand nichts.

Sie begann mit dem Zeigefinger in das Kondenswasser zu malen. Bald erkannte ich zwei schöne große Wellen, darauf setzte sie ein Boot und dann ein Segel. Alles war erstaunlich gut und mit sicherer Hand gezeichnet.

Sie betrachtete das Boot, dann wischte sie geschickt mit der Handfläche eine runde Fläche über dem Segel klar und ich konnte nun durch die Sonne an einem Fenster im zweiten Stock des gegenüberliegenden Betonblocks einen Jungen sitzen sehen. Er war im Rollstuhl. Als Amira durch die Sonne ihr Gesicht zeigte, winkte der Junge mit schlaffer Hand und lächelte müde. Amira winkte zurück und kletterte wieder herunter. Sie rückte den Stuhl zurück an seinen Platz und ließ sich neben ihren Bruder fallen, der jetzt eine Quizsendung verfolgte. Sie malte jeden Tag ein Segelboot.

Der Samstag rückte näher. Ich hatte Sehnsucht nach Molly und hoffte, dass wir uns auf dem Flohmarkt wieder treffen und versöhnen würden. Butros fragte mich am Donnerstag, ob ich zu ihr wolle, und ich antwortete ausweichend mit »vielleicht«, doch es kam anders. Am Freitagabend wurde ich geschnappt.

War es Schicksal, dass ich mit Butros und Eva am Freitagabend selbstvergessen am Main spazieren ging? Wir waren in ein Gespräch über die Liebe vertieft. Da plötzlich spürte ich die Hand, die ich von allen Händen der Welt genau unterscheiden kann, auf meiner Schulter und im gleichen Moment hörte ich seine Stimme: »Ruhig, Junge, ganz ruhig.«

Tausend Gedanken schossen mir durch den Kopf und ich versuchte auch auszureißen, doch Jens Schlenders Griff war aus Stahl.

»Ruhig, Mann, sonst kriegst du Ärger!«

Von meinen Begleitern wollte er nichts. Als Butros protestierte, knurrte Jens Schlender ihn an, er solle weitergehen, sonst würde er ihn wegen Beamtenbeleidigung festnehmen.

Nach einer kurzen Fahrt saß ich ihm im Revier gegenüber. Er war nicht mal gehässig zu mir. Er sah erleichtert aus, als hätte er eine Last von seinen Schultern abgeschüttelt.

Und er fragte mich allen Ernstes: »Warum fliehst du dauernd aus deiner Heimat?«

»Wissen Sie«, sagte ich zwischen Lachen und Weinen, »ich vertrage die Hitze dort nicht und der Arzt hat mir kühlere Regionen zur Erholung empfohlen.«

Irrflüge

Die zweite Abschiebehaft fiel mir besonders schwer. Molly ließ sich nicht blicken. Nur Butros und Bulos besuchten mich zweimal. Sie hatten Angst vor dem Gefängnis und kamen deshalb in Begleitung ihrer Mutter. Als sie mich fragten, was sie mit meinem Koffer tun sollten, den ich bei ihnen deponiert hatte, bat ich sie, ihn für mich aufzubewahren. Und ich versicherte ihnen, dass ich zurückkommen würde.

Im Koffer hatte ich Gold und Silber für zehntausend Mark, doch ich war mir sicher, dem Schmuck konnte bei dieser Familie nichts passieren.

Die Haftzeit war kurz und doch fühlte ich mich elend. Mein einziger Trost war, dass Micha mich täglich besuchte. Bei jedem Besuch erinnerte er mich daran, was ich selbst gesagt hatte: Ich sei eine Schwalbe, die immer wieder zurückkommt. Trotzdem haderte ich mit mir und meinem Schicksal. Vor allem war ich von Molly enttäuscht. Hätte ich allerdings gewusst, dass sie gar nichts von meiner Verhaftung erfahren hatte und mich nicht einmal dann hätte besuchen können, da sie im Krankenhaus lag, hätte ich die Dummheit mit Samira in Damaskus niemals begangen.

Wie betäubt stieg ich in Begleitung zweier Beamter ins Flugzeug in der Hoffnung, vier Stunden später in Damaskus zu landen. Doch es kam anders.

Eine furchtbare Reise führte mich durch alle Gefängnisse Arabiens.

Nein, ich übertreibe nicht, ich war wirklich in allen arabischen Gefängnissen, Mauretanien ausgenommen.

Es fing mit einer Verwechslung an. Normalerweise sind die Deutschen sehr korrekt. Aber bei dieser Abschiebung hatte der Computer gesponnen und mich mit einem Sudanesen verwechselt, der Farah Lutfi hieß. Du weißt, mein Familienname kann auch als Vorname gebraucht werden und umgekehrt. Plötzlich fand ich mich inmitten vieler Afrikaner wieder und meine Hautfarbe überzeugte die Polizeibeamten, die mich begleiteten, mehr als meine Worte.

Ich landete in Khartoum und wurde mit Ohrfeigen empfangen. Wieso ich den Staat im Ausland schlecht mache, nur um Asyl zu beantragen, wollte der Offizier wissen. Ich versuchte ihm zu erklären, dass ich kein Sudanese sei und nie einen Asylantrag gestellt habe. Das Ganze sei nichts als ein Computerfehler. Es folgten drei Tage, in denen ich nur Wasser trank. Die Suppe, die sie uns in einem rostigen Eimer brachten, war voller Ungeziefer. Ich konnte sie nicht einmal anschauen. Nach drei Tagen hatte der Offizier eine erlösende Idee und behauptete, ich sei Ägypter und wisse es bloß nicht. Prompt saß ich gefesselt wie ein Verbrecher in einem Flugzeug, das nach Kairo flog.

Als Kind hatte ich immer davon geträumt, einmal in Kairo zu leben. Kairo, das war meine ferne Sehnsucht gewesen. Gesang, Tanz, Lachen und eine unendliche Güte verband ich mit Ägypten. Dazu kam, dass ein Nachbar von uns einen blinden Sänger namens Scheich Imam vergötterte – so wie meine Mutter Duke Ellington. Hast du von dem Blinden schon mal gehört? Macht nichts, aber er hatte eine göttliche Stimme und man konnte beim Zuhören lachen und weinen zugleich.

An all das dachte ich, als mich der unfreundliche Sudanese dem Kollegen in Ägypten übergab. Dieser Ägypter, der gerade mit irgendwem auf Englisch telefonierte und ihm die Gastfreundschaft der Ägypter pries, war zu mir kälter als eine Hundeschnauze. Er beendete widerwillig das Gespräch und wandte sich arrogant zu mir um. Was war ich bloß für ein Pechvogel? Ich war ausgerechnet an einen Ägypter geraten, der Araber hasste, vor allem solche, die Hilfe brauchten. Er schlug mich nicht, aber er fügte den Begleitpapieren eine weitere Seite hinzu und ließ mich eine Nacht ohne Essen in einem kleinen Gefängnis am Flughafen festhalten. All meine Beteuerungen, dass ich Ägypten liebe und dass ich Syrer sei, halfen mir wenig. Der Mann hörte mir nicht einmal zu.

Da brach für mich eine Welt zusammen. Ganze zwölf Jahre hatten wir in der Schule nur Lügen gebrüllt von der Einheit der arabischen Nation. Zwölf Jahre lang hatten wir in widerwärtigen Lügen über die arabische Gastfreundschaft geschwelgt. Und immer hatte es geheißen, dass die Araber, hart erzogen von der Wüste, jeden Fremden aufnähmen und drei Tag lang füttern müssten, bevor sie es sich schüchtern erlauben könnten, ihm die Frage nach dem Wohin zu stellen. Mein Gott, wie eingebildet unsere Lehrer das als den wichtigsten Charakterzug der Araber betont hatten! Diese Feiglinge waren nie durch Arabien gereist in der Absicht, die Texte zu überprüfen, die sie uns zum Auswendiglernen gaben.

Am nächsten Morgen wurden alle Insassen meiner Zelle in ein Flugzeug gesteckt, das nach Libyen flog.

»Schreibe auf, ich bin Araber«, zitierte ich einen bekannten Vers des berühmten Dichters Mahmud Darwisch. Und ich hatte noch nicht den Vers erreicht, in dem es heißt: »Und mein bevorzugtes Gericht ist Olivenöl und

Thymian«, da traf mich schon ein Tritt des jungen Beamten am Flughafen von Tripolis und ich flog der Länge nach hin.

Was soll ich dich noch langweilen mit all der Gastfreundschaft, die mir weiter entgegengebracht wurde. Von Libyen schob man mich nach Algerien ab, von da nach Marokko und von dort nach Tunesien. Die Tunesier fügten ihrerseits meiner Akte eine Seite hinzu und übergaben mich den Palästinensern in einem Lager vor der Hauptstadt Tunis. Von dort wurde ich in den Jemen verfrachtet. Die konnten aber mit mir auch nichts anfangen und kurz darauf saß ich zwei Geheimdienstlern aus Saudi-Arabien gegenüber, die wissen wollten, wie ich über die Grenze gekommen sei. Ich wusste es auch nicht. Es war nachts gewesen und die Jemeniten hatten mich aus dem Militärfahrzeug geworfen. Von dort war ich durch die Golfstaaten gewandert. Meine Akte wurde immer dicker und ich immer dünner. Als ich von Bagdad nach Amman und von dort kurzerhand an die syrische Grenze gebracht wurde, war ich so zerschunden, dass sich der syrische Offizier, der mich in Empfang nahm, darüber empörte. Er sah mich an, dann die Papiere, die man ihm ausgehändigt hatte, schüttelte den Kopf und bot mir einen Tee an. »Diese Arschlöcher«, sagte er aufrichtig. »Was machen die denn mit einem Kind, das den Weg nach Hause verloren hat!«

Er meinte es ernst. Nachdem er sich durch eine Überprüfung in seinem Computer meiner Identität versichert hatte, zerriss er die Blätter und entließ mich sofort. »Geh zu deiner Mutter, sie soll dich pflegen, du fällst sonst noch ganz vom Fleisch.« Er rief einen der Taxifahrer, die nach Damaskus fahren, und befahl ihm, mich bis vor die Haustür zu bringen. Und um mir jede erdenkliche Peinlichkeit zu ersparen, sagte er vor allen anderen Fahrgästen zu dem Taxichauffeur: »Damit du es auch bestimmt nicht vergisst, Mahmud, die Fahrkosten für den Jungen habe ich dir bereits bezahlt. Du schuldest mir noch eine ganze Menge, verstanden?«

Und der Taxifahrer verstand.

Auch in meiner Gasse wurde ich nicht mit offenen Armen empfangen. Meine Mutter war enttäuscht, dass ich diesmal mit leeren Händen, fast verhungert und krank zurückgekommen war. Nadime hatte keine Zeit für mich. Sie war dauernd als Hebamme unterwegs.

Ich streunte also in Damaskus herum und wartete auf meinen neuen Pass. Der Meisterfälscher Ali war verreist und sollte erst in einer Woche wiederkommen. Ich brannte darauf, nach Deutschland zurückzukehren, und versuchte die Zeit totzuschlagen. Aber wer auch immer das versucht, dem dehnt sich die Zeit ins Unendliche und die herrliche Stadt Damaskus verwandelt sich in eine traurige Falle.

Irgendwie verändert die Fremde das Bild der Stadt, in der man gelebt hat. Die Erinnerungen an sie werden immer farbiger und schöner und dann kann keine Stadt der Welt mehr dieser Schönheit entsprechen.

Plötzlich war mir danach, Samira zu sehen. Ich wollte nur mit ihr reden. Ich rief sie an und sie war begeistert von meiner Idee.

Wir trafen uns in unserem Café, wir lachten und weinten, küssten und streichelten uns, wann immer der einzige Ober uns gerade nicht ins Visier nahm.

Plötzlich schlug Samira vor, wir sollten zu ihr gehen. Ihr Mann sei am Morgen für eine Woche geschäftlich nach Rom geflogen. Sie sehne sich nach dem Geruch meines Körpers.

»Und deine Haushälterinnen, Chauffeure und Leibwächter?«, fragte ich leise.

Sie habe nur zwei Hausangestellte aus Sri Lanka, in denen sähe sie keine Gefahr, weil sie im Nebengebäude lebten und das Haus nur beträten, wenn sie nach ihnen riefe.

Und die Chauffeure säßen auf der Bank und führen nur vor, wenn sie es wünsche.

Mich verwirrte ihr Mut und ich quasselte irgendetwas von Anstand und Treue. Sie schaute mich amüsiert an. »Unanständig ist nur, dass man uns getrennt hat. Ich dachte, du bist in Deutschland etwas klüger geworden, aber du bist ja immer noch ein Kind«, sagte sie und stand auf. Ich folgte ihr zu ihrem Sportwagen. »Tja«, sagte sie und tätschelte die Kühlerhaube, als wüsste sie, welche Frage mir auf der Zunge lag. »Das ist die Moral von der Geschichte. Wer die Macht hat, bestimmt, was richtig ist. Mein Mann musste nur einmal anrufen, da bekam ich das Auto und beim zweiten Anruf den Führerschein.«

Ich stieg ein und sie legte los wie ein Rowdy. Sie fuhr, wie die Kinder der Reichen bei uns immer fahren: Sie treten aufs Gas und nur wer lebensmüde ist, stellt sich ihnen in den Weg.

Sie sollte mich bis zu unserer Gasse fahren. Aber sobald ich neben ihr saß, änderte sich irgendwie meine Meinung und ich fand es gar nicht mehr dumm, ein paar Stunden mit ihr zu genießen. Doch bald plagte mich die Angst, ihr Mann könnte Wächter aufgestellt haben, die jeden Nebenbuhler bestraften. Ein Freund von mir war nur durch ein Wunder mit dem Leben davongekommen, als er heimlich zu seiner Geliebten, der Gattin eines Industriellen, gegangen war und nicht auf die Wächter geachtet hatte.

Als wir die Gasse erreichten, gab sie mir einen Kuss.

»Überlegen Sie es sich noch mal, Herr Pfarrer, und Sie können sicher sein, ich nehme vor dem Kadi im Himmel Ihre Sünde auf meine Kappe. Lass mich dafür nur zwei Stunden deine nackte Haut riechen. Ist das in Ordnung?« Sie grinste mich an und raste davon. Darwisch, der Schuhputzer, pfiff ihr voller Bewunderung hinterher und sein Kommentar hätte Samira bestimmt gefallen.

»Gott im Himmel! Wird hier ein Film gedreht? Wann ist Omar Sharif dran?«

Ich lachte und gab ihm im Vorbeigehen zehn Lira.

»Gott segne dich. Ich gönne dir die Königin Elisabeth«, rief er laut und lachte.

Kamal, der Friseur, der vor seinem Laden saß und in Ruhe an seiner Wasserpfeife zog, protestierte scherzend: »Was hat er dir Böses getan, dass du ihm die Alte an den Hals wünschst?«

Ich lachte.

Als ich unser Haus erreichte, hatte ich eine Idee. Statt zur Haustür hinein ging ich fünfzig Meter weiter und klingelte bei Nadime. Sie war da und empfing mich mit einer Umarmung. Ich sah, dass sie erschöpft war, aber sie strahlte übers ganze Gesicht.

»Ich wollte gerade einen Kaffee mit viel Kardamom trinken, aber allein hatte ich dann doch keine Lust. Gott hat dich zu mir geschickt, setz dich«, sagte sie, als ginge sie ganz selbstverständlich davon aus, dass ich das wollte. Nadime benahm sich so, als wäre ich nie weg gewesen.

»Und was möchtest du mir erzählen?«, fragte sie, als sie aus der Küche kam und mir die Tasse reichte.

»Ich habe Samira im Café getroffen und ...« Ich zögerte.

»Was, und? Sie will dich unter vier Augen ... sagen wir, sehen. Das erlaubt die katholische Kirche.«

»Und was, wenn sie mehr will als das?«

»Dann erlaubt es die orthodoxe Kirche«, erwiderte sie. Mir gefiel das Spiel.

»Und was, wenn sie noch mehr will?«

»Die evangelische Kirche erlaubt den Pfarrern sogar zu heiraten.«

»Und was, wenn sie immer noch mehr will?« Ich lachte.

»Dann erlaubt das Nadime. Noch etwas?«, erwiderte sie und fegte all meine Zweifel mit einer Handbewegung hinweg.

»Ja, das Wichtigste, aber bitte lach mich nicht aus«, sagte ich ernst. »Ich habe Angst, zu ihr zu gehen, weil ich vermute, dass ihr Haus rund um die Uhr bewacht wird, allein aus Sorge, sie oder ihr Mann könnten von Gangstern entführt werden.«

»Das ist nicht zum Lachen, mein Junge. Du hast Recht. Das könnte dich das Leben kosten. Aber muss es denn bei ihr sein?«

Und noch bevor ich sagen konnte, dass ich nicht wusste, wo sonst, schlürfte Nadime geräuschvoll einen kräftigen Schluck Kaffee und sagte: »Kommt doch zu mir und ich verschwinde wie in alten Zeiten zu deiner Mutter, bis du mir den Schlüssel zurückbringst. Hier seid ihr ungestört.«

Ich war überglücklich. Und Samira?

Sie fand die Idee romantisch. Ich bat sie nur, ein Taxi zu nehmen und nicht mit dem Sportwagen vorzufahren, damit sie keine unnötige Aufmerksamkeit auf sich zog.

Und Samira kam. Ich wartete auf dem alten roten Sofa unter dem großen Zitronenbaum. Nadime hatte uns einen kleinen Marmortisch, reich gedeckt mit Leckereien, neben das Sofa gestellt.

Wir genossen uns und die Zeit und alles wäre ein Traum gewesen, wenn Samira nicht kurz vor dem Abschied plötzlich einen Weinkrampf bekommen hätte. Sie war gar nicht mehr zu beruhigen und wurde immer lauter. Ich war froh, als sie sich am späten Abend wieder einigermaßen gefasst hatte, begleitete sie bis zur Kreuzung am Ende unserer Gasse, dort hielt ich ein Taxi an und war zum ersten Mal erleichtert, als Samira davonfuhr. Sie drehte sich noch einmal um und winkte mir schwach zu.

Am nächsten Tag rief ich sie an. Sie war niedergeschlagen und ihre Stimme zitterte. Sie wolle mich nicht mehr sehen, weil sie das Leben mit ihrem Mann danach unerträglich fände, sagte sie leise. Es sei denn, ich nähme sie mit nach Deutschland. Sie sei zu jedem Risiko bereit. Und sie hätte über zweihunderttausend Dollar.

Doch das wollte ich nicht. Mir machte weder ihre Familie Angst noch ihr Mann, aber ich wollte Samira nicht in Deutschland bei mir haben. Wahrscheinlich sagte mir eine innere Stimme, dass ich sie nicht mehr genug liebte, um mein Leben mit ihr teilen zu wollen. Sie war für mich nur noch ein Teil meiner Vergangenheit, aber nicht meiner Zukunft. Und Molly? Obwohl ich eine Wut auf sie hatte, weil sie nicht einmal im Gefängnis nach mir gefragt hatte, wusste ich, dass mich mit dieser Frau viele unsichtbare Fäden verbanden.

Ob mich Gewissensbisse plagten, weil ich sie mit Samira betrogen hatte? Am Anfang nicht, am Anfang war es eher befreiend für mich zu wissen, dass ich überhaupt noch von jemandem umschwärmt wurde. Und es war in gewisser Hinsicht eine Rache.

Doch dann rief ich Asma in Deutschland an. Ich wollte mich nicht bei Molly melden und hoffte, durch Asma, Bulos oder Butros etwas über sie zu erfahren. Asma war selbst am Apparat. Sie war tief bewegt, dass ich sie anrief. Ich fragte, ob ich ihr etwas aus Damaskus mitbringen solle. Doch sie schien meine Frage überhört zu haben und fing von alleine an, über Molly zu erzählen. »Die Arme hat das nicht verdient. Wir waren jeden Tag bei ihr im Krankenhaus. Keiner außer uns besucht sie.« Ihre Stimme klang traurig. Und ich erfuhr, dass Molly ein paar Tage nach unserer Trennung einen Blinddarmdurchbruch gehabt hatte. Es war äußerst knapp gewesen.

Ich schämte mich für all meine schlechten Gedanken und Rachegefühle. Asma berichtete weiter, dass Molly nach der Entlassung aus dem Krankenhaus zur Kur gefahren sei.

Ob sie die Telefonnummer habe, fragte ich mit trockener Kehle. Sie diktierte sie mir.

Kurz darauf hörte ich die schönste Stimme der Welt: »Ja,

hallo?« Auch heute noch bekomme ich eine Gänsehaut, wenn ich diese zwei Worte ausspreche und dabei an Mollys Stimme denke.

»Wie geht's dir, mein Herz?«, fragte ich und sie wurde still.

»Wenn ich dich höre, geht es mir sofort wieder gut. Mach dir keine Gedanken. Sie pflegen mich bestens hier, aber sie kochen nicht so gut wie du. Ich hab durch Asma schon im Krankenhaus von deiner Abschiebung erfahren. Ich könnte Schlender umbringen. Wann kommst du wieder, meine Schwalbe?«

»Bald, so bald wie möglich«, antwortete ich und fing an zu weinen. Ich fühlte mich plötzlich so einsam auf der Welt.

Der Meisterfälscher verspätete sich. Er war unterwegs krank geworden und kam und kam nicht. Damaskus, die schönste Stadt der Welt, wurde mir zu eng, zu heiß und zu staubig. Meine Mutter spürte es. »Du willst bald wieder davonfliegen. Sobald ein Vogel sein Nest als zu eng empfindet, ist er flügge geworden«, sagte sie und hatte Recht.

Endlich kehrte Meister Ali zurück und verschaffte mir einen neuen Pass. Der sah so echt aus, dass ihn die Behörden in Deutschland nicht besser hätten hinkriegen können. Meister Ali hatte neue Maschinen aus Japan bekommen, die seine Arbeit erleichterten. Was das für Maschinen waren, wollte er mir nicht verraten, aber ich sah überall Computerbücher in seiner Wohnung und wusste, dass auch der Meisterfälscher mit der Zeit gehen wollte. Seine junge Frau machte eine Bemerkung bei meinem Abschied, die ihn verärgerte. Er lerne wie besessen Englisch, sagte sie, wahrscheinlich wolle er sie verlassen und sich mit einer Touristin nach Amerika absetzen. Sie irrte sich sehr. Der Meister war auf dem besten Weg, den Computer in- und auswendig kennen zu lernen, um ihn wie alles, was er anfing, perfekt zu beherrschen.

Plötzlich tauchte Samira wieder auf. Eines Morgens kam Nadime zu uns. Ich saß noch beim Frühstück. Als meine Mutter kurz wegsah, gab sie mir ein Zeichen, ich solle zu ihr nach Hause gehen, weil Samira dort auf mich warte. Ich verstand. Mein Herz klopfte vor Angst. Was wollte sie zu dieser frühen Stunde?

Sie stand im Hof am Springbrunnen und sah sehr blass aus. »Geliebter, lass uns fliehen. Ich habe alles schon gepackt und das Geld habe ich auch dabei«, sagte sie und ich sah, dass sie wieder einmal eine tragische Rolle in einem sehr schlechten Film spielte.

»Wir haben keine Chance«, sagte ich und hielt ihr die Hand.

»Und wenn... und wenn...«, stammelte sie und fuhr dann entschlossen fort, »dann lieber in deiner Nähe sterben, als seinen Atem ertragen.«

»Aber ich will nicht sterben. Auch für dich nicht.«

»Wir können doch...«, wollte sie weiter fantasieren, aber ich bat sie, das sein zu lassen, denn ich war bereits mit meiner Seele bei Molly. Das konnte ich ihr allerdings nicht sagen. Ich fürchtete Samiras Rache. Ich fürchtete auch, dass sie mich aus purer Langeweile bei der Polizei verraten könnte. Das wäre der Anfang vom Ende gewesen. Sie fragte, was ich denn weiter vorhätte, und ich log, dass ich nach Südafrika auswandern wolle, um Weinbauer zu werden.

»Und bald wie ein Strauß durch die Gegend zu rennen«, erwiderte sie giftig und lachte. Und ich war beruhigt, weil Samira bereits einen Schritt auf Distanz zu mir ging. Kurz darauf verließ sie mich ohne Abschied und ohne sich umzudrehen.

Das war meine letzte Begegnung mit ihr. Vor kurzem hörte ich, dass sie glückliche Mutter geworden sei. Ihren Jungen habe sie Robert genannt, weil sie Robert Redford anbetet.

Endlich war mein Pass fertig und ich flog also wieder nach Frankfurt. Meine Seele war diesmal schneller als das Flugzeug. Weißt du, die Indianer haben auf ihren Reisen, wenn sie sehr schnell fuhren oder ritten, immer wieder Pausen eingelegt, damit ihre Seele sie einholen konnte. An diesem Tag dachte ich daran und ich war mir sicher, dass meine Seele schon längst vorausgeeilt und am Flughafen war, während unser fliegender Traktor noch immer in den Wolken herumstocherte.

Molly war für einen Tag aus dem Kurheim geflüchtet. Ich hatte sie gebeten, dort zu bleiben. Ich wollte mit dem Zug zu ihr fahren, da der Ort nicht weit von Frankfurt entfernt liegt. Doch sie bestand darauf, mich abzuholen.

Sie stand wieder mit einer Rose in der Hand da, aber sie war sehr dünn geworden, was ihr nicht stand. Ich umarmte sie, wir küssten uns und ich hörte eine Araberin, die dort am Flughafen auf jemanden wartete, zu ihrem Mann sagen: »Schau dir doch den Neger an, der frisst die rothaarige Frau noch auf. Da kannst du dir mal eine Scheibe von abschneiden.« Und sie seufzte voller Sehnsucht, da sie nicht ahnen konnte, dass ich Arabisch verstand. Der Mann jammerte irgendetwas von Müdigkeit und unersättlichen Weibern.

Molly und ich fuhren in unsere gemeinsame Wohnung. Später brachte ich sie bis zur Tür des Kurheims. Am nächsten Tag fuhr ich als Erstes zu der libanesischen Familie und brachte ihnen die besten Damaszener Süßigkeiten. Sie jubelten. Der Onkel saß immer noch in der Ecke, lauschte an seiner Muschel und nahm mich kaum wahr. Mein Koffer war nicht angerührt worden. Ich wollte Asma einen goldenen Ring schenken, aber sie wies ihn zurück. Nein, sie wolle keinen Lohn haben, da sie mich genauso liebe wie ihren Bruder.

Molly erholte sich nur langsam. Doch ich war mir sicher, sie war jetzt auf dem besten Weg. Schließlich durfte sie wieder in unsere Wohnung. Ich verwöhnte sie mit Kochen und Lachen und langsam wurde ihre Haut straff und ihr Gesicht bekam wieder die verloren gegangene frische Farbe und sie wurde fröhlich. Und Samstag für Samstag fuhren wir gemeinsam auf den Flohmarkt nach Frankfurt.

Das Schöne ist: Du bist an deinem Stand unsichtbar für die schlendernden Besucher. Sie sehen nur die angebotene Ware, weil sie nach etwas suchen. Sie sind Sammler und in ihren Köpfen existiert nur das Bild ihrer Sehnsucht. Deshalb kannst du zum Beispiel einem Mann begegnen, der Woche für Woche allein kommt, sucht, kauft, verkauft und mit seligem Gesicht wieder geht. Und fragst du ihn nach seiner Frau und seinen Kindern, erschrickt er beinahe und stottert fast unverständlich, er habe sie irgendwo in der Stadt zurückgelassen.

Zwei Monate lang lief alles perfekt und die Brüder Butros und Bulos erledigten ihre Aufgabe meisterhaft. Sie gaben mir immer rechtzeitig Zeichen und Jens Schlender lief ins Leere, aber er kam jeden Samstag. Langsam gewöhnte sich Molly daran, dass er sie jedes Mal nach mir fragte, bisweilen antwortete sie sogar mit einem Witz und ich sah von meinem Versteck aus, dass auch Jens Schlender anfing zu lachen.

Ich bezahlte meine beiden Spione großzügig. Es fiel mir leicht, weil ich immer bessere Geschäfte machte. Es waren zwei herrliche Monate.

Doch dann überlistete der Polizist meine beiden Wächter – später erzählte er mir auf der Wache, dass er lange gebraucht hatte, bis er mein System durchschaut und die libanesischen Brüder als meine Helfer erkannt hatte. Wie es ihm gelungen war, verriet er mir aber nicht.

Ich hatte mich an jenem Tag sehr in Sicherheit gewähnt und überwachte gerade den Stand von Molly, die kurz auf die Toilette musste, als sich plötzlich die schwere Hand des Polizisten auf meine Schulter legte. Ich weiß es noch wie heute. Ich hatte mich gerade umgedreht, um ein Buch für einen Kunden aus dem Regal zu ziehen, als ich die Hand spürte. »Mach keine Dummheiten, Junge.«

Ich wandte mich zu ihm um und sah sein triumphierendes Lächeln.

Der Kunde war auf einmal wie vom Erdboden verschluckt.

»Warten Sie, bis ich Abschied genommen habe. Ich will nicht wie ein Dieb verschwinden.«

»Ist in Ordnung, aber du türmst nicht«, sagte er.

»Nein, Sie haben mein Wort. Ich möchte mich nur verabschieden.«

Als die beiden Jungen vorbeikamen, um mir zu sagen, dass die Luft rein sei, wurden sie blass.

»Ich trete ihm in die Eier und du rennst weg«, flüsterte Bulos mir zu.

»Nein, lass das. Ich will nicht abhauen. Ich habe ihm mein Wort gegeben.«

»Dein Wort? Das ist doch ein Bulle«, protestierte Butros.

»Seid ruhig, bitte«, flehte ich sie an. Jens Schlender wurde nervös, als hätte er sie verstanden.

»Kein Angst, ich fliehe nicht. Aber Sie können sicher sein, ich kehre zurück, wenn ich jetzt wieder abgeschoben werde. Ich bin eine Schwalbe und hier ist mein Nest«, sagte ich und verfluchte ihn in meinem Herzen, weil ich nicht verstehen konnte, warum er es so sehr auf mich abgesehen hatte.

Molly stockte auf ihrem Weg zu mir. Sie sah Jens Schlender. Blass vor Wut schüttelte sie den Kopf.

Ich umarmte Molly und versuchte zu lachen. »Pass auf dich auf«, flüsterte ich ihr ins Ohr. »Ich komme wieder.« Und ich küsste sie lange.

»Da bin ich mir ganz sicher«, sagte sie und gab mir einen

Klaps auf den Hintern. Ihre Augen waren jetzt voller Tränen.

»Gehen wir«, sagte ich zu Jens Schlender.

Auch diesmal fragte er mich auf dem Revier: »Warum, zum Kuckuck, rennst du daheim immer weg?«

»Das Essen in Arabien«, sagte ich, »bekommt mir nicht. Die Araber kochen zu scharf.«

Er lachte und schüttelte den Kopf.

Als Micha mich besuchte, hatte er bereits ein ganzes System entwickelt, wie wir den Polizisten in Zukunft austricksen könnten. Er schlug erst vor, einen Sender an Schlenders Polizeiwagen anzubringen. Aber diese Idee verwarfen wir wieder, weil mein Jäger zu oft das Auto wechselte und häufig sogar zu Fuß kam. Doch die zweite Idee, die mit dem Handy, war gut. Micha wollte sich, sobald ich wieder in Frankfurt wäre, jeden Samstag als zusätzlicher Schutz am Anfang der Straße, wo das Polizeirevier ist, aufstellen und mein Handy klingeln lassen, sobald Jens Schlender das Gebäude verließ. Ich sollte dann sofort verschwinden. Auch die beiden libanesischen Jugendlichen sollten mich über Handy warnen. Doch auch das half später nicht.

Weißt du, manchmal fand ich Micha einfach umwerfend. Dieser Junge hätte auf weichen, schönen Kissen sitzen und sich wie ein Kronprinz bedienen lassen können. Seine Eltern gönnen ihrem einzigen Sprössling alles und sie sind superreich, aber er schlug alles aus und kam zum Flohmarkt, um mich zu beschützen, oder er saß bei mir im stinkigen Gefängnis und wollte am liebsten bei mir übernachten.

Gestern war Michas Geburtstag. Jedes Jahr haben wir seinen Geburtstag zusammen gefeiert. Ich habe diesmal beim Aufstehen fest an ihn gedacht und Gott angefleht, dass Micha einen schönen Tag verbringt. Weißt du, wir haben es nicht nur einmal, sondern zehn- oder fünfzehnmal festgestellt: Wenn es dem einen von uns dreckig ging, fühlte sich der andere immer genauso. Komisch, nicht? Aber es ist so.

Ich habe ihm eine wunderschöne Holzschachtel besorgt und seinen Namen mit Intarsien ins Holz einarbeiten lassen. Jetzt ist sie im Koffer und ich werde sie ihm nachträglich schenken können.

Du hast dich bestimmt schon gefragt, ob Micha gar keine Freundin hat. Doch, aber was für eine! Eine Internet-Freundin, die aus Tastaturen und Buchstaben besteht und mit ihm Nacht für Nacht in Beziehung tritt. Sie lebt in Kanada. Angeblich liebt sie ihn, aber sie will ihn nicht treffen, damit sie nicht enttäuscht wird. Kannst du mit so einem Kram etwas anfangen? Ich nicht. Ich habe ihm gesagt, er soll die Finger von ihr lassen, denn sonst bekommen die beiden später keine Kinder, sondern Chips. Wenn er von seiner Freundin Sandy spricht, hört es sich an, als ob sie eine CD-Rom wäre. Sie ist schnell, nett, hat ungeheure Kapazitäten und ist vor allem klug und gut ausgerüstet, aber sie hat weder Haut noch Busen und vor allem keinen Geruch.

Er hat mir oft gezeigt, worüber er sich mit Sandy austauscht. Es ist wirklich eine sehr offene Beziehung und sie sprechen ohne Hemmung miteinander. Doch auf der Straße schaut er keinem Mädchen ins Gesicht. Drei-, viermal entdeckte ich, als ich bei ihm zu Besuch war, ein schönes Mädchen, das ihn anhimmelte. Sie wohnte ihm gegenüber und stellte ihm nach. Er spielte den Blinden, selbst wenn sie sich die größte Mühe gab und sogar Umwege in Kauf nahm, nur um ihn zu grüßen. Ich fand ihn dumm und er sie. Sie sei lästig, meinte er.

»Nein, sie ist das Leben«, fuhr ich ihn an, dann ging ich zu dem Mädchen, das auf der Straße stand und ihm nachschaute. Ich grüßte sie höflich und empfahl ihr, sie solle lieber per Internet und E-Mail mit ihm in Kontakt treten, da hätte sie bessere Chancen. Aber das Mädchen hasste Computer. »Kein Anschluss unter dieser Nummer«, sagte sie, lachte gequält und ging davon.

Man könnte Micha leicht für verrückt halten, aber er ist ein Genie. Und Genies, das hat mir Molly einmal erzählt, bleiben Kinder ihr Leben lang.

Schwalben halten Wort

Der Richter regte sich auf, dass ich immer wieder illegal einreiste. Und als er mich fragte, woher ich käme, sagte ich wie immer: »Aus der schönsten Stadt der Welt: Damaskus.«

»Wenn Ihre Stadt wirklich die schönste der Welt ist, warum sind Sie dann nicht dort geblieben?«, fragte er etwas verwundert.

»Herr Richter«, sagte ich, »Sie werden es nicht glauben: Ich bin tatsächlich nach Damaskus zurückgefahren. Aber die Erde hatte sich in meiner Abwesenheit mehrmals gedreht und so war nichts an dem Ort, wo ich es gelassen hatte. Mein Bett stand plötzlich beim Trödler etwa fünfhundert Meter nördlich von meiner Wohnung. Natürlich gab mir meine Mutter eine Erklärung dafür: Sie entschuldigte sich, dass sie Platz brauchte. Aber meine Mutter hatte ja die Drehung nicht wahrgenommen, die spüren nur Emigranten. Auch der Trödler verstand mich nicht. Ich sagte zu ihm: ›Das war mein Bett!‹, und er lachte breit. ›Was war, das ist nicht mehr, doch mit ein paar Scheinen kann es wieder werden.‹

Auch da, Herr Richter, hatte sich während meiner Abwesenheit etwas verschoben. Der Trödler hatte das Hirn des etwa siebenhundert Meter südlich von ihm wohnenden Philosophen bekommen. Und der Philosoph quasselte nur noch über teure Autos, als hätte in seinem leer gewordenen Schädel das Hirn des Autohändlers von dreihundert Meter südlich Platz genommen. Alles hat sich durcheinander bewegt.«

Aber der Richter verstand mich nicht. Seine Drohung, mich hart zu bestrafen, sollte ich noch einmal illegal nach Deutschland kommen, ließ mich kalt. Mein Anwalt versuchte mit allen Mitteln, mich zu verteidigen, und fasste für mich sehr schön in Worte, dass der Flohmarkt meine Heimat sei wie für eine Schwalbe ihr Nest. Deshalb würde ich immer wieder meinen Stand auf dem Flohmarkt aufsuchen. Die Verhandlung dauerte Stunden. Am Ende verhängte der Richter eine kurze Gefängnisstrafe mit anschließender Abschiebung. Er erntete Pfiffe. Molly und Micha schrien empört auf. Der Richter zuckte zusammen. In diesem Augenblick sah ich Jens Schlender, den Polizisten. Er saß in Zivil in der hintersten Reihe und hörte aufmerksam zu. Und ich bildete mir ein, er hätte mir zugelächelt. Doch man bildet sich in solchen Augenblicken vieles ein.

Der Rechtsanwalt wollte Revision einlegen, aber ich bat ihn, es zu lassen, weil es mich langweilte. Ich dachte an den Sudanesen Rabah. Sein Asylantrag war abgelehnt worden, aber er prozessierte und nun hangelt er sich seit Jahren von einem Gericht zum anderen wie Tarzan im Urwald von Liane zu Liane.

Aber ich war doch ziemlich geknickt, dass ich schon wieder diese lange Reise antreten musste. Ich wachte nachts im Gefängnis auf. Mir war kalt. Ich kauerte mich in die Ecke und fror vor mich hin. Vielleicht war es auch meine Müdigkeit. Aber draußen war eine lausige Kälte. Sie drang durch die Mauer, dass die alten Heizkörper nichts mehr gegen sie ausrichten konnten.

Ich war hellwach. Plötzlich sah ich das Elend um mich

herum und wie es mich langsam verschlang. Ich verfluchte den Polizisten, der es sich zur Aufgabe gemacht hatte, meinen Willen zu brechen, damit all die anderen begreifen sollten, dass es sich nicht lohnt, illegal nach Deutschland zu kommen. Das hatte er mir gesagt. Warum konnte er mich nicht in Ruhe lassen? Ich tat keinem etwas zu Leide und landete doch immer wieder im Gefängnis, während draußen die übelsten Verbrecher frei herumliefen, ohne eine Strafe befürchten zu müssen.

Draußen, das war für mich auch Molly, das war das Lachen und mit einem Wort das Glück. Ich würde nie jene Zeit mit Molly vergessen.

Es war heiß, bei Tag und Nacht. Eines Morgens wachte ich früh auf. Molly, die in jener Nacht besonders lang gelesen hatte, schlief noch. Ich ging auf Zehenspitzen in die Küche. Dort sah ich, dass der Bistrotisch voller Rosenblätter war, die durch die Hitze von einem Blumenstrauß gefallen waren. Ich sammelte sie in eine Schale, ging zu Molly zurück und verteilte sie um meine schlafende Geliebte. Dann schlich ich wieder in die Küche und machte mir Tee. Plötzlich hörte ich, wie sie sich freute. Und sie kam lachend zur Tür herein.

Genau daran dachte ich in jener kalten Nacht im Gefängnis. Wieder und wieder rief ich Mollys Namen und sie schwor mir später, sie habe mich im Herzen gehört und sei genau wie ich voller Unruhe gewesen. Sie habe weder lesen noch schlafen können und sich in eine Ecke ihres Wohnzimmers gekauert und sich nichts auf der Welt so sehr gewünscht wie in meinen Armen einzuschlafen.

Ich grübelte in meiner Zelle viel vor mich hin und verhielt mich still. Es hatte keinen Zweck, Theater zu machen und zu schreien. Meine Mitgefangenen taten mir Leid, wenn sie verrückt spielten, weil die Wärter ohnehin nichts hätten ändern können.

Ich wollte so schnell wie möglich raus. Aber in jener

Nacht kauerte ich in der Ecke, sah mein Elend und wollte es besiegen, doch ich wusste nicht wie. Plötzlich dachte ich: Es gibt keine tausend Wege, sondern nur zwei: entweder aufgeben und sich vom Elend zu Grunde richten lassen oder den Tag erwarten und ihm ins Auge sehen und das Gefängnis als einen Albtraum begreifen, der über kurz oder lang zu Ende geht. Danach würde das Leben wieder ein Abenteuer sein.

An diesem Tag verlor ich meine Angst vor Gefängnissen. Ich beachtete die herablassenden Reden der Wärter nicht mehr.

Molly besuchte mich fast jeden Tag. Ich erzählte ihr, wie ich das mit dem Albtraum sah, und sie fand es wunderbar. Auch Asma, ihr Mann und die beiden Jungen kamen mehrmals bis zu meiner Abschiebung. Bulos und Butros fühlten sich schuldig, weil sie sich nicht geschickt genug angestellt hatten. Ihre Mutter hatte sie zu Hause zusammengestaucht und vor allem Bulos beschuldigt, mich durch seine Schwatzhaftigkeit ans Messer geliefert zu haben. Es war der blanke Unsinn. Ich musste die beiden in Schutz nehmen, weil keiner von ihnen geschlafen, sondern der schlaue Polizist uns einfach durchschaut hatte.

Wenn sie wieder weg waren, dachte ich manchmal ein bisschen über meine Mitgefangenen nach. Im Gefängnis triffst du alle möglichen Menschen, nur keinen einzigen Normalsterblichen. Da begegnest du einem Afrikaner und du merkst, die Fremde hat ihn wahnsinnig gemacht und er erzählt dir wirres Zeug. Etwa, dass er seinen rechten Zeigefinger bei der Arbeit auf einer Baustelle verloren hat und nun nie wieder den Leuten seines Stammes unter die Augen treten kann, denn der Zeigefinger ist das Symbol für Ehre und Mut. Beim Verlust des Zeigefingers wird man verstoßen. Hatte er gesponnen, gelogen oder die Wahrheit gesagt? Sein elender Anblick machte mich traurig. Zwei Tage vor seiner Abschiebung erhängte er sich.

Aber im Gefängnis gab es nicht nur arme Seelen. Ich bin dort Typen begegnet, von denen der Teufel etwas hätte lernen können. Taufik Halabi war so einer, ein falscher Engel und undurchsichtiger Typ, und ich würde mich nicht wundern, wenn eines Tages herauskäme, dass er ein Agent der deutschen Polizei ist. Er war glatt und geschmeidig wie eine Kobra. Und genau wie sie stand er kerzengerade, wenn es drauf ankam, und wand sich schon in der nächsten Sekunde wieder so geschickt, als wäre sein Rückgrat aus Gummi. Er spielte den Ahnungslosen, dabei war er mit großen Mengen Heroin und Waffen erwischt worden. Der Typ kam nach drei Tagen zu mir und bot mir eine Pistole an. Mitten im Gefängnis! Ich brüllte ihn an, er solle sich verpissen oder ich würde jedem sagen, dass er mit der Polizei zusammenarbeite, und dann könnte ihm keine Pistole mehr helfen. Er verschwand und ich nahm mich künftig in Acht vor ihm. Von da an machte ich es mir zur geheimen Regel im Gefängnis: Sobald ein Araber mir erzählt, er wisse gar nicht, warum er im Gefängnis sei, spreche ich kein Wort mehr mit ihm. Weißt du, wenn du dich nicht vorsiehst, hast du bald einen Haufen Heroin am Hals und kriegst zehn Jahre Knast oder ein Messer zwischen die Rippen.

Du denkst vielleicht, der deutsche Polizist wird versucht haben mich zu erpressen.

Richtig, er nahm mir nicht ab, dass ich nur in Frankfurt sein wollte, weil ich den Flohmarkt und Molly liebe. Er vermutete, geheime Organisationen stünden hinter mir. Eines Abends ließ er mich aufs Revier holen. Es war schon spät. Aber er hatte Zeit und setzte sich zu mir, brachte mir belegte Brötchen und fing an zu reden. Ich dachte, nun ist er ganz verrückt geworden. Er wolle mir helfen, sagte er, vorausgesetzt, ich würde mit ihm zusammenarbeiten. Er lasse mich sogar laufen, wenn ich ihm nur immer wieder mal ein paar Fragen beantworten und ihn bei der Suche nach Verbrechern unterstützen würde, die mit Menschen handeln. Ich müsse mich nicht einmal mit ihm treffen. Es reiche ein Bericht pro Monat oder ein Anruf pro Woche.

Ich hasse Spitzel, wofür auch immer sie nützlich sein sollen. Selbst zu meiner Rettung würde ich niemanden verpfeifen. Mag sein, dass viele ihre Großmutter verkaufen, um die eigene Haut zu retten, ich aber nicht.

Der Polizist nannte mich einen Träumer und fragte kopfschüttelnd, ob ich von einem anderen Planeten wäre. Hier auf der Erde jedenfalls seien die Verbrecher sehr raffiniert und es brauche ein Netz von guten, positiv denkenden Menschen, um ihrer Herr zu werden.

Aber auf die Tour erreichte er bei mir nichts.

Nun gut, nach der Haft wurde ich also wieder nach Damaskus gebracht. Und bald darauf setzte ich mich schon in ein Flugzeug nach München und von dort nahm ich den ersten Zug nach Frankfurt. Ich war nicht einmal fünfzehn Tage weg gewesen.

Mit den neuen Schutzmaßnahmen, an denen Micha und die beiden jungen Libanesen mitwirkten, lebte ich diesmal verhältnismäßig sicher. Doch dann beging ich einen dummen Fehler, durch den ich mir beinahe endgültig ein Leben mit Molly verdorben hätte. Jedenfalls war dieser Aufenthalt der kürzeste in Deutschland überhaupt. Noch heute ärgere ich mich darüber. Es war auch das einzige Mal, dass ich nicht von Jens Schlender, sondern von drei anderen Polizisten aufgegriffen wurde. Doch wie das Schicksal es wollte, traf er mich kurz danach und erschrak.

Wir waren in jener Nacht in einem anderen Stadtteil verhaftet und gleich auf das nächste Polizeirevier gebracht worden. Dorthin kam Jens Schlender, um irgendeine Sache für sein Revier zu erledigen, und auf einmal sah er mich mitten unter Pakistanis, Türken und Deutschen.

»Was machst du denn hier?«, fragte er erstaunt.

»Ich wurde zum Essen eingeladen«, erwiderte ich. Ich hätte weinen mögen vor Wut.

»Und was hast du verbrochen?«

»Nichts, aber ich bin ein Esel«, antwortete ich. Er stand still und musterte mich. Die Handschellen taten mir weh. »Ich bin ein Esel und die Deutschen geben Eseln kein Asyl«, fügte ich hinzu.

»Komm, jetzt übertreib mal nicht, jeder macht Fehler. Und du bist kein Esel, denn die Deutschen lieben Esel und verwöhnen sie sogar in den Zoos, du aber bist in Haft. Was war los?«

»Sie wissen ja gar nicht, wovon Sie reden«, stieß ich hervor, »wenn zwei Legale miteinander streiten und ein Illegaler mischt sich ein, dann ist das kein Fehler, sondern eine ausgemachte Scheiße.«

Ein Kollege rief Jens Schlender zu, er solle herüberkommen, doch der winkte ab und betrachtete mich eine ganze Zeit lang stumm.

»Und warum hast du dich eingemischt?«

»Weil ich«, sagte ich und Tränen tropften mir aus den Augen, nicht aus Trauer, sondern aus Scham vor so viel Dummheit, »weil ich einer Frau beistehen wollte, damit sie nicht denkt, dass alle Araber so schlimm sind wie ihr Mann.«

Jens Schlender lachte nicht. Er sah mich eine Weile schweigend an und drehte sich dann wortlos um.

Ich schämte mich so sehr, weil ich nicht auf Molly gehört hatte. Ich hätte mich nicht zwischen Hamid und Alexandra stellen sollen. Wer Streit zwischen einem Stinktier und einem Stachelschwein schlichtet, dem bleiben am Ende nur Gestank und Stacheln. Im Grunde wollte ich mich an meinem arroganten Landsmann rächen und seiner Frau ein Beispiel von einem besseren Araber geben. Das ist ein typischer Fehler von Ausländern: Viele von ihnen leiden unter der Zwangsvorstellung, sie müssten den besseren Menschen abgeben. Im Bett, beim Kochen, beim Feiern, beim Autofahren – und manche werden deshalb deutscher als die Deutschen. Es hat auch etwas mit Eitelkeit und dem Gefühl zu tun, im Ausland minderwertig zu sein.

Hamid und seine Frau Alexandra waren voller Hass füreinander. Ich will dir nicht viel mehr von ihnen erzählen. Sie lebten geschieden und beäugten einander feindlich wie Katz und Hund. An Frieden war nicht zu denken. Hamid durfte seine Kinder nur einmal im Monat für ein paar Stunden zu sich nehmen. Doch er war ein gerissener Hund. In diesen paar Stunden verwöhnte er die beiden, als wären sie Götter. Und wenn er sie zurückbrachte, waren sie zwei Monster und quälten ihre Mutter, die sie Tag für Tag den ganzen Monat hindurch allein erzog. Und die Kinder lebten voller Sehnsucht jeweils auf den ersten Sonntag eines jeden Monats hin und bekamen vor Aufregung manchmal Fieber in den Nächten davor. Hamid aber steigerte sich von Mal zu Mal, sodass die Kinder schließlich nicht mehr zu ihrer Mutter zurück wollten. Alexandra war am Ende. Hamid wusste genauso gut wie sie, dass die Zeit für ihn arbeitete.

Was tun? Eine teuflische Idee musste her, um Hamid zu besiegen, der langsam, aber sicher ihr Leben zerstörte. Eines Tages las Alexandra in einer Boulevardzeitung, dass von den Millionen Frauen, die verlassen werden, viele an Langeweile sterben. Als sie das gelesen hatte, zitterte sie vor Wut und beschloss, einen Skandal heraufzubeschwören.

Sie rief ihren Ex-Mann an und sagte ihm, die Kinder seien schwer krank und verlangten nach ihm. Er solle sie besuchen. Dann rief sie Nachbarn und Bekannte zusammen, die sich wie sie langweilten, und erzählte ihnen, ihr Ex-Mann habe beschlossen, die blonden Kinder nach Arabien zu entführen. Prompt rückten sie alle an und übertrafen Alexandras kühnste Erwartungen. Fünf Schlagstöcke, drei Rambo-Messer und eine Pistole gelangten an diesem

Abend in ihre Wohnung. Am schlimmsten von allen war Harald. Er brachte seine zwei illegalen Pakistanis mit, die bei ihm die Drecksarbeit machten.

Alexandra flehte auch mich am Telefon an zu kommen, ohne mir den genauen Grund zu nennen. Sie brauche meine Hilfe, sagte sie nur. Molly warnte mich und bat mich nicht hinzugehen. Ich aber blieb stur und saß bald in der Falle. Insgesamt waren wir zehn Personen und warteten mit Alexandra in der Wohnung. Auf was eigentlich? Angeblich auf einen Angriff. Die Kinder waren bei einer Nachbarin untergebracht worden. Wir zehn Erwachsenen, vier Ausländer und sechs Deutsche, warteten und warteten. Hamid hatte angekündigt, er werde gegen acht Uhr abends da sein.

Er war zwar ein gerissener Hund, doch die Nachricht von der schweren Krankheit seiner Kinder hatte ihn kopflos gemacht. Nicht jedoch seine neue Freundin. Auch sie vermutete hinter Alexandras Anruf nichts Kriminelles, sondern war aus purer Eifersucht misstrauisch und machte so der ehemaligen Ehefrau einen Strich durch die Rechnung.

Sie riet ihm, nicht sofort in die Wohnung zu gehen, sondern erst, wenn sie in der Straße waren, mit dem Handy anzurufen, eine halbe Stunde Verspätung anzukündigen und dann von weitem zu beobachten, was passieren würde. Das tat Hamid. Die Männer in der Wohnung, die sie mit Möbeln verbarrikadiert hatten, wurden etwas lockerer, kamen aus ihren Verstecken heraus, rauchten und schauten aus dem Fenster. Hamid erkannte unter ihnen einige seiner schlimmsten Gegner. Da bat er seine Freundin, die Polizei anzurufen, den Namen einer Nachbarin anzugeben und zu sagen, dass sich in Alexandras Wohnung bewaffnete Ausländer mit einer entführten deutschen Frau befänden. Ein Kampf sei ausgebrochen und die Tür lasse sich nicht öffnen, um der eingeschlossenen Frau zu helfen.

Innerhalb von zehn Minuten waren zwei Streifenwagen da.

Die zwei Pakistani und ich, wir waren als Illegale verloren.

Das Allerschlimmste für mich aber waren Mollys Vorhaltungen: Ich sei inzwischen leichtsinnig geworden und suche die Gefahr, weil ich dieses Kitzeln wohl bräuchte.

Ich wurde wieder einmal nach Damaskus geflogen und erntete dort herbe Vorwürfe von Meisterfälscher Ali. Ich solle es bitte beim nächsten Mal wenigstens so lange im Ausland aushalten, bis die Tinte im Pass getrocknet sei. Er könne sich bald nur noch mit mir beschäftigen, aber seine Möglichkeiten seien langsam erschöpft. Ich flehte ihn an, mir noch ein einziges Mal eine Chance zu geben, und er gewährte mir mürrisch die Bitte.

Eine kleine Überraschung wartete zu Hause auf mich. Meine Mutter, die so schön aussah wie noch nie, schminkte sich jeden Nachmittag und wurde dann von einem Chauffeur abgeholt, doch sie wollte mir nicht verraten, zu wem sie ging und warum sie plötzlich den Haushalt und ihre Kinder vernachlässigte. Immer wieder fuhr sie weg und kehrte erst gegen Mitternacht halb betrunken zurück. Zum Glück kümmerte sich eine Nachbarin um meine Geschwister. Sie kochte und führte für ein paar Liras den Haushalt.

Ich bestand darauf zu erfahren, wohin meine Mutter ging, und fürchtete mich zugleich vor der Wahrheit, denn ich dachte, sie wäre in die Hände eines Zuhälters gefallen.

Ich sei zu jung, um diese Liebe zu verstehen, antwortete mir meine Mutter fast hochnäsig.

»Lass sie doch etwas das Leben genießen. Sie ist verliebt«, tadelte mich Nadime.

»Und wer ist diesmal ihr Ritter der Hoffnung?«, fragte ich giftig.

»Er hat in ihr eine mütterliche Frau gefunden und allein deshalb schmilzt sie dahin. Aber vielleicht fürchtet deine

Mutter, dass du aus diesem Grund ihre Liebe nicht verstehst.«

Der neue Liebhaber meiner Mutter ist Vertreter für Putz- und Spülmittel. Ein schöner Taugenichts. Er vergöttert sie und sie vergisst wieder einmal all ihre Schwüre gegen die Männer.

Nadime fühlte sich zu der Zeit schon nicht wohl. Sie erlitt einen Schwächeanfall, doch meine Mutter hatte keine Zeit für sie. Das machte mich wütend. Sie hatte nur noch Augen und Ohren für ihren neuen Freund. Auch bei meinem Abschied war sie nicht da. Ich schrieb ihr vorwurfsvoll, dass Nadime lebensgefährlich krank sei, und wenn sie es sich nicht für immer mit mir verderben wolle, solle sie ihre Freundin täglich besuchen.

Voller Sorge fuhr ich nach Deutschland zurück. Auch diesmal war ich gut ausgestattet. Mein Pass hatte aus mir einen Manager einer Diamantenfabrik in Südafrika gemacht. »Und da Südafrikaner seit der Abschaffung der Apartheid selten nach Deutschland kommen, hast du eine reelle Chance, mit diesem Pass ewig als Südafrikaner zu leben«, hatte mir der Meister beim Abschied gesagt und ich schwor mir, diesmal höllisch aufzupassen.

Warum Tunbaki doch
eine Reise wert war

»Diese Nacht ist die letzte, die wir gemeinsam verbringen«, sagte Lutfi. Barakat sah ziemlich blass aus. Beim Teeeingießen zitterte seine Hand. Lutfi holte schnell einen Lappen und wischte die kleine Tischplatte trocken. »Morgen früh fahre ich nach Damaskus zurück«, fügte er hinzu, »und übermorgen fliege ich schon nach Frankfurt. Ich habe heute Morgen Molly angerufen, sie freut sich sehr über meine Rückkehr und wird mich am Flughafen abholen. Ich habe ihr von dir erzählt und sie lässt dich unbekannterweise grüßen.

Ich habe mich wirklich gefreut, dass ich dich kennen gelernt habe, und insofern hat sich die Hebamme Nadime doch nicht geirrt, wie ich am Anfang dachte. Denn ich werde deine Freundschaft mit nach Deutschland nehmen. Meine Adresse bei Molly habe ich dir hier aufgeschrieben. Und vergiss nicht: Ein Versprechen ist ein verpacktes Geschenk.«

»Versprochen, Ehrenwort! Aber erzähl mir noch deine Geschichte zu Ende. Was ist passiert nach deiner letzten Fahrt?«, fragte Barakat und die Traurigkeit wich wieder der unstillbaren Neugier.

»Erst will ich dir noch von etwas anderem berichten. Heute Mittag habe ich von dir und von der Braut geträumt und bin dann beim Aufstehen fast zu Tode erschrocken.«

»Beim Aufstehen?«, wunderte sich Barakat.

»Ja, als wir uns heute für eine kurze Siesta hinlegen wollten, hast du mir noch an der Tür gesagt, dass deine Schwester in drei Tagen mit ihrem Mann nach Saudi-Arabien fährt. Das war dein letzter Satz, bevor du dich umgedreht hast und in dein Zimmer gingst. Ich habe die Augen zugemacht – und was sehe ich? Du wiederholst den Satz, drehst dich um und gehst in dein Zimmer. Und ich lege mich ins Bett und schließe die Augen. Auf einmal höre ich Geflüster und öffne die Augen, da sehe ich deine Schwester. Nasibe sitzt an meiner Bettkante und fleht mich an sofort aufzustehen, um sie und Farid nach Deutschland mitzunehmen. ›Jetzt ist es noch nicht zu spät‹, schluchzt sie. Doch ich schicke sie mürrisch weg und sage, erst die Siesta, dann könne sie mit Farid die Koffer packen, ohne Siesta sei gar nichts zu machen. Sie stürzt hinaus. Plötzlich höre ich jemanden nach mir rufen, er habe ein Telegramm für mich, die Braut sei auf dem Flughafen gefasst worden und habe angegeben, ich hätte ihr zur Flucht verholfen. Ich verkrieche mich unter die Decke, doch man ruft immer wieder nach mir.

In diesem Augenblick bin ich aufgewacht, und was habe ich gehört? Jemand hat im Hof nach mir gerufen. Ich bin aufgestanden und hinausgerannt und wer stand da? Euer alter Postbote. Er hat gelacht und mir mit einem Telegramm zugewinkt. Ich wäre fast gestorben vor Schreck. ›Ich habe mit der Flucht nichts zu tun‹, rief ich dem armen Kerl entgeistert zu. Er aber hat nur gutmütig gelächelt und mir das Telegramm übergeben. Du hast vergnügt vor dich hin geschnarcht und ich konnte nur langsam, sehr langsam Traum von Wirklichkeit trennen. Das Telegramm war von Molly. Da, sieh mal. Da steht auch dein Name, Barakat. Sie lässt dich grüßen.«

Barakat warf einen Blick auf das Papier in Lutfis Händen.

»So, und nun willst du unbedingt noch wissen, was nach meinem letzten Flug nach Deutschland weiter passiert ist?«, fragte Lutfi dann.

»Ja«, antwortete Barakat, ebenso neugierig wie bedrückt.

Grenzenlose Liebe

Ich kam wieder gut in Frankfurt an, doch ich war sehr beunruhigt über Nadimes Zustand. Täglich telefonierte ich mit ihr und sie sagte mir offen, wie schlecht es um sie stand. Sie hatte einen zweiten Herzinfarkt bekommen und die Ärzte bemühten sich um sie wie nur irgend möglich. Nadime meinte am Telefon, ihr einziger Trost sei, dass der Tod bestimmt schnell eintrete. Ich brachte kein Wort über die Lippen. Sie lobte das Krankenhauspersonal: »Die geben sich hier wirklich die größte Mühe dank deiner Spende, die du ihnen hinter meinem Rücken gegeben hast.«

Doch die Ärzte scheinen nicht allzu viel Ahnung gehabt zu haben. Immerhin hatte sich aber meine Mutter den Brief, den ich ihr hinterließ, zu Herzen genommen und – als sie sah, wie Nadime immer schwächer wurde – ihren Vertreterfreund um Hilfe gebeten. Und der hatte den angeblich besten Herzspezialisten von Damaskus besorgt. Der Mann ist sein Schwager.

Er kam ins Krankenhaus und untersuchte Nadime, dann ließ er alle Medikamente bis auf die vier aus Deutschland absetzen und empfahl Nadime, bei denen zu bleiben, auch wenn sie Schwächeanfälle bekäme. Denn die anderen Pillen hätten nur schlimme Nebenwirkungen. Sie könnten Krebs erzeugen.

»Was sagst du dazu, mein Herzwächter? Die Deppen heilen mir das Herz und zerstören mir Darm und Leber«, sagte Nadime leise lachend ins Telefon.

Natürlich fragte ich sie bei jedem meiner Anrufe, ob ich kommen solle. Aber nein, sie wollte nicht, dass ich sie in ihrem Elend sah. Ich sollte sie so schön in Erinnerung behalten, wie ich sie seit meiner Kindheit kannte. Ich weinte am Telefon und sagte ihr, sie würde für mich immer das schönste Wesen auf Erden bleiben.

Einige Tage später versuchte sie mich aber schon wieder zu überzeugen, dass es ihr besser ginge. Ich bezweifelte es, doch als ich meine Mutter anrief, bestätigte sie es. Es sei ein Wunder geschehen und selbst die Ärzte seien erstaunt über die schnelle Besserung.

Ich rief Nadime noch einmal im Krankenhaus an und da bekam ich den überzeugendsten Beweis, den ich mir nur wünschen konnte. Nadime hatte gerade die Krankenschwestern um sich geschart und brachte ihnen Tricks gegen ihre Männer bei. Das jedenfalls erzählte sie mir und lachte dabei so laut wie früher. »Und den Tod«, sagte sie mir zwischendurch, »den habe ich mit leeren Händen zurückgeschickt, und er ging geknickt davon, wie ein abgewiesener Bettler.« Das war Nadime, wie ich sie kenne.

Gott sei Dank verließ sie schon bald das Krankenhaus und schickte mir ein Foto von sich. Sie wirkte älter, aber fröhlich.

Doch das Herz macht ihr nach wie vor Probleme. Einmal, als meine Mutter sie in ihrem kleinen Innenhof besuchte, rieb sich Nadime dabei immer wieder die Herzgegend.

»Soll ich einen Arzt rufen?«, fragte meine Mutter in Sorge, als Nadime plötzlich auf das Sofa sank und nach Luft rang.

»Ja, aber bring mir erst schnell die roten Pillen. Sie sind im Schlafzimmer«, sagte sie mit schwacher Stimme.

Meine Mutter rannte ins Schlafzimmer, aber es waren keine roten Pillen da.

Sie kehrte in den Innenhof zurück, wo Nadime noch immer auf dem Sofa lag.

»Du hast sie nicht gefunden? Dann sieh in meiner Ledertasche nach.«

Dort fanden sie sich, Gott sei Dank.

Nadime nahm eines der roten Kügelchen, die Herzkranke bei einem Anfall unter die Zunge schieben. Und es wurde ihr wieder besser. Sie richtete sich auf. »Gott segne dich, mein Lutfi, wo immer du bist«, rief sie, denn die Pillen für plötzliche Schwächeanfälle hatte ich ihr aus Deutschland geschickt. »Ich habe tausenden von Kindern geholfen, ins Leben zu treten, und er ist der Einzige, der mir hilft, nicht so bald aus dem Leben zu scheiden.«

Meine Mutter war gerührt. Und ich war stolz, als sie es mir am Telefon erzählte.

In jenen Tagen habe ich begriffen, dass das Leben in der Fremde aus einer Kette von Trennungen besteht. Und ich meine nicht nur, dass man seine Freunde und Verwandten zu Hause zurücklässt und vielleicht niemals wieder sieht. Auch in Frankfurt verlor ich immer wieder Menschen aus den Augen. Es ist wirklich so: Glaub bloß nicht, ich hätte nur einen einzigen Asylanten vergessen, aber sie wurden abgeschoben und die wenigen Anerkannten zogen irgendwann weg aus der Stadt und ich blieb alleine. Ich weiß bei einigen nicht einmal, wann sie abreisten. Als ich Sehnsucht nach ihnen hatte und sie im Asylantenheim besuchen wollte, waren sie verschwunden, einfach fort, und ganz andere Gestalten bevölkerten das Haus.

Einzig die libanesische Familie war geblieben. Die Jungen gingen immer noch zur Schule und waren nicht die Schlechtesten dort. Der Onkel hing weiter an seiner Muschel und schien bald mit ihr zu verschmelzen. Aber die alte

Nähe zu ihnen, die ich einmal nach meinem Streit mit Molly so sehr gebraucht hatte, wollte sich nicht mehr einstellen. Vielleicht war ich es in dem Fall, der weitergewandert und älter geworden war. So viel hatte sich ständig in meinem Leben ereignet.

Nur mit Bulos und Butros blieb der enge Kontakt. Sie waren, gemeinsam mit Micha, nach wie vor Samstag für Samstag beschäftigt, mich vor dem Zugriff des Polizisten zu schützen. Alle drei hatte ich nun mit Handys ausgestattet, in denen meine Nummer gespeichert war. Und sie machten keinen einzigen Fehler. Auch wenn Jens Schlender in Zivil erschien, warnten sie mich. Doch ich merkte irgendwann, dass er seltener kam. Warum, wusste ich nicht. Aber es gab plötzlich Tage, da tauchte er gar nicht mehr auf. Und dann vergingen Wochen, in denen wir ihn nicht sahen. Ich vergaß ihn trotzdem nicht, denn er hatte sich tief in mir eingegraben.

Aber es war eine paradiesische Zeit. Wir erlebten einen Winter mit Schnee wie aus dem Bilderbuch und der Flohmarkt hatte in jenem Jahr großen Zulauf. Ich war verliebt und mein Herz tanzte jeden Tag vor Freude. Das Frühjahr bescherte abwechselnd mal dem einen, mal dem anderen eine Erkältung, doch meine Stimmung war gut. Und dann passierte etwas, womit ich nie mehr gerechnet hätte.

Eines Tages sagte Molly, ihr Onkel komme zu Besuch. Ich freute mich, endlich jemanden aus ihrer Familie kennen zu lernen. Der Onkel hieß Hans und war irgendein Professor an der Uni. Angeblich hatte sich Molly immer gut mit ihm verstanden.

Wir beschlossen, den Besuch des Onkels zu einem kleinen Fest zu machen. Ich lud die libanesische Familie ein und Asma beschwor mich und Molly bei allen Heiligen, nicht zu kochen. Für die Bewirtung würden sie und ihr Mann sorgen.

Molly lud noch den alten Mann ein, der uns die komplette Goldschmiedewerkstatt geschenkt hat. Erinnerst du dich noch an ihn? Das war der, der sich von Molly Samstag für Samstag Romane empfehlen ließ. Er kam und war elegant gekleidet wie ein adliger Kavalier.

Meine beiden Mitarbeiter Bulos und Butros kamen feierlich angezogen wie Prinzen aus dem Morgenland. Sie erschienen wie ihre Eltern mit Leckereien bepackt. Zwei Tage hatten Asma und ihr Mann gekocht. Erstklassige libanesische Küche. Wie stolz ich war, kannst du dir vorstellen.

Nur Micha hatte mich ausgelacht, als ich ihn zum Essen einlud: »Langsam wirst du ein richtiger kleiner Spießer, der Familientreffen pflegt und allen Verwandten-Schwachsinn geduldig erträgt. Nein danke, das kannst du von mir nicht verlangen.«

Mollys Onkel kam auf die Minute pünktlich. Er war allerdings, gelinde gesagt, ein Ekel. Schon bei seinem Eintreten war alles klar zwischen uns.

Hochnäsig sagte er bereits nach dem ersten Bier zu mir: »Ich versteh nicht, wie ihr im Süden so glücklich lachen könnt, obwohl es euch doch viel schlechter geht als uns. Ich war in deinem Land. Korruption, Mafia und Krieg, die reinste Hölle.« Und so weiter. Ich spare dir den Rest.

Er soff wie ein Loch. Und plötzlich brach die unglaubliche Frage aus ihm heraus: »Was willst du denn bei uns, Bimbo?«

Da verlor ich jeden Respekt vor ihm. »Dich ohne Ketschup fressen, du Hanswurst«, erwiderte ich.

Molly bemühte sich plötzlich, mir zu erklären, ihr Onkel habe manchmal einen etwas makabren Witz. »Er ist eben ein Professor«, lachte sie nervös.

»Das soll ein Professor sein«, brüllte Asma auf Arabisch dazwischen. »Er kann doch nicht einmal essen. Er nimmt Senf auf Kebbeh und Tabbuleh auf die Weinblätter und dazu mischt er Cola mit Schnaps. Das ist doch ein Schwein!«

»Was sagt die Türkin?«, fragte der Onkel belustigt.

»Ich nix Türkin. Ich Restaurant fünf Stern und du Imbissbude«, schrie ihn Asma wütend an und fügte auf Arabisch hinzu: »Verflucht sei die Milch, die du getrunken hast, räudiger Hund!«

»Du bist betrunken und ekelhaft, Mann. Raus hier!«, brüllte ich ihn an. Molly begann zu weinen.

»Ich«, redete er auf Molly ein, »werde von einem Fremden aus deinem Haus hinausgeworfen und du sagst nichts?« Empört stand er auf und ging.

Der alte Kavalier sah etwas mitgenommen aus. Er zitterte beim Abschied. »Der Wind«, hörte ich ihn zu Molly sagen, »stritt mit den Wellen und die Seeleute mussten das ausbaden.«

Molly sagte »Ja, ja« zu ihm, aber ich glaube, sie hatte ihn gar nicht verstanden.

Ich bereitete Asma darauf vor, dass ich wahrscheinlich wieder zu ihnen kommen müsste. Sie drückte mich. »Unsere Wohnung steht jederzeit für dich offen.«

Als sie und ihre Familie weg war, explodierte Molly. Sie war völlig durcheinander und absolut überreizt. Sie beschimpfte jetzt plötzlich mich.

Ich hielt dagegen. Unser Streit tobte länger als eine Viertelstunde. Ich stand da und redete wie ein Verrückter, der einer Frau sagen will, dass er sie liebt, und stattdessen beleidigt er sie. Plötzlich fühlte ich mich hundeelend.

Nadime hatte mich immer vor dem Zorn gewarnt und mich ermahnt: »Halte die Zunge im Zaum, wenn du richtig wütend bist. Denn sonst wird sie zu einer Hyäne und frisst dich auf. Hüte deine Zunge nur fünf Minuten und du wirst sehen, es öffnen sich Wege zur Versöhnung.«

Molly schimpfte weiter, aber ich schwieg und war nur unendlich traurig. Doch dann wurde eine Musik in mir laut, eine Melodie, die ich immer wieder gern spielte. Ich eilte in mein Zimmer, nahm die Violine und spielte los. Das

Stück heißt »Smile«, was so viel bedeutet wie: lächle. Es ist von Charlie Chaplin, dem Komiker.

Ich spielte mit geschlossenen Augen. Als ich sie wieder öffnete, stand Molly in der Tür. Ihr liefen Tränen über die Wangen, doch ihr Gesicht lachte.

»Ich will mit dir tanzen. Komm!«, sagte sie dann und rannte fort in ihr Zimmer. Und noch bevor ich die Violine in den Kasten zurückgelegt hatte, hörte ich, was sie tanzen wollte: Tango.

Jene Nacht mit Molly war die schönste meines Lebens. Wir feierten bis fünf Uhr morgens.

Es war wieder Samstag. Micha und meine libanesischen Helfer warnten mich plötzlich per Handy vor Jens Schlender. Ich machte mich auf und davon, doch der Fuchs trickste mich aus. Er überfiel mich in meinem Versteck von hinten und nahm mich in seinen eisernen Griff. Wie er es mitbekommen hatte, dass ich mich manchmal bei einem Töpfer versteckte, habe ich nicht herausgefunden. Es kann Verrat gewesen sein, denn der Töpfer hatte eine Frau, die Schwarze nicht ausstehen konnte. Es kann aber auch das Ergebnis verdeckter Ermittlungen des klugen Jens Schlender gewesen sein.

»Nur keine Aufregung«, sagte ich fast routiniert. »Lassen Sie mich ohne Handschellen Abschied nehmen, bitte.«

Auch der Töpfer bat ihn um Rücksicht. Jens Schlender schaute mir prüfend ins Gesicht.

»Kommst du ohne Theater? Ich bleibe hier stehen und warte auf dich«, sagte er und das war ein Zeichen von großem Vertrauen, denn mein Stand war über hundert Meter entfernt. Dort angekommen, schaute ich Molly an und sie wusste sofort Bescheid. »Schon wieder, mein Herz?«, flüsterte sie.

»Du bist wirklich ein Pechvogel«, sagte ich ihr mit einem traurigen Lächeln. »Und wenn du es noch länger mit mir aushältst, werde ich beim Papst einen Antrag zu deiner Heiligsprechung stellen. Denn wer anders als eine Heilige sollte es mit einem wie mir aushalten können.«

»Und ich werde die Mutter dieses Bullen aufsuchen und sie fragen, was ihr Nachwuchs ausgefressen hat. Außerdem ruf ich Stefan an.«

»Tu das«, sagte ich. Stefan war einer der erfahrensten Rechtsanwälte in Sachen Ausländer.

Ich ging gemessenen Schrittes zu Jens Schlender zurück und er schaute mich an. Diesen Blick werde ich nie vergessen.

»Ich habe Ihnen mein Wort gegeben«, sagte ich, als er die Beifahrertür seines Polizeiwagens aufhielt.

Wir stiegen ein und er fuhr los, ohne ein Wort zu verlieren.

»Warum kommst du immer wieder zurück? Du zerstörst doch deine Zukunft«, sagte er. Seine Stimme war brüchig.

»Ich habe es Ihnen schon gesagt, ich bin eine Schwalbe und der Flohmarkt ist mein Nest.«

Er fuhr nicht zum Revier, sondern durch die Straßen von Frankfurt. Und schwieg.

Plötzlich wendete er und fuhr zum Flohmarkt zurück. Dort hielt er an.

»Steig aus«, sagte er, und als ich nicht reagierte, beugte er sich zu meiner Tür hinüber und öffnete sie von innen. Er lächelte verlegen und legte seine Faust unter mein Kinn. »Du bist mir einer«, sagte er. »Und jetzt nichts wie weg hier.« Er schaute nun nicht mehr mich an, sondern starr nach vorn auf die Straße.

»Danke«, sagte ich, dann hob ich mich schwer wie nach einer langen Reise aus dem Sitz.

»Mach's gut, Schwalbe, und pass auf dich auf!«, rief Jens Schlender mir nach.

Ich fing an zu gehen, machte aber nach einem Schritt kehrt und beugte mich noch mal zum Wagenfenster herunter. Jens Schlender öffnete es per Knopfdruck vom Fahrersitz aus.

»Lutfi«, sagte ich, »ich heiße Lutfi Farah. Oder einfach Lutfi der Syrer«, fügte ich noch hinzu.

Er lachte. »Schöner Name, Lutfi der Syrer«, sagte er noch. Dann startete er durch. Die Reifen seines Wagens quietschten.

Danksagung

Romane schreiben ist wie eine Reise durch die Wüste und dort schätzt man am meisten die Hilfe. Alle Menschen zu erwähnen, die mir mit Hingabe geholfen haben, diesen Roman ans Licht zu bringen, würde jedoch Seiten füllen. Ein paar Menschen sollten aber unbedingt erwähnt werden. Ihnen gilt mein aufrichtiger Dank.

Meine Lebensgefährtin Root Leeb, deren Bilder und Musik, die sie täglich und leise zauberte, mir oft über die Durststrecken halfen.

Mein Sohn Emil, der mit mir die Geschichte von der Taube entwickelte, die Passanten auf die Schulter kackt. Wir trugen diese Geschichte mehrmals als Dialog gegen die Gleichmacherei und zur Erheiterung unserer Freunde vor.

Mein Freund Micha, dessen Begeisterung beim Zuhören in einem Café, während ich ihm die Geschichte erzählte, Lutfi vor dem Ertrinken im Ozean meiner Vergesslichkeit gerettet hat.

Die Rechtsanwälte Viktor Pfaff und Thomas Amm, die mich geduldig in allen juristischen Fragen berieten, die das Leben meines Helden Lutfi von der Anreise bis zur Abschiebung betrafen.

Die Fachreferentin für arabische Literatur in der Bayerischen Staatsbibliothek, Dr. Helga Rebhan, die mir half, schwierige und seltene Literaturstellen aufzuspüren.

Meine Mitarbeiterin Helga Blum, die mir durch ihre Offenheit und unbestechliche Art beim Ringen um Synthesen aus der arabischen und deutschen Sprache beistand.